Um romance grego

YVETTE MANESSIS CORPORON

Um romance grego

Tradução de Léa Viveiros de Castro

FÁBRICA231

Título original
WHEN THE CYPRESS WHISPERS

Copyright © 2014 *by* Yvette Manessis Corporon

Todos os direitos reservados.
Nenhuma parte desta obra pode ser reproduzida, ou transmitida
por qualquer forma ou meio eletrônico ou mecânico,
inclusive fotocópia, gravação ou sistema de armazenagem
e recuperação de informação, sem a permissão escrita do editor.

Edição brasileira publicada mediante acordo
com HarperCollins Publishers.

FÁBRICA231
O selo de entretenimento da Editora Rocco Ltda.

Direitos para a língua portuguesa reservados
com exclusividade para o Brasil à
EDITORA ROCCO LTDA.
Av. Presidente Wilson, 231 – 8º andar
20030-021 – Rio de Janeiro, RJ
Tel.: (21) 3525-2000 – Fax: (21) 3525-2001
rocco@rocco.com.br
www.rocco.com.br

Printed in Brazil/Impresso no Brasil

CIP-Brasil. Catalogação na fonte.
Sindicato Nacional dos Editores de Livros, RJ.

C836u   Corporon, Yvette Manessis
           Um romance grego / Yvette Manessis Corporon;
          tradução de Léa Viveiros de Castro. – 1ª ed. –
          Rio de Janeiro: Fábrica231, 2015.

            Tradução de: When the cypress whispers
            ISBN 978-85-68432-08-2

            1. Romance norte-americano. I. Castro,
          Léa Viveiros de. II. Título.

14-18266   CDD–813
                               CDU–821.111(73)-3

Para minha mãe e minhas yia-yias

Salvo quando não esperava mais que isso pudesse acontecer,
Tenho para com os Deuses uma grande dívida de gratidão.

– SÓFOCLES

Prólogo

ERIKOUSA, GRÉCIA
AGOSTO, 1990

—*Yia sou*, Yia-yia – Daphne gritou enquanto descia correndo os velhos degraus de pedra. Era menos de meio quilômetro pela estradinha de terra até a praia, mas, para a ansiosa menina de doze anos, o percurso parecia interminável. Ela correu o tempo todo, parando só uma vez e apenas por um momento, estendendo a mão para colher uma amora de um arbusto na beira da estrada cujo fruto gigante pareceu escuro e doce demais para ser ignorado – mesmo por uma menina cumprindo uma missão.

Daphne largou a toalha assim que seus pés tocaram na areia cor de caramelo. Sem parar nem para tirar os Keds brancos, ela os tirou enquanto corria para a água. Primeiro o pé direito, depois o esquerdo, os tênis sem cadarço foram abandonados na praia imaculadamente limpa. Daphne tinha descoberto havia muito tempo que cadarços só serviam para atrapalhar.

Ela finalmente andou mais devagar, pisando com cuidado, abrindo os braços para se equilibrar, navegando entre as pedras pretas que pontilhavam a costa. Soltou uma exclamação quando seus pés descalços sentiram as frias boas-vindas do mar Jônico.

Daphne avançou até ficar com a água pelo meio das coxas esbeltas. Levantou os braços acima da cabeça, balançando os dedos, dobrou os joelhos, depois ficou na ponta dos pés, impulsionando o corpo num arco perfeito. Finalmente, com o corpo todo submerso na água clara e calma, ela abriu os olhos.

Lá estavam eles, tal como ela os tinha deixado no verão anterior – seus silenciosos companheiros submarinos. Daphne sorriu ao ver os pretos ouriços-do-mar e, em seguida, agitou os braços e bateu as pernas para se virar e dar uma olhada nas cracas agarradas nas pedras submersas. Para todo lugar que olhava, havia peixes, muitos peixes de diferentes tamanhos e formas, cujos nomes ela só sabia em grego. *Tsipoura. Barbounia.* Nunca pensou em aprender os nomes deles em inglês; para quê? Os garotos da terra dela nunca perguntavam onde passava o verão nem como eram os nomes dos peixes. De fato, eles nunca paravam para falar com ela.

Ela ficou horas no mar, mergulhando, nadando e sonhando acordada, sem se sentir solitária nem assustada por estar ali sozinha. Ela não era como as outras meninas, temerosa do que poderia espreitar por baixo da superfície. Adorava ficar ali, silenciosa e só, na sua pequena enseada. O mar nunca a julgava; apenas a recebia de braços abertos, até mesmo a convidava para nele entrar. O mar não se importava se os maiôs herdados de Daphne eram grandes demais, se o elástico estava esgarçado por causa das curvas do corpo da prima Popi. Ele não se importava com o fato de que até mesmo agora, até mesmo a milhares de quilômetros do restaurante, o cabelo de Daphne ainda guardava um leve e teimoso cheiro de gordura.

Nada disso tinha importância aqui. O sol a batizava de novo a cada verão, tornando tudo novo, fresco e limpo. Daphne sempre imaginava a terra e as pedras que se projetavam dos dois lados da enseada como braços protetores, acariciando-a e formando um lago seguro para ela nadar. Aqui ela se sentia a salvo dos segredos do mar aberto e dos olhares de meninas cujas peles sardentas cheiravam a loção de morango.

Mesmo quando seus músculos começaram a endurecer e seus pulmões a doer por prender o fôlego alguns segundos a mais do que devia, ela ainda não se sentia preparada para deixar seu parque de diversões aquático. Virou-se de barriga para cima, boiando e olhando para o céu, de um azul maravilhoso, pontilhado de fiapos de nuvens brancas – nuvens que, para Daphne, pareciam delicados fios de seda embelezando a perfeição do céu.

Não é de estranhar que Atenas ficasse zangada. Eu aposto que a seda de Arachne era assim, ela pensou, lembrando-se da história que Yia-yia lhe contara sobre a garota fútil que foi transformada em aranha porque ousou gabar-se dizendo que seu talento para tecer era maior do que o da deusa. Daphne sorriu, recontando a história para si mesma enquanto seus dedos agitavam a água e ondinhas batiam no seu corpo leve.

Finalmente, Daphne olhou para baixo, para si mesma, e notou os sinais de que tinha tornado a ficar tempo demais na água. Por mais que gostasse de pensar que era uma das lendárias ninfas do mar que nadavam e brincavam naquelas águas, a triste realidade era que ela era uma simples mortal. Seus dedos normalmente cor de azeitona tinham ficado esbranquiçados, e sua pele estava enrugada. Estava na hora de voltar para terra firme.

Enquanto Daphne juntava tudo o que tinha deixado na praia, olhou para o relógio e viu que era 1:45, mais tarde até do que pensava. Ela sabia que Yia-yia tinha preparado o almoço e que devia estar andando de um lado para o outro no pátio, esperando que sua amada neta voltasse.

– Yia-yia vai me matar – Daphne disse, embora não houvesse ninguém para escutar. Ou será que havia? Ela ficou parada na areia, pingando água, e examinou a pequena praia. Tinha a estranha sensação de que alguém a observava, como se pudesse ouvir alguém ao longe. Parecia uma voz de mulher, cantando... Uma voz suave e familiar, mas tão distante e fugidia que Daphne não sabia ao certo o que era.

Ela tornou a se virar para o mar e levantou a toalha para sacudi-la. Fechando os olhos para evitar que entrasse areia, Daphne sacudiu os braços para cima e para baixo, a toalha flutuando ao vento como uma gaivota levantando voo. De repente, o vento aumentou e uma lufada fria atingiu sua pele molhada. Ela enfiou os calcanhares na areia para não cair e segurou com mais força a toalha, que agora batia como uma bandeira num dia ventoso de inverno.

Com os olhos ainda fechados por causa da areia que pinicava o seu rosto, ela ouviu os galhos e as folhas dos ciprestes balançando por causa do vento. Ficou imóvel. Lá estava o som de novo. Ela ouvira. Desta vez tinha certeza. Tinha que ser. Largou a toalha e abriu os olhos para observar o zéfiro carregando o som pela praia. Ela sabia que desta vez tinha ouvido.

O coração de Daphne bateu mais rápido. Será que era verdade? Será que finalmente tinha ouvido? Quando era muito pequena, Yia-yia lhe contara a lenda dos ciprestes sussurrantes. Num tom de voz baixo e reverente, Yia-yia afirmou que os ciprestes tinham uma linguagem secreta que viajava entre as árvores na brisa da manhã e se calava quando a tarde caía. Muitas vezes a velha senhora puxou Daphne para perto dela e lhe pediu que prestasse atenção. Muitas vezes Daphne tentou ouvir as verdades que Yia-yia jurava que eles diziam, as respostas que sussurravam ao vento, mas sem sucesso.

Por favor, por favor, falem comigo, Daphne implorou. Os olhos arregalados de expectativa e esperança. Ela apertou as mãos contra o peito e prendeu a respiração para se certificar, para escutar mais uma vez sem distrações. Virou o rosto na direção de onde achava que a voz tinha vindo, da extremidade da enseada, onde o bosque cheio de moitas e árvores era tão denso que nem ela ousava cortar caminho para casa passando por ele. Sentindo-se tonta de tanto prender a respiração, Daphne esperou e rezou.

Desta vez ela não ouviu nada, só o ronco do seu estômago vazio.

Finalmente soltou o ar, os ombros magros curvados para a frente com o peso de mais uma decepção.

Ela suspirou, sacudindo os cachos pretos e respingando água por toda parte. Não adiantou. Não ouviu nenhum canto. Nenhuma história. Nenhuma bela voz de mulher cantando para ela. Nenhuma resposta para os mistérios da vida esperando ser colhida do vento como uma amora. Só o que conseguiu ouvir foi o som comum de galhos batendo e folhas tremulando ao vento.

Mas, embora mantivessem um silêncio teimoso, Daphne sabia que as folhas tinham algo a dizer a ela.

Elas estão me dizendo que está na hora de ir para casa.

Ela enfiou os pés sujos de areia nos tênis.

Yia-yia está me esperando. Está na hora de ir para casa.

Um

CORFU
ATUALMENTE

— Aí está você! – O inglês carregado de Popi ecoou no aeroporto enquanto ela estendia os braços e corria pelo terminal. Empurrando um punhado de turistas recém-chegados, ela movimentou o corpo amplo pelo terminal lotado para abraçar sua prima favorita. – Meu Deus, olhe só para você! Como ficou tão magra? Eu comi um frango maior do que você ontem no jantar.

Daphne largou as malas ali mesmo, no meio da rampa de saída do avião. Ouviu os gritos e os xingamentos dos outros passageiros que tiveram que desviar de sua bagagem, mas não ligou. Nem um pouquinho. Fazia seis anos desde a última vez que estivera na Grécia, e não queria esperar nem mais um minuto para cair nos braços calorosos da prima, apesar dos protestos dos demais passageiros. Como suas *yia-yias*, que eram irmãs, Popi e Daphne sempre foram muito próximas. A avó de Popi morrera quando ela era um bebê. Daquele momento em diante, Yia-yia assumiu Popi e a criou e amou como se fosse sua própria neta.

— É tão bom ver você – Daphne exclamou. Ela abriu os braços finos e musculosos e se sentiu mergulhar na carne macia de Popi.

Popi grunhiu. Elas ficaram abraçadas por mais alguns momentos, até que Popi finalmente soltou Daphne e chegou para trás para poder olhar melhor para a prima.

— Magra, sim, mas também linda. Ah, Daphne, o seu Stephen é um homem de sorte. Que bela noiva você vai ser. – Popi bateu palmas alegremente, parando de repente para inclinar a cabeça de lado e apertar os olhos, aproximando-se para ver melhor. – Você está diferente.

– Eu perdi um pouco de peso.

– Não. *Diferente* – Popi insistiu, apontando para o rosto de Daphne.

Daphne tocou no nariz recém-retocado. Ela havia rido junto com Stephen a respeito do procedimento, chamando-o de versão cosmética do cirurgião de uma limpeza étnica. – Ah, é, o meu nariz. Eu o consertei.

– Consertou? Estava quebrado?

– Não, só era grande. – Foi a vez de Daphne rir. Popi encostou o dedo no seu nariz grego enquanto Daphne falava.

– Eu estava respirando mal à noite, e o médico disse que isso iria ajudar.

Popi não quis ouvir mais explicações.

– Minha própria prima, casando-se com um *Amerikanos* rico. Você pode comprar o que quiser, até mesmo um nariz novo. – Ela riu. – Estou feliz por você, Daphne *mou*. Ah, Daphne... me passe um pouco da sua sorte. Não existem mais homens na Grécia para mim.

Daphne achou graça do ar dramático da prima, mas sabia que sua queixa tinha fundamento. Ainda solteira aos trinta e quatro anos, Popi era uma solteirona pelos padrões tradicionais gregos. Tivera alguns namorados, mas nenhum manteve o seu interesse por mais de algumas semanas. No entanto, por mais que Popi gostasse de se queixar da falta de homens em sua vida, ela não era como as outras mulheres da ilha, que baixariam seus padrões para arranjar um marido. Popi, como sua prima Daphne, sempre quisera mais.

Daphne pôs a mão atrás das pernas e puxou Evie, de cinco anos, que estava escondida atrás da saia da mãe.

– Popi, esta é Evie.

– *Ahooo*. Que anjo você é! – Popi gritou bem alto. Ela enfiou as mãos na bolsa, procurando alguma coisa, enquanto se inclinava diante de Evie. – Ora, onde está? Eu sei que está aqui em algum lugar – ela resmungou, enquanto remexia no meio de chaves, maços de cigarro e papéis de bala que enchiam sua cavernosa bolsa de couro marrom.

Evie não disse uma palavra. Ela ficou olhando para aquela estranha que se parecia muito com sua mãe, só que maior em todos os aspectos. A garotinha se agarrou na mão da mãe enquanto tentava se esconder de novo atrás de Daphne.

— Tudo bem, você é um pouco tímida. Não faz mal — Popi disse. Ela finalmente achou o que estava procurando e tirou da bolsa um cachorro de pelúcia. — Achei que você gostaria disto.

A atitude de Evie mudou assim que viu o cachorrinho. Sua reserva pareceu evaporar, e ela se aproximou de Popi. A garotinha sorriu, pegou o brinquedo novo e o apertou contra o peito.

— Como se diz, Evie? — Daphne lembrou.

— Obrigada — Evie disse educadamente.

— Evie, eu sou Penélope, prima da sua mãe, mas você pode me chamar de Thea Popi. — Embora nos Estados Unidos Popi fosse considerada prima de Evie, na Grécia ela era considerada tia de Evie. Com os gregos era assim; a divisão entre gerações era sempre respeitada e seus limites nunca eram ultrapassados. Chamar alguém de *thea* ou *theo* — tia ou tio — normalmente era mais um sinal de respeito do que de ligação familiar.

— Eu sei, é um nome engraçado — Popi continuou. — Mas foi sua mãe quem me deu. Que vergonha, Daphne. — Popi olhou para cima e sacudiu o dedo gordo para a prima antes de tornar a se virar para Evie.

— Quando sua mãe e eu tínhamos a sua idade — Popi bateu com a ponta do dedo no nariz de Evie —, minha família foi morar alguns anos em Nova York. Sua mãe e eu ficamos muito amigas. Como irmãs. — Popi sorriu. — Sua mãe tentou muito, mas não conseguiu dizer o meu nome. *Pe-né-lo-pe*. Você consegue dizer *Penélope*?

— *Penélope* — Evie repetiu.

— Perfeito. — Evie esticou o corpo ao ouvir Popi dizer isso. A criança pareceu crescer alguns centímetros diante dos olhos delas.

— Mas a sua mãe — Popi chegou mais perto de Evie —, ah, a sua mãe, ela não foi tão perfeita. Ela não conseguiu dizer o meu nome. Então começou a me chamar de Popi. Agora todo mundo me chama assim.

Evie olhou para a mãe.

— Mamãe, você um dia foi uma garotinha?

— Sim, Evie. Eu fui, mas isso foi há muito, muito tempo. — Daphne olhou para a filha, lembrando-se de quando era assim tão pequena, tão inocente, tão ávida em ouvir as histórias que os adultos lhe contavam.

— Vamos embora. — Popi limpou a poeira cinzenta do Aeroporto de Corfu de sua saia preta. — Vamos direto para o apartamento para vocês poderem tomar um banho e descansar um pouco. Você está cansada, Evie?

Evie sacudiu a cabeça dizendo que não. Ela estendeu a mão para pegar sua malinha cor-de-rosa.

— Nós dormimos muito bem no avião — Daphne disse enquanto juntava as bagagens. — Viemos de primeira classe. Os assentos viram camas. Quer dizer, camas de verdade. — Ela segurou as alças das duas grandes malas pretas de rodinhas e enfiou a embalagem onde estava seu vestido de noiva debaixo do braço.

— Deixe-me ajudar. Eu levo isso — Popi disse, pegando a embalagem com o vestido de noiva.

— Que diferença de quando éramos crianças, hein, Popi?

— Que diferença que faz um marido americano rico. — Popi riu. Ela estendeu a mão para Evie. A garotinha hesitou, mas depois levantou a mãozinha delicada e segurou a mão da tia.

Enquanto atravessavam o terminal, Popi disse:

— Eu também preciso achar um marido. Um rico *Amerikanos*. E você vai me ajudar, está bem?

— Igual a Stephen? — Evie perguntou.

Popi balançou a cabeça.

— Sim, igualzinho a Stephen. Eu quero um *Amerikanos* rico e bonito que me faça feliz e me faça rir o tempo todo. — Popi fez cócegas na palma da mão de Evie com as unhas.

Depois, Popi e Evie continuaram caminhando de mãos dadas. Daphne ficou parada no terminal abafado, girando o anel de brilhante, vendo a filha e a prima passarem pelas portas de correr e saírem para o sol de Corfu. Quando saiu andando atrás delas, ouviu o celular tocando dentro da bolsa. Ela demorou um pouco, mas acabou localizando o telefone pouco antes de a chamada ir para a mensagem de voz.

— *Yia sou*, saudações de Corfu.

— Bem, estou vendo que chegaram. Sãs e salvas, espero. — Era Stephen, ligando de Nova York.

— Sãs e salvas e loucas para você chegar logo aqui — ela respondeu, prendendo o telefone no ombro, tornando a segurar as alças das malas e saindo do terminal para o calor seco da ilha.

Daphne e Evie contemplaram satisfeitas o cenário durante o percurso de dez minutos até o apartamento de Popi em Kerkyra, a principal cidade de Corfu, e foram apontando lugares especiais para Evie.

— Está vendo aquela ilhazinha verde ali na água? — Daphne perguntou, apontando pela janela.

— Sim, estou vendo — Evie respondeu.

— Aquela é Pontikonisi.

— O que isso quer dizer?

Popi interrompeu.

— Prima, eu sei que ela não é fluente, mas não me diga que não sabe *nada* de grego? — Ela tirou os olhos da estrada apenas para olhar rapidamente para a prima.

Daphne ignorou a pergunta de Popi e respondeu a Evie:

— Quer dizer Ilha do Camundongo em grego, meu bem. Está vendo aquele longo caminho branco que vai dar no velho mosteiro? As pessoas dizem que aquele caminho parece um rabo de camundongo.

Daphne riu, lembrando que, quando era pequena, achava que o nome da ilha queria dizer que ali moravam camundongos gigantes. Mas, quando ficou adolescente, adorou saber que tinha sido lá que Ulisses naufragara na *Odisseia*. Tinha adorado visitar a ilha, caminhar pelos velhos caminhos, sonhando acordada sob os majestosos ciprestes — imaginando se eles iriam finalmente murmurar seus segredos para ela. Mas os sussurros dos ciprestes, como a história das viagens de Ulisses, não passavam de mais uma lenda da ilha.

— E ali está o meu café. — Popi apontou para uma cafeteria ampla localizada na orla, onde ela vinha trabalhando como garçonete nos últimos dez anos. As mesas estavam cheias de turistas e moradores. — Evie, eu vou servir o maior e melhor sorvete de Corfu para você. Ele vai ser do tamanho da sua cabeça e coberto não com uma calda, mas com duas.

– Do tamanho da minha cabeça, de verdade? – Evie levou as mãos à cabeça para medir o tamanho daquele sorvete especial.

– Se não for maior. – Popi riu, olhando para Evie pelo espelho retrovisor.

– Aquilo ali é um castelo? – Evie apontou para o velho forte de Corfu no alto de sua íngreme península cinzenta.

– Sim, aquele é o nosso Frourio – Popi respondeu. – Ele foi construído há muitos e muitos anos para proteger a ilha dos piratas.

– Piratas! – Evie gritou, batendo suas longas pestanas. – Tem piratas aqui?

– Não, não existem mais piratas, Evie *mou* – Popi disse a ela. – Mas, muito tempo atrás, minha mãe me disse que, se você andasse à noite por Frourio, podia ouvir os fantasmas.

Daphne tossiu para tentar fazer a prima parar, mas não adiantou. Popi continuou a contar sua história.

– Ela disse que às vezes você podia ouvir almas gritando por misericórdia, implorando por suas vidas. Até mesmo crianças chorando e chamando suas mães.

Evie começou a chorar.

– Evie querida, são apenas velhas histórias bobas da ilha – Daphne disse. – Não se preocupe. – Ela já estava com medo de que a mudança de fuso horário fosse deixar Evie acordada até tarde. E agora, graças à ansiedade de Popi em contar histórias de fantasmas, a menina provavelmente teria pesadelos, ainda por cima.

Daphne nunca contara a Popi sobre os pesadelos que vinham prejudicando o sono de Evie nos últimos anos. Como ela poderia, uma mulher solteira, entender a dificuldade de consolar uma criança assustada toda noite? Como ela poderia entender a solidão de não ter ninguém para acordar e murmurar "agora é a sua vez de ficar com ela"? Daphne tinha desejado alguém para dividir sua cama e afastar tanto os pesadelos de Evie quanto os seus próprios. Por muito tempo, quando ouvia os gritos de Evie à noite, ela estendia o braço na cama, mas só encontrava o vazio e a leve mossa no colchão onde Alex costumava dormir.

Ainda não parecia real – uma noite, Alex e Daphne estavam de mãos dadas contemplando a filha dormindo no berço, na noite seguinte ele estava morto. Levado cedo demais. Daphne se viu sozinha, imaginando como iria sobreviver, como poderia criar Evie sem ele. Mas ela conseguira de algum modo. Os últimos anos tinham sido bem difíceis e solitários. Mas isso foi antes. Agora ela ia se casar. Em breve ela se tornaria a sra. Stephen Heatherton. Daphne rezava para que os pesadelos e as lágrimas ficassem finalmente para trás.

– Nós nos livramos dos piratas faz muito, muito tempo – Popi disse a Evie enquanto Daphne despertava do seu devaneio. – Agora só temos que nos preocupar com os enormes monstros marinhos. – Popi riu e Evie tornou a choramingar.

– Popi, pare com isso – Daphne disse. – Não tem graça nenhuma. – O traço de desespero em sua voz deixou claro que Daphne não estava brincando.

– Evie, *mou* – Popi disse –, Thea Popi só estava brincando. Não existem monstros marinhos aqui, eu juro. – Popi olhou para Evie pelo espelho retrovisor e depois se virou para Daphne.

– *Daphne mou, ti eheis?* Qual é o problema? – Popi perguntou em grego, sabendo que Evie não iria entender.

Daphne sabia que Popi não conseguiria compreender o que ela havia passado e o quanto as coisas tinham mudado, o quanto ela havia mudado. Quando Alex morreu, não houve mais risos no mundo de Daphne, só um bebê carente e inconsolável, uma pilha de contas e um medo constante de que ela não fosse conseguir se virar sozinha.

Daphne pôs a mão na perna da prima.

– Desculpe, Popi. Eu estou apenas nervosa com tudo isso – foi só o que ela disse a Popi. Talvez num outro momento ela se abrisse mais, ou talvez fosse melhor deixar toda a tristeza no passado.

Popi tirou a mão do volante e fez um sinal para ela não se preocupar.

– Querida, está tudo bem. Mas estou começando a imaginar o que você fez com a minha prima. Na nossa família, nós sempre damos um jeito de rir, mesmo por entre as lágrimas.

As duas mulheres entrecruzaram os dedos, como faziam quando eram crianças saltitando pelos caminhos da ilha. Daphne virou o rosto e se debruçou para fora da janela, como se o ar da ilha pudesse levar embora o desentendimento e a tristeza tão conhecida.

Logo elas chegaram à casa de Popi.

— Exatamente como você lembrava, não é, Daphne? — Popi disse enquanto estacionava o carro e elas saltavam. — Vamos, Evie. Deixe-me levar você para dentro. — Popi abriu a porta de trás, pegou a mala de Evie e mais uma vez pôs o saco com o vestido debaixo do braço antes de segurar a mão de Evie. — Era aqui que sua mãe ficava quando vinha de visita. Nós nos divertíamos muito juntas. Temos mesmo que arranjar um marido para mim para você ter primos para brincar, como sua mãe e eu. Talvez o sr. Stephen traga algum *Amerikanos* bonito para o casamento. O que você acha?

Evie riu baixinho enquanto elas subiam a escada de mármore branco e entravam no saguão fresco e escuro.

— Se você conhecer um garoto, talvez tenha que beijá-lo.

— Você acha? — Popi disse, feliz em morder a isca deliciosa que Evie tinha jogado para ela.

— Sua mãe beija o Stephen?

— Não! Eeeeca! — Evie gritou enquanto subiu correndo a escadaria em curva, seu riso ecoando no saguão de mármore.

Daphne subiu no elevador barulhento até o segundo andar e empurrou as malas para dentro do saguão ensolarado do apartamento.

Depois que tudo tinha sido colocado para dentro, Popi levou todo mundo para a sala. Ela sorriu para a garotinha e disse:

— *Ella*, Evie. Sua mãe e eu estamos precisando de uma boa xícara de *kafe*, e eu estou cansada demais para prepará-lo. Você pode fazer um bom *kafe* para nós? Aposto que é uma grande chef como sua mãe.

— Eu nem sei o que é isso — Evie respondeu, sacudindo os ombros.

— Ora, Evie. — Popi pôs as mãos na cintura. — Todo grego tem que saber fazer *kafe*, até os pequeninos como você.

— Mas eu não sou grega. Eu sou de Nova York — Evie respondeu.

Popi juntou as mãos como se estivesse rezando. Um gemido escapou de seus lábios.

– Evie, prometa que nunca vai deixar que Yia-yia escute isso. – Ela se virou para Daphne. – Prima, Yia-yia vai matar você se ouvir isso. – Popi fez o sinal da cruz e resmungou alto o suficiente para Daphne ouvir. – Não tem nada de grego nessa menina. Nada.

Daphne girou a aliança no dedo. Ela nunca imaginou que Evie fosse crescer assim. Sempre tivera a intenção de falar grego com a filha, sabendo que era a única maneira de ela crescer bilíngue, como acontecera consigo mesma. Mas babás que falassem grego eram algo muito raro em Manhattan. E com Daphne fora de casa doze horas por dia, chegando em casa a tempo apenas de dizer *kali nichta* em vez de *boa-noite,* não iria fazer grande diferença. Depois de algum tempo, ela parou de tentar.

– Venha. – Popi apertou os olhos e fez sinal para Evie acompanhá-la até a cozinha grande e clara. – Sua Thea irá ensiná-la. Agora você vai ficar especialista em fazer frapê.

– Achei que nós íamos fazer café.

– Frapê é café. É frio e delicioso e muito divertido de fazer. Você vai ver.

Popi puxou as maçanetas de um enorme armário, cuja frente de vidro era coberta por uma cortininha branca, e as portas se abriram com um tilintar de vidro. Tirou três copos altos da prateleira de cima e os colocou na mesa, que estava coberta com uma toalha de plástico. Em seguida, tirou uma lata de Nescafé e dois copos de plástico com uma tampa alta e os entregou a Evie, um de cada vez.

– Tome, coloque isso na mesa para mim.

Finalmente, ela foi até a geladeira e tirou um balde de gelo e uma garrafa grande de água filtrada.

– Sua mãe pode ser uma chef famosa, Evie, mas eu sou famosa pelo meu frapê. Vou ensinar minha receita secreta para você.

Daphne tinha ido desfazer as malas, mas a aula de frapê de Evie era divertida demais para ela perder. Ela tirou os sapatos pretos para evitar que o barulho dos saltos a denunciasse e, na ponta dos pés, foi até a cozinha. Escondeu-se atrás da porta enquanto Popi instruía Evie a colocar uma colher de chá de Nescafé em cada um dos recipientes de plástico junto com água, gelo e um pouco de açúcar.

— Agora ponha a tampa nos copos e feche muito bem. Não queremos nenhum acidente na minha cozinha tão limpinha — Popi disse.

Evie fez o que ela mandou, depois apertou as tampas com suas unhas pintadas de cor-de-rosa. Ela levantou os copos para que Thea os examinasse.

— Muito bom. Perfeito. Está bem apertado. Agora vem a parte divertida. Vamos sacudir.

Popi segurou um copo em cada mão e sacudiu, como uma erupção vulcânica de carne, braços, pés, quadris, pernas, cachos pretos e seios movendo-se em todas as direções. O rosto de Evie se iluminou.

— Evie *mou*, o segredo de um grande frapê é sacudir bem. — Depois, para agradar a plateia, ela levantou os braços no ar, ergueu os dois copos na direção do teto e girou, sacudiu e rebolou como se ela fosse a principal atração de uma boate bouzouki. Evie estava encantada.

Daphne tentou abafar o riso enquanto assistia à apresentação frenética de Popi. Estava contente em ver que vinte anos e vinte quilos a mais não tinham deixado Popi menos ativa. Daphne não se lembrava da última vez que tinha se sentido tão desinibida.

Estava na hora de entrar na dança.

— Não é assim que se faz frapê — ela desafiou. — *Assim* é que se faz. — Ela tirou um copo da mão de Popi, depois segurou a mão da filha e girou a garotinha e o copo até Evie cair no chão rindo sem parar. Virou-se para Popi e estendeu a mão, e as primas estalaram os dedos, giraram os pulsos e balançaram os quadris com a mesma desenvoltura que demonstraram na noite em que deixaram em transe um grupo de turistas italianos com uma dança do ventre.

— *Opa*, Prima — Popi gritou, batendo palmas acima da cabeça.

— *Opa,* Popi *mou* — Daphne gritou. Ela já estava se sentindo mais livre, mais alegre e mais cheia de vida como não se sentia havia muitos anos.

Dois

Quando estava quase dormindo, Daphne se lembrou de uma noite poucos meses antes. O sonho de que Yia-yia estava com ela pareceu muito real. Yia-yia estava tão perto que Daphne podia ver seu rosto e sentir o cheiro do fogo da cozinha em suas roupas. Quando Stephen a acordou, ela estava sentada na cama, com os braços estendidos no escuro como se estivesse prestes a acariciar a pele curtida de Yia-yia. Até mesmo na confusão da hora do jantar no restaurante na noite seguinte, Daphne tinha se sentido em paz só em pensar que Yia-yia estivera com ela. Ela sabia que parecia tolice, mas era como se pudesse sentir a mão de Yia-yia guiando cada movimento de sua faca, cada adição de tempero e cada sacudidela de frigideira.

Daphne sabia o que tinha que fazer. Ela não entendia por quê, mas sabia que tinha que voltar para casa, para junto de Yia-yia. Sempre fora uma neta responsável e zelosa, que telefonava toda semana para Yia-yia e nunca deixava de ir uma vez por mês ao correio, com maços de notas de vinte dólares escondidos entre cartões e retratos. Ficou espantada ao se dar conta de que já fazia seis anos que não visitava Yia-yia. Sempre tivera a intenção de voltar, de levar Evie para casa. Mas, entre as dificuldades de ser uma mãe solteira e de administrar seu próprio restaurante, o tempo tinha passado num piscar de olhos.

Daphne tinha tido alguma dificuldade em convencer Stephen a cancelar o casamento formal para duzentas pessoas e substituir por um casamento simples na ilha, em Erikousa, mas agora ela estava lá.

Eles tinham conversado sobre o assunto durante vários dias, Stephen sempre parecia ouvir pacientemente, compreender a necessidade que Daphne tinha de visitar Yia-yia, mas se mostrava inflexível em não querer trocar a pompa e a circunstância da Nova Inglaterra por um casamento campestre numa ilha. Finalmente ele concordou. Foi a cratera que ajudou. Daphne mostrou a Stephen fotos dos espetaculares pores do sol em Santorini tiradas de uma linda propriedade particular situada nos rochedos de pedra calcárea sobre o mar, dando para a cratera da ilha. Durante a civilização minoica, uma catastrófica erupção vulcânica dizimou a ilha, transformando-a na fantástica meia-lua que era um dos locais favoritos dos turistas hoje em dia. Quando ela lhe disse que poderiam alugar a propriedade para a lua de mel e que sua prima Popi poderia ficar com Evie para que eles fizessem uma viagem a dois, ele finalmente concordou em realizar o casamento na Grécia. Stephen conseguiu o que queria – um tempo precioso a sós com a esposa – e Daphne conseguiu ir para perto de Yia-yia. Todo mundo saiu ganhando.

Apesar do colchão puído no quartinho dos fundos do apartamento de Popi e do barulho dos pratos no restaurante que ficava embaixo, Daphne tinha dormido muito bem, coisa que não fazia havia anos.

Ela teria dormido até mais tarde se o toque familiar da ligação de Stephen não a tivesse acordado.

– Bom-dia, meu bem. – Ela esfregou os olhos sonolentos.

– Desculpe se a acordei. Você deve estar exausta. – Ela podia ouvi-lo digitando no computador enquanto falava.

– Não, eu estou bem; aliás, estou ótima. Como vão as coisas em Nova York?

– Ocupado. Solitário. Detesto dormir naquela cama enorme sem você. Estou tentando resolver tudo por aqui para poder ir logo fazer de você uma mulher decente. Você esqueceu alguma coisa ou tem algo que quer que eu leve? Precisa de alguma coisa?

– Só preciso de você. Mal posso esperar que chegue aqui e conheça todo mundo.

Popi entrou no quarto carregando uma bandeja com frapê, figos frescos e *tsoureki*, o pão doce trançado que Daphne adorava, mas que não comia desde que a nutricionista que contratara mandou que ela cortasse tudo o que fosse branco da sua dieta. Daphne notou a naturalidade com que a prima equilibrava a bandeja pesada numa das mãos e lhe servia café com a outra. Os movimentos de Popi eram ágeis, aparentemente fáceis, mas

Daphne sabia que não era bem assim. Não havia nada de fácil nos anos de prática num restaurante para desenvolver aquela habilidade.

– Eu ligo assim que chegarmos a Erikousa. Te amo – Daphne acrescentou antes de desligar o telefone e se sentar na cama. Ela deu um tapinha no espaço ao lado dela.

– O que o meu novo primo queria? – Popi perguntou, colocando a bandeja na cama.

– Ele só queria saber se está tudo bem. – Daphne deu uma mordida no *tsoureki* e Popi se sentou ao lado dela. – E está imaginando qual dos seus amigos muito ricos, muito bonitos e muito solteiros ele poderia apresentar a você – Daphne brincou enquanto limpava as migalhas de pão do colo.

– Ora, *ella*, Daphne. Isso não é brincadeira que se faça – Popi disse.

– Hmm, quem foi que perdeu o senso de humor agora? – Daphne riu e Evie entrou no quarto, agarrada ao seu cachorrinho de pelúcia.

– *Ella*, Evie. Venha para junto da sua Thea. – Popi deu um tapinha na cama para a menina juntar-se a ela. – Há algumas coisas que você precisa aprender sobre Erikousa antes de irmos para lá. Nossa pequena ilha fica a poucos quilômetros daqui, mas é muito diferente.

Daphne sempre descrevera a ilha de Yia-yia como sendo um lugar mágico e lindo, e Evie estava ansiosa para ouvir o que Popi tinha a dizer sobre ela. Ela olhou cheia de expectativa para a tia.

– Em primeiro lugar, você precisa tomar cuidado com as viúvas negras – Popi avisou.

– Eu odeio aranhas. – Evie enfiou as unhas no pelo do cachorro e se abraçou com ele.

– Não são aranhas! – Daphne riu. – Popi está se referindo às irmãs babonas. – Ela se virou para Popi. – Elas ainda estão por lá?

– É claro que estão – Popi respondeu. – Evie, você deve andar sempre com um guardanapo no bolso. Isso é muito importante.

– Por que, Thea Popi?

– Quando saltar do barco em Erikousa, você vai ver muitas *yia-yias* esperando no cais. Todas elas saem de suas casas quando a barca atraca para ver quem está chegando e quem está partindo. Isso é para elas poderem voltar para casa e fofocar sobre todo mundo mais tarde. Elas gostam de dar boas-vindas a todo mundo que chega à ilha com dois beijos no rosto. – Popi se inclinou e beijou as duas bochechas rosadas de Evie. – Assim. Mas, ao contrário da sua Thea Popi, muitas das *yia-yias* têm beijos molhados. – Evie fez uma careta, e Popi continuou: – É por isso que você precisa de um guardanapo, para enxugar os beijos molhados das *yia-yias*. Está bem?

– Isso é nojento. – Evie franziu o nariz. – Eu vou ver TV – ela anunciou e saiu pulando do quarto. Daphne e Popi ouviram o barulho da televisão. Evie riu quando Pernalonga mastigou *karrota* em vez de cenoura.

– Essa é uma maneira de conseguir que ela aprenda a língua. O que a mãe não faz talvez Pernalonga consiga fazer. – Popi deu um dos seus sorrisinhos maldosos.

Daphne sacudiu a cabeça e conseguiu sorrir de leve. Para mudar de assunto, ela saltou da cama e pegou o saco que estava pendurado na porta do armário. – Eu ainda não lhe mostrei o meu vestido – ela disse e abriu o zíper do saco, revelando o vestido comprido de seda e renda creme. Ela se virou para a prima para ver o que ela achava.

– Daphne, é o vestido mais lindo que eu já vi!

Daphne tirou o vestido de dentro do saco e o estendeu sobre a cama. – Você acha mesmo? Não é um pouco exagerado? – Daphne mordeu o lábio enquanto alisava delicadamente o vestido para que Popi pudesse ver cada detalhe do corpete de renda sem alças, da cintura ligeiramente marcada, a saia reta de seda, pontilhada de pequenas pérolas e contas de cristal.

– Exagerado? Exagerado por quê? É o seu vestido de noiva. Tem que ser especial. E este – Popi olhou para Daphne enquanto passava os dedos pela renda delicada do vestido – este é muito, muito especial.

– Que bom. – Daphne levou a mão esquerda ao pescoço em sinal de alívio. – Eu estava torcendo para ouvir isso de você.

Usar um vestido comprido de alta-costura numa festa de casamento black-tie num clube elegante era uma coisa; usá-lo numa ilha de chão de terra era outra. Daphne nunca tivera a intenção de usar um vestido sofisticado, mesmo antes de os planos do casamento terem mudado. Mas Stephen a surpreendera com uma ida a um elegante ateliê de noivas na Quinta Avenida. Ele a tomou pela mão, entrou com ela no ateliê e pediu que as damas meticulosamente vestidas ajudassem sua noiva a escolher um vestido condizente com sua beleza. Depois ele entregou o cartão de crédito para a vendedora, deu um beijo em Daphne e a deixou com uma taça de champanhe na mão e muitos vestidos bonitos para escolher.

O sol da manhã iluminou seu anel de brilhante, fazendo um arco-íris de luz dançar nas paredes do quarto.

– Veja as costas. – Daphne virou delicadamente o vestido para mostrar a Popi a fileira dupla de botões incrustados de pérolas que descia por todo o comprimento do vestido.

Popi fez o sinal da cruz.

– Isso é demais! É lindo demais! Só tem um problema. – Um ar travesso iluminou o seu rosto e ela encarou a prima.

– Que problema? – Daphne perguntou enquanto examinava o vestido, procurando uma mancha ou um rasgão.

– O problema é que nenhum homem vai esperar você desabotoar todos esses botões no dia do casamento. O seu belo vestido vai ser todo rasgado quando ele tentar chegar ao que está por baixo.

Daphne riu.

– Muito engraçado, Popi. Mas Stephen é um homem paciente. Acho que não vou precisar me preocupar com isso.

– Você é doida. Nenhum homem é paciente em sua noite de núpcias.

– Bem, ele esperou dois anos até eu concordar em sair com ele. – Daphne afastou um pouco o vestido e se sentou na cama ao lado de Popi.

– Foi tanto tempo assim? Eu não sei qual de vocês dois é mais maluco: você por esperar tanto tempo para dizer sim, ou ele por esperar tanto tempo quando eu estava bem aqui, o tempo todo em que você se fez de difícil.

Daphne jogou um travesseiro na prima.

– Eu não estava *bancando* a difícil. Eu *era* difícil. Eu não estava pronta. Achei que nunca estaria.

Era verdade. Depois de perder Alex, Daphne nunca imaginou que um dia tornaria a amar. Mas, de algum modo, apesar da relutância inicial, apesar de todos os obstáculos e complicações, de um jeito quase milagroso, isso aconteceu.

Ela se lembrava da primeira vez que o viu do outro lado da imensa escrivaninha do encarregado de empréstimos do banco, onde ela estava sentada, nervosa. Estava desesperada pelo empréstimo e para preencher logo a papelada, sabendo que não podia pagar horas extras à *baby-sitter*. Ao entrar no banco aquele dia, Daphne conhecia a realidade da situação. Se o homem atrás da escrivaninha não visse o potencial do seu plano de negócios, seu destino estaria selado, o legado iria continuar, e ela também estaria condenada a passar a vida trabalhando em restaurantes.

Enquanto apresentava sua proposta, ela tentou sem sucesso ler a expressão do homem atrás da mesa. Houve momentos de esperança, quando ele balançou a cabeça ao ouvi-la explicar o plano de negócios, e momentos de terror, quando ele olhou para ela sem expressão alguma no rosto. Ela não fazia ideia de como as coisas estavam progredindo; só sabia que o tempo estava acabando. Ficou aborrecida a princípio, quando a porta foi aberta e o homem alto e imaculadamente vestido com um paletó de bolso quadrado entrou na sala, pedindo desculpas pela interrupção, e foi até a mesa do funcionário encarregado de empréstimos e entregou a ele um maço de papéis. Ele sorriu para Daphne, notando primeiro suas pernas tremendo sob a saia e depois seus olhos pretos como azeitonas.

– Oi, eu sou Stephen – ele disse, perguntando o nome dela. Ela disse a ele por que estava lá, rezando para que aquele homem de terno elegante pudesse ajudá-la de algum modo. Ele lhe desejou boa sorte e saiu da sala. Ela não sabia por quê, mas o tom grave da voz dele a colocou à vontade instantaneamente.

Quando o telefone tocou alguns dias depois e as palavras "A senhora foi aprovada" soaram em seu ouvido, ela pensou no homem bem-vestido e, por um instante, imaginou se ele a teria ajudado.

Os meses seguintes voaram sem que ela se desse conta; planejando, construindo, decorando, cozinhando... Ela pôs o coração e a alma na inauguração do restaurante, e o homem logo foi esquecido – até a noite em que entrou sozinho no seu restaurante recém-inaugurado.

Ele se sentou no fundo, saboreando seu fricassê de cordeiro e observando cada nuance do salão. Quando saiu da cozinha no final da noite, ela o reconheceu e foi imediatamente dar-lhe boas-vindas ao Koukla. Ele a convidou para tomar uma taça de vinho e eles ficaram horas conversando, a voz embriagadora dele ao mesmo tempo a fascinando e relaxando. Ele provou ser um ótimo papo, além de um aliado. Nada passou despercebido. Ele disse a ela quais os garçons que demoraram muito a servir e quais os pratos que deixaram os fregueses querendo mais.

Noite após noite por quase dois anos, eles terminaram a noite juntos com uma taça de vinho. Aos poucos, ficou claro que Stephen tinha realmente ajudado a convencer o encarregado de empréstimos. Também ficou claro que ele queria mais de Daphne do que simplesmente uma refeição e uma taça de vinho. Daphne não teve certeza a princípio, não teve certeza de estar preparada para dividir mais com aquele homem, com qualquer homem. Mas aquela voz grave tinha um jeito de deixá-la à vontade, de tornar mais fácil dizer sim.

O primeiro sim foi o mais difícil, depois ele tornou muito mais fácil dizer sim de novo... e de novo e de novo.

Três

— Anda, Daphne. Vamos. Assim nós vamos perder a barca – Popi gritou, enquanto empilhava a bagagem na mala do carro para o curto trajeto até o cais.

— Uma barca às dez horas – Daphne disse quando chegou ao carro. – Que coisa civilizada! Não posso acreditar que não temos mais que acordar de madrugada para pegar o *kaiki*. – Ela entregou a última mala a Popi e fechou a mala do carro.

Era uma tradição anual acordar às seis da manhã (ou, à medida que as meninas foram crescendo, passar a noite acordadas nas discotecas) para o trajeto de uma hora até a cidadezinha de Sidari em Corfu, onde os passageiros com destino a Erikousa tomavam o primitivo e apertado *kaiki* para a viagem de sessenta minutos até a ilha. Não havia primeira classe no *kaiki*, e todo mundo se apertava no meio de mercadorias, produtos agrícolas, animais, e *yia-yias* que tinham passado a vida toda na água, mas não podiam pôr o pé num barco sem ficar enjoadas, vomitando no balde que era passado de mão em mão. Daphne sempre achou que era o fedor daquele balde comunitário que deixava as *yia-yias* enjoadas, não o mar batido.

— Ele ainda navega, só que não com a mesma frequência. Agora temos o Big Al, a barca de Alexandros – Popi disse, enquanto ligava o carro para trajeto de dez minutos até o cais. – Ela não funciona todo dia, mas eu prefiro esperar pelo Big Al a ter de me apertar naquele velho *kaiki* junto com as galinhas.

— E o Ari? Não me diga que o Ari morreu?! – Daphne exclamou. Ari era o notório ilhéu que cuidava de cabras em Erikousa e viajava para Corfu para vender seu queijo artesanal. Apesar de eficiente em conseguir o melhor preço para o seu feta, ele era patético na caçada por uma esposa.

Os olhares lascivos de Ari e seus comentários impróprios eram ritos de passagem de verão para as meninas. Quando não estava tirando leite das cabras, ele as estava espionando enquanto tomavam sol ou "acidentalmente" se encostando nelas ao caminhar pela praia. Parecia inofensivo, pelo menos era o que elas esperavam. Mas havia sempre uma sensação de incerteza, de desconforto e até mesmo um traço de perigo sempre que ele aparecia sorrateiramente. Foi só quando chegou ao final da adolescência que Daphne entendeu por que às vezes tinha a impressão de que estava sendo observada quando nadava sozinha na enseada. Ela o viu lá uma vez, escondido atrás de uma árvore, quando saiu do mar. Ele não se aproximou para falar com ela, apenas ficou ali parado, olhando para ela.

Daphne correu até chegar em casa e cometeu o erro de contar para Yia-yia o que tinha acontecido. Daphne não pôde acreditar nos próprios olhos quando viu a velha senhora agir como se tivesse tomado uma injeção de soro da juventude. Não havia sinal de joanetes, ossos frágeis ou artrite quando Yia-yia agarrou seu facão de jardinagem e desceu a encosta correndo. Ela finalmente encontrou Ari fumando e tomando um frapê no terraço do único café da cidade. Yia-yia não se importou que toda a freguesia da hora do almoço ouvisse o que tinha a dizer. De fato, ela gostou que houvesse tantas testemunhas da promessa que fez de cortar fora seu pênis se ele ousasse se aproximar de novo da sua neta.

Popi interrompeu seus pensamentos.

– Não se preocupe, Daphne, Ari ainda está por aqui, e ainda está procurando uma esposa. Você pode visitá-lo, se quiser. Talvez você até mude de ideia e se torne Kyria Ari em vez de sra. Banqueiro Americano. – Popi deu um tapa no volante, rindo ao pensar na prima elegante morando numa casa de um cômodo só e ganhando a vida tirando leite de cabras.

– É uma ideia. – Daphne riu e elas chegaram ao cais.

A viagem de balsa foi simplesmente gloriosa. Muito diferente da época do *kaiki*, apertado e cheio de caixotes. O Big Al tinha uma forma elegante, com fileiras de assentos de verdade, um banheiro que funcionava, e até um bar sob o convés. Elas se sentaram no convés superior conversando a apreciando o cenário, tanto o natural quanto o humano.

Evie ficou encantada com os golfinhos que nadavam e pulavam ao lado do barco. Ela se debruçou na amurada, absorta pela sua bela coreografia sincronizada saltando da água. Daphne não conseguia tirar os olhos do caleidoscópio de sol e água que brilhava nas paredes das cavernas e grutas escavadas nos rochedos colossais de Corfu pelo persistente mar Jônico. Ela prendeu a respiração quando passaram pelo Canal d'Amour, onde mais de mil anos antes o mar tinha escavado um túnel através de uma enorme rocha. E esforçou-se para olhar através do canal, mordendo o lábio ao ver os casais nadando lá dentro, relembrando que Alex insistira para que eles nadassem juntos no canal para que seu amor fosse eterno, como prometia a lenda. Daphne imaginou se os casais que estavam nadando um dia iriam aprender, como ela aprendera, que a história era apenas uma história da carochinha, outra promessa vazia da ilha.

— Daphne, olhe. — Popi puxou a manga de Daphne. Ela virou a cabeça para a esquerda na direção de um jovem casal na extremidade do convés. Eles eram louros, queimados de sol e belos daquele modo desleixado dos mochileiros. Ele era alto, cabelo até os ombros, mechado do sol, e olhos azuis. Ela era ainda mais loura do que ele, magra e linda. Ele estava encostado nas mochilas, acariciando o cabelo dela, que se apoiava em seu peito.

— Você pode imaginar ser tão jovem e apaixonada? — Popi murmurou.

Daphne viu o rapaz se inclinar e beijar a testa da moça. Ela abriu os olhos, levantou a mão dele e a cobriu de beijos. Ele a beijou mais uma vez, depois se levantou e desceu, deixando a bela parceira tomando sol. Daphne não disse nada, mas seu olhar saudoso, quase triste, deixou claro que sim, que ela podia imaginar como era ser tão jovem e apaixonada. De fato, ela se lembrava muito bem. Mas isso, como tantos outros aspectos da sua vida, era apenas uma lembrança de outra vida.

Ela saiu do transe quando Popi deu um salto na cadeira.

— Ah. Meu. Deus. Daphne, veja. Veja quem é!

Daphne acompanhou o olhar de Popi e não pôde acreditar nos próprios olhos quando viu Ari. Era como se o tempo não tivesse passado. Ele ainda usava uma camisa de sarja azul desbotada, desabotoada até o umbigo, o mesmo short jeans desfiado e sandálias de dedo *sayonares*, e seu cabelo continuava sendo uma massa de ondas meticulosamente penteadas com gel, curto na frente e comprido atrás. A única diferença que Daphne notou foi a quantidade de cabelos grisalhos que havia na cabeleira antes toda negra.

As primas o viram parado no alto da escada, com um frapê na mão e um cigarro pendurado na boca. Ele apertou os olhos por causa do sol e observou o convés antes de continuar.

Ari se virou para a esquerda e começou a caminhar ao longo da amurada, dando de vez em quando uma tragada no cigarro e um gole na bebida. Daphne se divertiu ao ver que aquele rebolado horroroso, em que os quadris davam a impressão de girar enquanto os pés se arrastavam, também não havia mudado com o passar dos anos. As moças sabiam que este passeio no convés superior era mais do que um simples passeio. Seus olhinhos pretos logo encontraram seu alvo na beldade alemã de pernas longas que não fazia ideia de que sua calma viagem estava prestes a ser abalada pelo lendário conquistador.

– Ele não mudou nada, não é? – Daphne cochichou.

Ari chegou ao lugar onde a garota estava deitada, recostada nas mochilas, com os olhos fechados e o rosto virado na direção do sol. Havia muito lugar em volta dela, mas, em vez de rodeá-la para não encostar em suas pernas bronzeadas, ele pulou por cima delas. Quando levantou a perna, ele roçou de propósito o pé na coxa dela, suas unhas pontudas deixando um pequeno arranhão branco em sua pele. Ele falseou o pé para fingir que tinha tropeçado e então derramou o frapê. A moça levou um susto.

– *Signomi, signomi* – Ari resmungou e se inclinou, usando as mãos sujas para limpar o líquido das pernas da moça. – Desculpe. *Desole. Traurig.* – Ari desfiou seu repertório de idiomas, pedindo desculpas enquanto a moça encolhia as pernas contra o peito.

O namorado veio do bar no andar debaixo e encontrou a namorada sendo molestada diante dos seus olhos. Ele largou as cervejas que estava carregando e correu para confrontar o homem que tinha ousado pôr as mãos nela.

O alemão alto avançou sobre o grego robusto e o surpreendeu com um violento empurrão.

– Desculpe. Acidente. Acidente – Ari resmungou num inglês capenga enquanto se levantava.

O turista o empurrou até encurralá-lo contra a amurada do barco.

– Não toque nela! – ele gritou. O inglês dele era tão perfeito quanto a sua mira: o primeiro soco acertou bem na barriga de Ari. Ele ficou sem ar, e Daphne e Popi soltaram uma exclamação de surpresa ao vê-lo dobrar o corpo para a frente. Mas o namorado não estava satisfeito. O soco seguinte provocou um som seco ao acertar o queixo de Ari, jogando a cabeça dele para trás e fazendo seu corpo se debruçar para trás precariamente sobre a amurada.

– *Bitte, Anschalag* – a moça disse ao namorado, com medo de que seu temperamento o fizesse ir parar numa prisão grega.

– Ele vai matá-lo – Daphne exclamou, enquanto tentava tapar os olhos de Evie para que ela não visse a carnificina. Evie se agarrou na mãe e começou a chorar enquanto os passageiros continuaram a gritar. Mas ninguém interferiu.

Nessa altura, dezenas de pessoas tinham se juntado para assistir ao espetáculo. Vários homens gritaram para o alemão parar, mas os gritos não adiantaram. Muitos deles tinham sonhado em fazer a mesma coisa com Ari em alguma ocasião. Se o agressor de Ari fosse um deles, talvez eles não estivessem protestando tão alto.

Mas nada disso teve efeito sobre o rapaz, que estava determinado a fazer aquele estrangeiro moreno pagar por ter abusado de sua namorada, embora Ari já estivesse ferido e ensanguentado.

– Isso é uma maluquice! – Daphne gritou. Beijando o alto da cabeça de Evie e colocando-a no colo de Popi, ela se levantou e caminhou na direção do caos. O ar salgado da Grécia tinha penetrado em sua pele e reacendido o fogo que havia ficado anos apagado. Com o queixo erguido, Daphne marchou na direção do alemão.

– Pare com isso – ela ordenou –, você vai matá-lo. – Ela usou toda a sua força para puxar os braços dele e evitar que desse outro soco, mas não adiantou.

– *Stamata!* – Ela gritou enquanto tornava a puxá-lo.

Todos os olhos estavam em Daphne. Os passageiros ficaram em silêncio, vendo-a tentar afastar o homem. Finalmente, envergonhados pelo fato de uma mulher ousar fazer o que eles não tinham ousado, os homens começaram a se aproximar.

– Agora chega. – Um homem de cabelos grisalhos e boné de pescador foi o primeiro a falar.

O alemão ignorou o estrangeiro e tornou a se virar para Ari.

– Eu disse chega – o homem rosnou. Ele foi para trás do alemão, segurou o homem num abraço de urso, levantou-o do chão e – embora o rapaz se debatesse e chutasse – o carregou calmamente para o outro lado do convés e o largou lá.

O alemão encostou o punho ensanguentado na palma da mão esquerda.

– Ele mereceu.

– Eu sei que sim – o grego respondeu. Ele deu as costas para o jovem turista e voltou para onde um Ari desgrenhado estava desabado no chão.

– *Malaka* – o homem disse, com desprezo, para Ari.

Daphne voltou para onde estavam Popi e Evie.

– Bela tentativa, prima – Popi disse quando Daphne se sentou. – Você achou mesmo que ia parar aquele homem?

Daphne ergueu os braços trêmulos e puxou Evie para perto dela, depois enterrou a cabeça no cabelo da menina, perfumado de lavanda.

– Tudo bem, meu anjo? Era só um homem bobo se comportando muito mal. Não deixe que isso a aborreça, está bem? – Daphne se inclinou para falar com Popi. – Eu não podia ficar aqui sentada sem fazer nada. Veja aqueles sujeitos sentados ali. Nenhum deles fez nada até eu interferir.

– Não é sempre assim, Daphne? – Popi disse. – Eles acham que são o sexo forte e corajoso, mas nós sabemos que isso não é verdade, certo?

– Sim, nós sabemos. – Daphne abraçou Evie com força e olhou na direção do mar. Finalmente avistou o cais de Erikousa se aproximando.

Quatro

ERIKOUSA
VERÃO DE 1992

Daphne estava fora desde cedo e sabia que agora, quando o sol começava a se pôr, Yia-yia devia estar ficando preocupada. Ela podia imaginar a avó esperando em casa, no pátio cheio de flores, andando de um lado para o outro na cozinha ao ar livre, sob a sombra dos limoeiros e das oliveiras. Mama sempre dissera a Daphne que, já que o Senhor havia escolhido abençoá-los com uma filha única, mama e baba tinham a obrigação divina de protegê-la. Em sua casa em Nova York, mesmo tendo catorze anos de idade, Daphne nunca ficava fora da vista dos seus pais superprotetores, quanto mais passar o dia todo desaparecida. Mas isto era diferente. Isto era Erikousa. A ilha paradisíaca onde Daphne podia passar o verão todo explorando, nadando e fazendo exatamente o que queria, desde que voltasse para casa a tempo de partilhar uma refeição com Yia-yia.

— Yia-yia! Yia-yia! — Daphne gritou quando chegou à beira da escada que dava para o pátio onde a avó a esperava.

Yia-yia estava no meio do pátio exuberante, seu corpo pequenino soterrado pelo vestido preto disforme que era o seu uniforme, suas tranças grisalhas escondidas debaixo do lenço preto amarrado sob o queixo. Ela olhou para baixo e examinou o jardim. Um amplo sorriso iluminou seu rosto enrugado quando ela avistou a neta.

— Aí está você. Venha. Estou preparando o jantar — Yia-yia disse, acenando com os braços na direção do céu.

Daphne subiu os degraus de dois em dois. Sem se importar em trocar o maiô molhado, ela apenas se enrolou numa toalha e se sentou numa velha cadeira ao lado da avó. Daphne observou Yia-yia mergulhar a colher de pau numa panela de azeite fervente e remover um punhado de batatas fritas. A menina pegou uma batata crocante do alto da pilha e comeu enquanto Yia-yia descascava e cortava mais batatas com sua faquinha afiada. Era incrível para Daphne como seus dedos se movimentavam tão depressa e com tanta facilidade. Mesmo depois de tantos anos comendo a comida de Yia-yia, Daphne ainda ficava maravilhada com a perfeição das batatas fritas redondas. Eram divinas, muito melhores do que as batatas fritas gordurosas que vendiam em seu país. Fazer batatas fritas perfeitas era apenas um dos muitos talentos de Yia-yia.

– Como estava a praia? – Yia-Yia perguntou enquanto carregava gravetos para o fogo ao ar livre. Ela sabia que o óleo precisava atingir a temperatura certa para as batatas ficarem crocantes por fora e ligeiramente macias por dentro, do jeito como Daphne gostava delas.

– Estava boa. Silenciosa. Fui até a enseada de novo. Gosto quando não tem ninguém por perto. – Daphne respondeu enquanto pegava outra batata frita.

– Por que você não experimenta a praia amanhã? As outras meninas geralmente vão nadar de tarde. Seria bom para você ter algumas amigas para passar o dia, em vez de estar sempre sozinha ou conversando com uma velha como eu. Está bem, *koukla*? – Daphne era a *koukla* de Yia-yia – sua bonequinha grega.

Yia-yia sabia que Daphne não era como as outras meninas americanas que vinham passar o verão e viajavam em bando, tomando sol, nadando e flertando com os rapazes. Mas, por mais que ela adorasse cada momento passado com a neta, Yia-yia não queria que Daphne se refugiasse completamente nos rituais e no mundo que elas tinham criado nos últimos anos. Ela queria mais para a sua *koukla*.

– Não se preocupe, Yia-yia. Eu prefiro ficar com você. Você é muito mais divertida. – Ela piscou o olho para Yia-yia. – E ninguém faz batatas como estas. – Ela enfiou outra na boca. Além das batatas, elas iam comer um dos pratos favoritos de Daphne, ovos fritos com tomates frescos.

A menina viu Yia-yia untar outra panela com azeite e colocar os tomates frescos picados que tinha colhido no jardim aquela manhã. A mistura vermelha chiou e pipocou até os tomates atingirem a consistência perfeita, perdendo sua textura firme e virando uma pasta grossa. Com a colher de pau já um tanto velha e queimada, Yia-yia fez quatro buracos redondos no molho fervente. Daphne sabia que agora era a vez dela. Ela pegou os ovos frescos na cesta e os quebrou um a um nos buracos que Yia-yia tinha feito.

Depois, Yia-yia passou o dedo ao longo das compridas folhas verdes do galhinho de manjericão que acabara de colher.

– Olha aqui, você nunca cheirou um *basilico* como este. – Yia-yia balançou os dedos sujos de manjericão debaixo do nariz de Daphne, e elas sacudiram as cabeças ao mesmo tempo.

– É fantástico – Daphne sorriu para a avó.

– Deixe os parisienses com seus perfumes elegantes. Nós sabemos que este é o cheiro mais valioso do mundo. E é de graça, cresce bem aqui no meu jardim. – Com seus dedos retorcidos, ela arrancou algumas das folhas verdes.

Yia-yia despejou o manjericão na panela e esperou alguns instantes para as folhas murcharem. Acrescentou um pouco de sal e depois dividiu os ovos e tomates em dois pratos.

– Daphne! – Yia-yia exclamou quando viu Daphne estender a mão para pegar outra batata. – Deixe algumas para o jantar. – Ela se inclinou e bateu em Daphne com as folhas de manjericão.

– Desculpe, Yia-yia. Acho que é todo este ar fresco. Ele me deixa com fome.

– Ah, *koukla*, não faz mal. Elas são para você. Agora coma antes que os ovos esfriem. – Yia-yia entregou um prato a Daphne, junto com uma fatia grossa de pão, perfeito para molhar no saboroso molho de tomate.

Elas se sentaram ali mesmo, perto do fogo, e comeram a refeição simples. Yia-yia tinha abandonado fazia muito tempo a formalidade de pôr a mesa para comer dentro de casa. Ela e Daphne sabiam que a comida tinha um gosto muito melhor ali fora, sob a brisa salgada da ilha.

– Yia-yia. – Daphne pôs outra garfada de ovo na boca.

– Sim, *koukla mou*.

– Yia-yia, conte-me sobre Perséfone.

– Ah. Perséfone. Pobre Perséfone. Que pecado o que aconteceu com Perséfone – Yia-yia respondeu na voz cantada e triste que as mulheres da ilha adotavam instintivamente quando falavam sobre morte ou sobre algo remotamente trágico. O mito de Perséfone sempre tivera um significado especial para a velha mulher, e agora mais ainda, quando ela podia dividi-lo com Daphne, a bela criança que amava mais do que a própria vida.

Daphne bateu palmas, ansiosa.

– Conte-me novamente. O que aconteceu com ela?

Yia-yia equilibrou o prato no joelho, enxugou as mãos no avental e depois alisou o lenço da cabeça com as mãos fortes e cobertas de manchas. Vagarosamente, começou a falar.

– Era uma vez uma bela donzela cujo nome era Perséfone. A mãe dela era Demetra, a grande deusa da agricultura. Um dia, Perséfone e suas amigas estavam no campo, colhendo flores silvestres, quando foi vista por Hades, o rei das profundezas. Demetra tinha avisado Perséfone para não se afastar das outras moças. Mas Perséfone estava tão ansiosa em achar as flores melhores e mais perfeitas para uma grinalda que estava fazendo que se esqueceu das palavras de advertência da mãe e se aventurou um pouco mais longe na campina. Hades viu a linda Perséfone e se apaixonou instantaneamente por ela. Então, ele decidiu que aquela donzela ia ser sua rainha, a rainha das profundezas. Num segundo, Hades veio com sua biga das entranhas da terra e agarrou a jovem Perséfone, levando-a em prantos para a escuridão onde ele reinava.

Daphne chegou mais para perto da avó, passando as mãos pelos braços como que para se livrar das mãos frias de Hades.

Yia-yia continuou.

– Demetra escutou os gritos da filha e correu para a campina, mas, quando chegou lá, só encontrou a grinalda inacabada que tinha caído das mãos de Perséfone. Demetra ficou inconsolável. Ela percorreu a terra durante vários meses em busca da filha. A deusa ficou tão desesperada que se recusou a permitir que os grãos florescessem. A terra ficou estéril e as pessoas morriam de fome. Mas Demetra jurou que nada iria florescer enquanto Perséfone não fosse devolvida. Zeus olhou do alto do Monte Olimpo e, quando viu que a grande escassez de alimentos ameaçava a existência da humanidade, ordenou que Hades devolvesse Perséfone à mãe. Hades obedeceu, mas, antes de permitir que Perséfone partisse, ele preparou um banquete e mandou que ela comesse para se preparar para a longa viagem até em casa. A jovem Perséfone olhou para o banquete diante dela, mas só conseguiu comer seis sementes de romã. Foram essas seis sementes pequenas e vermelhas que selaram seu destino e o de todos os seres humanos da terra. Segundo as leis das profundezas, quando você comia na mesa de Hades, era obrigado a voltar para o seu reino de trevas. Como comeu seis sementes, Perséfone ficou obrigada para sempre a passar seis meses como rainha das trevas. O resto do ano ela poderia passar na terra com a mãe.

Yia-yia chegou mais perto.

— E é por isso que a terra fica fria e estéril durante os meses de inverno, Daphne *mou*. É quando Perséfone se senta ao lado de Hades nas profundezas enquanto Demetra vaga pela terra, triste e solitária, recusando-se a permitir que alguma coisa floresça até que Pérséfone seja devolvida aos seus braços.

Daphne e Yia-yia ficaram caladas depois que Yia-yia terminou a história. Ambas olhavam atentas para o fogo, pensando no mito. Mas Daphne e Yia-yia sabiam que isto era mais do que apenas outro mito, fábula ou história; era a história delas.

Daphne quebrou o silêncio.

— Eu não quero que o verão acabe. Queria que ele nunca acabasse.

Yia-yia não respondeu. Não conseguiu. Ela virou a cabeça e olhou para a ilha verdejante, ouvindo as folhas dos ciprestes balançando ao vento e enchendo o ar da noite com seu lamento abafado. Inclinando a cabeça na direção das árvores, Yia-yia concordou com a cabeça.

Ela sabia que as folhas cantavam para ela, que só elas conseguiam entender a angústia de outro inverno sem a sua Daphne. Yia-yia levantou a mão e enxugou as lágrimas que escorriam pelo seu rosto.

Cinco

Daphne se debruçou na amurada quando a balsa se aproximou do porto de Erikousa. Ela mal podia acreditar nos próprios olhos. Era como se um mar de corpos os esperasse na praia, como se toda a ilha tivesse aparecido para dar as boas-vindas à noiva e sua filhinha. Ela segurou a mãozinha de Evie enquanto elas se preparavam para desembarcar do barco e passar pela multidão de parentes e conhecidos e pelo mar negro de viúvas idosas que tomavam toda a ruazinha estreita de concreto do cais.

Era bom estar de volta. Quando segurou a mão de Evie e contemplou a paisagem, Daphne ficou maravilhada ao ver como ela era verde, impecável, pura e primitiva. Não havia prédios altos, arranha-céus ou estruturas de concreto para quebrar a paisagem natural da ilha. Cores vivas se sucediam, como se um arco-íris tivesse caído do céu e impregnado a terra e o mar com uma vibração normalmente reservada apenas aos deuses. O mar de cobalto se derramava ritmadamente na areia parda, que cedia lugar à vegetação exuberante formada pelas velhas oliveiras. Limoeiros reluzentes eram pontilhados de gigantescos raios de sol dourados, enquanto arbustos de amoras se curvavam ao peso de frutas cor de vinho. E, é claro, os altos e esguios ciprestes, com seu porte aristocrático, protegiam todo o resto.

Ela respirou fundo e encheu os pulmões mais uma vez com o ar do mar, sabendo que aquele ar salgado e úmido em breve daria lugar ao típico perfume da ilha de alecrim, manjericão e rosas.

– Ah, mamãe, é tão bonito – Evie disse.

– É sim, meu bem – Daphne respondeu.

– Ei, Evie, toma aqui. – Popi cutucou a garotinha e enfiou um lenço de papel no bolso de trás da sua calça jeans. – Para as irmãs babonas. Elas estão todas aqui – ela disse, piscando o olho.

Evie riu. Ela franziu o nariz, pôs a língua para fora e tornou a fazer um som de nojo. Segurou com força a mão de Daphne, enquanto elas desciam a rampa da balsa e se misturavam com a multidão que esperava no cais.

Assim que os pés de Daphne e Evie tocaram o chão, elas foram cercadas. Dezenas de tias, tios, primos, vizinhos, amigos e até estranhos se aproximaram delas por todos os lados; abraçando, beijando, beliscando, babando e bajulando. Daphne foi tomada de emoção e de ondas de náusea. O calor da manhã misturado com o cheiro forte dos anciãos da ilha que, mesmo naqueles tempos modernos, não usavam desodorante.

– Daphne, senti saudades suas.
– É tão bom ver você.
– Evie, você está linda.
– Pobre Daphne. Eu também sou viúva. Só eu consigo entender a sua dor.
– Daphne, estou tão feliz por você. Você vai ser uma noiva linda.
– Daphne, você está doente? Por que está tão magra?

Os cumprimentos foram calorosos, simpáticos, carinhosos e infindáveis. Daphne fez questão de abraçar e beijar todo mundo, mesmo sem saber quem era a pessoa. A última coisa que queria era parecer arredia ou ingrata quando, na verdade, era maravilhoso se sentir tão amada e bem-vinda.

Ela cumprimentou toda mulher mais velha com um caloroso "*Yia sou, Thea*" e todo homem mais velho com um alegre "*Yia sou, Theo*". "*Yia sou, Ksalthelfi*" foi reservado para os jovens habitantes da ilha cujos nomes ela não sabia. Essa era a beleza de ser de Erikousa – todo mundo tinha algum tipo de parentesco, então, mesmo que você não soubesse com quem estava falando, dava para se safar com um simples tio, tia ou primo, e ninguém percebia.

Depois de examinar a multidão por entre as cabeças e corpos que não paravam de se aproximar delas, foi Daphne quem a viu primeiro. – Yia-yia, Yia-yia!

Ela segurou com força a mão de Evie e a levou para o outro lado do cais, onde Yia-yia as esperava. Ela estava usando seu largo vestido preto, lenço de cabeça e meias pretas, embora estivesse fazendo um calorão. Estava parada ali sozinha, um tanto afastada do resto da multidão, apoiada na sua bengala de bambu e segurando as rédeas de Jack – abreviatura de Jackass –, o burro que Daphne tinha batizado tantos verões atrás.

– Yia-yia, Yia-yia – Daphne soluçou abraçada à avó adorada. A velha senhora largou a bengala e até as rédeas do seu querido burro e agarrou Daphne como se nunca mais fosse soltá-la. Elas ficaram ali abraçadas um tempão, chorando incontrolavelmente, o corpo sacudido pelos soluços, o vestido desbotado e manchado de poliéster preto apertado contra o delicado vestido de linho branco.

– Toma, mamãe. – Daphne sentiu um puxão na saia e olhou para baixo. Evie estava sorrindo para ela, oferecendo o lenço de papel que Popi tinha colocado mais cedo em seu bolso.

– Obrigada, meu bem. – Daphne pegou o lenço da mão de Evie e enxugou o rosto manchado de rímel. – Evie, esta é Yia-yia – Daphne disse, radiante.

Espontaneamente, Evie deu dois passos na direção de Yia-yia.

– *Yia sou,* Yia-yia. *S'agapo.* – Evie abraçou as pernas de Yia-yia com seus bracinhos.

Yia-yia se inclinou e tocou no rosto angelical de Evie. Ela baixou o rosto encovado sobre a cabeça da bisneta e acariciou-lhe o cabelo, suas lágrimas caindo como uma chuva de verão no solo escuro dos cachos de Evie. – Eu amo você, Evie *mou* – Yia-yia respondeu, esgotando seu vocabulário em inglês.

Daphne contemplou encantada a filha e a avó. Ela estava muito preocupada com o nervosismo de Evie em relação a estranhos. Em casa, Evie era tão tímida que Daphne não sabia como ela ia lidar com sua nova e às vezes autoritária família. Evie sempre fora uma criança introvertida, temerosa de novas experiências e de novas pessoas. De fato, tinham sido necessárias semanas de convencimento para que Evie concordasse em olhar para Stephen, quanto mais falar com ele. Daphne não pôde acreditar quando viu a rapidez com que Evie se acostumou com Popi em Corfu. Mas, ao vê-la agir tão carinhosamente em relação a Yia-yia, usando espontaneamente a única frase em grego que sabia de cor, Daphne imaginou se o ar de Erikousa não estaria enfeitiçando Evie também.

– Daphne – Yia-yia disse. – Daphne, isto não é uma criança. É um anjo enviado do céu. – Yia-yia segurou o queixo de Evie com seus dedos de anciã. A mão da velha senhora tremeu ligeiramente, mas ficou firme ao tocar o rosto da menina.

– Sim, ela é um anjo. E você também – Daphne disse, inclinando-se para entregar a bengala de Yia-yia.

– Você me disse ao telefone que ela é tímida. Esta criança não é tímida. Esta criança é cheia de vida. Olhe para ela. – Yia-yia riu e continuou olhando para Evie.

– Em casa, ela é. Mas aqui, desde que chegamos, parece outra criança.

– Ela não é outra criança – Yia-yia insistiu. – Ela é a mesma criança maravilhosa tanto aqui quanto lá, Daphne *mou*. A diferença é o amor. Ela sabe quanto amor existe aqui por ela.

As duas mulheres viram Evie estender a mão para acariciar Jack.

– As crianças sabem quando estão cercadas de amor, Daphne *mou* – Yia-yia continuou. – Elas podem sentir a diferença. Esta criança tem um dom, Daphne, eu posso sentir isso.

– Um dom?

– Sim, ela é abençoada, Daphne *mou*. Posso ver isso nos olhos dela. – Yia-yia levantou o rosto e sorriu, enquanto uma brisa delicada, quase imperceptível, soprava no porto. – Eu posso ouvir isso na brisa. – Yia-yia olhou para o topo das árvores, como se pudesse ouvir o murmúrio dos ciprestes cantando para elas.

Daphne chegou mais para perto da avó e descansou a cabeça em seu ombro. Fazia tanto tempo que ela não ouvia Yia-yia dizer que os murmúrios do cipreste existiam, que ela podia ouvir as vozes da ilha. Durante muito tempo, Daphne tinha acreditado no que Yia-yia dizia; ela havia implorado, rezado e sonhado que um dia iria ouvi-los. Mas os murmúrios jamais haviam se materializado para Daphne, e aos poucos suas esperanças foram substituídas pelo eco distante da insistência de Yia-yia. Passado algum tempo, Daphne simplesmente parou de desejar, parou de acreditar.

Depois de combinar de se encontrarem para um frapê mais tarde, Popi foi para a pequena casa que herdara do pai, do outro lado do porto. Daphne e Yia-yia colocaram a bagagem no lombo de Jack, deixando um espaço para Evie montar nele. Carros eram coisa rara na ilha, onde as estradas continuavam a ser quase todas de terra e estreitas demais para um carro passar.

Daphne ficou encantada ao ver que os burros ainda eram o meio mais comum de transporte. Ela e seu velho amigo Jack tinham vivido muitas aventuras juntos, e ela sabia que Evie estava louca para viver as dela.

A pequena caravana avançou devagar pela rua principal que saía do porto, passou pela pequena área do centro da cidade na ilha. As três eram uma visão e tanto. A velha vestida de preto, curvada e puxando as rédeas de Jack com uma das mãos e segurando com força a bengala com a outra. Evie, radiante, montada no lombo de Jack, carregado de malas, acariciando continuamente o pescoço dele, enquanto o animal avançava devagar pelo calçamento rachado e irregular. Daphne ia andando ao lado de Jack e de Evie, sem tirar os olhos da garotinha, com os braços preparados para pegar Evie, caso ela escorregasse do lombo do burro.

Assim que chegaram à placa pintada de azul e branco que dizia "Bem-vindo ao Hotel Nitsa", Yia-yia parou e se virou para Daphne.

– Daphne *mou*, você quer dar um alô para Nitsa? Dizer a ela que você está aqui? Ela me pergunta todo dia quando você vai chegar. Você precisava ver, Daphne, como ela corre de um lado para o outro como se estivesse planejando o casamento da própria filha. – Yia-yia sacudiu a cabeça. O tom de sua voz mudou e ela suspirou.

Daphne sabia o que vinha depois. Ela se preparou para o lamento que sabia que viria em seguida. Ouvir o gemido e o choro das mulheres da ilha tinha sido sempre o mesmo que ouvir uma unha raspando o quadro-negro para Daphne.

– Ahhhaaa. – Yia-yia sacudiu a cabeça e começou a falar meio cantando. – Ahh, pobre Nitsa, pobre viúva sem filhos. É como se ela estivesse planejando o casamento da própria filha, da filha que nunca conheceu, que nunca pôde ter. Pobre Nitsa, solitária e sem filhos.

Nitsa era a bela mulher que administrava o pequeno hotel rústico com mais cuidado do que se fosse um resort da cadeia Ritz-Carlton. Era o único hotel da ilha e suas acomodações eram muito simples. Mas o que faltava em luxo ao Hotel Nitsa, sobrava em limpeza e hospitalidade. No saguão, a pequena área de recepção e bar dava para um terraço florido que Daphne sabia ser o local perfeito para sua festa de casamento.

Nitsa ficou encantada quando Daphne ligou com a notícia e o pedido de reserva do hotel inteiro para a festa. Os negócios andavam devagar ultimamente, e este evento foi um salva-vidas para Nitsa, que também era viúva e dependia dos turistas para sobreviver.

Daphne olhou de Yia-yia para as portas do hotel. Por mais que ela desejasse ver Nitsa, não estava com vontade de tratar de negócios naquele momento. Tudo o que desejava era chegar em casa, tirar os sapatos, sentar-se debaixo do limoeiro e se fartar da comida que Yia-yia tivesse preparado.

– Vamos logo para casa, Yia-yia. Eu posso visitar a Nitsa mais tarde.

– Está bem – Yia-yia respondeu. – Vocês devem estar cansadas e com fome, vamos para casa. Tenho surpresas maravilhosas para você. Podemos ver a Nitsa mais tarde. Jack, *ella*, vamos. – Yia-yia estalou a língua diversas vezes sinalizando para o companheiro de quatro patas que ele devia continuar andando. Mas, quando Yia-yia levantou a bengala para dar o primeiro passo, as portas do hotel se abriram.

Ele era alto, muito bronzeado e barbado – bonito, mas não no sentido tradicional da palavra. Havia algo de grosseiro nele: o nariz torto que parecia ter sido quebrado numa briga de bar, o rosto queimado de sol com uma barba cerrada, com fios grisalhos, o que lhe dava um ar atraente e primitivo. Daphne jamais o vira antes.

Ele desceu a escada correndo na direção de Yia-yia.

– Yianni *mou*! – Yia-yia exclamou, levantando a bengala no ar.

– Thea Evangelia. – Um sorriso carinhoso se espalhou pelo rosto dele quando a viu. Ele a abraçou e beijou em ambas as faces.

– Yianni *mou*. Eu estava preocupada com você. Faz dias que não o vejo. Achei que tinha se esquecido de mim – Yia-yia disse, brincando.

– Thea Evangelia, como eu poderia me esquecer da senhora, a mulher mais inesquecível da ilha? Desculpe, eu não queria ir embora sem me despedir, mas não achei que fosse demorar tanto. Tive que ir buscar uma peça para o meu barco em Kerkyra. Aquele *malaka* me mandou a hélice errada da última vez e eu perdi dois dias recolhendo minhas redes. Mas agora... – Yanni levantou um embrulho de papel pardo como se fosse um troféu. – Agora eu posso voltar para as minhas redes e o meu barco. – Yianni não tirou os olhos do rosto de Yia-yia, e ela manteve a mão dele encostada em seu rosto.

Daphne ficou ali parada, olhando para Yianni e Yia-yia. Ela não fazia ideia de quem era aquele homem; nunca ouvira Yia-yia pronunciar o nome dele.

— Yianni *mou*. — Yia-yia usou a bengala para apontar para trás, sem soltar a mão de Yianni. — Esta é a minha bisneta Evie, ela não é linda? — Yia-yia apontou radiante para o lombo de Jack, onde Evie estava montada, acariciando Jack como se ele fosse um gatinho.

— Sim, ela é muito bonita — Yianni concordou. Ele olhou para Evie, mas não fez contato visual nem mesmo notou a presença de Daphne.

— E esta... — Yia-yia anunciou. — Esta é a minha Daphne, a minha neta. Ela é a chef famosa de Nova York de quem eu falei para você.

— Sim — ele disse, sem olhar para onde ela estava. — A *Amerikanida*.

Daphne olhou espantada para ele, sem entender. Foi o modo como ele falou a palavra *Amerikanida*. Seus pais tinham lutado muito para ela usar aquele título, e ela o usava com orgulho. Mas o modo como a palavra tinha saído de sua boca não tinha nada a ver com orgulho. O modo como ele a pronunciou pareceu mais como uma acusação.

Yia-yia continuou:

— Sim, ela é a minha *Amerikanida*. E muito esperta também. As mesmas coisas que nós damos para os nossos amigos e a nossa família de graça, aqui, ela vende por centenas de dólares em Nova York.

Normalmente, Daphne ficava sem jeito quando Yia-yia se vangloriava tão abertamente dela, mas desta vez ela não ligou. Ela queria que aquele homem soubesse exatamente quem ela era e o que ela era, a *Amerikanida*.

— Sim, eu sei como eles são em Nova York, Thea Evangelia. — Yianni disse com desprezo. — Você poderia colocar um pedaço de bosta num espeto, inventar um nome extravagante para isso, e as pessoas iriam fazer fila na rua para ter o privilégio de comer. Eles têm tanto, mas sabem tão pouco — Yianni continuou, apertando carinhosamente o ombro de Yia-yia, como se eles estivessem compartilhando uma piada particular que Daphne não achou nada engraçada.

— Na verdade, Nova York é conhecida por seus excelentes restaurantes — Daphne falou rispidamente. — Mas eu imagino que você não deva entender muito de comidas finas ou de Nova York. — Quando ouviu o que tinha acabado de dizer, Daphne não pôde acreditar que tinha dito aquilo. Era tão atípico dela ser grosseira daquele jeito.

– Você está enganada, chef americana. Eu sei mais sobre Nova York do que você pensa. – Yanni finalmente se virou para olhar para Daphne. – E eu também sei que as pessoas que afirmam ser as mais cosmopolitas são geralmente as mais ignorantes.

Sua agressão verbal atingiu o alvo com incrível precisão. Daphne ficou sem fôlego ao ouvir aquelas palavras. Ela procurou uma resposta à altura, mas Yia-yia falou antes que Daphne pudesse encontrar uma ofensa adequada.

– Ah, Yianni, você sempre encontra as palavras certas. Concordo com você. Eu não ligo para essas cidades grandes cheias de estrangeiros quando tudo de que preciso e todo mundo gosta está bem aqui. – Yia-yia riu, jogando a cabeça para trás, o lenço escorregando da cabeça para os ombros, revelando as tranças que usava sempre caídas nas costas.

– Yianni, eu vou fazer uma oração especial para que suas redes se encham de peixes. – Yia-yia se virou para Daphne. – Yianni é um ótimo pescador, Daphne. Ele é um tanto novo aqui em Erikousa, mas ama a nossa ilha tanto quanto nós. Seja especialmente simpática com ele, já que ele irá alimentar os convidados do seu casamento com suas dádivas do mar. – Yia-yia deu o braço a ele.

Daphne não podia acreditar no que estava vendo e Yia-yia continuou a rir satisfeita, olhando para Yianni. O homem tinha ofendido Daphne com tanto descaso na frente de Yia-yia, exatamente a pessoa que Daphne esperaria que fosse sempre defendê-la ferozmente. Era como se as leis da natureza estivessem sendo reescritas diante dos seus olhos.

– *Ella*, Yianni. Nós vamos para casa comer. Quer vir conosco? Eu fiz *boureki* e *spourthopita*. Sei que você adora os dois – Yia-yia disse tentadoramente, batendo de leve nas pernas dele com a bengala.

Daphne mal podia esperar para chegar em casa e cair de boca no cremoso e suculento empadão de frango *boureki* de Yia-yia, ou na *spourthopita* de abóbora doce. Mas a ideia daquele homem grosseiro se intrometendo na refeição delas era simplesmente demais. Ela tinha viajado milhares de quilômetros para jantar com Yia-yia, não com aquele estranho mal-educado. Mas, antes que ela tivesse a chance de protestar, Yianni se manifestou:

– Thea, obrigado. Não, eu preciso ir. Mas guarda um pouco de *spourthopita* para mim. Você sabe que eu seria capaz de comer uma panela inteira. – Yianni beijou Yia-yia dos dois lados do rosto e se virou para ir embora.

– Está bem, Yianni, mas prometa que virá almoçar amanhã. Vou preparar uma coisa especial para você – Yia-yia disse.

– *Entaksi*, está bem, Thea. Eu prometo que vou. – Yianni acenou para Yia-yia e depois caminhou diretamente na direção de Daphne na rua estreita.

Mal havia espaço para ele passar. A razão mandou que ela se afastasse, para dar lugar para ele e evitar outro confronto embaraçoso. Mas a raiva e a frustração tinham tirado a razão do caminho. Daphne não arredou pé.

Ele que se desvie de mim. Ela não se mexeu e ele caminhou na direção dela, exatamente onde estava parada.

Ele passou tão perto de Daphne que os pelos do braço dele roçaram os dela – perto o suficiente para ela sentir o cheiro de café grego em seu hálito e de água salgada e suor em sua pele. Quando já estava a alguns metros de distância de Daphne, ele finalmente se virou e olhou para ela com um sorriso no rosto.

– Eu a verei amanhã no almoço, *Amerikanida* teimosa – ele anunciou enquanto punha na cabeça um velho chapéu de pescador e se dirigia para o porto.

Daphne o viu ir embora. Ela sentiu o rosto ardendo como se estivesse pegando fogo. – *Malakja* – ela murmurou, alto o suficiente para ele ouvir.

Mas não houve resposta do pescador, apenas o farfalhar dos ciprestes sob a brisa da tarde.

Seis

Ao subir os degraus de pedra rachados da casa de Yia-yia e fechar o portão do quintal atrás dela, Daphne esperava ser consolada pela visão familiar do grande limoeiro cujos galhos se inclinavam para baixo sob o peso dos frutos, dos potes de cerâmica azul e branca cheios de manjericão e dos bancos de madeira que ainda ficavam perto do fogo como se aguardassem mais uma das histórias de Yia-yia que só terminavam tarde da noite.

Desde garotinha, Daphne cruzava aqueles portões rindo animadamente. Mas, por mais feliz e animada que estivesse por estar ali de novo, desta vez era diferente.

O encontro não tinha durado muito, mas era como se cada segundo que tinha passado na presença de Yianni, tivesse aumentado sua frustração. Daphne tinha a impressão de ter voltado aos tempos antigos, quando as fúrias aladas costumavam atormentar os mortais. Ela se lembrava de tentar imaginar como seriam os pequenos animais enquanto lia a *Oresteia* de Ésquilo na adolescência.

Foi isso que Orestes sentiu?, ela pensou.

Ao contrário de Orestes, Daphne sabia que não tinha cometido nenhum pecado, nenhuma ofensa contra os deuses ou a natureza. Esta não era a lendária e arruinada casa de Agamenon, e ela não era um herói mitológico, nem mesmo uma jovem donzela cujo casamento ou sacrifício poderia mudar o curso da guerra. Daphne era meramente uma mortal – uma mulher solitária que tinha perdido o amor de sua vida cedo demais e finalmente, após anos de luto, estava pronta para abrir de novo o seu coração. Este lugar deveria ser o seu refúgio, a sua recompensa. Daphne achava que tinha conquistado o direito de voltar ali, de recordar e talvez até, de certa forma, reviver os puros e simples prazeres da sua juventude.

Enquanto percorria o pátio, ela foi passando a mão pelas folhas de manjericão. Quando chegou à última planta, levou os dedos ao nariz e aspirou o cheiro forte e familiar. Inclinando-se, ela arrancou um galho e sacudiu as folhas sob o nariz. Nos tempos antigos, acreditava-se que um galho de manjericão tinha o poder de abrir os portões do paraíso.

Chega. Já chega, Daphne pensou, soltando um suspiro profundo, abrindo os olhos e dando a mão para Evie.

– Vamos, Evie. – Naquele momento, Daphne prometeu a si mesma que, embora aquele homem tivesse conseguido estragar sua manhã, ela não ia permitir que arruinasse todo o seu dia, nem o de Evie.

– Vamos, *koukla*, venha conhecer o lugar antes do almoço – ela anunciou, surpreendendo-se com o tom alegre de sua voz.

De mãos dadas, Evie e Daphne atravessaram o jardim, passando por fileiras e mais fileiras de trepadeiras carregadas de tomates vermelhos e perfumados. Elas desceram a escada dos fundos, passaram por uma parede de madressilvas cujas florezinhas cobriam a área com um coro de abelhas zumbindo. Foram até onde Yia-yia mantinha Jack amarrado, debaixo de uma grande oliveira com galhos frondosos que mantinham o velho amigo na sombra.

Como se estivesse esperando, Jack baixou a cabeça quando Evie se aproximou. A menina estendeu o bracinho para acariciar o local macio logo acima do nariz do burro. Jack se inclinou mais ainda e cheirou o pescoço de Evie.

– Ah, mamãe, ele me deu um beijo. Ele gosta de mim. – Evie disse, rindo.

– Sim, meu bem. É claro que gosta. – Elas estavam em Erikousa havia menos de duas horas, e parecia que Evie já tinha feito um amigo querido.

– Vamos, benzinho, eu quero mostrar outra coisa para você. – Daphne tirou as mãos da filha do pescoço de Jack.

Ela conduziu Evie pelo jardim, desceu a escada de pedra que ficava nos fundos e ia dar no barulhento galinheiro de Yia-yia. Daphne abriu o portão de arame e empurrou Evie para dentro antes de fechá-lo rapidamente. Uma vez lá dentro, Evie olhou para baixo e seus pés ficaram paralisados quando ela viu meia dúzia de pintinhos amarelos correndo como marinheiros bêbados em volta dela. Daphne se inclinou devagar, pegou um pintinho e o colocou nas mãos de Evie. Ela ficou parada em silêncio, observando o rosto da filha se iluminar de alegria quando passou os dedinhos pela macia penugem da pequena ave.

Daphne não ousou se mexer. Ficou ali olhando enquanto Evie acariciava cada um dos pintinhos. Parecia que a garotinha queria que todos os bichinhos se sentissem amados, que nenhum se sentisse excluído.

– *Ella, elllla*. Daphne, Evie. *Elllla.* – A voz cantada de Yia-yia soou abafada no meio daquela barulhada de asas batendo, galinhas cacarejando e gritos de alegria de Evie.

Daphne levantou a cabeça e apertou os olhos para enxergar no sol.

– Daphneee, Eviee... *Ellllaaaa* – Yia-yia tornou a chamar.

Daphne levou a mão à testa para proteger os olhos da claridade. Mas não adiantou. Com o sol vindo de cima da casa, ela só conseguia enxergar a silhueta escura de Yia-yia lá no alto, no terraço, com a colher de pau erguida na direção do céu, chamando a neta e a bisneta para almoçarem.

– Estamos indo, Yia-yia. *Erhomaste* – Daphne respondeu.

– Posso levar o pintinho comigo? – Evie implorou quando a mãe abriu o portão para ela passar. – Por favor, mamãe – ela pediu enquanto acariciava a penugem do pintinho, que ainda carregava nas mãos.

– Não, meu bem. Você tem que deixá-lo aqui. Mas pode voltar depois do almoço para brincar com ele – Daphne disse.

– Você promete? De verdade? – Evie perguntou com um tom quase acusador. Ninguém mais que estivesse ouvindo a conversa entre mãe e filha teria percebido, mas ele estava lá. Daphne sabia. Ela o tinha ouvido muitas vezes antes, e cada vez que a menina usava aquele tom partia um pouco mais o seu coração.

– Sim, eu prometo – Daphne concordou, agachando-se para olhar bem nos olhos de Evie. Ela segurou o rostinho rosado da filha com as duas mãos. – Esta é sua casa, meu bem. Estes são os seus pintinhos. Você pode vir aqui sempre que quiser e brincar com eles o quanto quiser. Está bem? – Ela deu um beijo na ponta do nariz de Evie. – Está bem? – Ela repetiu enquanto apertava o rosto da menina com mais força.

Daphne fez que o que pôde para tranquilizar a filha e, aparentemente, pareceu estar funcionando. Para uma criança que geralmente passava os dias enfiada num apartamento brincando sozinha com seus bichos de pelúcia, estar ali ao ar livre – num galinheiro com galinhas de verdade ainda por cima – era como a realização de um sonho. Era um gosto de ar livre e liberdade que Daphne sabia que a filha desejava. E era um desejo que Daphne queria muito satisfazer.

Daphne sempre tivera as melhores intenções em relação a Evie; estava constantemente planejando passeios ao Zoológico do Bronx e piqueniques no Central Park. Mas as melhores intenções de Daphne nunca eram suficientes para compensar a hora errada em que o subchef do Koukla faltava por problemas de saúde ou quando o inspetor de vigilância sanitária aparecia para uma visita de surpresa. Havia sempre algum motivo para Daphne mais uma vez adiar os planos de passear com a menina e correr para o restaurante com uma Evie desapontada atrás dela.

Daphne sentia uma dor no coração sempre que via a garotinha sentada a uma mesa no fundo da sala com um ar desapontado. Sempre que avistava Evie sentada ali sozinha, lembrava-se de todas as vezes que os pais tinham feito o mesmo com ela. Na superfície, um *estiatorio* quatro estrelas em Manhattan parecia muito diferente de uma lanchonete engordurada em Yonkers. Mas Daphne sabia que, para uma garotinha solitária, eles eram a mesma coisa.

Yia-yia enxotou Daphne da cozinha quando elas chegaram a casa e recusou qualquer ajuda com o almoço. Agora, ali parada no pátio vendo os últimos preparativos de Yia-yia, Daphne ficou com água na boca ao ver o banquete que Yia-yia tinha preparado. Havia montanhas de comida: travessas de spanakopita, *spourthopita*, uma galinha assada temperada com limão e salpicada de orégano, uma travessa cheia das batatas fritas de Yia-yia, uma tigela da gloriosa salada grega de *horiatiki*, feita com tomates, pepinos picados e cebolas vermelhas tão fortes que Daphne sentiu os olhos lacrimejarem.

– Daphne *mou*, o que foi? Eu preparei seus pratos favoritos e você não dá nem um sorriso para a sua *yia-yia*? – Yia-yia disse enquanto colocava o resto das batatas fritas na travessa. – Sente-se. Coma, *koukla mou*. Coma. Os homens gostam de ter o que segurar. Você está pele e ossos – Yia-yia brincou com ela, debruçando-se sobre a mesa e pondo um prato diante de Daphne.

— Eu estou bem, Yia-yia. Só estou com fome, eu acho. — Sem querer preocupar Yia-yia, Daphne começou a encher o prato. Mesmo sem querer admitir em voz alta o quanto Yianni a tinha aborrecido, ela sabia que precisava falar a verdade. Se havia uma pessoa com quem ela era inteiramente franca, essa pessoa era Yia-yia.

— Foi aquele homem — Daphne finalmente deixou escapar. Ela soltou um suspiro profundo, depois pegou uma azeitona suculenta e a enfiou na boca.

— Que homem, *koukla*? — Yia-yia perguntou, claramente confusa. — Stephen? O seu Stephen? O que foi que ele fez? Tem algum problema? — Yia-yia se debruçou sobre a mesa, como se estivesse se preparando para ouvir más notícias.

— Não, não o Stephen. — Daphne fez um gesto impaciente com a mão. — Não há problema algum com o Stephen. — Ela estendeu a mão e pegou outra azeitona.

— Ah, *entaksi*. Está bem.

— É aquele tal de Yianni — Daphne disse.

— Yianni?

— Sim, Yianni. Aquele pescador estúpido. Ele foi tão grosseiro comigo, Yia-yia. Ele nem me conhece. Foi como se estivesse me julgando porque eu moro em Nova York e ganho a vida cozinhando para o que ele chama de americanos ricos. Como se ficar aqui pescando numa droga de barco fizesse dele automaticamente uma pessoa melhor.

— Ah, Yianni. — Yia-yia sorriu ao dizer o nome dele. — Não julgue mal Yianni. Ele é um homem bom, Daphne. Tem sido um bom amigo para mim. Converse mais um pouco com ele, e vai ver isto por si mesma.

— Conversar com ele? Yia-yia, você viu o quanto ele foi grosseiro comigo? Eu não quero conversar com ele, eu quero dar um tapa nele. — Quando as palavras escaparam de sua boca, Daphne ouviu o portão da frente sendo aberto. Ela sentiu o sangue fugir-lhe das faces e olhou rapidamente para o portão para ver quem tinha vindo almoçar com elas e ouvido o seu comentário.

— Em quem você vai dar um tapa? Que coisa excitante. — Popi correu até a mesa, beijando o rosto de todo mundo antes de pegar uma cadeira e se sentar ao lado de Daphne. Ela estendeu a mão e pegou um punhado das batatas fritas de Yia-yia. – Estou vendo que cheguei bem a tempo. E aí, em quem você vai bater?

Ah, graças a Deus que é só a Popi. Daphne estendeu a mão e apertou a coxa redonda e macia de Popi.

– Yianni – Yia-yia anunciou enquanto colocava um prato na frente de Popi sem esperar para saber se Popi já tinha comido. – Sua prima quer dar um tapa em Yianni.

– Ah, sim, o pescador sexy. – Popi balançou a cabeça, sorrindo. – Eu também gostaria de dar uns tapas nele, mas não no rosto. – Popi se debruçou sobre a mesa e se serviu de uma porção generosa de spanakopita enquanto Daphne e Yia-yia caíam na gargalhada.

– *Ella, ella.* Chega de falar bobagem. A comida está esfriando. Vamos comer. – Com isso, Yia-yia começou a desembrulhar o pacote quadrado de papel alumínio que estava no meio da mesa. Ela desdobrou cada parte até revelar o que havia lá dentro. Daphne viu uma fina fumaça escapar do alumínio e desaparecer no ar da tarde.

– Yia-yia, seu feta assado – Daphne exclamou. Dentro do papel alumínio, o pedaço de queijo de três centímetros de espessura tinha sido generosamente coberto de azeite e páprica, depois enfeitado com algumas pimentas frescas.

Daphne não esperou que o feta fosse cortado e posto nos pratos. Ela estendeu o garfo e levou à boca uma porção do queijo macio e saboroso. Quando sentiu o queijo derreter na língua, o estresse que sentia em seu corpo também se dissolveu. Ela repetiu o processo várias vezes. Como sempre, a comida de Yia-yia começou a exercer sua magia. A cada garfada, Daphne começou a sentir que o nó que tinha no estômago se desmanchava e a dor que incomodava em sua têmpora diminuía.

– Daphne *mou.* Quando é que Stephen chega? Quando vou conhecer esse homem? – Yia-yia se inclinou e espremeu metade de um limão no suculento peito de frango que tinha posto no prato de Daphne.

– Ele estará aqui na semana que vem, Yia-yia. Ele queria vir antes, mas não pode se afastar dos negócios por muito tempo. É uma época de muito trabalho para ele. – Daphne levou à boca o peito de frango e arrancou um pedaço com os dentes.

— E uma época agitada para nós, com um casamento para preparar — Popi disse, estendendo a mão para se servir de mais batata frita.

— Ahh, Daphne *mou*. Daphne, Daphne *mou*. — Yia-yia balançou o corpo e falou numa voz lamentosa.

Daphne se encolheu ao ouvir a primeira sílaba.

— Eu nunca pensei que você fosse amar de novo, Daphne. Nunca pensei que fosse tornar a procurar um amor. Embora não fosse grego, Alex era um belo homem. Eu nunca achei que você fosse substituí-lo. — Yia-yia enxugou os olhos com a bainha do avental branco.

As palavras de Yia-yia deixaram Daphne perplexa. Ela nunca pensou que estivesse substituindo Alex; ninguém sabia melhor do que Daphne o quanto Alex era insubstituível. Quando Alex morreu, foi como se Daphne tivesse perdido um pedaço de si mesma. Mas, como uma pessoa amputada, Daphne aprendera a viver com um pedaço do coração faltando. Ela não teve escolha. O vazio substituíra Alex como seu companheiro constante.

— Eu não estou substituindo ninguém. — As palavras saíram mais ásperas do que ela pretendia.

— Ah, tudo bem então. Sim, você é quem sabe. É claro. — Yia-yia fez um gesto resignado com a mão. Esta era a resposta típica de Yia-yia nas raras ocasiões em que neta e avó discordavam. Mas, até então, suas pequenas discussões tinham sido geralmente a respeito de culinária, como por que um velho cabo de vassoura era melhor para abrir massa do que os caros rolos de mármore que os professores franceses de confeitaria de Daphne insistiam em usar.

— *Kafes, ella.* Eu vou fazer *kafes* — Yia-yia anunciou.

— Sim, *kafes*. Perfeito. Eu adoraria comer alguns, Yia-yia — Daphne disse, ansiosa por um café e para mudar de assunto.

— Thea Popi, quer ir ver os pintinhos comigo? — Evie perguntou, pulando e sacudindo o braço de Popi. A pergunta foi mais uma formalidade do que qualquer outra coisa; pelo modo como Evie sacudia Popi, estava claro que ela não ia aceitar um não como resposta.

Daphne tentou intervir.

— Espere mais um pouco, Evie, deixe Popi tomar seu *kafe*.

— Não, prima. Está tudo bem — Popi insistiu, segurando o rostinho de Evie entre as mãos. — Como eu posso resistir a esta garotinha tão doce?

Evie fitou a tia. Ela sorriu docemente e, em seguida, mostrou a língua e ficou vesga antes de se soltar e sair correndo para o galinheiro.

– *Ella,* Thea Popi – ela gritou enquanto corria. – *Ella.*

– Como eu posso resistir? É impossível. – Popi sacudiu os ombros largos para Daphne e se virou para ir atrás de Evie. – Estou indo, Evie *mou* – ela gritou, descendo a escada correndo.

Yia-yia voltou com duas xícaras do seu espesso café grego. Apesar do calor da tarde, que agora estava ficando até desconfortável, o café estava maravilhoso. Em quatro goles generosos, Daphne esvaziou a xícara e a colocou sobre a mesa à sua frente.

– Yia-yia... – Daphne contemplou a borra no fundo da xícara. – Yia-yia, leia a xícara para mim. Leia a minha xícara como você costumava fazer quando eu era pequena.

Aquela era outra das tradições preciosas de Yia-yia e Daphne. Elas costumavam se sentar juntas, lado a lado, tomando uma xícara de café atrás da outra para Yia-yia poder ler os grãos e dizer a Daphne o que o futuro reservava para ela. Muitas vezes, Daphne também tentou. Ela levantava a xícara diante do rosto, virando-a de um lado para o outro. Mas onde Yia-yia via pássaros voando, longas estradas sinuosas e corações jovens e puros, Daphne nunca via nada além de uma lama preta.

– *Ne,* Daphne *mou.* Vamos ver o que temos aí. – Yia-yia sorriu e Daphne levantou a xícara. Ela girou os grãos três vezes no sentido dos ponteiros do relógio, como Yia-yia a ensinara a fazer quando era criança, depois virou rapidamente a xícara de cabeça para baixo e a colocou de volta sobre o pires, onde ficaria alguns instantes enquanto a borra se assentava para revelar o seu destino.

Após dois ou três minutos, Daphne levantou a xícara e a entregou para Yia-yia. Yia-yia contemplou a borra enquanto girava a xícara com seus dedos encurvados.

– Então – Daphne perguntou, inclinando-se para olhar mais de perto –, o que você está vendo?

Sete

YONKERS
MAIO DE 1995

Daphne observou-os entrar de supetão pela porta da lanchonete; uma confusão de tafetá amarrotado, batom borrado e pernas brancas e magras. Ela sentiu um vazio no estômago e rezou para cair morta ali mesmo, atrás do balcão da caixa.

— Mesa para seis — a loura alta anunciou para ninguém em especial. — Estou morrendo de fome. — Ela gemeu enquanto tropeçava na bainha do vestido amarelo de formatura e abraçava o namorado de peito largo, passando os dedos pela lapela do seu smoking e tentando se equilibrar.

— Daphne, *ksipna*. Acorde. — Baba enfiou a cabeça na abertura da cozinha e balançou a espátula na direção dela. — Anda, *koukla*. — Seu basto bigode não escondia completamente o espaço vazio em seu sorriso causado pela falta de dois molares. — Fregueses.

— *Ne baba*. Estou indo. — Obediente, como sempre, ela separou seis cardápios.

Dentre todos os restaurantes da cidade, por que, meu Deus, eles tiveram que escolher aquele? Por que ela?

Daphne percorreu sua lista mental de desejos. Ela desejou estar em qualquer outro lugar; desejou que não tivesse que passar os fins de semana trabalhando na lanchonete; ela também desejou poder saber como era descansar a cabeça na lapela de um smoking amarrotado.

Mas Daphne sabia que esses luxos não eram para garotas como ela. Pares de baile de formatura e café da manhã em lanchonetes não eram uma opção para garotas que viviam divididas entre antigas tradições e um mundo novo.

Ela se aproximou do grupo de adolescentes.

– Por aqui. – Suas palavras não passaram de um sussurro.

Com o queixo encostado no peito, ela o conduziu para o fundo da lanchonete. Apontou para o maior reservado, esperando que eles não notassem o rasgão no assento de vinil nem que conhecessem a garçonete da escola.

Eles se sentaram nos bancos, irradiando a alegria que vem depois de um perfeito baile de formatura e compartilhando o riso fácil de velhos amigos.

– Café – eles disseram ao mesmo tempo, sem olhar para a garota cujo trabalho era servi-los.

– Ah, e água – a loura acrescentou enquanto examinava o cardápio. Ela finalmente olhou para Daphne, sem reconhecer a garota que se sentava ao lado dela na aula de química, vendo apenas uma garçonete. – Montes de gelo. Estou precisando de algo bem gelado.

Daphne não sabia o que doía mais: ser diferente ou ser invisível.

Ela voltou para o balcão, grata por estar agora de costas para a mesa. Puxou a alavanca sobre o bule de café de prata, mas sua mão tremia tanto que o líquido quente derramou no pires e queimou a pele do seu braço.

– O que foi, meu bem, o que está incomodando você? – Dina, a garçonete favorita de Daphne, correu para ela. As unhas de gavião cor-de-rosa de Dina arranharam a mão de Daphne quando ela foi ajudar a equilibrar a xícara e o pires. Ela empurrou a alavanca para interromper o fluxo de café.

– Aqueles garotos disseram alguma coisa para você? – Ela apontou para os adolescentes sentados no fundo da sala.

– Não. – Daphne sacudiu a cabeça. – Eles não disseram nada para mim.

Dina apertou os olhos pintados de rímel e cutucou o coque com a ponta do lápis.

– Tem certeza? – Ela tornou a olhar para os adolescentes. – Eu estou aqui se você precisar.

– Eu sei, Dina. – Ela balançou a cabeça. – Eu sei.

– Bem, basta falar que eu dou um jeito neles. – Dina se virou para pegar o omelete de queijo com batatas fritas na abertura da cozinha e pôs o prato na frente de um freguês faminto.

– Está tudo bem. Pode deixar comigo – Daphne disse.

Ela encheu as xícaras de café e os copos de água gelada. Colocando tudo numa bandeja, carregou até a mesa. Daphne mordeu o lábio inferior enquanto servia as bebidas e tirou o bloco do bolso do seu avental de poliéster preto. Ela olhou para o lápis e o papel enquanto escrevia, anotando os pedidos sem ousar levantar os olhos. Tentando em vão evitar que o lápis tremesse, escreveu enquanto os adolescentes riam e se beijavam. Finalmente, quando o último pedido foi anotado, ela voltou para a abertura da cozinha para passagem dos pratos e passou o papel para Baba.

– Aqui está. – Ela forçou um sorriso e ele pegou o papel da mão dela. – Dina, você pode cobrir a frente, por favor? Eu preciso ir ao banheiro.

– Claro, Daph, pode deixar comigo – Dina gritou do balcão, onde estava repondo os guardanapos.

Daphne foi até o fundo da lanchonete, longe do barulho do salão e da confusão da cozinha. Abriu a porta do armário da despensa, entrou nele e imediatamente caiu no chão, chorando convulsivamente. Ela chorou silenciosamente, os ombros e o estômago sacudindo a cada soluço abafado.

Ela teria ficado mais tempo escondida no armário se o toque do telefone não tivesse interrompido sua torrente de piedade e raiva de si mesma. Secou as lágrimas na bainha do avental, abriu a porta do armário e estendeu a mão para o telefone de parede.

– Plaza Diner. – Apesar dos seus esforços, sua voz soou rouca e arranhada.

A linha estalou, a voz soou distante, mas clara.

– *Ella,* Daphne *mou.*

– Yia-yia! – Daphne gritou enquanto tentava enxugar as lágrimas dos olhos. – Yia-yia, o que aconteceu? Você está bem? – A voz de Daphne soou assustada. – Você nunca liga para cá.

– Eu sei, *koukla mou*. Mas eu precisava ouvir sua voz. Eu queria saber se estava tudo bem com você.

– É claro que estou bem. – Daphne fungou. – Estou ótima.

– Você pode me contar, *koukla*. Não precisa bancar a corajosa comigo.

– Ah, Yia-yia... – Daphne não conseguiu mais se controlar. Soluçando no telefone, ficou alguns instantes sem conseguir falar. – Como... Como foi que você soube?

– Calma, calma, minha menina. Eu sabia que havia algo errado – Yia-yia respondeu. – Eu ouvi você chorando.

Oito

— Evie, tenha paciência. Não há motivo para ter medo – Daphne implorou. – A água nem é funda. Venha, Evie, você vai adorar.
– Não.
– Vamos, Evie. Você não sabe o que está perdendo.
– Não.
– Evie, venha. Eu prometo que seguro você. Eu não vou soltar.
– Não. Eu não quero – Evie disse, virando-se de costas para a mãe e voltando para sua manta na areia.

Daphne ficou com água pela cintura, as mãos nos quadris, olhando zangada para a filha. Como isso era possível? Ela pensou. Como é que uma criança que vinha de uma família de pescadores podia ter tanto medo da água? Daphne não estava enganando a si mesma. Ela sabia a resposta tão bem quanto sabia o mantra do *se ao menos* que ela repetia sem parar em sua cabeça.

Se ao menos... ela tivesse tirado uma folga, feito o esforço de ir para lá todos os verões. Se ao menos... não tivesse sido tão mais fácil mergulhar no trabalho, então ela talvez não tivesse perdido tanta coisa de Evie. Se ao menos... Alex não tivesse aceitado fazer hora extra à noite para ajudar a pagar pela aula de confeitaria que ela queria tanto fazer. Se ao menos... o motorista de caminhão não tivesse bebido na noite em que atravessou o canteiro central e bateu no carro de Alex. Se ao menos... seus pais não estivessem na lanchonete no dia em que ela foi assaltada. Se ao menos... baba tivesse calado a boca e aberto a caixa registradora para o drogado com o revólver. Se ao menos... mama tivesse ouvido, não tivesse corrido para perto de baba, para abraçá-lo e consolá-lo enquanto ele morria ali no chão. Se ao menos... o cara drogado tivesse notado o medalhão no pescoço de mama, as fotos de Daphne e do bebê Evie, e percebido que ela tinha muito para o que viver, que ela era necessária e que era amada. Se ao menos... ele soubesse a dor que iria causar quando apertou o gatilho e a matou também.

Se ao menos ela não tivesse perdido todo mundo que amava.

Se ao menos...

Não havia como mudar o que tinha acontecido. Não havia como trazer de volta mama, baba ou Alex para ajudar a criar Evie e enchê-la do amor e da atenção que ela tanto desejava e merecia. Daphne só tinha trinta e cinco anos, mas sentia como se tivesse vivido uma vida inteira de perdas, de tal modo que também vivia coberta de trajes negros de luto como o coro de viúvas do porto. Mas canções de lamento e lenços pretos na cabeça não são aceitáveis na cultura de Manhattan. Daphne aprendeu a usar o seu luto internamente.

Ela sabia que não podia mudar o passado. Mas, vendo Evie se afastar dela, Daphne sabia que, daquele ponto em diante, ela podia mudar o futuro, e estava disposta a mudá-lo. Agora que ia se casar com Stephen, ela teria tempo livre, bem como condições financeiras, para dar a Evie tudo o que ela queria e merecia. Ela precisava fazer isso. Ela já perdera muita coisa; o marido, o pai e a mãe. E agora Daphne compreendia que, sob muitos aspectos, sua própria filha também estava crescendo sem mãe. Ela não ia perder Evie por nada neste mundo.

Ali parada na água fria e transparente, vendo Evie brincar na areia enquanto ondinhas suaves batiam em suas coxas, Daphne fez uma promessa. Ela ia dar atenção a Evie, como nunca tinha podido dar antes. Ela ia abrir novos mundos para a filha. Evie não fazia ideia do que estava perdendo. Como Evie poderia entender a alegria de se jogar no mar sem medo quando via a própria mãe caminhar pela vida com passos tão cautelosos?

– Evie, Evie, meu amor – Daphne gritou. – Eu vou nadar um pouco e depois nós vamos para casa, está bem?

– Está bem, mamãe.

Daphne se virou e fitou o mar aberto. Dobrou os joelhos, ergueu os braços acima da cabeça e respirou fundo.

Ainda sentada na praia, Evie parou de fazer seu castelo. Ela se levantou e se virou na direção do matagal.

– Mamãe, por que aquelas mulheres estão chorando? O que elas têm?

Mas Daphne não ouviu a filha. Quando o primeiro choro quase inaudível chegou aos ouvidos de Evie, Daphne mergulhou na água. Ela abriu os olhos. *Barbounia, tsipoura*. Estavam todos lá. Seis anos tinham se passado, e nada havia mudado.

Seis anos tinham se passado, e tanta coisa havia mudado.

Nove

— Vá até o jardim e colha um pouco de endro para mim, *koukla mou*. Acho que não tenho o bastante – Yia-yia disse enquanto espalhava farinha na mesa da cozinha. Sentindo-se nova depois de nadar cedinho no mar, Daphne desceu praticamente correndo os degraus dos fundos e colheu uma boa quantidade de endro no jardim.

Ela sorriu e sacudiu a planta sob o nariz. Suas folhas aveludadas e delicadas fizeram cócegas em seus lábios.

– É tão bom colher ervas frescas da terra em vez de tirá-las de uma geladeira.

– Eu não posso me pronunciar, Daphne *mou*. Nunca fiz diferente. – Yia-yia pegou o endro e o colocou sobre a tábua de madeira. Pegou a faca e começou a picar as folhas verdes em pedacinhos. Anos antes, Yia-yia tinha ensinado a Daphne a importância de picar bem as ervas. Ela insistia em dizer que deviam dar sabor a um prato, não serem mastigadas como um pedaço de souvlaki.

– Yia-yia – Daphne exclamou ao ver seu velho toca-fitas cor-de-rosa na prateleira em cima da pia.

– *Ne,* Daphne *mou*.

– Yia-yia, meu velho rádio – Daphne gritou, lembrando-se de que costumava passar horas ouvindo música folclórica grega.

– Suas velhas fitas-cassete estão na gaveta. – Yia-yia apontou para o velho armário de madeira atrás da mesa da cozinha.

Com as duas mãos, Daphne segurou os puxadores do armário e puxou. Lá, na última prateleira, havia uma valiosa coleção de música grega clássica. Parios, Dalaras, Hatzis, Vissi – estavam todos lá. Daphne procurou na sacola e tirou de dentro um cassete branco com letras pretas desbotadas e apagadas. Era Marinella, seu favorito.

— Faz tanto tempo que eu não ouço isto. — Daphne sentou-se e apertou o play. Ela apoiou os cotovelos na mesa, o queixo nas palmas das mãos — e fechou os olhos. Um sorriso se espalhou pelo seu rosto quando as primeiras notas saíram dos pequenos alto-falantes do toca-fitas.

— Daphne *mou*, por que você está escutando essa música triste? É tão deprimente — Yia-yia disse enquanto amassava batatas cozidas numa panela.

Como os pais, Daphne sempre amara o melodrama de Marinella, suas histórias de paixões avassaladoras e corações partidos. Depois que Alex morreu, Daphne se viu esmagada pelo sofrimento e ouvia aquela música sem parar, mas tudo mudou na noite em que finalmente disse sim a Stephen.

— *Ella*, Daphne — Yia-yia disse. Daphne se levantou e pegou o toca-fitas. Ela o colocou numa cadeira no canto da cozinha, mas não o desligou, apenas baixou o volume um pouco.

Durante o resto da manhã, Yia-yia e Daphne trabalharam lado a lado. Quando Yia-yia terminou de picar o endro, Daphne pegou um punhado generoso e o jogou na panela. Depois acrescentou o arroz e as batatas cozidas, que Yia-yia já havia amassado.

— Eu faço o feta. — Yia-yia pegou o queijo na geladeira.

— Sim, pode fazer o feta. — Daphne riu, concordando.

— Ainda? — Yia-yia sacudiu a cabeça. Ela destampou o pote e enfiou a mão na salmoura leitosa. Tirou de lá um pedaço grande de queijo feta branco. As mãos de Yia-yia ficaram molhadas do suco branco de cheiro forte.

Daphne se virou de costas, com ânsias de vômito. Ela podia limpar um peixe inteiro, cortar qualquer tipo de carne e até enfiar um cordeiro no espeto, mas havia algo num pote de salmoura de feta que sempre deixava seu estômago revirado.

— Como é que você faz no seu restaurante? — Yia-yia perguntou.

— Alguém faz isso por mim.

— Ah, você é tão moderna. — Yia-yia sacudiu a cabeça.

— Sim, eu sou muito moderna. — Daphne riu enquanto quebrava o primeiro ovo. Mais doze se seguiram e Daphne os mexeu até que o líquido ficou amarelo com apenas algumas bolhas na superfície. Ela despejou os ovos na mistura e usou um prato para misturar os ingredientes, passando o prato de um lado para o outro por toda a extensão da panela para misturar bem as batatas amassadas, o queijo, o arroz e os ovos. Moscas zumbiam pela cozinha. Daphne fez o que pôde para afugentá-las, mas não adiantou.

Yia-yia estava quase terminando o filo. Ela usava o velho cabo de vassoura com habilidade e rapidez, alisando as bolas de massa até que ficassem da espessura de um papel. Daphne ficou olhando Yia-yia levantar uma fatia atrás da outra de filo e colocá-las em meia dúzia de frigideiras espalhadas sobre cada superfície da cozinha.

Nem um buraco, Daphne observou maravilhada, pensando em como usava constantemente seus dedos úmidos para enxugar as lágrimas que surgiam em seus olhos sempre que abria seu filo.

— *Entaksi* — Yia-yia disse quando a última frigideira foi ocupada pela rica mistura de *patatopita* e polvilhada de açúcar. Ela pôs as mãos nos quadris, seu vestido preto coberto por uma fina camada de farinha. — *Ella*, Daphne *mou*, vamos tomar um *kafe* antes de lavarmos isto tudo. Eu vou ler a sua xícara de novo.

— Não, Yia-yia. Chega de *kafe* para mim. — Daphne levantou a mão, pensando nos três frapês que Evie insistira em preparar antes de ir para a enseada aquela manhã. — Além disso, eu gostei do que você viu na minha xícara ontem. Não quero arriscar que veja algo diferente hoje. — Ela percorreu a cozinha, tirando pedacinhos secos de massa da porta.

Yia-yia pegou seu *kafe* e foi se sentar à sombra da oliveira, do lado de fora. Ela tomou o café, apreciando a brisa e vendo Evie caçar salamandras no pátio. Na véspera, quando Yia-yia examinou a xícara de Daphne, ela viu que o fundo estava coberto com uma borra preta e grossa, enquanto que os lados da xícara tinham apenas alguns traços de grãos.

— O que isso quer dizer? — Daphne tinha perguntado.

— O fundo é o seu passado; ele mostra que você estava triste. Mas veja aqui. — Yia-yia se inclinou para mostrar a Daphne. — Você pode ver que o branco da xícara está visível dos lados. Isso quer dizer que seus horizontes estão clareando. Sua tristeza vai passar.

Daphne abraçou o próprio peito e se inclinou mais para perto. Ela prendeu a respiração enquanto esperava que Yia-yia continuasse.

— Eu vejo uma linha indo na direção do alto da xícara. É você. Mas aqui — Yia-yia virou a xícara e apontou para outra linha que aparecia subindo até o meio da xícara. – Esta é a sua jornada na vida. E está vendo aqui, tem outra linha que aparece com você. As linhas se desviam subitamente para a direita. E veja como ficam mais nítidas, mais fortes.

Yia-yia tornou a inclinar a xícara. Ela gemeu ao endireitar os ombros e esticar a espinha.

– Está vendo, Daphne, tem alguém que vai mudar o curso da sua vida. Você irá fazer uma viagem, uma nova viagem, e ele irá juntar-se a você na sua viagem. Ele torna você mais forte e conserta o seu coração partido. Ele vai caminhar ao seu lado pelo resto da vida e vai mostrar-lhe um amor que você jamais conheceu.

Estas palavras deixaram Daphne radiante. Em poucos dias, Stephen estaria chegando, e eles iriam iniciar sua nova jornada juntos – sua nova vida, deixando de vez para trás a escuridão.

No passado, Daphne pensava que estas leituras fossem apenas outra forma de passar as tardes quentes. Mas não desta vez. Desta vez ela precisava acreditar que a leitura da xícara podia de fato ser verdadeira. Desta vez era importante demais.

– Tudo bem, coloque o seu dedo indicador aqui, no fundo da xícara. Esta é a parte mais profunda do seu coração, onde estão todos os seus sonhos.

Yia-yia apontou para o fundo da xícara, onde a borra era mais grossa. Daphne fez o que ela mandou. Ela pôs o dedo indicador da mão esquerda, o que ficava mais perto do coração, sobre a borra e pressionou.

– Agora levante o dedo – Yia-yia disse.

Daphne tirou o dedo e o virou para ela. Daphne e Yia-yia se inclinaram para ver a borra. Lá, bem no centro, estava uma impressão clara do dedo.

Daphne soltou o ar.

– Está vendo, Daphne *mou*. Você deixou uma marca nítida. Seu coração é puro, e seu desejo mais profundo irá realizar-se.

Agora, ali sentada no pátio enquanto Evie brincava a seus pés, Yia-yia olhou para dentro da própria xícara. Ela podia ouvir Daphne cantando uma velha canção na cozinha. Era a mesma canção de ninar que sua própria filha, a mãe de Daphne, costumava cantar baixinho anos atrás enquanto Daphne dormia no berço sob a sombra daquele mesmo limoeiro. Era a mesma canção que a própria Yia-yia cantava enquanto balançava Daphne no joelho, rezando para que os deuses a escutassem e compreendessem o que aquela criança significava para ela. E agora era a vez de Daphne recitar as mesmas palavras, sentir sua importância e compreender como ressoavam. Era a vez de Daphne compreender perfeitamente o quanto pode ser transformador e mágico o amor de uma mulher.

> *Eu amo você como mais ninguém...*
> *Não tenho presentes para lhe dar*
> *Não tenho ouro nem joias nem riquezas*
> *Mas dou para você tudo o que tenho*
> *E isso, minha doce criança, é todo o meu amor*
> *Prometo-lhe isto,*
> *Você sempre terá o meu amor.*

Yia-yia girou a xícara. Olhando para a escuridão, pensou que também daria tudo o que possuía para Daphne. Ela era uma mulher pobre e não tinha nada para oferecer à neta além de algumas velhas histórias e um olhar de relance na borra do fundo de uma xícara de café. Daphne tinha ficado tão contente com a leitura da véspera que Yia-yia não podia contar a ela. Não tinha coragem.

Em breve seria a vez de Daphne tomar o lugar dela no meio dos seus antepassados, ouvir as vozes que tinham feito companhia a Yia-yia durante todos aqueles anos. Mas ainda era muito cedo; Yia-yia sabia que a neta ainda não estava preparada.

– *Ohi tora*, agora não – Yia-yia disse alto, embora estivesse sozinha no pátio. A velha olhou para o outro lado da ilha, na direção do horizonte. – Só um pouco mais de tempo, por favor. – Ela parou para escutar. – Ela precisa de mais tempo.

Yia-yia balançou a cabeça ao ouvir a resposta da ilha. O vento aumentou e os ciprestes farfalharam ao vento. O som atravessou a ilha e o pátio, o som abafado de mulheres sussurrando, escondido entre as vibrações das folhas. Era a resposta que ela estava esperando, a resposta que Yia-yia sabia que, por ora, só ela podia escutar.

Yia-yia contemplou o mar e agradeceu à ilha por lhe dar esta dádiva do tempo. Ela ia guardar o que sabia para si mesma, pelo menos por mais algum tempo. Era uma mulher velha e sem instrução, mas sabia ler uma xícara de café como um intelectual lê um livro. Ela sabia que a linha branca que aparecia no meio da xícara significava realmente que Daphne ia iniciar uma viagem; mas não foi só isso que ela viu nos grãos de café de Daphne.

Eu não tenho presentes para lhe dar
Não tenho ouro nem joias nem riquezas
Mas dou para você tudo o que tenho

Por ora, Yia-yia escolheu a dádiva do silêncio.

Dez

Mais tarde, Daphne, Evie, Yianni e Popi estavam todos sentados debaixo da oliveira em velhas cadeiras de madeira, banqueteando-se com a *patatopita* de Yia-yia. Daphne tinha passado a manhã toda torcendo para Yianni ter se esquecido do convite de Yia-yia para o almoço e de ter prometido ir. Mas ela não teve essa sorte.

Yianni chegou pontualmente, alegando estar faminto, o que fez Yia-yia rir às gargalhadas e Daphne correr para a cozinha para fugir do homem que tinha vindo devorar a pita e também a tranquilidade do seu dia. Ela decidiu que a melhor maneira de lidar com Yianni era simplesmente ignorá-lo.

Parecia que Yianni havia chegado para almoçar usando a mesma estratégia.

Ele entrou subitamente pelo portão, carregando um belo *tsipoura* embrulhado em jornal, recém tirado da rede. Na outra mão, ele carregava uma barra de chocolate com nozes.

– *Yia sou* Thea! – ele gritou ao entrar no pátio, inclinando-se para beijar Yia-yia dos dois lados do rosto e entregando a ela o peixe embrulhado no jornal.

– E para você, pequena Evie – ele disse num inglês perfeito, mas carregado de sotaque, acariciando os cachos escuros de Evie e entregando-lhe a barra de chocolate. Ele não tinha nada para Daphne; nenhum presente, nenhuma palavra, nenhuma atenção.

Evie subiu no colo de Daphne e enfiou o rosto em seu ombro. Ao abraçar a filha, Daphne se admirou do poder terapêutico que a pele da menina contra a dela possuía. Ela nunca havia ficado tão contente por Evie subir em seu colo e se agarrar a ela. Precisava da inocência e do afeto da filha naquele momento. Era um contraste chocante com a presença fria de Yianni, sentado a alguns centímetros de distância.

Evie continuou ali sentada, desfrutando do tempo e da atenção de Daphne. Como a maior parte da conversa era em grego, a garotinha perdeu rapidamente o interesse em tentar decifrar o que os adultos estavam dizendo e passou a brincar com os cachos da mãe, enrolando-os nos dedos. Evie ficou deitada no colo dela, com um braço pendurado para baixo e o outro brincando com as mechas escuras do cabelo de Daphne. De repente, ela levantou num salto e começou a gritar.

– Mamãe, mamãe, tira isso de cima de mim.

– Evie querida, o que foi? – Daphne exclamou, examinando Evie dos pés à cabeça.

– É uma aranha, uma aranha enorme, subindo pelo meu braço. Eca... Me ajuda, mamãe.

Lá estava ela, um corpinho preto e oito pernas subindo pelo braço de Evie. Com um movimento rápido, Daphne tirou a aranha do braço da menina apavorada.

– Está tudo bem, querida, era só uma aranha, não precisa ter medo. – Mas é claro que, conhecendo a filha, Daphne sabia que suas palavras eram inúteis.

– Evie, é só uma aranha – Popi repetiu.

– Sim, meu bem, não é nada. – Daphne disse enquanto tornava a colocar a garotinha no colo, passando a mão pelo braço de Evie como que para apagar os passinhos da aranha.

– Ah, Evie *mou*, não tenha medo. Traz sorte uma aranha beijar uma criança. Daphne *mou* conte a ela que se trata do beijo de Aracne – Yia-yia acrescentou.

Ainda segurando Evie no colo, Daphne se inclinou na direção do ouvido da garotinha e explicou o que Yia-yia tinha dito.

– Está vendo, meu bem, a visita de uma aranha não é algo para se temer; é um presente de Aracne.

– Mas quem é Aracne? – a garotinha perguntou. – É outra prima? Mamãe, por que eu tenho tantos primos com nomes esquisitos? – Evie reclamou. – Por que as pessoas aqui não têm nomes normais?

– Não, Evie. – Daphne riu. – Aracne não é uma prima. Ela é uma aranha.

— Mamãe, agora você está dizendo bobagem. — Evie pôs as mãos na cintura e franziu os lábios. A visão daquela figurinha confusa e indignada fez os adultos rirem.

— Evie — Daphne se inclinou para explicar —, Aracne é uma aranha, sim. Quando eu era pequena, mais ou menos da sua idade, Yia-yia me contou a história de Aracne e Atena. Aracne era uma moça muito orgulhosa e vaidosa. Ela era conhecida em toda a Grécia por sua habilidade em usar linhas de cores diferentes e com elas tecer belos quadros no seu tear. Ela teve a ousadia de se gabar de tecer melhor do que a própria deusa Atena. Ora, Atena ficou muito zangada e desafiou Aracne para uma competição, para ver quem tecia o quadro mais bonito. Elas se sentaram lado a lado e trabalharam, e finalmente a competição terminou. Os dois teares estavam perfeitos. Mas Aracne, mesmo assim, teve a ousadia de insistir que o dela estava melhor do que o de Atena. A deusa ficou tão zangada que lançou um feitiço sobre Aracne. Atena transformou Aracne na primeira aranha. Daquele momento em diante, Aracne iria tecer para sempre e ficaria para sempre presa ao seu tear.

— Está vendo, Evie? — Popi disse, dando outra mordida na *patatopita*. Ela abriu a boca para falar, soltando migalhas pela boca. — Atena transformou Aracne em aranha porque ela foi muito malcriada.

— Mas por que ela foi tão malcriada, Thea Popi? Tudo o que ela fez foi um quadro. E daí? — Evie perguntou.

— Bem, Evie... ahnnn... você entende... — Popi olhou para Daphne, pedindo ajuda. — Ahn, o motivo foi... porque... — Pela primeira vez, Popi parecia não saber o que dizer. Ficou claro que ela não fazia ideia do que ia responder para a sobrinha questionadora.

Daphne se recostou na cadeira, comeu mais um pedaço de *patatopita* e continuou calada. Ela estava se divertindo com a conversa entre a filha curiosa e indagadora e a prima dona da verdade que no dia anterior tivera a coragem de criticar a forma de Daphne educar a filha.

— Sim, Popi — Daphne disse finalmente. — Diga-nos, por que Aracne ficou encrencada? — Daphne quebrou um pedaço da crosta da *patatopita* com os dedos.

– Eu vou contar a você, Evie. – Yianni puxou a cadeira para mais perto de Evie. Ele se inclinou para olhar nos olhos da menina.

As palavras de Yianni surpreenderam Daphne. Ela olhou para ele. Era a primeira vez que ousava olhar diretamente para ele desde que chegara para almoçar. Mas agora, ali sentada no pátio, não havia como ignorar o pescador ignorante que se oferecera para explicar o que Evie queria saber. Ela tornou a se virar e deu outra olhada no perfil dele: o nariz ligeiramente adunco, olhos enrugados, barba cerrada, que parecia ainda mais grisalha do que ela se lembrava.

– Evie, Aracne ficou encrencada porque achou que era melhor que todo mundo – Yianni disse. – Ela era orgulhosa demais. Na mitologia, nós chamamos isso de húbris.

– Sim, está certo, Evie *mou* – Daphne disse. – Yianni parece conhecer muito bem este mito. Está claro que ele é versado em húbris.

Pela primeira vez desde que tinha chegado, Yianni se virou para olhar para Daphne. A naturalidade carinhosa com que ele se dirigiu a Evie desapareceu quando ele encarou a *Amerikanida*. Para Daphne, ele reservou um olhar arrogante que mais parecia um desafio. Daphne sentiu vontade de desviar os olhos, de fugir daqueles olhos negros que pareciam mais frios do que o peixe morto que estava agora sobre uma cama de gelo na bancada da cozinha. Mas Daphne não desviou os olhos; ela não podia e não queria admitir derrota – não de novo.

– Sim – Yianni disse, dirigindo sua atenção novamente para Evie. – Evie, os gregos antigos chamavam isto de húbris. É uma palavra imponente, mas significa que uma pessoa é orgulhosa demais. Nunca é bom ser orgulhosa demais. – Ele se virou para Daphne quando disse "orgulhosa demais".

– Tudo bem – Evie disse, pulando da cadeira para caçar uma salamandra do outro lado do pátio, claramente entediada com aquela conversa de húbris e tudo mais.

– Bem, Daphne. Você conseguiu prender mesmo a atenção dela desta vez. – Popi riu.

– Eu sei. – Daphne sacudiu a cabeça. – Ela não é exatamente uma espectadora atenta, certo?

– Ela é uma garotinha linda – Yianni declarou, seus olhos acompanhando Evie enquanto ela se afastava saltitando. – Não é nenhuma surpresa Evie ser tão linda. O nome dela é em homenagem a Thea Evangelia, não é? Ela é linda como a bisavó.

– É sim. – Popi tornou a encher o copo de cerveja e brindou com Yianni. – Não é verdade, Daphne? Evie não tem o nome da sua Yia-yia?

Daphne concordou com a cabeça. Ela se virou para Yianni, que agora olhava para Evie, que pulava pelo pátio e virava pedras com um graveto em busca de salamandras. Quando chegou à porta do velho celeiro, a pintura azul descascada, Evie parou. Ela abriu a boca e arregalou os olhos quando viu uma aranha tecendo sua teia no canto da moldura da porta.

– Thea Evangelia, olhe para Evie. Ela encontrou Aracne. – Yianni apontou para onde Evie estava, observando a aranha tecer sua teia.

– Só mais um pedaço. – Popi se debruçou sobre a mesa e tirou da travessa o último pedaço de pita, deixando apenas algumas migalhas na grande travessa branca.

– Ah, todo mundo está com fome hoje. Eu vou buscar mais pita. – Yianni pegou a travessa vazia e se dirigiu para a cozinha.

– A Yia-yia – Popi exclamou, começando a embolar as palavras.

– A Thea Evangelia – Yianni gritou.

– Sim, a Yia-yia – Daphne concordou, surpresa de concordar com Yianni em alguma coisa.

– Não existe ninguém igual a Thea Evangelia – Yianni disse, sacudindo a cabeça. – E nunca haverá ninguém igual a ela – ele acrescentou, esvaziando o copo de cerveja, o quarto que tomava naquela tarde.

– Daphne – Popi disse, levando o copo à boca. – Daphne, eu nunca lhe perguntei isso. Por que você deu a Evie o nome de Yia-yia e não o da sua mãe? Angeliki é um belo nome. E essa é a nossa tradição, dar o nome dos avós aos nossos filhos, não dos bisavós. Assim como você tem o nome da mãe do seu pai, Daphne.

Yianni olhou para Daphne, esperando pela sua resposta.

– Eu não sei. Já pensei sobre isso. Mas acho que quis homenagear Yia-yia de algum modo. Para ela saber o quanto é importante para mim. Ela foi uma segunda mãe para mim. – Daphne estremeceu ao pensar na mãe, assassinada a sangue-frio, tirada dela tão cedo, quando Evie estava começando a dar os primeiros passos.

– Existem muitas formas de homenagear uma pessoa – Yianni disse, tornando a encher seu copo de cerveja. – E eu, de minha parte, não acho que seja uma grande homenagem dar a uma criança o nome de alguém que vive longe dela. Alguém que sonha dia e noite com a possibilidade de um dia finalmente conhecê-la. Isso para mim não é homenagem, é tortura.

– O quê? – Daphne se virou furiosa para ele.

Popi se endireitou na cadeira, pronta para a tempestade que estava por vir.

– O que você quer dizer com isso? – Daphne perguntou.

– Eu quero dizer que você devia ter pensado em outras maneiras de *homenagear* a sua *yia-yia*, como você diz – Yianni disse, sacudindo os ombros.

– Você não sabe nada sobre nós, sobre mim. – Daphne sentiu a raiva começar a dominá-la. Ela ficou vermelha como os tomates das trepadeiras e quente como o café grego que Yia-yia estava preparando. Este homem não sabia nada a respeito dela, não sabia nada sobre Yia-yia. Como ousava achar que conhecia a história delas? Como ousava achar que entendia a profundidade do afeto que Daphne sentia por sua *yia-yia?*

– Eu sei mais do que você pensa, Daphne – Yianni respondeu. – Você acha que dar a uma criança o nome de uma velha senhora é uma homenagem. De que adianta a homenagem se esta velha senhora passou dias e noites sozinha, rezando para um dia ter a sorte de conhecer a criança que leva o seu nome? De que adianta um nome para uma velha senhora que canta canções tristes dia e noite e chama o nome dessa criança, sabendo o tempo todo que sua voz está distante demais para ser ouvida pelos ouvidos pequeninos que ela quer tanto acariciar e beijar?

– Quem você pensa que é? – Daphne sussurrou furiosa. – O que pensa que sabe?

– Mas eu sei – Yianni respondeu, sem se intimidar com a raiva dela. – Eu sei coisas que você não sabe, Daphne. Vejo coisas que você não consegue ver. Eu sei o quanto ela sente a sua falta. O quanto ela se sente só. Eu sei quantas vezes vim visitá-la e a encontrei olhando para o fogo, chorando. Como ela passa horas olhando para as fotos que você manda. Eu já vim aqui sem fazer barulho, à noite, para ver como ela estava, e vi como fica sentada, sozinha, conversando com seus retratos, como murmura suas histórias favoritas para os retratos, rezando para você, de algum modo, conseguir escutá-las.

– Pare com isso. – Daphne deu um pulo, derrubando a cadeira. – O que há com você? Já não ouvimos mitos demais por um dia?

– Eu? – Yianni sacudiu os ombros. – Eu não fiz nada a não ser falar a verdade. Quer você goste ou não, esta é a verdade. Eu vejo, Daphne, eu sei. Posso até gostar de implicar dizendo o quanto vocês americanos são ignorantes, mas não fique aí sentada fingindo ser cega também.

Com a mão trêmula, Daphne agarrou a mesa para se equilibrar.

– Você não sabe de nada – ela disse, olhando fixamente para ele, esperando mais uma vez enfrentar aquele olhar frio e insensível. Mas, quando seus olhos se encontraram, Daphne ficou chocada ao ver um vislumbre do que poderia passar por compaixão.

– Eu cuido dela – ela insistiu. – Mando dinheiro. Eu trabalho de manhã até tarde da noite todo dia só para poder cuidar de Yia-yia e de Evie. Nunca ninguém me ajudou. Ninguém. Eu fiz tudo sozinha, sustentei todas nós. Você não tem o direito de dizer essas coisas. – Daphne deu as costas a Yianni quando sentiu que seus olhos estavam cheios de lágrimas. Ela não ia deixar de jeito nenhum que ele a visse chorar.

– De que adianta o seu dinheiro, Daphne? – Ele continuou, a voz um pouco mais branda. – Você acha que a sua *yia-yia* liga para dinheiro? Você acha que o dinheiro serve de companhia quando ela está sozinha de noite? Quando ela está com medo? Você acha que ele pode comprar algum consolo? Que fala com ela quando ela está precisando de companhia?

Daphne não podia mais ouvir. Sua cabeça estava girando, como se, em vez de um cálice de Mythos, ela tivesse bebido o mesmo que Yianni e Popi. Ela começou a caminhar na direção da casa.

– Eu disse a ela uma vez que meu barco estava com problemas e que eu não tinha dinheiro para comprar um motor novo. Ela me pegou pela mão e me levou para dentro de casa. A sua *yia-yia* puxou debaixo da cama uma caixa cheia de dólares e me disse para pegar o que eu precisasse, que ela não precisava daquele dinheiro. Eu não peguei nada. Ela guarda tudo naquela caixa. É para lá que o seu dinheiro vai. É para isso que ele serve.

– Ele pegou o seu boné de pescador, colocou-o na cabeça e saiu andando na direção do portão. – *Yia sou*, Thea Evangelia. Eu tenho que ir. Obrigado pelo almoço.

O portão bateu atrás de Yianni na hora em que Yia-yia saiu da cozinha com uma bandeja, trazendo mais pita.

– Popi, onde está todo mundo? O que aconteceu? – Yia-yia perguntou, colocando a bandeja sobre a mesa de madeira.

– Não faço ideia – Popi respondeu, sacudindo a cabeça e bebendo o resto da cerveja.

Daphne abriu a porta da pequena casa e entrou. Fechou a porta e se encostou no batente com as pernas bambas. Levantou a cabeça e olhou em volta. Era uma casa pequena, só dois quartos e uma sala com poucos móveis. A dor de cabeça era tão forte que sua visão estava embaçada.

Não havia nada na sala a não ser um velho sofá verde desconfortável e uma mesa com quatro cadeiras cujos assentos de cetim vermelho estavam cobertos de plástico – para protegê-los das visitas que nunca vinham, Daphne pensou, suspirando.

Atrás da mesa, encostado na parede, havia um armário cheio de retratos da família. Havia uma fotografia em preto e branco dos pais de Daphne no dia do casamento deles; mama com um penteado complicado, de cachos. Havia uma foto desbotada, em preto e branco, de Papou nos seus tempos na Marinha grega, bonito no seu uniforme bem passado e seu bigode grosso. Ao lado da foto de Papou havia uma foto rara de Yia-yia quando ela era uma jovem mãe, parada no porto, segurando a mão de mama, uma expressão severa no rosto, como era o costume na época – ninguém daquela geração sorria quando tirava retrato. As demais fotos eram todas de Daphne – Daphne sendo batizada, Daphne dando seus primeiros passos no pátio, debaixo da oliveira, Daphne banguela e envergonhada no retrato da escola do terceiro ano, Daphne e Alex se beijando no dia do casamento, Daphne parecendo muito mais grega com o nariz ainda intacto, Daphne e Evie mandando beijos para Yia-yia do apartamento delas em Manhattan e Daphne com seu traje de chef acenando para Yia-yia da cozinha do Koukla. Era a vida inteira de Daphne mostrada em fotos empoeiradas montadas em porta-retratos ordinários.

Ela se sentiu um pouco melhor, fora do sol da tarde e das acusações malévolas de Yianni. Quando teve certeza de que suas pernas estavam firmes, de que não precisava mais se apoiar na parede, foi até o quarto de Yia-yia. Ela sabia o que ia encontrar, mas tinha que ver com os próprios olhos.

A cama rangeu quando ela se sentou, com as mãos ao lado do corpo, mexendo na colcha de crochê, enfiando os dedos no desenho de teia de aranha. Passados alguns instantes, ela se inclinou para frente e enfiou as mãos debaixo da cama, encontrando a caixa na mesma hora. Daphne pôs a caixa no colo. Ela pôs as mãos na tampa da caixa de sapato empoeirada, suas unhas curtas tamborilando nela por alguns segundos antes de retirá-la e olhar para dentro.

Lá estava o dinheiro, como Yianni tinha dito. Dentro da caixa havia maços de dólares, pilhas de notas verdes, milhares de dólares – todo o dinheiro que Daphne vinha mandando para Yia-yia havia anos.

Daphne ficou olhando para o resultado de todas as horas passadas longe de casa, longe de Evie, longe de Yia-yia. Enfiou as mãos na caixa e levantou o resultado de todas aquelas horas passadas em pé, brigando com fornecedores, discutindo com os empregados e chorando de cansaço. Ela se abanou com as notas, o resultado de prêmios, elogios e casa cheia que tanto lutara para conseguir.

Estava tudo ali, guardado numa caixa de sapato debaixo da cama de Yia-yia. E nada fazia sentido.

Onze

MANHATTAN
JANEIRO DE 1998

Daphne enrolou o cachecol no pescoço ao sair da estação de metrô na rua Oito, perto da Universidade de Nova York. Ela enfiou o rosto na lã e se defendeu do vento gelado que soprava na Broadway. Outra rajada gelada bateu no seu corpo enquanto uma lágrima causada pelo vento escorria pelo seu rosto.

Droga. Ela enterrou ainda mais o rosto na lã marrom. Não havia como escapar. Até o cachecol novinho que Yia-yia tinha feito, que tinha chegado na véspera da Grécia, já estava cheirando a gordura.

Droga, droga, droga.

Daphne tremia incontrolavelmente, mesmo debaixo das camadas de roupa que a mãe a fazia vestir antes de sair para o frio abaixo de zero. Enquanto seus músculos tremiam, Daphne sentia como se estivesse deitada numa daquelas ridículas camas de massagem de vinte e cinco centavos que encantaram baba uns anos antes durante o grande passeio que a família fez às Cataratas do Niágara.

Sempre fora um sonho de baba ver as lendárias cataratas ao vivo. Afinal, ele as tinha visto numa lista das Sete Maravilhas do Mundo, bem ao lado do Partenon. Por mais que ela soubesse que o pai queria ver as cataratas de perto, Daphne ficou chocada quando os pais realmente deixaram Theo Spiro tomando conta da lanchonete, puseram as malas no Buick e foram para o norte para um passeio de dois dias. Baba nunca deixava a lanchonete, nunca.

Apesar de ter ficado impressionado com a beleza feroz das cataratas, baba pareceu gostar ainda mais das camas vibradoras no Howard Johnson. Daphne tinha enfiado sucessivas moedas na abertura e tinha visto baba sorrir satisfeito, sua barriga enorme sacudindo como as enormes tigelas de tapioca que mama servia todo domingo. Daphne sabia que para baba aquela indulgência de vinte e cinco centavos era o máximo do luxo e do sucesso. Para ele, um homem acostumado a ficar em pé atrás de uma grelha quente, preparando hambúrgueres durante dezesseis horas por dia, uma cama vibradora num quarto de motel que custava 69,99 dólares a noite, pintado de amarelo mostarda, significava que ele tinha realmente conseguido, que estava finalmente vivendo o sonho americano.

Daphne chegou ao auditório uns bons trinta minutos antes do início da aula. Odiava chegar tão cedo, mas, como o trem de Yonkers para Manhattan só passava duas vezes por hora, ela se via sempre sentada sozinha em salas de aula, esperando. Alguns dos outros alunos que vinham de longe costumavam se encontrar para tomar café e fumar na cafeteria do outro lado da rua, mas Daphne detestava as fofoquinhas e os flertes. Preferia ficar sozinha esperando.

Contente por ter saído do frio, ela começou o processo de tirar camada após camada de roupa. Primeiro, o casacão preto. Depois o casaco amarelo de lã, seguido de um suéter de algodão marrom, e finalmente o cachecol cheirando a lanchonete. Não houve jeito de Daphne colocar tudo nas costas da cadeira do auditório; ela teve que empilhar tudo no chão ao lado da cadeira. Detestava fazer isso, mas, sem outro lugar para pôr seus agasalhos, ela não tinha escolha. Ninguém gritava *aluna que vem de longe* mais alto do que uma pilha de roupas de inverno e uma pilha de livros enfiada numa mochila.

Daphne sabia que não era igual a muitos dos estudantes que moravam no campus, numa confusão de cigarros de maconha, festas em dormitórios e sexo sem culpa. Mas às vezes, sentada sozinha num auditório, ela gostava de fingir que era. Talvez isso fosse possível? Talvez ela pudesse ser confundida com uma estudante descabelada que tinha acabado de sair da cama do namorado e atravessado a rua correndo para chegar a tempo à aula. Daphne gostava de sonhar que era igual às outras estudantes. Mas então, inevitavelmente, seus olhos caíam na pilha de roupas e livros ao seu lado.

Ela era lembrada mais uma vez de que em vez de uma inebriante mistura de incenso, patchouli e sexo matinal, seu perfume característico era gordura de lanchonete.

Daphne jamais se esqueceria daquele dia na aula de História do Teatro. Não foram as temperaturas baixas do dia que o tornaram memorável. Foi ele. Foi Alex.

Ela já o vira algumas vezes no campus, mas nunca pensara muito nele a não ser para registrar sua beleza tipicamente americana. Mas, naquele dia, quando Alex se levantou para fazer sua apresentação oral, Daphne percebeu que as aparências podiam ser muito enganadoras. Esse não era o unidimensional garoto americano privilegiado "que só quer uma coisa de uma garota grega bem comportada como você" do qual sua mãe a havia alertado tantas vezes. Assim que ele começou a falar, Daphne soube que havia muito mais atrás daqueles olhos azuis do que futebol, festas e a última garota que conquistara.

Daphne jamais iria esquecer o modo como a voz dele falseou e suas mãos tremeram quando ele ficou em pé diante da turma segurando o seu trabalho. Sua camisa era velha e amarrotada, e sua calça cáqui estava vincada nos lugares errados.

– Na minha opinião, o *Doctor Faustus* de Christopher Marlowe contém um dos melhores, se não o melhor, trecho da história do teatro – Alex começou. Ele fez uma pausa e olhou em volta, depois aproximou um pouco o papel do rosto e voltou a falar. Mas, quando começou a ler o trecho, Daphne notou que suas mãos pararam de tremer, que sua voz adquiriu calma e firmeza.

> *"Foi esse o rosto que lançou ao mar mil navios*
> *E queimou as torres de Ilium?*
> *Doce Helena, torna-me imortal com um beijo.*
> *Teus lábios sugam a minha alma; vê para onde ela voa! –*
> *Vem, Helena, vem, devolve-me a minha alma.*
> *Aqui eu vou morar, pois o Paraíso está nesses lábios,*
> *E é escória tudo o que não é Helena.*
> *Eu serei Páris, e pelo teu amor,*

Em vez de Troia, Wittenberg será saqueada
E eu lutarei contra o fraco Menelaus,
E usarei tuas cores nas plumas do meu elmo;
Sim, eu ferirei Aquiles no calcanhar,
E depois voltarei para ganhar um beijo de Helena.
Ó, tu és mais linda do que o ar da noite
Envolta na beleza de mil estrelas;
Tu és mais brilhante do que o flamejante Júpiter
Quando ele surgiu para a infeliz Semele:
Mais linda do que o monarca do céu
Nos braços cerúleos da lânguida Aretusa:
E só tu serás a minha amante."

Quando terminou de ler o trecho, Alex levantou mais uma vez os olhos do papel. Ele abriu um leve sorriso enquanto examinava a sala em busca de algum incentivo ou reação de seus colegas, mas só viu olhos vermelhos e vazios — até olhar para a garota com uma pilha de livros e roupas ao seu lado. Daphne encarou o rapaz americano descabelado e, tímida mas intencionalmente, sorriu de volta.

— Muito bem escolhido, meu rapaz — o professor disse. — Agora me diga o que isso significa para você.

— Para mim, este trecho é arte — Alex começou. Ele olhou para o papel que agarrava com as duas mãos. — Para mim, a arte verdadeira evoca emoção. Amor, ódio, alegria, paixão, compaixão, tristeza. Qualquer que seja a forma que assuma, a arte faz você sentir alguma coisa. Faz você saber que está vivo.

Alex parou para respirar. Ele levantou os olhos do papel e tornou a olhar para Daphne. Ela se mexeu na cadeira e sentiu um nó se formar no estômago.

— Este trecho me faz pensar no poder e nas possibilidades que existem entre duas pessoas — Alex continuou. — Me faz pensar em como seria amar alguém tão profundamente e tão completamente que você iria para a guerra por ela, arriscaria a vida dos seus amigos por ela — como Páris fez por Helena. Se a arte evoca emoção, então este trecho me assombra. Eu me sinto assombrado por ele, pela possibilidade de que um simples beijo possa fazer os anjos cantarem e torne uma pessoa imortal... que os portões do paraíso possam ser abertos com um beijo.

Na superfície, isso não fazia sentido. Era um trabalho de classe, um dever de casa, nada mais. Mas, apesar da regra mais importante do imigrante, "Junte-se aos seus," enquanto Daphne ouvia a apresentação de cinco minutos de Alex, ela soube que tudo havia mudado.

– Obrigado, Alex. Bom trabalho. – O professor dispensou Alex com um movimento de cabeça.

Alex juntou os papéis e se preparou para voltar ao seu lugar, começando a subir a escada que levava a uma multidão de cadeiras vazias no auditório cavernoso. Daphne desviou os olhos, ficou olhando para o desenho do tapete do auditório. Doía tanto olhar para ele, saber que rapazes como ele não eram para moças como ela. Mas então sua contemplação solitária foi interrompida por um murmúrio que veio de cima.

– Com licença, este assento está vago?

Ela soube que era ele antes mesmo de levantar os olhos. Enquanto Daphne o olhava espantada, ele não esperou uma resposta. Ambos sabiam que ele não precisava esperar. Com suas pernas longas e musculosas e calças cáqui esgarçadas na bainha, ele passou por cima da pilha de roupas de Daphne e se sentou na cadeira ao lado dela – e entrou em sua vida.

– Oi, eu sou o Alex – ele disse, estendendo a mão. Os longos cílios dela tremularam antes que seus olhos pretos como azeitonas tornassem a fitar os dele.

Eles foram tomar um café depois da aula, ambos matando o resto das aulas do dia, o que era muito pouco característico deles. Passaram a tarde toda caminhando e conversando e dando as mãos por baixo da mesa da cafeteria; só as pontas dos dedos se tocando a princípio, mas, ao pôr do sol, ele entrelaçou os dedos nos dela. Quando caiu a noite, ela sabia que estava na hora de ir, que mama e baba ficariam preocupados se ela se atrasasse. Ele pediu que ela ficasse, que fosse para o quarto com ele. Era isso o que ela mais desejava, aninhar-se em seu peito, sentir o seu cheiro e o seu coração batendo contra o dela. Mas Daphne disse que não.

Eles foram de mãos dadas até o metrô, sem reclamar do frio, não parecendo sequer notá-lo. Lá, na entrada da estação do metrô da rua Oito, ele levantou o queixo dela com os dedos e a beijou pela primeira vez.

Quando ela finalmente abriu os olhos, encontrou os dele, de um azul brilhante, olhando para ela. Daquele momento em diante, Daphne sempre amou contemplar aqueles olhos.

Ela sentia saudades daqueles olhos.

Doze

Felizmente, Evie afinal adormeceu com facilidade. Daphne pegou seu casaco branco das costas de uma das cadeiras cobertas de plástico. Segurou o casaco com força, enrolando o tecido mole com as mãos enquanto saía para a noite enluarada.

– *Ella,* Daphne *mou. Katse echo.* Sente-se aqui – Yia-yia disse, dando uma pancadinha na cadeira ao seu lado, com as manchas e as veias altas de suas mãos iluminadas pelo brilho dourado do fogo.

Daphne juntou-se a Yia-yia no lugar habitual delas, ao lado do fogão a lenha do pátio. A princípio, nenhuma das duas falou. Elas ficaram sentadas uma ao lado da outra contemplando as chamas que saltavam da lenha, fazendo voar centelhas no vento da noite que se pareciam com os acrobatas de circo que Daphne vivia prometendo a Evie que ia levá-la para ver, mas nunca encontrava tempo para isso.

– Está com frio, Daphne *mou*? – Yia-yia perguntou, estendendo a mão para pegar seu próprio xale, pendurado na cadeira, e cobrindo os ombros com ele.

– Não, estou bem.

– Quer comer alguma coisa, Daphne *mou*?

– Não, Yia-yia. Não estou com fome.

– Você não comeu muito no jantar. Eu já disse que você precisa engordar um pouco. Não vai querer parecer um esqueleto naquele vestido, vai? – Yia-yia disse, brincando.

Daphne não conseguiu nem fingir que estava sorrindo. Ficou olhando para o fogo, hipnotizada pelas chamas. Sentia-se vazia.

Nas poucas horas desde que tivera aquela conversa exaltada, Daphne tinha revivido a cena diversas vezes em sua cabeça, as têmporas latejando.

Mas aos poucos começou a perceber uma coisa estranha, alguma coisa que ela não esperava. A princípio, não entendeu, mas depois que o pensamento se instalou, ela não conseguiu mais livrar-se dele. Por mais odiosas que tivessem sido as palavras de Yianni, ela não pôde deixar de sentir certa preocupação por trás dos insultos com que ele a tinha acumulado. Por mais falsas que fossem suas acusações, havia um tema subjacente a elas. Não havia dúvidas; aquele pescador parecia gostar muito de Yia-yia. Embora Daphne desejasse desprezá-lo, odiá-lo, fazê-lo sofrer por causar tanta confusão no curto tempo em que o conhecia, ela se sentiu dividida. Como poderia odiar alguém que amava Yia-yia tão profundamente?

Daphne se virou e olhou para a avó. Cada linha, cada ruga, cada mancha no rosto da velha senhora estava aparente na suave luz do fogo. Esticando o braço, Daphne pegou a mão de Yia-yia e a levou aos lábios. Beijou os dedos grossos de Yia-yia e depois encostou a mão dela em seu rosto.

Será que ela acha mesmo que eu a abandonei? Será que acha mesmo que não pode contar comigo? Daphne sentiu os olhos se encherem de lágrimas. Ela os fechou com força para afastar as lágrimas que teimavam em querer voltar. Yia-yia estudou o rosto da neta por um momento enquanto Daphne segurava sua mão com tanta ternura. As duas queriam dizer muita coisa, mas por mais alguns instantes elas permaneceram caladas. Finalmente, Daphne falou.

– Yia-yia.

– *Ne,* Daphne *mou*?

– Yia-yia, você se sente solitária aqui? – As palavras saíram da boca de Daphne como as entranhas de um cordeiro sacrificado.

– Como assim, Daphne?

– Você se sente solitária aqui? Eu sei que faz tempo que não venho visitá-la, e com mama e baba mortos...

Yia-yia recolheu a mão do colo de Daphne. Com as duas mãos livres, ela ajeitou o lenço, desfazendo e refazendo o nó debaixo do queixo.

– Eu preciso saber – Daphne disse. – Sei que faz muito tempo que não venho visitar você. Mas eu estava tentando cuidar de tudo. Garantir que Evie e eu, e você, ficássemos bem.

– Nós estamos todas bem, *koukla mou*. Nós sempre estaremos bem.

— Eu odeio pensar em você aqui sozinha, com tão pouco, quando temos tanto lá em Nova York.

— Eu não estou sozinha. Eu nunca estou sozinha. Enquanto eu estiver aqui na minha casa, cercada pelo mar, pelo vento e pelas árvores, estarei sempre cercada por aqueles que me amam.

— Mas você está sozinha, Yia-yia. Nós todos fomos embora. Não foi por isso que mama e baba foram embora daqui, para dar uma vida melhor para nós? Deu certo, Yia-yia. Finalmente temos tudo o que desejávamos. Eu posso finalmente dar a você e Evie as coisas que mama e baba só puderam sonhar em me dar.

— Do que você acha que Evie precisa, Daphne? Ela é uma garotinha. Garotinhas precisam de sua imaginação e de sua mãe, nada mais. Ela precisa do seu tempo. Ela precisa trocar segredos com você. Ela precisa que você conte histórias para ela, que lhe dê um beijo de boa-noite.

Daphne se encolheu ao ouvir aquelas palavras. Ela não se lembrava da última vez que tinha voltado para casa cedo o suficiente para pôr Evie na cama em Nova York. Fazia semanas, talvez meses.

Yia-yia afastou os olhos de Daphne por um momento. Quando tornou a olhar para ela, Daphne pôde ver o reflexo do fogo nos olhos da avó.

— Nada pode substituir o amor de uma mãe, Daphne. Nada pode substituir o tempo de uma mãe. A sua mãe sempre soube disso, mesmo enquanto lutava para dar uma nova vida para você. — Yia-yia viu Daphne se agitar na cadeira, mas isso não impediu a velha senhora de terminar o que tinha a dizer. — Você viu hoje à noite quando ela se sentou no seu colo, ronronando como um gatinho? Foi porque desta vez você não a afastou.

— Eu não afasto a minha filha — Daphne protestou, se esforçando para não levantar a voz.

— Esta noite, quando Evie se sentou no seu colo, você não saiu correndo para cuidar de alguma coisa mais importante. Você ficou ali parada. Finalmente, você ficou parada tempo suficiente para Evie abraçar você e sentir que você retribuía o abraço. Naquele doce momento, Evie sentiu que era a coisa mais importante na sua vida. E naquele momento a criança se sentiu feliz.

Daphne sentiu os olhos arderem de novo. *Que droga.* Há anos que ela não via Yia-yia, mas era verdade; Yia-yia podia ler Daphne com um único olhar.

– Daphne *mou* – Yia-yia disse. – Eu vejo como você se esforça, mas não há mais vida em você. Ela foi cortada como esse seu novo nariz. Lindo, sim, mas onde está a personalidade, aquilo que a torna diferente, especial – viva? Você esqueceu como se vive e, mais do isso, você esqueceu por que se vive.

Daphne contemplou o fogo.

– Yia-yia... – ela disse, falando diretamente para as chamas –, você nunca desejou que a sua vida tivesse sido diferente? Que, se você pudesse mudar um momento, tudo teria sido diferente... – O som da voz dela foi sumindo – Tão melhor...

– Daphne *mou* – Yia-yia respondeu –, esta é a minha vida. Não importa quem esteja comigo, quem me tenha sido tirado ou ido embora em busca de uma vida melhor, esta é a minha vida, a única que eu tenho. Esta é a vida que foi escrita para mim em incontáveis xícaras de café, decidida para mim nos céus antes de eu nascer e depois sussurrada no vento quando minha mãe me teve, seus gritos se misturando com os sussurros dos ciprestes enquanto eu saía do seu ventre. Uma pessoa não pode mudar seu destino. E este é o meu – assim como você tem o seu.

Não restava mais nada a dizer. Daphne ficou ali sentada ao lado de Yia-yia, contemplando a última tora de madeira cair sobre o monte cada vez maior de cinzas.

Treze

À s cinco horas, Daphne não aguentava mais. Passara muito tempo contemplando as rachaduras no teto e revivendo a conversa que tivera com Yia-yia ao pé do fogo várias vezes, em sua mente. Como era possível que uma mulher que nunca tivera instrução, que era tecnicamente analfabeta, que nunca tinha posto os pés fora da Grécia e que raramente saía de casa conseguisse entender Daphne melhor e com mais precisão do que o terapeuta caro que Daphne frequentava uma vez por semana em Nova York?

Daphne achava que tinha se tornado mestre em se reinventar – empresária bem-sucedida, noiva de um rico executivo do setor bancário. Era o que ela queria, o que achava que a faria feliz de novo. No papel, ela estava vivendo a vida que muita gente sonhava e invejava. Mas agora, com um único olhar, Yia-yia tinha feito aparecerem as rachaduras de seus alicerces cuidadosamente construídos.

Daphne se levantou da cama, tomando cuidado para não acordar as velhas molas mal-humoradas nem Evie. Ela vestiu o casaco por cima da comprida camisola branca e atravessou o quarto sem fazer barulho, pegando o celular em cima da cômoda, onde uma luz vermelha piscava lembrando-a de mensagens não ouvidas.

Assim que abriu a porta, Daphne se acalmou ao ouvir a sinfonia matinal da ilha; a serenata dos grilos, o rugir das árvores na brisa da madrugada e as ondas quebrando ao longe, chamando os pescadores. Ao fechar a porta atrás de si, Daphne também fechou os olhos e ficou escutando por alguns segundos, sabendo que o primeiro canto do galo iria em breve anunciar o nascer do dia.

O ar estava mais frio do que previra, então Daphne pegou o xale franjado de Yia-yia das costas da cadeira onde a avó o deixara antes de ir para a cama. Pisando com cuidado com os pés descalços para evitar os buracos e rachaduras do chão, Daphne atravessou o pátio e discou o número de Stephen no seu celular. Eram 11 horas da noite em Nova York. Ela sabia que provavelmente iria acordá-lo; ele costumava ir cedo para a cama e se levantar antes do amanhecer para dar uma conferida nos mercados internacionais. Mas Daphne ligou assim mesmo; precisava ouvir a voz dele.

– Alô – ele atendeu depois de cinco longos toques.

– Oi. Acordei você? – Ela perguntou, sabendo muito bem que tinha acordado.

– Daphne, não meu bem, não faz mal. Fico contente por você ter ligado. – Stephen bocejou alto no telefone. – Eu estava tentando falar com você. Deixei uma mensagem no seu telefone mais cedo. Nós precisamos fazer alguma coisa em relação aos telefones daí. As linhas estiveram fora do ar o dia inteiro, e o seu serviço de celular parece ter problemas. Você não pode conseguir que a companhia telefônica vá até aí dar uma olhada, talvez substituir a fiação antiga ou algo assim? Eu odeio não conseguir falar com você, principalmente depois que você me contou que não existe polícia nessa sua ilha. Não é muito tranquilizador saber disso.

– Nós estamos bem. Nunca tivemos posto policial na ilha. Nunca foi necessário. Mas finalmente temos um médico morando aqui. Isso é um grande progresso. – Ela riu, sabendo como isso devia parecer provinciano para Stephen.

– Muito engraçado, Daphne. Mas dê uma olhada nessa questão do telefone, por favor. Por mim.

– Ah, Stephen. – Daphne tentou disfarçar o riso. – As coisas não funcionam assim aqui. Levaria semanas, meses até, para conseguir que os caras viessem aqui. – Ela juntou a saia da camisola entre as pernas e se sentou no muro de pedra. Em pouco tempo, com o primeiro raio de sol, teria uma visão perfeita da praia e do porto.

Daphne sabia que sua resposta não satisfaria Stephen, um homem acostumado a fazer as coisas acontecerem. Mas a vida nesta ilha era regulada por regras diferentes e tinha um ritmo muito diferente do da vida na ilha de Manhattan. Tudo aqui parecia mais demorado. Este era um lugar que estava décadas atrás do resto do mundo e até anos atrás de Corfu, que ficava apenas a dez quilômetros de distância. Mas, para Daphne, essa era a beleza da ilha.

— Bem, veja se pode dar um jeito.

— Está bem, eu vou ver o que posso fazer. — Daphne sabia muito bem que, para Stephen, "dar um jeito" significava pagar a alguém para resolver o problema.

— Ah, Stephen. E qual era a mensagem misteriosa? — ela perguntou.

— Eu ajeitei as coisas no trabalho e consegui marcar um voo mais cedo. Chego a Corfu às duas da tarde na terça-feira. Não posso esperar para vê-la. Estou com saudades.

— Eu também. E essa é uma ótima notícia! — Daphne exclamou, saltando do muro, esquecendo que ainda não eram nem seis da manhã e que a maioria da ilha ainda estava dormindo.

— Minha família vai chegar na semana que vem, mas eu quis ir o mais cedo possível. Não consigo ficar tanto tempo longe de você. Quero ajudar você, quero ter certeza de que tudo seja como sonhou. Quero que você seja feliz.

— Vai ser. Eu sei que vai. — Ela respirou fundo, deixando que a névoa da manhã enchesse seus pulmões. — Eu o vejo no aeroporto. Eu te amo — Daphne disse, desligando o telefone. Ela pôs o celular em cima do muro e olhou na direção da praia, lá embaixo.

Stephen ia chegar na terça-feira. Era verdade. Eles iam mesmo se casar. Ainda havia muita coisa para fazer, mas, por algum motivo, Daphne não se sentia nem um pouco estressada com a enorme lista de coisas a fazer como tinha se sentido quando estava em Nova York. Talvez fosse o ar puro do mar, ou talvez o consolo de ter Yia-yia tão perto dela, ou talvez o fato de que a perfeição não era uma exigência aqui, como era em casa. Aqui, a imperfeição era esperada, celebrada. Por mais que Daphne quisesse que tudo corresse bem no casamento, ela não se sentia tão nervosa a respeito de tudo como estava se sentindo poucos dias antes. *Eu vou visitar Thea Nitsa mais tarde para combinar os últimos detalhes,* ela pensou, respirando fundo e esticando os braços acima da cabeça. Um bocejo alto escapou de sua boca, e ela sentiu as pálpebras pesadas por causa da noite maldormida.

Ela se espreguiçou, fitando o ponto onde o mar se encontra com o céu, e viu a primeira luz do dia aparecer na escuridão, iluminando a superfície do mar com pinceladas metálicas. Dali onde estava, debaixo da maior das oliveiras do quintal, ela sabia que teria a melhor visão do porto e da praia. Era isso que tinha de bom na modesta casa de Yia-yia. Muitas das outras casas da ilha eram maiores e mais modernas, com utensílios novos, telhados perfeitos de terracota e paredes pintadas de cores vivas, mas nenhuma delas tinha aquela vista perfeita do porto que se tinha do terraço de Yia-yia. Yia-yia sempre brincava dizendo que, para uma mulher pobre, ela possuía uma vista de valor inestimável. Daphne ficou parada sob a oliveira vendo as sombras da noite se transformarem numa paisagem colorida, banhada de sol, e pensou que Yia-yia tinha razão.

Quando a luz começou a se infiltrar na escuridão, Daphne olhou para baixo e viu o que parecia ser uma cena de um filme de zumbis de Hollywood. Lá embaixo, em cada rua de calçamento tosco e de terra que ia dar no porto, o sol revelava as silhuetas dos pescadores iniciando seu ritual matinal. Alguns eram velhos, seus corpos curvados por anos de vida dura, arrastando as redes pesadas de manhã e de noite. Outros, ainda jovens, fortes e eretos, virtualmente corriam na direção do porto. Alguns homens andavam com rolos de rede pendurados no ombro, sem dúvida tendo passado parte da noite debruçados sobre o fio grosso, remendando-o perto do fogo ao fumarem cigarros e beberem ouzo enquanto suas esposas preparavam o jantar. Jovens ou velhos, cansados ou cheios de energia, cada um dos homens se dirigia para o porto na luz fraca do nascer do dia, preparando-se para embarcar em seu barco de pesca e pensando no que as redes iriam trazer naquela manhã.

Daphne estava tão distraída observando os pescadores lá embaixo que não ouviu Yia-yia, que havia saído para começar as tarefas do dia.

— *Ella,* Daphne *mou* — Yia-yia chamou do outro lado do pátio. — *Koukla mou*, eu não esperava ver você acordada tão cedo.

— Nem eu, Yia-yia, mas não consegui dormir. — Daphne deu as costas ao porto e caminhou na direção de Yia-yia, que já estava vestida e inclinada sobre o fogão a lenha, acendendo o primeiro fogo do dia.

— Ah, nervosismo de noiva. — Yia-yia riu enquanto empilhava gravetos sob uma tora grande. Estendendo a mão para a pilha de jornais amarelados que mantinha numa cesta ao lado do fogão, ela também os enfiou na pilha, acendeu um fósforo comprido na faixa preta e gasta da caixa de fósforos, e se debruçou para acender o fogão.

— Sim, acho que é nervosismo de noiva. — Daphne sorriu para Yia-yia, tirou o xale preto do ombro e o colocou sobre os ombros de Yia-yia. O rosto enrugado da velha senhora se abriu num sorriso contente.

— Yia-yia. — Daphne observou a avó pegar o pequeno *briki* de cobre, açúcar, café e água.

— *Ne,* Daphne *mou.* — Yia-yia mediu uma colher de grãos de café e os jogou dentro da panelinha.

— Yia-yia, como você conheceu o Yianni? Por que eu não me lembro dele? Eu conheço todo mundo nesta ilha.

— *Ne, koukla.* Não sobraram muitos de nós. É claro que você conhece todo mundo aqui. Mas Yianni, ah Yianni... — Yia-yia suspirou e contemplou o fogo. — Não, Daphne *mou.* Você não conheceu a família dele. Mas eu sim. Eu conheci a *yia-yia* e a mãe dele. — Yia-yia pôs um pouquinho de açúcar no *briki* e o mexeu antes de colocá-lo sobre uma chapa de metal em cima do fogo.

— Mas por que eu não as conheci? — Daphne perguntou, encolhendo os joelhos contra o peito sobre o tecido fino da camisola, suas unhas dos pés pintadas de vermelho penduradas para fora da cadeira.

— Ah, Daphne *mou*, a família de Yianni foi embora daqui há muito tempo. Yianni foi criado em Atenas, não aqui. É por isso que você não se lembra dele. — Yia-yia tirou o café do *briki* assim que a espuma borbulhante subiu até o alto da panela e ameaçou derramar pelos lados.

— Yianni nunca pôs os pés na ilha até alguns anos atrás. Ele não passou a infância aqui, como você. Mas ele ama este lugar tanto quanto você. Tanto quanto qualquer uma de nós. — Yia-yia despejou o café grosso em duas xícaras e estendeu uma para Daphne.

— Ele é um homem instruído, Daphne, não é pescador de nascença como os outros homens da ilha. Ele frequentou as melhores escolas, foi para a universidade... igual a você. Mas a ilha o chamou de volta.

Daphne levou a xícara aos lábios e observou Yia-yia segurar a dela entre as mãos, aquecendo os dedos recurvados.

– Ele veio me procurar no dia em que chegou. Assim que pôs os pés na ilha, foi aqui que ele veio. Sua *yia-yia* tinha contado histórias a nosso respeito, como tínhamos sido grandes amigas muito tempo antes. Ele entrou pelo portão naquele primeiro dia, e nós nos sentamos juntos e eu fiz um *kafe* para ele e nós o tomamos juntos, assim como estamos fazendo agora. Quando ele terminou, eu pedi para ver a xícara dele. Olhei para dentro e vi a tristeza que carregava com ele. Mas então virei a xícara e vi o coração dele. Era puro e limpo, diferente dos corações de tantos homens cujas xícaras eu examinei.

"E eu vi uma outra coisa naquele dia, uma coisa que eu não esperava", Yia-yia continuou. "Eu vi seu coração e sua mente, cada um retratado de forma clara como o dia. Cada um deles na ponta de uma linha reta que se encontrava num único lugar. Neste lugar. Eu olhei para dentro da xícara dele, e então disse a ele que era aqui que sua busca terminava. Que era aqui que seu coração e sua mente iriam finalmente juntar-se numa coisa só."

– Você o vê com frequência, Yianni? – Daphne perguntou, girando o café na xícara. – Ontem no almoço, ele me disse que vem muito aqui fazer companhia para você, que traz peixe para você. É verdade?

– Sim, Daphne. Ele vem quase todo dia para ver se pode me ajudar ou se preciso de alguma coisa. Mas todo dia eu digo a ele, assim como digo a você, que não preciso de nada. Então, ele se senta aqui comigo, e nós conversamos. Conversamos sobre os velhos tempos com sua *yia-yia*, sobre a vida dele em Atenas, sobre todas as coisas maravilhosas que ele estudou na universidade. E muitas vezes nós falamos de você.

Daphne se mexeu na cadeira, incomodada com a ideia de que era ali que Yianni ficava sentado, naquela mesma cadeira, sem dúvida, ouvindo Yia-yia falar sobre ela.

– O que você diz a ele a meu respeito? – ela não conseguiu deixar de perguntar.

– Ahh, eu conto a ele sobre as coisas incríveis que você está fazendo em Nova York – Yia-yia disse, o rosto brilhando de orgulho. – Eu mostro os seus retratos; conto sobre Koukla e sobre o orgulho que tenho por você ter conseguido transformar suas receitas simples e suas tradições num grande negócio.

Daphne tornou a se mexer na cadeira.

– Nós conversamos sobre coisas que os outros não parecem entender – Yia-yia continuou. – Conversamos sobre coisas que os outros não querem saber nem acreditar, mas Yianni sim. Ele entende essas coisas, Daphne, ele acredita nelas. Contei para ele a história dos sussurros dos ciprestes, e como a ilha fala comigo e divide os seus segredos comigo.

– E o que ele diz?

– Mesmo sem conseguir ouvir, ele entende. Ele sabe que a nossa ilha é mágica, meu amor. Ele sabe que também está ligado a este lugar, que a ilha nunca esquece aqueles que a amam.

Daphne estava ficando impaciente. Geralmente adorava ouvir as histórias de Yia-yia sobre o jeito mágico e misterioso da ilha, mas desta vez ela precisava de fatos e não de fantasia.

– Mas eu não entendo. Se ele é tão maravilhoso, tão afetuoso, por que foi tão grosseiro comigo?

Yia-yia sorriu um pouco, apenas o suficiente para mostrar o brilho da sua obturação prateada, remanescente de uma ida ao dentista no continente muitos anos antes.

– Eu sei, *koukla*. Talvez ele tenha sido um pouco duro com você – ela admitiu, tentando, sem conseguir, abafar um risinho que escapou como uma pequena bolha de ar na neblina da manhã.

– Um pouco? Você escutou o que ele disse?

– Daphne, eu sei, mas você tem que entender. Eu acho que Yianni às vezes interpreta mal. Ele se tornou muito protetor em relação a mim. Ele sabe a falta que senti de você, então está zangado por você não ter vindo antes.

– Mas Yia-yia, isso é entre mim e você, não é algo para ser discutido por um estranho. Além disso, você sabe que ele está errado, realmente errado – Daphne praticamente saltou da cadeira.

– Eu sei de tudo, Daphne – Yia-yia a acalmou. – Eu posso não ter telefones e computadores, mas fico sabendo das coisas mesmo sem esses aparelhos modernos. Eu entendo mais do que você imagina. – Yia-yia olhou na direção das oliveiras prateadas e dos ciprestes que pontilhavam a paisagem até onde o olho alcançava.

– Antes de Yianni sair de Atenas, a avó dele o fez prometer que viria me procurar aqui, no lugar que nos salvou a ambas, mesmo quando estávamos correndo grave perigo. A *yia-yia* dele e eu ajudamos uma à outra, Daphne, quando a guerra tornou as coisas aqui muito difíceis, mais difíceis do que você poderia imaginar. Pelas leis do homem, nenhuma de nós teria sobrevivido. Nós nos sentávamos aqui, noite após noite, fazendo a mesma pergunta uma à outra: Por que fomos escolhidas? Por que fomos salvas? – Enquanto falava, os olhos vermelhos de Yia-yia se encheram de lágrimas. Mas, assim como ela tirou o *briki* antes que ele derramasse, ela controlou suas emoções.

– Às vezes as leis do homem não se aplicam, Daphne *mou*. Às vezes existem leis e forças maiores em ação. Yianni fez uma promessa de vir aqui e honrar a memória da avó, o desejo dela na hora da morte. Ele nunca esperou que essa promessa mudasse tanto a vida dele. Mas mudou. Ele logo entendeu o quanto é especial este lugar com o qual fomos abençoados, Daphne, como a nossa ilha nos transforma. E se ele foi duro com você, acho que é porque não entende por que você escolheu viver longe daqui. Mas eu entendo. – Yia-yia estendeu a mão e deu um tapinha no joelho de Daphne.

– *Entaksi, koukla mou*. Fale com ele. Você vai ver. Vocês dois não são assim tão diferentes. Vocês têm muito em comum. – Quando terminou de falar, Yia-yia ergueu os olhos para o sol da manhã. Pela sua posição bem em cima do pico da montanha além do porto, ela viu que já passava das sete – pelos padrões de Yia-yia, quase metade da manhã.

– Já está tarde. Você deve estar com fome. – Ela bateu palmas várias vezes, dando a entender que a conversa entre as duas estava na hora de terminar. – Sente-se, eu vou pegar alguma coisa para comermos. – Num instante, Yia-yia estava a caminho da cozinha.

Daphne tirou os pés da cadeira e os colocou no frio chão de concreto. Ela pegou o *briki* que estava em cima da mesa, mas viu que tinha tomado todo o café.

– Ah, agora sim. Como podemos fazer nosso trabalho se não tivermos energia para isso? – Yia-yia voltou da cozinha carregando uma bandeja grande cheia de coisas para o café da manhã.

Daphne se inclinou para ver melhor quando Yia-yia colocou a bandeja pesada sobre a mesa. Numa travessa, Yia-yia tinha posto tudo do que Daphne mais gostava; azeitonas, queijo, pão, salame e doce de gergelim com amêndoas. Ao contrário de outras culturas, que consideram o café da manhã um momento para se comer pão com geleia, os gregos preferem seu café da manhã simples e salgado.

– Yia-yia, eu nunca consegui encontrar azeitonas tão suculentas quanto essas em Nova York – Daphne disse ao pegar um espécime perfeito e enfiar na boca. Ela mordeu a pele protetora, causando uma explosão de suco, vinagre e sal na boca, que deu a impressão de que ela estava provando o próprio sol exuberante do Mediterrâneo. Daphne fechou os olhos e engoliu. Ela sentiu os pedacinhos salgados escorregando pela garganta. E desejou ter papilas gustativas que descessem até o estômago para prolongar a experiência sensorial proporcionada por cada azeitona.

– *Ne*, eu sei. Existem coisas que não se podem comprar, *koukla mou*. Nossa velha árvore e nosso barril são o suficiente para nós. – Yia-yia fez um gesto indicando o dossel de oliveiras que protegia a propriedade. Era um ritual anual para Yia-yia colher as azeitonas e salgá-las no enorme barril que ficava na cozinha.

Daphne devorou mais algumas azeitonas de Yia-yia, observando a velha senhora cortar em fatias fininhas o queijo *kasseri* e colocá-las numa pequena assadeira. Yia-yia colocou a assadeira diretamente sobre as brasas e correu para o outro lado do pátio, onde colheu um enorme limão do limoeiro. Daphne ficou olhando para a assadeira cheia de queijo, vendo as fatias derreterem e formarem uma massa dourada e deliciosa.

Sentando-se ao lado do fogo com o limão sobre a mesa, Yia-yia ficou vigiando até que as bolhas ficassem marrons, formando uma crosta fina que escondia o queijo derretido embaixo. Com a bainha do avental, Yia-yia tirou a assadeira do fogo. Com uma faca afiada, ela partiu o limão, usando as duas mãos para espremer seu suco sobre o queijo borbulhante.

– Mmmm – Daphne gemeu enquanto cortava uma generosa fatia de pão e mergulhava a casca no *kasseri* derretido. – Faz muito tempo que não como *saganaki*. Eu já tinha quase esquecido o quanto gosto disto.

— Como assim? Se você gosta de *saganaki*, por que não come? — Yia-yia perguntou.

— Lembre-se, é branco. Bem, quase branco. Eu já contei para você sobre a dieta que fiz.

— *Ne*, tão tolas, essas dietas. Alimentos são sabores, Daphne, não cores — Yia-yia disse.

— Ah, Yia-yia, eu quase esqueci. Falei com Stephen agora de manhã.

— Eu sei, *koukla mou*, ele vai chegar. Finalmente vou conhecer esse homem.

— Mas como você sabe? — Daphne mergulhou mais um pedaço de pão no *saganaki*. — Eu acabei de falar com ele.

— Eu já disse para você, *koukla mou*. A ilha divide seus segredos comigo.

Daphne sacudiu a cabeça. Era sempre assim com Yia-yia; ela sempre dava um jeito de saber das coisas antes que acontecessem. Quando era adolescente, Daphne começou a se perguntar se Yia-yia era mais do que uma mulher intuitiva que gostava de ler a borra no fundo da xícara de café.

— Eu vou me encontrar com ele no aeroporto em Corfu. É só por um dia, então Evie pode ficar aqui. Ela vai ficar mais contente aqui com você.

— *Entaksi*. Ótimo.

— A que horas o Big Al chega? É hoje ou amanhã de manhã?

— Não tem mais Alexandros até quarta-feira. Ele veio ontem à noite. E não funciona todo dia.

Daphne limpou a boca com as costas da mão.

— Acho que posso tomar o *kaiki*.

— Stamati foi para Atenas para o casamento da sobrinha. Não tem *kaiki*.

Daphne contemplou o mar, como se milagrosamente fosse aparecer um barco no horizonte para levá-la. — O que posso fazer? — Ela se virou para Yia-yia.

— Yianni.

Daphne hesitou.

— Yianni? Não tem mais ninguém?

— Não tem mais ninguém, Daphne. Só Yianni. — Yia-yia repetiu. — Vamos pedir a ele para levar você. O barco dele já está consertado. Eu tenho certeza de que ele irá concordar.

Daphne tornou a contemplar o horizonte, mas só viu mar e céu. Não apareceu nenhum barco ao longe, nenhuma balsa ou *kaiki* para livrá-la da horrível possibilidade de ficar presa no barco de Yianni durante a travessia de duas horas até Kerkyra. Daphne sabia que não tinha escolha.

– Tudo bem. – Daphne respirou fundo. – Yianni.

Foi como um flashback emocional. Pela primeira vez em anos, Daphne teve a impressão de estar outra vez presa na mesa dos fundos da lanchonete dos pais numa ensolarada tarde de domingo, ou agachada, escondendo-se, humilhada, no banco de trás do Buick, enquanto os pais percorriam a rampa de acesso a Bronx River Parkway, procurando folhas de dente-de-leão que eles arrancavam do chão e levavam para casa para cozinhar para o jantar. Mesmo agora, mulher feita, tantos anos depois, ela se sentiu mais uma vez presa, como se não pudesse fazer nada para escapar.

Catorze

Já eram dez horas quando Evie acordou, anunciando que tinha sonhado que desafiava Aracne para ver quem tecia melhor. Para uma criança americana de cinco anos que costumava acordar às sete horas da manhã para ir à escola, Evie tinha se acostumado rapidamente ao seu novo horário da ilha, dormindo tarde e ficando acordada com os adultos até depois de meia-noite. Depois do café da manhã, mãe e filha desceram correndo os degraus de pedra para pegar Nitsa antes que ela ficasse assoberbada de trabalho com os pedidos de almoço no restaurante do hotel.

– Por que você está levando isso? – Evie perguntou quando Daphne pegou a longa vara de bambu encostada na parede de pedra no final da escada.

A cada passo que davam, Daphne batia do lado da rua sem calçamento, onde a terra se juntava ao mato. *Tap, tap, tap*, ela ia batendo com a vara de bambu no calor opressivo, enquanto o coro das cigarras enchia o ar.

– É para espantar as cobras – Daphne respondeu, segurando a mão de Evie, balançando-a para frente e para trás enquanto andavam.

– Cobras? – Evie gritou. Ela se agarrou na perna de Daphne.

– Sim, cobras.

– Mamãe, isso não tem graça, e não é bonito! – Evie gritou, arregalando os olhos.

– Não se preocupe, meu bem, as cobras ouvem o barulho e fogem. Elas não saem enquanto ouvirem barulho.

Mas isso não foi suficiente para acalmar Evie. A garotinha estava apavorada e não parou de choramingar e tremer até que Daphne, relutantemente, a enganchou nas costas. Com Evie agarrada nela, Daphne continuou batendo com a vara de bambu ao logo da rua de terra.

Elas ainda não tinham virado a curva onde ficava a placa indicando o Hotel Nitsa, quando Daphne ouviu a voz estrondosa ecoar no chão de mármore.

– Lá está ela... a linda noiva. *Ella,* Daphne. *Ella,* dá um abraço na Thea Nitsa.

Nitsa as recebeu na porta do saguão do hotel. Com sua saia preta comprida, camiseta preta e *sayonares* de plástico, a mulher de setenta e oito anos se movimentou mais depressa do que se poderia imaginar para alguém que era obesa, tinha asma, diabetes e artrite nos joelhos – e que também fumava dois maços de Camel Lights por dia.

Daphne sempre achara que havia algo de especial em Thea Nitsa. Quando o marido dela sofreu um ataque cardíaco e não havia nem hospital nem médico na ilha para salvá-lo – quando Nitsa conseguiu ajuda e o *kaiki* deles finalmente atravessou o mar até Kerkyra, ele já estava morto – ela ficou viúva aos vinte e três anos.

Mas, como acontecia com tudo na vida dela, Nitsa tinha encarado o destino e sempre em seus termos. Sim, ela usava preto todos os dias, como era a tradição da ilha para viúvas. Mas, ao contrário das outras, Nitsa nunca cobriu o cabelo com um lenço. E embora ela nunca mais tivesse se casado, ou mesmo olhado para outro homem, Nitsa não ficava sentada solenemente ao lado do fogo, esperando para se reunir com o falecido marido na outra vida. Numa noite qualquer, depois de ter terminado o trabalho no hotel, você podia encontrar Nitsa sentada no bar do hotel fumando seus Camel Lights e tomando conhaque Metaxa com seus fregueses.

Ao contrário das outras viúvas, que sempre podiam contar com a família para seu sustento, Nitsa não tinha filhos. Teimosa e orgulhosa demais para pedir doações, Nitsa tinha usado as economias do marido para comprar o hotel numa época em que uma mulher não administrava um negócio próprio. Mas Nitsa tinha cuidado do hotel e o tornara lucrativo, da mesma forma como teria criado filhos se Deus a tivesse abençoado com eles. Durante muito tempo ela administrou o hotel sozinha, cozinhando, limpando e fazendo tudo o mais que fosse necessário. Tinha desacelerado um pouco nos últimos anos; a idade avançada e a saúde precária a fizeram finalmente compreender que não podia mais cuidar de tudo sozinha. Mas, apesar da contratação de uma equipe jovem, Nitsa ainda insistia em fazer a comida e servi-la. O hotel era mais do que um negócio para Nitsa, era o seu lar, e ela via cada freguês como sendo um convidado pessoal.

— Thea Nitsa. É tão bom ver você. — Daphne se inclinou para beijá-la dos dois lados. Seu rosto gordo e queimado de sol estava molhado de suor, mas Daphne resistiu à tentação de enxugar a pele de Nitsa.

— *Ahooo... kita etho* — Nitsa gritou em grego ao ver Evie, ainda pendurada nas costas da mãe. Então, vendo o olhar vago da menina e percebendo que ela não estava entendendo, Nitsa passou a falar inglês. — Veja quem está aqui.

Nisso ela também era diferente das outras mulheres da ilha. A maioria das mulheres mais velhas simplesmente se recusava a aprender inglês. Elas sabiam que, obrigando os netos a se comunicar em grego, estavam ajudando a manter sua língua viva, agarrando-se ao que possuíam de mais valioso — a sua herança.

— Ah, Evie... pequena Evie, eu ouvi tanto falar de você, pequena. — Nitsa esfregou as mãos como se a fricção dos seus calos pudesse iniciar um fogo. — *Ahooo*, deixe-me olhar para você. Parece uma deusa grega, uma Afrodite... sem dúvida... ah, mas com o nariz dos *Amerikanos*. — Nitsa riu. — Isso é uma boa coisa, *koukla mou* — ela acrescentou com uma piscadela.

— Mamãe... — A voz de Evie tremeu. — Mamãe, eu vou ter problemas? — Ela cochichou no ouvido de Daphne, passando as pernas pela cintura da mãe e apertando com mais força seu pescoço.

— Meu bem — Daphne tirou as mãos de Evie do pescoço. — Evie, querida. Por que você teria problemas? Você não fez nada, fez?

— Não — Evie cochichou, sacudindo a cabeça. — Não. — Evie apontou para Nitsa com o dedo trêmulo. — Mas ela disse que eu me pareço com Afrodite. Isso vai deixar Afrodite zangada? Ela vai me transformar em aranha também?

— Não, meu bem, de jeito nenhum. — Daphne disfarçou o riso, pelo menos em parte.

Mas Nitsa não era tão adepta dessas coisas. Nitsa estava acostumada a dizer o que pensava, sem ligar para a opinião alheia, reportando-se diretamente a Deus por seus atos — o mesmo Deus que ela venerava de joelhos todas as manhãs, em vez de ir até a igreja e acender uma vela junto com as outras viúvas que preferiam rezar em público, exibindo sua virtude para todos admirarem. Nitsa achou adorável a resposta de Evie e, portanto, merecedora de uma boa gargalhada.

– *Ahooo*, você tem ouvido as histórias da sua bisavó. – O corpo todo de Nitsa sacudiu com suas risadas. Cada pedacinho de sua carne abundante – das bochechas vermelhas até as pernas grossas e os seios fartos e soltos, que tocavam a ponta da sua enorme barriga – balançou quando ela riu.

– *Ella, koukla*. – Thea Nitsa estendeu o braço cheio de covinhas para Evie. – Só para se garantir, para ter certeza de estar protegida da inveja de Afrodite e de qualquer outra por sua beleza, eu tenho uma coisa para você. *Ella*, Thea Nitsa vai proteger você. Nós já temos aranhas na ilha; agora precisamos de garotinhas como você.

Evie hesitou.

– Está tudo bem, Evie – Daphne disse. – Vá em frente.

A menina deu a mão a Thea Nitsa. Daphne as viu andar de mãos dadas até a área do bar. Nitsa sentou Evie num banquinho e desapareceu atrás do bar, abrindo e fechando gavetas, procurando por aquela "coisa especial".

– Acho que está aqui. Onde foi que eu guardei? – Nitsa resmungou enquanto olhava em cada gaveta e nicho atrás do bar de madeira. – Ahhh, *nato*, está aqui – ela exclamou, vitoriosa, puxando uma longa e delicada corrente.

Evie se esticou no banco para ver melhor.

– Coloque isto, e você estará segura – Thea Nitsa disse, prendendo o cordão em volta do pescoço da menina.

Evie olhou para o peito. Ali, pendurado no cordão delicado e batendo na altura do seu coração, estava um pequeno olho de vidro azul. Ela o levantou para ver melhor.

– *To mati* – Nitsa disse. – O olho. Ele irá protegê-la do mau-olhado. *Ftoo, ftoo, ftoo*. – Nitsa cuspiu três vezes na direção de Evie.

Evie se encolheu. Tinha começado a gostar de Thea Nitsa, mas isso foi antes de ela começar a cuspir.

– Está tudo bem, Evie – Daphne riu. – Thea Nitsa está se certificando de que você estará segura. O olho protege você dos maus espíritos. Eu tinha um pendurado no seu berço quando você era pequena.

Evie examinou o olho, abrindo um largo sorriso.

– Que bom. Eu não quero ser uma aranha. Quero continuar a ser uma menina.

– Muito bem. Porque eu também quero que você continue a ser uma menina, a minha garotinha. – Daphne pegou Evie no colo. Era bom ver o sorriso da filha, sentir seus braços em volta do pescoço.

Relutantemente, Daphne pôs Evie no chão.

– Agora a mamãe e a Thea Nitsa precisam conversar.

– *Ne*, Evie. Minha gata, Katerina, teve gatinhos; eles estão no pátio. Você quer ver? – Nitsa apontou para o pátio.

Nitsa tinha encontrado as palavras mágicas. Evie saiu correndo para o pátio coberto de flores, louca para ver os gatinhos.

– Bravo, Daphne *mou*. – Nitsa juntou as mãos. – Agora, o que você gostaria de comer? Talvez um pouco de *yemista*, eu lembro que você adora minhas pimentas recheadas. Eu as preparei esta manhã com montes de passas e hortelã, do jeito que você gosta... *thelis ligo*, quer um pouco?

Nitsa não esperou a resposta de Daphne. Ela correu para a cozinha, voltando com uma travessa cheia de *yemista,* antes que Daphne tivesse a chance de responder.

– Obrigada, Thea. – Daphne enterrou o garfo na pimenta verde. O gosto era delicioso; leve, fresco e cheiroso, do jeito que Daphne lembrava.

Elas passaram grande parte da manhã planejando o cardápio. As mulheres concluíram que se ater às iguarias locais e à comida tradicional seria a forma perfeita de organizar o banquete do casamento. Elas se decidiram por uma variedade de peixe grelhado, temperado apenas com limão, azeite, orégano e sal marinho. Mas Daphne fez questão de que, depois de exibir o peixe inteiro, Nitsa iria tirar as espinhas antes de servir. Ela sabia que a família de Stephen não era capaz de partir direito um peixe e possivelmente iria engasgar com as espinhas. O resto do cardápio era igualmente fabuloso em sua simplicidade. Além do peixe, Nitsa iria servir uma boa variedade de salgadinhos e pastinhas. Depois que esse assunto ficou resolvido, Nitsa passou para outro, no qual ela era igualmente famosa – fofocar.

– Daphne, presta atenção. Aquela Sofia é qualquer coisa.

Daphne se lembrava claramente de Sofia e não podia acreditar no que estava ouvindo. Quando elas eram crianças, Daphne já sentia pena de Sofia, que morava o ano todo na ilha com a família. Sofia estava presa ali, sabendo que nunca iria conhecer o mundo, ter uma educação esmerada ou se casar com alguém que não fosse um rapaz local que seus pais determinassem. E foi isso que eles fizeram, fazendo-a casar-se com um rapaz do outro lado da ilha quando estava apenas com dezesseis anos.

— Você devia vê-la. Ela não fica em casa esperando o marido voltar da América. As que se fazem de inocentes são as piores. — Nitsa se inclinou, com as pernas abertas, os cotovelos apoiados nos joelhos, e acendeu outro Camel Light, ansiosa para contar o que pensava de Sofia, que, segundo Nitsa, tinha se transformado na *poutana* da ilha.

Nitsa deu outra tragada e olhou em volta para ter certeza de que não havia ninguém ouvindo.

— E pode acreditar em mim, Sofia não tem se sentido solitária desde que o marido foi para a América trabalhar em restaurantes para ganhar dinheiro e mandar para ela. Antigamente, quando os homens partiam, eles é que traíam as mulheres. Agora veja como estamos modernos — as mulheres também traem.

Nitsa deu uma palmada no joelho e tornou a rir sua risada gutural. Acendeu outro Camel Light, o cinzeiro já cheio dos cigarros que tinha fumado só naquela hora em que estava conversando com Daphne.

— Nitsa — Daphne sorriu, percebendo que Nitsa talvez pudesse lançar alguma luz no mistério de Yianni. Daphne não julgou que sua curiosidade fosse fofoca — preferiu achar que era apenas uma pesquisa. Afinal de contas, ela ia pôr a vida nas mãos dele no dia seguinte, na viagem para Kerkyra.

— Thea Nitsa...

— *Ne*, Daphne.

— Thea, e quanto a esse Yianni... O pescador? O que você sabe sobre ele?

— Ah, Yianni. Sim, para um homem que não foi criado no mar, ele se tornou um mágico com as redes. Daphne, acredite, ele é quem pega mais peixes hoje em dia. Eu fiquei freguesa dele. — Nitsa balançou a cabeça e coçou a parte interna da coxa, com o cigarro perigosamente próximo do tecido de sua saia.

– Sim, mas o que você sabe sobre ele? Ele parece passar um bocado de tempo com Yia-yia. Nós sabemos que ele pesca, mas o que mais ele faz? Ele não tem família aqui. Não é casado. Ele tem amigos?

– Nunca. – Nitsa sacudiu a cabeça. – Eu nunca o vi com amigos, com sua *yia-yia*, é claro. Ele é um mistério, Daphne *mou*. Eu me lembro da *yia-yia* dele, de muitos anos atrás, que também era um mistério. Ela apareceu aqui com as filhas, durante a guerra, mas sem marido. Havia histórias sobre ela, você sabe. A princípio, as pessoas disseram que a chegada dela era um mau presságio; que sua *yia-yia* jamais deveria ter aceitado mais bocas para alimentar quando nosso próprio povo estava morrendo de fome. Mas sua *yia-yia* não quis saber disso. – Nitsa se inclinou para perto e Daphne ergueu a sobrancelha direita. – Alguns dizem que um milagre aconteceu aqui na ilha durante aquele tempo.

– Um milagre? – Daphne perguntou. Ela soube de milagres atribuídos a São Espiridião em Corfu, mas nunca tinha ouvido falar de nenhum milagre em Erikousa.

– Sim, um milagre, Daphne *mou*. – Nitsa inclinou a cabeça. Fez o sinal da cruz três vezes e tirou o crucifixo de entre os seios, beijando-o antes de continuar a história.

– À nossa volta, em Kerkyra e no continente, as pessoas estavam sendo assassinadas, torturadas e morrendo de fome. Mas não aqui. Aqui, ninguém foi morto. Os soldados alemães eram maus, perversos, Daphne. Eles massacraram gente inocente em Corfu. Mas ninguém aqui. – Ela balançou a cabeça devagar.

– Todo mundo esperava o pior, mas a sua *yia-yia*, ela sabia. E tinha fé. Mesmo quando os outros temeram que não fosse haver comida suficiente, que os soldados fossem usar de violência, ou que em tempos de desespero nós fôssemos nos voltar uns contra os outros, ela não perdeu a fé. Mesmo quando todo mundo na ilha entrou em pânico, ela permaneceu calma e insistiu em dizer que seríamos recompensados por nossos atos de bondade, por ajudar uns aos outros e ajudar a jovem mãe que tinha vindo viver conosco. E tinha razão. A sua *yia-yia* sabia, como sempre sabe.

– Ela nunca conversou comigo sobre a guerra.

– Foram tempos difíceis, Daphne *mou*. Tempos que é melhor esquecer, deixar para trás. Nós todos temos cicatrizes profundas daquele tempo. E como acontece com cicatrizes, é melhor não futucar nossas feridas, mas tentar esquecer que existem. Nós rezamos para que o tempo consiga curá-las. Existe sempre algo para nos lembrar, uma marca permanente em nossa pele, em nossa alma – talvez elas esmaeçam com o tempo, mas nunca desaparecem completamente, só que às vezes é melhor fingir que sim.

Nitsa sacudiu as cinzas que caíram na sua saia.

– *Ella*, você estava me perguntando sobre Yianni, e eu fiquei falando sobre velhos tempos e velhas mulheres. Igualzinho a uma velha, hein? O que você queria saber sobre Yianni?

– Por que ele está aqui? Quer dizer, se a família dele foi embora depois da guerra, por que ele voltou?

– Minha menina, eu tenho me perguntado a mesma coisa. Ele é um homem instruído. Então o que está fazendo aqui, no meio dos pescadores e das velhas? Eu não sei. Mas sei que ele nunca vai à igreja. – Nitsa riu e tirou um pedacinho de fumo da língua.

– Não tem amigos?

– Nenhum. Apenas suas redes e seus livros. Só isso.

– Seus livros?

– Sim, quando não está trabalhando no barco, ele pode ser encontrado aqui no bar. – Nitsa apontou para o bar. – Ele entra – às vezes toma um frapê, às vezes um conhaque, mas, não importa a bebida, tem sempre um livro. É tão viciado nos livros quanto eu nos cigarros. – Ela riu e acendeu outro cigarro.

– Mas tem uma coisa, Daphne – ela continuou. – Algumas semanas atrás ele estava aqui, sentado na ponta do bar, com seu conhaque e um livro. – Ela riu e sacudiu o cigarro no ar, deixando uma série de anéis de fumaça. – Era bem tarde e todo mundo tinha bebido um bocado, inclusive eu. Eu estava um pouco bêbada – ela admitiu com uma risadinha, sacudindo os ombros.

– Eu fui para o meu quarto. Mas esqueci os óculos e, quando desci um pouco mais tarde para pegá-los, eu vi Yianni com os braços ao redor de Sofia. Ele a estava abraçando bem apertado. Ficou abraçado com ela por um momento, depois a abraçou pela cintura e ela enterrou a cabeça no ombro dele e eles ficaram ali conversando até bem tarde. Então, embora eu não saiba se você pode chamá-los de amigos – Nitsa disse –, acho que Yianni fez mais do que ler o livro dele aquela noite.

Então, Yianni não é tão maravilhoso quanto Yia-yia quer acreditar, Daphne pensou. Não existe nada de diferente nem de especial nele. Ela suspirou.

Ela não entendia; de manhã havia sentido apenas desprezo pelo homem. Mas agora, sentada ali enquanto Nitsa lançava aquela rara luz sobre o verdadeiro caráter de Yianni, Daphne ficou surpresa ao perceber que se sentia decepcionada. Mas, com o quê exatamente, ela não sabia. Será que estava decepcionada com Yianni por ele ser o tipo de homem que vai para a cama com uma mulher casada? Com Yia-yia, por ter uma fé cega neste homem que aparece de repente na sua porta apenas com um nome e uma história de tempos passados? Ou consigo mesma, por vacilar por um momento, questionando a primeira impressão, tão forte e negativa, que tivera do homem?

– Daphne, venha jantar esta noite. – Nitsa apagou o cigarro no cinzeiro transbordante. – Venha como minha convidada. Quero lhe dar um presente, um belo jantar com sua família antes que o seu *Amerikano* chegue. – Ela se levantou e se dirigiu para a cozinha.

– Isso seria maravilhoso, Thea. Deixe-me perguntar a Yia-yia.

– Não precisa perguntar. Eu vou chamá-la para você. – E com isso, Thea Nitsa saiu do hotel. Ela parou na soleira de mármore da porta, pôs as mãos em volta da boca como um megafone, e literalmente chamou Yia-yia que estava do outro lado da ilha.

– Evan-ge-liaaaa. Evan-ge-liaaaa! – Ela gritou.

Levou alguns segundos, mas a resposta veio alta e clara por sobre as oliveiras.

– *Ne?*

– Evangelia, *ella*... Você e Daphne virão jantar aqui no hotel esta noite, está bem?

– *Ne, entaksi.*

– Pronto, está feito. – Thea Nitsa enxugou as mãos no avental e entrou no hotel. – Dez horas, eh. Aqui é a Grécia, nós comemos num horário civilizado, diferentemente dos seus americanos, que comem tão cedo.

E com isso, Nitsa saiu para começar o turno do almoço, resmungando o tempo todo.

– Jantar às cinco horas, qual é o problema desses americanos? – Ela sacudiu a cabeça. – Tão pouco civilizados – ela resmungou, inclinando-se, com o cigarro pendurado entre os dedos, enquanto coçava a parte interna da coxa, antes de desaparecer na cozinha.

Quinze

ERIKOUSA
1999

Havia maços de orégano pendurados por toda parte, em todas as vigas do porão. Amarradas em maços de uma dúzia de ramos, as ervas enquanto secavam enchiam o ar com seu cheiro forte. Daphne sentia uma coceira no nariz toda vez que ficava na ponta dos pés para puxar um dos pacotes perfumados. Um por um, ela os tirava do teto e jogava sobre o enorme lençol branco que estendera no chão.

Duas semanas antes, logo depois de Daphne ter chegado à Grécia, Yia-yia tinha empacotado um almoço com *patatopita* fria e elas tinham passado o dia juntas na encosta da montanha, colhendo orégano. Agora Yia-yia achava que o orégano já estava suficientemente seco e pronto para cortar.

– Daphne, *etho*. Traga tudo para cá. Estou pronta. – Yia-yia gritou do pátio.

Com toalhas dobradas colocadas debaixo dos joelhos para protegê-los do chão duro do pátio, Daphne e Yia-yia se ajoelharam lado a lado sobre um segundo lençol branco. Um por um, elas colocaram cada maço no cortador de metal. Esfregaram as mãos no tambor e viram as folhinhas caírem no lençol embaixo como uma chuva perfumada.

O ritual durou quase toda a manhã, privando Daphne do seu banho de mar solitário na enseada. Mas Daphne não se importou nem um pouco. Ela estava no céu ali, de joelhos, com orégano seco até os cotovelos, e cantando junto com seu rádio cor-de-rosa, que berrava música grega da cozinha.

— Daphne *mou*. — Yia-yia sacudiu a cabeça ao ver Daphne cantar mais uma velha canção dramática de amor. — Às vezes eu acho que você nasceu na época errada. Você, tão moderna e americana, e no entanto atraída para esse drama como se fosse uma velha solitária refletindo sobre o passado, ou talvez uma antepassada fitando o mar saudosamente, esperando a volta do seu amor. Essas são canções para velhas solitárias, não para lindas jovens.

— Você fazia isso, Yia-yia? — Daphne pôs a mão no ombro de Yia-yia. Ela sentiu os ossos dela por baixo do tecido. — Você se sentava aqui e observava o mar esperando a volta de Papou? — Yia-yia raramente falava em Papou, o avô de Daphne, que tinha desaparecido durante a guerra. Ele beijou a esposa e a filha uma manhã e embarcou num *kaiki* junto com mais oito homens. O plano deles era juntar o que tinham de dinheiro e ir a Kerkyra para comprar víveres suficientes para durar por todo o inverno. Mas Papou não chegou a Kerkyra. Seu barco nunca foi achado. Papou e os outros sete homens nunca mais foram vistos.

— Ahhh Daphne. — Yia-yia suspirou. Foi um suspiro tão triste que Daphne pensou que fosse levar a uma canção de lamento, mas não. — Eu fazia isso — ela confirmou conforme separava o orégano, rasgando as folhas enquanto fitava o horizonte.

— Eu me sentava aqui, debaixo da oliveira, todos os dias, vigiava e esperava. Primeiro, havia esperança, esperança de que ele fosse voltar. Eu me sentava aqui com sua mãe no meu peito, olhando para o mar como Egeu procurando pela vela branca de Teseu. Mas nenhuma vela surgiu no horizonte. Nem vela preta, nem vela branca. Nada. E ao contrário de Egeu, eu não podia me atirar no mar como sonhei fazer tantas vezes. Eu era mãe. E depois, aparentemente, também viúva.

Yia-yia tornou a ajeitar o lenço da cabeça e mais uma vez dedicou toda a sua atenção ao orégano. Agora, como sempre, havia trabalho a ser feito, tarefas a serem cumpridas, preparativos para o inverno duro que ia chegar. Agora, como antes, não havia tempo para lamentar o passado, o que tinha acontecido e o que poderia ter sido. Agora, como antes, a autopiedade não era bem-vinda. Elas terminaram de engarrafar o resto do orégano em silêncio, os dedos de Yia-yia apertando as tampas sem mostrar nenhum traço da artrite crônica que tinha nas articulações.

Fazia poucos meses desde aquele dia em que ela trocara olhares com Alex no auditório pela primeira vez. Fazia poucas semanas desde que andar de mãos dadas e trocar alguns beijos tinha deixado de ser suficiente e ela finalmente concordara em ir com ele para o dormitório, para se deitar com ele em sua cama estreita e fazer amor até o sol se pôr e chegar a hora de ir para casa. Agora ela sabia o que era se deitar ao lado dele, passar os dedos por seus cabelos enquanto ele dormia, e ela sofria ao pensar como deve ter sido difícil para Yia-yia estender a mão na cama e não encontrar ninguém, só um espaço vazio.

Naquele dia, debaixo da oliveira, com o nariz coçando por causa do pó de orégano, o coração de Daphne sangrou pela primeira vez. Não por causa de um rapaz. Ela estava se apaixonando por Alex, e se apaixonando de verdade – a única dor que sentia era por estarem separados.

Naquela manhã debaixo da oliveira, o coração de Daphne sangrou porque ela finalmente entendeu que, quando Papou desapareceu, Yia-yia perdeu não apenas o marido, mas a chance de ter uma vida melhor. Ao contrário das histórias do corajoso Ulisses e da estoica e paciente Penélope que Yia-yia gostava de repetir para ela, não havia mito ou lenda no que acontecera com Yia-yia. Quando perdeu Papou, o futuro de Yia-yia ficou tão negro quanto o vestido que ela iria usar pelo resto da vida.

Naquele momento, Daphne fez uma promessa a si mesma. Ela iria fazer as coisas darem certo. Ela iria tornar a vida mais fácil para Yia-yia. Jurou que iria concluir sua educação, conseguir um emprego e trabalhar duro para sustentar Yia-yia. Ela ia fazer o que Papou nunca teve chance de fazer, e o que sua própria mãe estava desesperadamente tentando fazer – trabalhando para superar a dura realidade da vida de imigrante.

Depois que os potes e garrafas estavam guardados na cozinha, Yia-yia preparou um almoço simples de polvo grelhado e salada. Enquanto elas preparavam o orégano, o polvo tinha cozinhado numa panela cheia de cerveja, água, sal e dois limões inteiros. Depois de espetar o polvo várias vezes com o garfo, Yia-yia finalmente achou que estava suficientemente tenro. Ela o temperou com azeite e sal marinho antes de colocá-lo na grelha do lado de fora para tostar.

— Daphne *mou*, você se lembra da história de Ifigênia? — Yia-yia perguntou enquanto tirava o polvo do fogo.

— Sim, eu amo Ifigênia, aquela pobre moça. Você pode imaginar um pai agindo assim com a própria filha? Conte a história de novo, Yia-yia.

— Ah, *entaksi, koukla mou*. Ifigênia. — Yia-yia tirou o prato do colo, colocou-o sobre a mesa e limpou a boca com a barra do avental branco. A velha senhora contou mais uma vez a história trágica da moça cujo pai, o rei Agamenon, sacrificou-a aos deuses para fazer o vento soprar, de modo que seus homens pudessem partir para a guerra. O rei mentira para a esposa e a filha, dizendo-lhes que a jovem princesa ia se casar com Aquiles. Só quando o cortejo nupcial chegou ao altar foi que a moça percebeu que não ia se casar, mas que ia ser sacrificada.

Daphne estremeceu quando Yia-yia terminou a história. Embora fosse outro dia de calor opressivo, ela ficou arrepiada. Desde muito pequena, Daphne adorava as histórias de Yia-yia, mas o mito de Ifigênia sempre a tocou de uma forma especial. Cada vez que ouvia a história, ela imaginava a figura de uma garota da sua idade. Agora essa imagem ficou ainda mais clara. Com Alex em sua vida, podia sentir a excitação que Ifigênia deve ter sentido ao caminhar na direção do noivo. Daphne podia imaginar-se caminhando na direção do altar, onde Alex a esperava. Ela podia ver os olhos dele brilhando, suas calças cáqui puídas na bainha.

Ela podia ver Ifigênia usando uma veste de um ombro só, bordada de ouro, e uma grinalda de flores-do-campo na longa cabeleira negra. Podia sentir a excitação e o nervosismo da moça, segurando com força a mão da mãe e caminhando pelas ruas da cidade enquanto os cidadãos atiravam pétalas de rosa à sua passagem. E então, toda vez que Yia-yia chegava à parte na qual Ifigênia percebia que não ia se casar, mas que ia ser assassinada, Daphne sentia o sangue sair do corpo, como se sua própria garganta é que fosse cortada em sacrifício.

— Eu não posso acreditar que eles fizessem mesmo isso, Yia-yia. Que matassem os próprios filhos em sacrifício aos deuses. Por que faziam isso? Por que alguém pediria uma coisa dessas?

— Ah, *koukla mou*. Existem muitas coisas que nós não podemos entender. Mas não se engane. Não culpe apenas os deuses pela sede de sangue.

Houve um tempo... – Yia-yia olhou para o café fervendo no fogo. – Houve um tempo em que as pessoas consultavam velhas adivinhas ou jovens sacerdotisas para decifrar a vontade dos deuses. Mas, como costumava acontecer, o poder corrompe. Dizem que até o grande adivinho Calchas teve seus motivos particulares para ordenar a morte de Ifigênia. – O café grosso no *briki* começou a ferver furiosamente.

– Mas não se preocupe, meu bem. Assim como as fúrias se mostraram benevolentes, o mesmo ocorreu com os deuses. Quando eles viram que seus desejos estavam sendo distorcidos para atender ao egoísmo do homem, o grande Zeus ficou furioso. Daquele momento em diante, os deuses ordenaram que só as mulheres mais velhas com corações puros e generosos poderiam transmitir os desejos dos deuses e ler o oráculo. Eles sabiam que só podiam confiar nas mulheres que realmente souberam o que era amar alguém, Daphne. Só essas mulheres podiam entender o quanto a vida é realmente preciosa.

Daphne viu Yia-yia girar o café em sua xícara. Onde estão esses deuses e fúrias supostamente benevolentes agora? Daphne pensou. Se eles eram tão justos, como Yia-yia dizia, então por que a vida da sua avó tinha sido tão trágica? Ela pensou como teria sido a vida de Yia-yia se ela não tivesse o estigma da palavra *viúva* preso nela, como uma letra escarlate impressa em seu vestido preto.

Daphne sabia que tinha recebido um dom maravilhoso por ter nascido na América com suas oportunidades, igualdade e dormitórios onde se refugiar. Ela sabia que tinha sorte por ter encontrado Alex e não queria mais nada a não ser continuar a descobrir as nuances da vida e do amor com ele. Ao olhar para dentro de sua xícara de café, Daphne imaginou-se caminhando pela vida não sozinha, como Yia-yia. Ela imaginou-se de mãos dadas com Alex – lado a lado com ele, e não em sua sombra. Ela girou e girou a xícara, implorando aos grãos para revelarem o seu futuro.

Mas não adiantou. Como sempre, Daphne não viu mais do que uma borra escura.

Dezesseis

Tinha sido um dia maravilhoso, embora exaustivo – o tipo de dia que Daphne sabia que ela e Evie jamais iriam esquecer. Depois de sair do hotel de Nitsa, Evie tornou a subir nas costas da mãe assim que viu Daphne pegar a vara de bambu. Elas foram para casa batendo com a vara no mato, só parando para Evie colher enormes amoras maduras pelo caminho.

De novo em casa, Daphne preparou uma sacola com toalhas, roupa de banho, garrafas de água e os gordos sanduíches de mortadela que adorava quando era pequena e de que agora Evie também passara a gostar. Lá foram elas, tendo como único objetivo desfrutar da companhia uma da outra e explorar a ilha. Mas, quando saíram de casa, Daphne não se esqueceu de acrescentar algo mais aos seus apetrechos.

Sabendo que Evie não esqueceria tão cedo a história da cobra e que carregar a filha o dia inteiro para baixo e para cima iria deixá-la exausta, Daphne foi buscar Jack no fundo do quintal e apelou para a ajuda do doce animal.

– Pense nele como o nosso táxi particular. – Daphne riu enquanto colocava Evie nas costas do burro e os guiava pelas escadas para começar sua aventura.

A primeira parada foi na pitoresca igrejinha da ilha. Com seu cemitério cheio de mato, paredes caiadas de branco, belos vitrais e velas sempre acesas na entrada, a igreja estava igualzinha como Daphne se lembrava dela, como se tivesse ficado congelada no tempo. A princípio, Evie ficou apavorada com a ideia de que havia gente morta enterrada ali no cemitério ao lado da igreja e se recusou a descer das costas de Jack. Quando Daphne estava prestes a obrigá-la a descer, padre Nikolaus as avistou de dentro do cemitério, onde estava repondo o óleo e acendendo os pavios das velas eternas dos mortos. Segurando a ampla veste preta na mão direita e acenando freneticamente com a esquerda, o padre veio correndo do cemitério na direção delas. Isto deixou Evie histérica: ela achou que a pessoa barbuda, vestida de preto, que corria na direção delas era alguma espécie de demônio que tivesse escapado do túmulo.

Evie viu a mãe se inclinar para beijar a mão do padre. Mas foi só quando a esposa e os filhos do padre Nikolaus vieram correndo para ver qual era a causa de tanta confusão que Evie acreditou que não havia motivos para ter medo. Finalmente, depois de muita conversa para convencê-la, ela concordou em descer do burro. De mãos dadas com a filha de treze anos do padre, Evie entrou na igreja atrás de Daphne.

Lá dentro, parado no altar diante de uma imagem da Virgem Maria e do Menino Jesus, o padre Nikolaus fez o sinal da cruz, abençoando mãe e filha. Os filhos do padre ficaram observando, calados e de cabeça baixa.

– Amém – o padre disse quando terminou a bênção.

Já tendo ouvido a oração centenas de vezes antes, os filhos do padre sabiam que este era o momento de escapar.

– *Ella, ella* – eles puxaram o braço de Evie, levando-a para brincar do lado de fora, deixando os adultos sozinhos para combinarem os detalhes do casamento.

A cerimônia seria simples, tradicional, eles combinaram. A esposa do padre, Presbytera, como todas as esposas dos padres são chamadas, se ofereceu para fazer a grinalda com flores do campo.

– Tão mais bonito e simbólico do que essas compradas prontas – ela insistiu enquanto balançava o bebê, o caçula de cinco filhos, nos joelhos.

– Nós recebemos o atestado de batismo – padre Nikolaus acrescentou. – O seu noivo é bem-vindo à nossa igreja, e estamos felizes por você ter escolhido se casar na casa de Cristo. – Ele abriu um largo sorriso por baixo da barba cerrada.

– Daphne – a esposa do padre disse, sua longa cabeleira castanha presa num coque na nuca. – Almoce conosco – Presbytera convidou enquanto o bebê balbuciava e estendia os braços para o pai.

Padre Nikolaus pegou o bebê do colo de Presbytera. A criança agarrou a barba do pai com as mãozinhas rechonchudas, e pai e filho riram satisfeitos. Presbytera observava com um sorriso sereno no rosto.

Por um momento, Daphne ficou tentada a aceitar o convite. Havia algo em padre Nikolaus e Presbytera que a cativava. Aparentemente, Daphne não tinha nada em comum com o simples padre da ilha e sua bonita, mas cansada, esposa. O estilo de vida urbano de Daphne e suas opiniões eram muito diferentes dos daquele casal devoto que vivia e respirava de acordo com as regras e os costumes da Igreja. Daphne sabia que eles ficariam horrorizados se soubessem que em casa ela raramente entrava numa igreja e que Evie associava o domingo de Páscoa a uma visita do coelho e não à gloriosa celebração da ressurreição de Cristo. E se o padre e Presbytera soubessem que Evie não recebia a Sagrada Comunhão desde o seu batismo, eles ficariam realmente horrorizados. Aqui, como em todas as igrejas ortodoxas gregas ao redor do mundo, todo domingo, como se fosse uma vitamina espiritual semanal, os pais enfileiravam os filhos diante do padre para receberem o pão e o vinho da comunhão. O padre mergulhava a mesma colher de ouro no cálice e depois na boca de cada criança. Não que Daphne não quisesse acreditar que a comunhão era sagrada e, portanto, matava os germes; ela tinha fé e queria, na verdade, participar do ritual do sacramento. Mas, de novo, a realidade da sua vida como mãe solteira não permitia qualquer tipo de romantismo. Sempre que Evie adoecia, mesmo que fosse um simples resfriado que exigia que faltasse à escola, o mundo de Daphne virava um caos. Daphne decidira havia muito tempo que, até que essa prática fosse modernizada e higienizada, a comunhão era mais um dos elementos da sua infância grega que ficaria de fora do mundo americanizado de Evie.

Daphne viu Presbytera tirar o bebê dos braços do padre. Falando baixinho no ouvido do filho, ela foi até o altar e fez uma genuflexão diante da grande imagem da Virgem Maria que carregava um rechonchudo Menino Jesus nos braços. Presbytera se inclinou e beijou os pés da Virgem e depois levantou a criança para fazer o mesmo, sua baba deixando uma mancha úmida na roupa azul do bebê Jesus.

Por mais que Daphne tivesse gostado de poder passar mais tempo na companhia do casal, sabia que, depois que ela e Stephen estivessem casados, não haveria muitas oportunidades para ela passar o dia todo a sós com Evie. Ela recusou educadamente o convite com a promessa de voltar para visitá-los.

Da igreja, Daphne, Evie e Jack foram direto para a enseada, onde estenderam uma manta grande logo acima da areia molhada e a cobriram com a comida que Daphne tinha levado de casa. Elas não falaram muito enquanto comiam os sanduíches; ficaram sentadas na manta, Daphne com os pés esticados à frente do corpo e Evie aninhada entre as pernas da mãe, recostada em seu peito, os cachos da menina caindo pelo corpo de Daphne como uma cascata negra. Enquanto ficavam ali sentadas comendo seu almoço, elas contemplaram o horizonte e observaram as aves marinhas executando seu balé, mergulhando, subindo e planando no céu sem nuvens.

Daphne pensou em contar a Evie uma história, uma das histórias de Yia-yia – talvez a história de Perséfone, ou talvez até a de Cupido e Psiquê. Mas, quando abriu a boca para falar, Daphne olhou para Evie e ficou surpresa ao ver a serenidade do seu rosto – suas faces rosadas, os lábios parecendo um botão de rosa, o véu escuro de suas pestanas batendo a cada piscadela. Sua garotinha parecia feliz – verdadeiramente feliz. Daphne sentiu uma onda de emoção no peito e seus olhos se encheram de lágrimas.

Evie estava feliz. E não tinha sido um presente nem um brinquedo nem nada material que a deixara feliz. Era este lugar. Era este momento. Era como Yia-yia tinha dito: o simples fato de Daphne estar ali, tranquila, para Evie poder entrar em sintonia com ela.

Daphne abriu a boca para falar, mas de repente veio uma lufada de vento, soprando areia em seus olhos e em sua boca. Enquanto esfregava os olhos, ela tornou a olhar para Evie, agora sentada com o corpo ereto e olhando para trás, na direção das árvores que protegiam a praia.

– O que foi, meu bem? – Daphne perguntou.

– Você ouviu isso? – Evie perguntou, tornando a olhar na direção das árvores.

– Ouvi o quê?

– Eu ouvi alguém cantando. – Evie ficou em pé, virando-se de costas para Daphne e contemplando a praia. – Uma voz de mulher. – Ela deu alguns passos na direção das árvores. – Era bonito, baixinho... e era em grego.

Daphne se levantou e olhou na direção da moita. Impossível, ela pensou, enquanto sentia um arrepio na espinha. Ela deu a mão a Evie. Daphne se lembrou de que um dia tinha ficado ali parada, naquele mesmo lugar, ainda menina, tentando ouvir os murmúrios de uma canção no vento.

– Sabe, Evie – ela disse, abraçando a menina e puxando-a de volta para a manta –, quando eu era uma garotinha, vinha aqui todo dia e nadava sozinha na enseada. Eu nunca tive medo de ficar sozinha no mar porque Yia-yia me contou a história sobre o sussurro dos ciprestes. Ela me contou que a ilha iria tomar conta de mim e falar comigo em sussurros e canções.

Evie arregalou os olhos e segurou com força a mão de Daphne.

– Como fantasmas? – Ela estremeceu. – Você está dizendo que eu ouvi um fantasma? – Ela se escondeu no colo da mãe.

– Não, meu bem. Não existem fantasmas. – Daphne riu com a ironia daquilo, a mesma ideia que aterrorizava Evie agora era o que Daphne tanto desejara quando criança. Era a coisa que ela mais desejara, mas que, como tantos sonhos de Daphne, nunca se realizara.

– É apenas outra história como a de Perséfone ou de Aracne – Daphne continuou –, um antigo mito que as velhas compartilham à noite, em volta do fogo. O que você ouviu foi apenas o rádio tocando no hotel de Nitsa. As pessoas estão sempre reclamando que ela deixa o rádio alto demais. – Daphne viu o alívio estampado no rosto de Evie.

– Mas, quando você me disse que ouviu alguém cantando, eu me lembrei de quando eu era menina, de quantas vezes fiquei aqui sentada, esperando, imaginando se conseguiria ouvir os sussurros dos ciprestes.

– Mas você nunca ouviu?

– Não, meu bem, eu nunca ouvi. – Daphne disse, olhando na direção das árvores. – Isso não existe. Os sussurros dos ciprestes não existem.

Por volta das oito da noite, quando os raios de sol começaram a esmaecer e o calor opressivo do dia começou finalmente a diminuir, Daphne olhou para o relógio. Estava na hora de juntar as coisas e ir para casa. Enquanto guiava Jack e Evie de volta pelo caminho ladeado de amoras,

Daphne tornou a olhar para a filha e ficou mais uma vez emocionada. O rosto de Evie ainda estava alegre e radiante como antes.

– Foi divertido, não foi, meu bem? – Daphne perguntou.

– Mamãe, este foi o dia mais divertido da minha vida – Evie gritou, inclinando o corpo e abraçando o pescoço de Jack.

– Para mim também, o dia mais divertido da minha vida. – Daphne concordou e sorriu para a filha, segurando com força as rédeas de Jack. *O dia mais divertido da minha vida*, Daphne foi repetindo sem parar para si mesma.

Era verdade – ela havia esquecido como era maravilhoso passar o dia sem fazer nada. Mas, agora, Daphne pensou, enquanto ela tivesse Evie ao lado dela, não havia um dia realmente vazio. Mesmo os prazeres mais simples da vida – um piquenique, um castelo de areia, um passeio nas costas de um burro velho e cansado – eram motivo de enorme alegria.

Dezessete

Sentada na beira da cama, Daphne se encolheu de dor ao aplicar a loção de *lemonita* nos ombros vermelhos. Quando espalhou a última gota do líquido opaco na pele queimada, Daphne respirou fundo e recorreu a todas as forças que ainda restavam em seu corpo dolorido para se levantar. Ainda enrolada na toalha, foi até o armário e o abriu, examinando as roupas até encontrar a que estava procurando. Ela enfiou o vestido azul sem alças pela cabeça.

– Yia-yia, Evie. *Pame*, vamos. Estou pronta – Daphne chamou enquanto se esticava por cima da cama para pegar uma lanterna na mesinha, sabendo que iriam precisar da luz extra, já que não havia postes de luz ao longo dos caminhos da ilha. Ao sair rapidamente, com a lanterna na mão, Daphne avistou sua imagem no espelho. Ela parou na mesma hora e virou a cabeça para olhar melhor o seu reflexo. Não havia mais olheiras em seu rosto. Aquela cor amarelo-esverdeada que via ao se olhar no espelho em casa desaparecera. E também o coque malfeito que usava quando estava cozinhando. A mulher que olhou de volta para ela era mais moça, mais feliz e se sentia mais viva e mais vibrante do que Daphne não se sentia havia anos. Com a pele bronzeada do sol, os cabelos soltos, o vestido sem alças e, o que era mais importante, com o rosto relaxado, livre de estresse, a mulher no espelho não era mais um feixe de nervos e angústias. Esta mulher era feliz. Era despreocupada. E era bonita. Pela primeira vez em muito tempo, Daphne se *sentiu* bonita.

– *Ella*, Evie, Yia-yia, *pame*, vamos – ela tornou a chamar antes de dar uma última olhada no espelho e praticamente saiu pulando pela porta.

Precisamente às 10:05 da noite, Daphne, Evie e Yia-yia entraram no Hotel Nitsa. Ao entrarem, foram imediatamente atingidas pela música bouzouki que tocava aos berros na recepção. Mas, apesar de a música estar altíssima, era abafada de vez em quando por uma meia dúzia de turistas franceses descabelados que estavam no bar participando de um jogo que consistia em gritar *Opa!* toda vez que alguém emborcava uma dose de ouzo – o que, aparentemente, era a cada dez segundos mais ou menos.

– Daphne! – Popi gritou do bar, onde ela estava sentada entre dois dos jovens turistas, com um copo de bebida na mão. – *Ella,* vem jogar. Vem conhecer meus novos amigos. – Popi levou a mão à boca e riu antes de gritar, *Opa!* e entornar a dose de bebida. Imediatamente, os novos amigos fizeram o mesmo.

– *Opa!* – o francês gritou.

Daphne, Yia-yia, que sacudia a cabeça sem poder acreditar no que estava vendo, e até a pequena Evie ficaram paradas no meio da sala, olhando para Popi. Yia-yia juntou as mãos, balançando-as para frente e para trás, soltando um gemido exasperado. Daphne olhou para Yia-yia, sabendo que aquele balançar de mãos geralmente levava a uma ladainha, e decidiu imediatamente que não queria isso aquela noite. Embora estivesse cansada mais cedo, ela agora se sentia energizada. Talvez fosse a música bouzouki, talvez a visão de si mesma no espelho ou a lembrança de um dia perfeito passado com Evie; mas, o que quer que fosse, ela se sentia viva aquela noite, e não queria ouvir lamentações. Antes que Yia-yia pudesse começar a ladainha, Daphne correu para onde estava Popi, agarrou-a por baixo do braço e praticamente a arrancou do banquinho do bar.

– Vamos, prima – ela insistiu. – Despeça-se dos seus novos amigos.

– Mas Daphne... – Popi protestou e se inclinou para cochichar no ouvido de Daphne – Eles são umas gracinhas.

– E têm a metade da sua idade. – Daphne riu enquanto arrastava Popi. – Além disso, um pouco de comida vai lhe fazer bem.

Ela se esforçou para fazer Popi andar e sair de perto de uma fileira de copos que já estavam aguardando por ela. Com os dois braços firmemente plantados em volta de Popi, Daphne estava totalmente focada em tirar a prima do bar. Enquanto ia andando com ela aos tropeções, tentando distrair a atenção de Popi, Daphne nem notou a pessoa que estava no meio do caminho, de costas para ela, conversando com Yia-yia.

– Ui – ela gritou, quando deu um encontrão forte nas costas dele, ainda segurando Popi para que a prima não aproveitasse o encontrão para escapar.

— *Malaka* — o homem disse, aborrecido, virando-se para ver quem tinha batido nele e interrompido sua conversa.

Daphne olhou para cima das costas fortes e viu um par de ombros largos. Quando o homem se virou, Daphne avistou seu peito largo; a camisa estava desabotoada apenas o suficiente para se ter uma visão do cabelo do peito, pontilhado de pelos brancos. Daphne levantou mais os olhos até chegar ao rosto.

Que droga. Era Yianni.

— Eu não vi você. — Daphne teve que se esforçar para não fazer o comentário sarcástico que achava que ele merecia por suas transgressões passadas. Mas, sabendo que ele era sua única opção de carona até Kerkyra no dia seguinte, controlou o impulso. Ela não conseguiu abrir um sorriso, mas fez a segunda melhor coisa. Trincou os dentes e controlou a língua.

— Você parece estar muito ocupada. — Ele pegou um livro grosso que estava na mesinha ao lado, se virou e levantou o chapéu de marinheiro para Yia-yia antes de sair na direção de uma mesinha na outra ponta da recepção, longe do barulho e da multidão.

Depois de respirar fundo e recuperar a compostura, Daphne foi andando na frente até o pequeno pátio que ficava nos fundos. Quando elas chegaram ao deque cheio de flores, Nitsa saiu pela porta da cozinha, equilibrando quatro pratos no braço, com um cigarro pendurado na boca.

— Lá está ela, a minha *nifee*. Aqui está a nossa linda noiva — ela gritou ao passar por ela e sair para o pátio com os pratos soltando fumaça.

Daphne viu Nitsa colocar os pratos na mesa de um belo casal italiano e seus dois filhos pequenos. Nitsa não perguntou quem tinha pedido o quê. Ela nunca esquecia um rosto ou um pedido.

— Muito bem, *kali orexi* — Nitsa ordenou, debruçada sobre a família, a mão na cintura, soprando fumaça. — Eu tenho uma surpresa maravilhosa para a sobremesa. Os pequenos vão adorar. — Ela desmanchou o cabelo do menino e beliscou o rosto da irmãzinha dele.

— Evangelia, Daphne. *Etho*, venham aqui. — Nitsa acenou e fez sinal para que se juntassem a ela. — Eu tenho uma mesa especial para vocês bem aqui. — Ela as levou para uma mesa redonda no centro do pátio, decorada com uma cesta cheia de flores do campo azuis e brancas.

— Obrigada, Nitsa. — Daphne beijou a anfitriã dos dois lados do rosto.

— Evangelia — Nitsa riu, enxugando as mãos no avental e enfiando a mão no bolso para tirar um cigarro. — Eu sei que nada se compara à sua comida, mas esta noite eu tentei.

— Nitsa, *ella*... você é melhor cozinheira do que eu. Aprendi muito com você — Yia-yia disse ao se sentar. — Todo mundo sabe que você é a melhor cozinheira da ilha.

— *Ella,* Evangelia. Deixa disso. — Nitsa levantou os braços, deixando cair a cinza do cigarro no chão. — *Ella,* não tem nem comparação...

— Não seja tola, Nitsa — Yia-yia insistiu, o rosto quase escondido pela avantajada garrafa de vinho feito em casa que, junto com a cesta de flores, estava em todas as mesas.

— Chega — Daphne disse, olhando de uma para a outra como se aquilo fosse uma espécie de partida de tênis culinária. Ela cruzou os braços. — Esta noite, eu sou o júri e o juiz, e estou morta de fome.

— *Ahooo*, a grande chef americana está me desafiando. Eu estou preparada para você, chef — Nitsa gritou, apontando seu cigarro para Daphne. — No final deste jantar, você vai me implorar para ir morar com você em Nova York e cozinhar para todos os seus amigos elegantes.

— Bem, Nitsa — Daphne disse, servindo vinho para Yia-yia, depois para Popi e, em seguida, para si mesma. — Tudo bem, considere isto como sendo o seu teste. — Daphne riu e ergueu a taça na direção de Nitsa. — *Opa!* — Ela disse e tomou o vinho de um gole só.

— *Opa!* — Yia-yia e Popi responderam. Popi bebeu o vinho todo enquanto Yia-yia tomava um pequeno gole.

— *Opa!* — os turistas franceses ecoaram de dentro do bar. Daphne e Popi se entreolharam e caíram na gargalhada. Daphne se serviu de mais vinho e Nitsa correu para a cozinha para começar o seu teste.

Em poucos momentos, Nitsa estava de novo ao lado da mesa, carregando o primeiro de muitos pratos. Elas começaram com uma variedade de entradinhas; uma *melitzanosalata* picante de berinjela amassada com alho e vinagre, *taramosalata, tzatziki*, suculentas folhas de uva recheadas com arroz e pinhão e com o cremoso feta de Nitsa feito em casa, que derreteu na língua de Daphne assim que ela o colocou na boca. Depois vieram as *tiropites*

– pequenas tortas de queijo triangulares feitas com feta e temperos, seguidas de flores de abobrinha com recheio de arroz e carne de porco delicado o suficiente para não sufocar o revestimento ligeiramente doce.

O prato principal era uma obra-prima. Em vez do tradicional e esperado peixe grelhado, Nitsa surpreendeu tanto a Yia-yia quanto a Daphne com uma travessa de *bakaliaro*, medalhões de bacalhau fritos com cuidado e acompanhados de uma pasta picante de *skordalia*, feita de batatas, alho e azeite.

– Nitsa! – Daphne gritou e olhou para Nitsa, que estava esperando que Daphne provasse o peixe. – Faz anos que eu não como *bakaliaro* frito.

– Sim, porque é branco. – Yia-yia riu e se inclinou para beliscar o braço de Daphne. – *Ella,* Daphne *mou*. Está na hora de voltar a viver.

Daphne abriu um belo sorriso. Ela estava babando quando colocou um pouquinho da *skordalia* sobre um pedacinho de peixe frito e mastigou devagar, saboreando a complexidade de sabores e a sensação surreal da pasta de batata derretendo em sua língua. O gosto forte, de alho, foi amenizado quando ela mordeu o peixe, sua crosta amanteigada abrindo como um cofre para revelar a carne sedosa e saborosa por baixo.

– É por isso, Daphne *mou*, que eu nunca mais quero ouvir você dizer que não vai comer alimentos brancos. – Yia-yia riu enquanto limpava a boca com o guardanapo de papel. – Família e comida, Daphne *mou*. Estão no seu sangue, você não pode fugir delas.

– Eu não quero fugir delas. Eu quero mais. – Daphne riu e espetou outro medalhão com o garfo e o passou pela *skordalia*.

Quando a refeição terminou, todo mundo parecia estar com o estômago cheio e um pouco bêbado. Havia muito tempo que Evie tinha abandonado a mesa dos adultos e estava brincando num canto com as crianças italianas e os gatinhos. O riso delas se misturava com a música, a conversa dos convivas bem alimentados e as ondas quebrando suavemente ao longe. Do outro lado do terraço, os turistas franceses tinham abandonado o bar por uma mesa grande, tomada por alguns dos pratos mais famosos de Nitsa. Mesmo depois que os últimos pratos foram retirados, todo mundo continuou onde estava, bebendo, rindo, embebidos na perfeição do pequeno pátio coberto de flores.

Quanto mais tarde ficava, mais alta a música se tornava. Logo, o pequeno espaço em frente às mesas foi transformado numa pista de dança improvisada. O casal italiano foi o primeiro a se levantar, agarrados um ao outro como num transe amoroso embriagado, claramente enfeitiçados pela ilha paradisíaca e contentes que os filhos estivessem se divertindo com a cesta cheia de gatinhos. Todos os olhos fitaram o casal quando eles foram para a pista de dança. Havia algo de encantador neles, no modo como se moviam juntos na luz suave, como seus quadris se encaixavam e seguiam um ao outro num ritmo perfeito, um ritmo claramente aperfeiçoado por anos fazendo amor, por anos dormindo encaixados um no outro. Olhando para o casal, Daphne ficou hipnotizada e um tanto envergonhada, como se ela fosse um voyeur se intrometendo num momento privado de dois amantes. Mas o casal não parecia se importar. Eles nem estavam notando. Apenas dançavam, perdidos na magia de Erikousa.

– Olhe para eles, Daphne. Aquilo dá esperança para a gente, não dá? O fato de duas pessoas continuarem tão apaixonadas depois de ter filhos, depois de tantos anos juntas. – Popi suspirou, apoiando os cotovelos na mesa e a cabeça nas mãos.

– Sim, é verdade – Daphne respondeu, contemplando a escuridão da praia. Mas, ao contrário de Popi, para Daphne, observar aquele casal não era descobrir que um caso de amor épico pode existir. Era o modo como tinha imaginado sua vida, o caminho que tinha traçado.

– Vamos, Daphne. – Popi pegou a mão da prima. – Vamos mostrar a eles como é que os nativos dançam.

– Acho que não...

– Vem. Pense nisto como sendo sua despedida de solteira. Levante-se e dance comigo. – Popi puxou o braço de Daphne e a arrastou para a pista de dança. Após mais algumas tentativas inúteis de Daphne de se livrar, Popi conseguiu o que queria, e elas se juntaram ao casal na pequena pista de dança. Os italianos sorriram ao ver as primas, mas logo voltaram a prestar atenção apenas um no outro. Do outro lado da sala, os franceses começaram a aplaudir e gritar quando as primas começaram a dança do ventre.

Daphne ergueu os braços acima da cabeça, estalando os dedos e girando os pulsos no ritmo da música bouzouki. Popi acompanhou-a, erguendo os braços e movendo os quadris. Enquanto rodava, dançando, rebolando e rindo com a prima, Daphne atirou a cabeça para trás, seus cachos chegando no meio das costas. Com o corpo bem inclinado, ela soltou um animado *Opa!*

Tornando a levantar a cabeça, rindo pela alegria de se sentir leve e solta, Daphne ficou espantada ao ver o quanto se sentia jovem e sensual. Seus quadris pareciam sentir o ritmo, como se soubessem qual seria a próxima batida, o próximo toque do bouzouki antes que saísse do alto-falante. Havia sempre tanto drama na música grega, e esta noite Daphne se entregou a ele, numa mistura de música, dança, fumaça de cigarro e gritos de incentivo num salão cheio de turistas bêbados.

Quando a música mudou de bouzouki para uma dança tradicional de marinheiros, Daphne se virou para a prima. Ela arregalou os olhos sob o véu escuro dos cabelos que tapava parte do seu rosto enquanto dançava. Ela e Popi trocaram um olhar e as primas balançaram as cabeças ao mesmo tempo, sabendo o que vinha depois. Elas se juntaram, quadril com quadril, os braços sobre os ombros uma da outra.

Darararum, darararum... A música as chamava.

Estalando os dedos, Daphne inclinou a cabeça para a frente, batendo com os dedos no chão enquanto esperava a nota certa para começar a dança.

Darra...darrararum. Daraaa...darra...darrararram. A música começou devagar, cada nota se demorando no ar, perfeitamente espaçada para acentuar a dramaticidade da música. Para os turistas, esta era a canção de Zorba, a dança que eles tinham visto Anthony Quinn executar centenas de vezes na televisão. Mas, para os nativos, os gregos, isto era o *sirtaki*, a dança executada em todas as ocasiões felizes de suas vidas, em cada casamento, batizado, festa de domingo de Páscoa, desde tempos muito antigos. Era como se esta canção, esta música, corresse em suas veias como o DNA que os ligava uns aos outros e a esta ilha.

Primeiro para a esquerda, depois para a direita, as primas dançaram juntas. Com passos firmes, elas pularam para a frente, depois para trás, depois para a frente de novo. Daphne dobrou um joelho, passando a mão no chão, depois ficou em pé de novo quando o acorde seguinte tornou a chamá-las para dançar. À medida que o ritmo ia ficando mais acelerado, a dança também se acelerava. Daphne olhou para Yia-yia enquanto se movimentava para a esquerda e depois para a direita, e notou que Yia-yia estava acenando para alguém do outro lado da sala para que viesse se juntar a ela na mesa.

Darararaummmm... As primas pularam para a frente, mais alto e com mais força dessa vez, com a música mais rápida. Daphne olhou para a esquerda quando pulou para a direita e viu Yianni sentar-se ao lado de Yia-yia na mesa.

Dadada – dada – dadada – cada vez mais depressa, Daphne e Popi dançaram, mantendo-se no ritmo frenético da música. Todos os olhos estavam voltados para as primas e todo mundo na sala batia palmas e as incentivava. Elas dançaram cada vez mais depressa, saltando para a frente sobre um joelho quando o primeiro prato foi arremessado na pista, seguido de outro e mais outro. Ao virar a cabeça para a direita e para a esquerda, Daphne viu que era Nitsa que os lançava na direção delas, parada ali ao lado com uma pilha de pratos brancos na mão. Finalmente, quando a música estava tão rápida que Daphne e Popi acharam que era impossível pular ou dançar mais depressa, soou a última nota: *DARARARUM*. A dança terminou com as primas se abraçando, suando, radiantes.

– Isso foi incrível. – Daphne mal conseguia falar. Ela se arrastou até a mesa, apoiando os braços e bebendo um copo d'água.

– Popi, Daphne... lindo! – Yia-yia gritou, com as mãos juntas. – Yianni, você viu as minhas meninas, como elas dançam bem? – A velha senhora cutucou Yianni com o cotovelo.

– Sim, foi um lindo *sirtaki*, perfeito de fato – ele concordou, erguendo o copo e balançando a cabeça na direção de Yia-yia.

Popi não ouviu o elogio, porque já estava perto da mesa dos franceses, aceitando seus cumprimentos e uma taça de vinho. Mas Daphne ouviu o que Yianni disse. De fato, ela mal pôde acreditar no que estava ouvindo.

– Obrigada – ela disse, enxugando a testa com as costas da mão. – Eu não lembro qual foi a última vez que dancei assim. Não acredito que me lembrei dos passos.

– Tem coisas que ficam na nossa memória para sempre, e são reavivadas quando precisamos delas – ele respondeu, olhando para Yia-yia, que concordou com um movimento de cabeça.

Daphne olhou para Yianni e para Yia-yia. Ela queria dizer a eles que sabia a respeito da avó de Yianni, que Nitsa tinha contado a história para ela, mas Yianni abriu a boca para falar antes que ela tivesse a chance.

– Daphne, sua *yia-yia* me disse que eu vou levar você para Kerkyra amanhã.

– Sim. – Daphne confirmou, ainda ofegante e suada. – Se não for muito trabalho. – Ela ainda estava nervosa com a ideia de ficar sozinha com aquele homem. Mas, sabendo que não tinha outra opção, fez o possível para se mostrar simpática.

– Não é nenhum trabalho. Eu levanto minhas redes às seis horas da manhã, e podemos partir às sete. Nós iremos para Sidari. Tenho um trabalho para fazer lá amanhã. De Sidari, você pode pegar um táxi para Kerkyra.

– Sim, está ótimo. Obrigada – Daphne concordou, aliviada pelo fato de que Yianni ia fazer mesmo a viagem e que ela estava apenas pegando uma carona. Apesar do que Yia-yia dissera sobre Yianni, Daphne ainda não se sentia à vontade com a ideia de ficar devendo um favor a ele. Antes de poder dizer qualquer outra palavra, Daphne ouviu seu nome sendo chamado do outro lado da sala.

– Daphne, *mou*. Daphne – Nitsa chamou por ela. – Daphne, *ella*, dance. Estou dedicando esta canção a você. – Nitsa apontou para alguém atrás do bar, alguém que claramente estava controlando o som. Quando as primeiras notas saíram do alto-falante, a sala toda começou a aplaudir. Os turistas não faziam ideia do que estavam aplaudindo e incentivando, mas nessa altura estavam bêbados demais para se importar.

– *Ella*, dance – Nitsa gritou e bateu palmas.

– Não, Nitsa, não posso. – Daphne sacudiu a cabeça. – De verdade, não posso.

– *Ella*, Daphne – Nitsa gritou.

– Vamos, Daphne, dance – Popi ordenou do outro lado da sala, levantando-se com um copo de ouzo na mão.

– Yia-yia... – Daphne olhou para a avó, implorando com os olhos.

– Sua anfitriã está chamando por você. *Pegene* – vá, dance para nós. Você é jovem e linda, Daphne – Yia-yia respondeu, acenando na direção da pista vazia.

Daphne olhou para Yia-yia e forçou um sorriso. Ela sabia que não havia como recusar. O protocolo exigia que atendesse aos desejos da anfitriã, embora não quisesse dar um vexame ali na pista de dança. Ela agarrou a taça com vinho pela metade. – *Yiamas...* à nossa saúde – ela gritou e esvaziou a taça de um gole só antes de ir para a pista de dança.

Quando chegou à pista, a música tomou conta dela e o vinho ajudou-a a ficar mais confiante. Ela girou com os braços acima da cabeça, os pulsos girando junto com os quadris. Daphne sabia que não era a melhor dançarina; Popi era muito melhor do que ela. Mas aquela era a beleza da dança grega. Era mais sobre viver a música, expressar-se mais pelo movimento, do que pela técnica. E esta noite, apesar da vergonha inicial, Daphne fechou os olhos e sentiu cada nota em seu corpo.

– *Opa!* – Daphne ouviu alguém gritar e sentiu a primeira chuva de pétalas de flores cair sobre seu rosto e seu cabelo enquanto girava. Ainda com os olhos fechados, ela levantou o queixo na direção do céu e sentiu as pétalas roçarem nas pálpebras e nos lábios, como se ela estivesse sendo beijada por pequenas gotas d'água enquanto corria durante uma chuva de verão.

– *Opa!* – a voz repetiu, e Daphne sentiu outra chuva de pétalas cair sobre o corpo. Elas roçaram seus ombros e seus braços como o toque suave de um amante. Ela se virou e tornou a girar, abrindo bem os olhos e depois abrindo-os mais ainda. Ali, bem em frente a ela, estava Yianni.

– *Opa!* – ele tornou a gritar, enquanto arrancava as pétalas do cravo vermelho e as jogava sobre Daphne à medida que ela dançava.

Dezoito

Na manhã seguinte, quando Daphne atravessou o caminho de concreto na direção do porto, ela agradeceu a Deus por ter ouvido Yia-yia e se forçado a comer alguma coisa antes de sair de casa. Teve vontade de chorar ao abrir os olhos antes do amanhecer com uma terrível dor de cabeça, resultado do excesso do vinho na casa de Nitsa. E mais ainda do que isso, Daphne teve vontade de chorar ao pensar que ia passar a manhã toda num *kaiki* – a sós com Yianni –, sem Yia-yia, música bouzouki nem vinho de Nitsa para servir de para-choque.

Sentiu-se um pouco melhor depois de um banho frio e de um *briki* do forte café grego de Yia-yia. Mesmo assim, comer era a última coisa que passava pela cabeça de Daphne. Seu estômago estava queimando e ela achou que não ia conseguir conservar nada lá dentro. Mas, apesar dos protestos de Daphne, Yia-yia insistiu, dizendo que ela não podia sair sem comer um pedaço de pão e um punhado de azeitonas. Yia-yia não abriu mão de que elas comessem juntas, já que as azeitonas salgadas e o pão eram uma cura certa para a ressaca e iriam aplacar seu estômago e melhorar sua dor de cabeça.

Daphne a princípio não acreditou, mordiscando o pão e as azeitonas apenas para fazer a vontade de Yia-yia, o estômago revirando a cada mordida. Mas, passados alguns minutos, o pão e as azeitonas começaram a fazer efeito, como Yia-yia prometera. Ela se sentiu melhor; suas pernas, embora ainda um pouco trêmulas, não ameaçavam mais dobrar-se sob o peso do corpo. O estômago, embora ainda sensível, não parecia estar prestes a esvaziar seu conteúdo. Quando chegou ao porto, Daphne tinha começado a sentir-se bem melhor.

– Daphne, *etho*... aqui. – Ela ouviu a voz de Yianni se destacar no meio do falatório dos outros pescadores. Ele estava encostado na amurada do barco, estendendo as redes para secar no convés. Ele passou as mãos pelas redes grossas para ver se não havia nenhum buraco.

— Você chegou na hora — Yianni disse, com o rosto inexpressivo. — Pensei que fosse se atrasar. Os americanos estão sempre atrasados.

Ele estendeu os braços e levantou as redes para examiná-las. Daphne fitou a silhueta de Yianni emoldurada pela luz forte do dia. Ela imaginou que Ícaro poderia ter se parecido com ele; suas asas de cera iluminadas pelo sol, desenhadas no céu, antes do mergulho fatal no mar — outra vítima de húbris. Com certeza a húbris de Yianni iria castigá-lo um dia. Mas Daphne rezou baixinho para que a ira dos deuses esperasse mais um pouco — pelo menos até que ele a deixasse sã e salva em Sidari.

Daphne respirou fundo antes de responder, obrigando-se a ficar calma e manter a paz.

— Eu sou sempre pontual — ela disse, levantando a mão para proteger os olhos do sol.

— *Ella* — ele gritou, debruçando-se na amurada e estendendo o braço moreno para Daphne. — Está na hora de partir; tem uma *furtuna* chegando, e precisamos ir antes que a ventania comece.

Daphne olhou para a mão de Yianni. Instintivamente, ela levantou as dela, mas não na direção de Yianni; tinha outros planos. Ela segurou na amurada de madeira, apoiou o pé direito no convés e içou o corpo para cima. Uma vez em pé no convés, Daphne passou as pernas pela amurada. Sentou-se logo no parapeito interno, ajeitando a saia branca sobre as pernas.

— Bem, vamos. — Ela olhou para Yianni, ainda parado no mesmo lugar, a mão estendida na direção do cais, sacudindo a cabeça. Daphne se sentiu poderosa. Ela riu e passou os dedos pelos cabelos, os cachos úmidos ganhando vida na brisa da manhã.

— A teimosia é um traço da sua família — Yianni resmungou, enquanto se inclinava sobre a amurada, desta vez para recolher a âncora.

Apenas chegue a Kerkyra. Mantenha a calma. Daphne repetiu este mantra para si mesma antes de levantar a cabeça e responder ao sarcasmo de Yianni.

— A teimosia é uma característica de toda a estirpe de Erikousa. Você é tão culpado quanto eu.

– Não tenha tanta certeza. – Ele riu com ironia ao se sentar atrás do volante de madeira marrom do *kaiki*. Com seu chapéu de pescador na cabeça, as pernas abertas num amplo V e as mãos enormes segurando o volante, Yianni começou a manobrar o barco para fora do porto, em direção ao mar aberto.

Eles navegaram em silêncio durante os primeiros minutos da viagem. Daphne nunca tinha sido muito falante, e com certeza não iria mudar agora, não em homenagem a Yianni. Ansiava por uma viagem calma, uma viagem cujo silêncio só fosse quebrado pelo barulho das ondas batendo do lado do barco ou pelo grito das aves marinhas que circulavam no céu.

Daphne se encostou na amurada. Esticou as pernas no convés, as costas apoiadas num poste de metal e a cabeça inclinada para trás, enquanto o vento a envolvia numa névoa de sal e mar. Havia muita coisa em sua cabeça naquele momento. Tinha ficado tão entregue ao ritmo da vida na ilha, tão envolvida nos prazeres simples, como um passeio com Evie ou um café com Yia-yia, que se atrasara no seu trabalho: o planejamento do casamento. Ainda tinha muito a organizar, detalhes para resolver e momentos fugazes de solidão, como este, para desfrutar. Em breve sua vida estaria mudada para sempre; a solidão que sentira por tantos anos seria exorcizada pelo padre Nikolaus quando ela caminhasse três vezes em volta do altar, segurando a mão do novo marido e usando uma coroa de flores do campo.

– Você está com fome? – Yianni perguntou.

Daphne abriu os olhos, surpresa pelo som daquela voz interrompendo seus pensamentos.

– Eu perguntei se você está com fome – Yianni repetiu, levantando um pouco a voz ao ficar em pé, segurando o volante com as duas mãos.

– Não, estou bem – ela mentiu, apesar de estar com o estômago roncando. – Eu não estou com fome.

– Bem, eu estou – ele grunhiu. – Venha aqui segurar o volante. – Ele ficou em pé com uma das mãos no volante, a outra na testa, examinando a superfície do mar.

Não passou despercebido para Daphne que ele não pediu, mas ordenou.

– Eu disse para você vir aqui segurar o volante.

– Eu sou uma chef, não um marinheiro.

— Você é teimosa, isso é o que você é. Venha até aqui segurar o volante. Basta manter no curso. Qualquer idiota pode fazer isso, até uma chef americana.

Daphne ficou vermelha de raiva. Com as mãos dos lados do corpo, ela apertou os punhos, enfiando as unhas nas palmas das mãos.

— Ora, eu só estou brincando. — Yianni riu. — Isso foi uma brincadeira, Daphne. Você é tão tensa que se torna um alvo fácil. Espero que esse seu noivo saiba o que está fazendo e consiga melhorar esse seu estresse. — Yianni deu um tapa no volante e soltou uma risada. — Ah, mas os americanos não são conhecidos por suas proezas românticas como são os europeus. Talvez o seu americano possa pedir conselhos ao Ari; ele é um mestre com as damas, como você sabe.

Daphne não conseguiu se conter. O riso começou em sua mente, mas, quanto mais ela pensava em Stephen tendo algo a ver com Ari, mais sentia vontade de rir. Então, Daphne começou a rir às gargalhadas ao imaginar Stephen e Ari juntos, ainda mais tendo uma conversa sobre romance.

— Daphne — ele repetiu. — Venha segurar o volante. Eu preciso fazer uma coisa.

Ela nem parou para pensar dessa vez, mas se levantou e foi até o assento do capitão. Ela se segurou na amurada com a mão direita enquanto caminhava até a traseira do barco, tomando cuidado para não se desequilibrar. As ondas e o vento ficaram mais fortes no curto tempo em que eles estavam no mar, balançando o barco de um lado para o outro cada vez com mais força.

— O que você precisa que eu faça?

— Segure aqui o volante. — Ele se posicionou atrás de Daphne, segurou as mãos dela e fez com que se aproximasse do volante. Seu peito pressionou as costas dela. — Segure firme, aqui e aqui.

— Então, qualquer idiota pode fazer isto — Daphne debochou. — Até você.

Ela se virou e olhou para o homem que, com uma única frase absurda, tinha conseguido desarmá-la e transformá-la de passageira em marinheira.

— Sim, qualquer idiota. — Ele concordou, balançando a cabeça e olhando para o mar batido. — A maré está forte e contra nós, vamos levar mais tempo do que o normal para chegar a Sidari. O mar me deixou com fome, como sempre faz. Eu preciso comer. Tem certeza que não está com fome?

– Na verdade, estou faminta – ela admitiu.

Ela não tivera a intenção de conversar com Yianni, muito menos de dividir uma refeição com ele; mas havia algo no fato de estar ali no mar aberto que a fez sentir-se um pouco mais aventureira – bem como mais faminta do que normalmente.

– Ótimo. Fique bem assim; eu já volto. – Antes que Daphne pudesse perguntar aonde ele ia, Yianni tirou a camisa, pegou uma velha bolsa de lona no convés e a pendurou enviesada no peito. Então ele subiu na amurada e mergulhou num mar agitado.

– Mas que diabo você... – Daphne o viu desaparecer sob a espuma. Ela ficou firme, como ele a posicionara, agarrando o volante e tentando mantê-lo firme contra a correnteza. Examinou a água, tentando enxergar Yianni. Para alguém que amava o mar e nunca tivera medo de ficar sozinha na água, Daphne se sentiu surpreendentemente ansiosa. Ela não estava à deriva, no meio de lugar nenhum. Do convés, dava para ver claramente os rochedos de Kerkyra, as praias de Erikousa e as belas mas desertas praias da Albânia. Mas, por algum motivo, Daphne se sentiu nervosa, inquieta e isolada.

Finalmente, depois do que pareceu uma eternidade, mas que na realidade não passou de um minuto ou dois, Yianni surgiu na superfície.

– O que você está fazendo? – Daphne perguntou, olhando para o lugar onde Yianni tinha surgido, a cerca de cinquenta metros do barco.

Yianni não respondeu. E continuou a nadar na direção dela.

– Toma aqui – ele disse, enquanto subia no barco.

Ele saltou por cima da amurada com água escorrendo pelo corpo, deixando poças de água no convés.

– Toma aqui – repetiu. – Como é que vocês, americanos, chamam isto? Ah, sim, brunch. – Ele abriu um largo sorriso. Os músculos do seu braço molhado saltaram com o peso da bolsa de lona que estendeu para Daphne.

Sem saber o que fazer, a não ser evitar olhar para o torso molhado dele, Daphne pegou a bolsa, abriu e olhou para dentro.

– *Heinea*... ouriços-do-mar. – Ela riu e olhou para Yianni.

— Sim, tem pão, azeite e limão lá embaixo.

Ela não esperou que ele pedisse desta vez; Daphne desceu, segurando na grade por causa do mar cada vez mais revolto. Parou na porta para se segurar e examinou a pequena cabine. Estava meticulosamente limpa, ao contrário de qualquer outro barco de pesca que conhecera. Havia, é claro, uma pequena cozinha, com uma pia e uma chapa quente, e uma cama encostada na parede. Mas, ao contrário de outros barcos de pesca onde já estivera, havia uma pequena escrivaninha num canto, com um computador. E embora a cabine fosse limpa e arrumada, havia pilhas de livros por toda parte.

Nossa, que coisa moderna, nenhum balde para vômito à vista. Ela riu enquanto examinava a cabine. Num canto, ao lado da chapa quente e do *briki*, Daphne avistou a cesta contendo o azeite, o pão e os limões, além de um frasco de sal marinho. Ela pegou a cesta e a apertou contra o peito antes de voltar para o convés.

Quando Daphne saiu da cabine, olhou em volta sem conseguir acreditar. Como era possível? No curto espaço de tempo que estivera lá embaixo, o vento tinha diminuído e o mar estava menos batido, a superfície espelhada substituindo a espuma que o cobria momentos antes.

Daphne se sentou no convés e espalhou os ingredientes da refeição sobre um pequeno caixote que Yianni colocara entre eles. Yianni enfiou a mão no bolso do short de jeans molhado e tirou um par de luvas amarelas de couro. Enfiando-as nas mãos, ele tirou um ouriço-do-mar preto de dentro da bolsa. Segurando o ouriço com uma das mãos, ele pegou uma faca afiada com a outra. Enfiando a lâmina na concha protetora, abriu o topo da concha como quem abre a casca de um ovo quente. Yianni entregou o ouriço para Daphne, e ela o temperou com limão, sal marinho e um fio de azeite. Depois que todos os ouriços estavam abertos e temperados, Daphne partiu um pedaço de pão e o entregou a Yianni e, em seguida, partiu outro pedaço para si mesma.

— *Yia-mas* — ela disse, pegando um ouriço-do-mar e fazendo um brinde com ele.

— *Yia-mas* — Yianni respondeu antes de começar a comer. — Ei, Daphne, quanto você vai me cobrar por esta refeição? Uns cem dólares, hein? Não é isso que cobra no seu restaurante?

Daphne olhou bem nos olhos de Yianni.

– Bem, você ganha um desconto por causa do *kaiki*. Afinal de contas, está me dando uma carona. Para você, só setenta e cinco.

– Muito generosa – Yianni debochou. – Thea Evangelia diz que você é uma ótima empresária.

– Sim, aparentemente você e minha *yia-yia* passam um bocado de tempo falando a meu respeito.

– Não falamos só de você, Daphne. Nós conversamos sobre tudo. – Ele deu outro ouriço para ela.

– E por quê? Não consigo entender. – Daphne jogou a concha vazia no mar e limpou a boca com as costas da mão. – Honestamente, qual é a ligação entre vocês? Eu nunca tinha visto você e nunca tinha ouvido falar de você antes desta viagem. E agora, de repente, você aparece, como se fosse o filho que ela nunca teve. Como posso acolhê-lo na família, quando você tem sido tão grosseiro comigo desde o nosso primeiro encontro? – Ela atirou o ouriço-do-mar no caixote com mais força do que pretendia.

Yianni olhou para Daphne por um momento, como se estivesse pensando no que ia dizer. Enquanto o vento tornava a aumentar, ele atirou uma casca de pão por cima da amurada. Ela flutuou no vento por um instante antes de cair no mar e ser apanhada por uma gaivota que voava em círculos pelo céu, seguindo o barco à espera da próxima refeição.

– Eu devo minha vida a ela – ele disse, sem nenhum traço do seu sarcasmo ou desafio habitual. – Eu não estaria sentado aqui se não fosse por Thea Evangelia.

Daphne não entendeu. Como é que aquele homem grande e forte podia dever a vida à frágil Yia-yia?

– Do que é que você está falando? – Ela soltou o ar dos pulmões com força.

Aqui estamos nós de novo, de volta ao começo, ela pensou. Como tinham rido juntos e dividido a refeição de ouriços-do-mar, Daphne imaginou que as coisas tivessem mudado entre eles. Que talvez ele tivesse se cansado daquela guerra de nervos que vinham travando desde o primeiro encontro. Mas agora, com aquela declaração dramática, parecia que Yianni tinha recomeçado, estragando uma manhã agradável com sua habilidade inata de invocar as fúrias e de deixar Daphne furiosa.

– Não me olhe desse jeito, Daphne. – Os olhos escuros miraram o rosto de Daphne como a gaivota mirou o pedaço de pão.

– Você é sempre tão dramático?

– Isto não é uma brincadeira, Daphne. Eu devo a vida à sua *yia-yia*, bem como a vida da minha mãe e da minha avó. Ela salvou as duas. Ela arriscou a própria vida para salvar a delas, e por isso eu estou eternamente ligado a ela.

Daphne ficou imóvel por alguns instantes, tentando processar o que Yianni dizia. Ela mordeu os lábios enquanto sua mente trabalhava.

– Você está falando sério?

– Não poderia falar mais sério. – Não havia um pingo de ironia na voz dele. – Há muita coisa que você não sabe sobre a sua *yia-yia*, Daphne. Coisas que ela nunca lhe contou, coisas das quais quis proteger você.

Ela teve vontade de saltar do banco e dizer a ele que aquilo era absurdo – uma maluquice, de fato. Era impossível que ele conhecesse os segredos de Yia-yia enquanto que ela, sua própria neta, fosse deixada no escuro, protegida de qualquer segredo do passado a que Yianni estivesse aludindo. Era impossível. Ou não? Ela pensou no modo como Yia-yia tratava Yianni, no jeito como o acolhia – no fato de ele saber sobre a caixa de sapato debaixo da cama de Yia-yia, no jeito como eles se olhavam como se pudessem ler as mentes um do outro, como se conhecessem os segredos um do outro. Enquanto Daphne pensava nisso, seu coração disparou. Ela buscara respostas, e agora parecia que Yianni estava disposto a fornecê-las tão prontamente quanto a refeição que providenciara. Daphne estava louca para ouvir o que ele tinha a dizer; se ia ou não acreditar nele, era outra história.

– Conte-me. – Ela cruzou as mãos no colo, prometendo a si mesma que não iria julgar, apenas ouvir. – Conte-me. Eu preciso saber.

Yianni começou a falar antes mesmo que as palavras tivessem saído de sua boca.

Dezenove

— Eu era como você, Daphne – ele começou. – Sabe, nós somos mais parecidos do que você poderia imaginar. A coisa que eu também mais gostava era de ouvir as histórias da minha avó. Como você, eu vivia para aquelas histórias.

Daphne balançou a cabeça, concordando e também um pouco surpresa. Ele viu a expressão dela mudar, os músculos em volta da boca ficarem mais relaxados.

— Minha avó me contou muitas vezes o que aconteceu quando eu era criança. Eu adorava ouvir as histórias dela, mas, para ser franco, achava que eram alucinações de uma mulher velha e cansada que não sabia mais separar a fantasia da realidade. Mas então eu conheci Thea Evangelia, e finalmente tudo fez sentido.

— O que fez sentido? O que foi que ela contou para você? – Daphne enfiou a perna debaixo do corpo e segurou na amurada como que se preparando para o que viria em seguida.

— Ela me contou o que tinha acontecido com elas durante a guerra. Ela me contou como, num segundo, estranhos mudaram a vida uns dos outros, salvaram as vidas uns dos outros. Ela me contou o que é encarar o próprio demônio... e se recusar a entregar a alma a ele.

Esta era realmente a história que Yia-yia e Nitsa tinham mencionado para ela. Mas a versão de Yianni parecia diferente, mais trágica.

— Por que eu só estou sabendo disso agora?

Ele sorriu para ela, como se esperasse esta pergunta antes de poder contar a história.

— Ela quis deixar o passado para trás, esquecer o que tinha acontecido. Ela não quis que você fosse sobrecarregada com aqueles velhos fantasmas, como ela e sua mãe tinham sido. Ela quis livrar você deles, para que você só conhecesse magia e beleza. – O rosto dele se abrandou, mas Daphne viu que uma veia ainda pulsava em sua têmpora, sob a pele morena.

– Conte-me – ela disse. Desta vez ela ouviu a verdade.

– Começou em Kerkyra – ele disse. – Minha avó, Dora, morava na velha cidade, num apartamento no segundo andar, bem debaixo dos arcos venezianos. Meu avô era alfaiate, o melhor alfaiate de Kerkyra. Seus ternos e camisas eram tão bem feitos, sua costura tão impecável que as pessoas ficavam maravilhadas com suas roupas. Elas faziam fila para comprar suas roupas maravilhosas, minha avó costumava se gabar... – A voz dele ficou sonhadora.

– Ela dizia que todo mundo ficava encantado com aquele dom que ele possuía, e que todos eram unânimes em dizer que nenhuma máquina podia igualar a habilidade dos seus dedos ágeis, que aquele dom era uma bênção de Deus. A loja dele ficava logo abaixo do apartamento da família, no térreo de um prédio no bairro judeu.

– O bairro judeu? – Daphne nunca tinha ouvido falar num bairro judeu em Kerkyra.

– Sim, o bairro judeu. Minha família fazia parte de uma próspera comunidade de dois mil comerciantes e artesãos judeus. Durante várias gerações, Kerkyra foi o lar deles, assim como da sua família. Eles faziam parte daquela ilha, da mesma forma que os seus antepassados. Mas isso foi antes da guerra, antes que os alemães chegassem e tudo mudasse. – Ele olhou para o chão e respirou fundo. Segurava o volante com uma das mãos, dirigindo o *kaiki* na direção de Sidari.

– Foi em 1943. Os italianos estavam ocupando Kerkyra, e havia uma calma inquietante na cidade. Os italianos quase sempre deixavam o nosso povo em paz. Os soldados italianos foram bárbaros em toda a Grécia, mas não em Corfu. Aqui, com a ilha tão perto da Itália, muitos dos homens falavam italiano, e os soldados tinham simpatia pelos homens que falavam sua língua materna, chegando até a alertá-los, dizendo-lhes para fugir quando os alemães estivessem para chegar. Os italianos estavam muito conscientes de que a história seria trágica caso os alemães chegassem a Corfu. Mas, infelizmente, meus avós e sua comunidade permaneceram no lugar que amavam, no lugar que chamavam de pátria. Minha família tinha ouvido dizer que as tropas alemãs estavam se aproximando, que elas tinham dizimado comunidades, massacrado membros da resistência grega e judeus por toda a Grécia. Mas meus avós se sentiam seguros em Corfu, no meio daquele povo culto e civilizado. – Ele fez uma pausa. – No meio dos seus amigos.

"Mas, quando os italianos finalmente se renderam, o mesmo aconteceu com a civilização; o mesmo aconteceu com os olhos de Deus, como minha avó costumava dizer." – Daphne pensou ver uma umidade nos olhos dele ao mencionar sua avó. Talvez fosse a maresia – ela não tinha certeza.

– Foi no dia 8 de junho de 1944. Apenas dois dias antes das forças aliadas chegarem à Normandia. A salvação estava próxima, incrivelmente próxima. Mas não o suficiente. Os alemães ordenaram que todos os judeus de Corfu se apresentassem na praça da cidade na manhã seguinte às seis horas.

Ele sacudiu a cabeça e olhou para Daphne.

– Imagine alguém chegando na sua casa, na casa onde os seus avós nasceram, onde você fazia o jantar toda noite e onde seus filhos brincavam e dormiam. Imagine acordar um dia e ser informada de que você não era nada, que a sua família não significava nada. Era isso que estava acontecendo por toda a Grécia. E finalmente alcançara Corfu. Muitos dos amigos deles fugiram naquela noite para as montanhas, para as aldeias mais distantes. Mas a minha família não. Ela ficou.

Daphne ficou olhando para ele, sem entender aquela história.

– Mas por quê? Por que eles ficaram se sabiam o quanto isso era perigoso?

– Eles não podiam ir embora. – Ele tornou a sacudir a cabeça. Seus olhos avistaram uma ave marinha ao longe. Ele a viu planar, subir, voando graciosamente em círculos até que, finalmente, mergulhou e pegou um peixe no mar. Só então ele continuou:

– Eles não podiam partir. Minha avó, Dora, tinha ido para uma clínica em Paleokastritsa. Ela levou minha mãe, Ester, e a irmãzinha dela de dois anos de idade, Rachel, deixando meu avô e o filho deles de quatro anos, David, em casa. Rachel era uma criança doentia e estava de novo com febre havia vários dias. O médico em Paleokastritsa era muito bom e sabia os remédios que faziam Rachel melhorar. Dora não pensou duas vezes antes de fazer a viagem. Os alemães eram cruéis e ameaçadores, mas os judeus tinham aprendido a evitá-los, a ficar quietos, fora do caminho deles. Eles viveram meses assim, rezando para as forças aliadas chegarem e os alemães serem expulsos da ilha. Ninguém viu o perigo chegando, mas as coisas mudaram do dia para a noite. Corfu se tornou perigosa, e o mundo deles se transformou de repente. Meu avô jamais deixaria a esposa e as filhas para trás. Ele escolheu ficar, desafiar a ordem e esperar que a mulher e as filhas voltassem.

"Na manhã seguinte", Yianni continuou, "enquanto as bombas dos aliados caíam sobre Corfu, os alemães juntaram todos os judeus na *platia*, a praça da cidade. Eles esvaziaram as prisões, os hospitais e até as instituições para doentes mentais. Todos os judeus de Kerkyra – até mães grávidas esperando para dar à luz seus bebês – todo mundo foi reunido na praça. Os soldados foram de casa em casa, caçando qualquer um, homens, mulheres, crianças e idosos... qualquer um que tivesse ousado desafiar a ordem deles. Num dia eles eram uma comunidade próspera; no outro, foram arrancados de suas casas como se não valessem nada. Imagine ser arrancado de sua casa por estranhos como um animal sendo tirado da jaula, como um peixe sendo pescado do mar..." Ele se virou e olhou para Daphne. Desta vez não havia dúvidas de onde vinham a vermelhidão e a umidade dos seus olhos.

– Eles ficaram lá, debaixo do sol escaldante, a manhã toda e o dia todo até de noite, sem saber o que ia acontecer, sem querer acreditar no seu destino. Finalmente, os soldados os levaram. Eles foram atirados na prisão, todos eles. Quase dois mil judeus, levados para o Frourio. O mesmo lugar onde eles costumavam passear com as famílias no Sabbath se transformou na sua prisão. Eles foram mantidos lá sem comida e sem água, privados de todos os seus pertences, de sua identidade, de sua dignidade. – Ele finalmente desviou os olhos dela, os fechou e baixou a cabeça. Ficou ali sentado, imóvel e silencioso por alguns momentos, até dizer finalmente as palavras: – Até serem mandados para Auschwitz.

As palavras dele foram como uma bofetada em seu rosto.

– O quê? – ela gritou, pensando no belo forte, sempre um símbolo de proteção, de força e segurança. – O que você está dizendo?

Yianni ignorou a pergunta dela.

— Meu avô e David... — Ele suspirou. Daphne viu seus dedos tremerem, segurando com força no volante do barco. — Eles estavam na loja, meu avô e David, quando os soldados chegaram. Eles saquearam lojas, prenderam todo mundo e mataram quem ousou protestar. Meu avô se recusou a ir sem a esposa e as filhas. Os soldados bateram nele por sua desobediência e mandaram que entrasse na fila com o resto dos homens que tinham sido reunidos como gado, como ovelhas indo para o matadouro. Mas ele se recusou a deixar que o filho o visse ser levado embora como se fosse um animal. — Yianni fechou os olhos de novo. — Então eles o mataram.

Daphne tapou a boca com as mãos, mas não conseguiu abafar o soluço que escapou entre seus dedos.

— Eles atiraram na cabeça do meu avô. Ali na frente do filho. E deixaram seu corpo sem vida caído sobre a mesa de costura.

— Meu Deus. — Daphne soluçou, respirando fundo, mas sentindo que não conseguia fazer chegar nenhum oxigênio aos pulmões. Se ouviu o soluço de Daphne, Yianni não demonstrou. Era como se tivesse esperado tanto tempo para contar sua história que nada podia fazê-lo parar agora. As palavras continuaram saindo, cada vez mais depressa, cada vez mais devastadoras.

— Minha avó chegou de volta ao bairro judeu e encontrou as ruas vazias. Ela correu até em casa, segurando as mãos das filhas. Elas entraram correndo na loja e encontraram meu avô lá, frio e sem vida, e David... David tinha desaparecido.

Daphne não pôde mais conter as lágrimas. Ela as sentiu escorrer pelo rosto; chorou por aquele garotinho, chorou pelo pai dele, por sua mãe e suas irmãs, chorou porque Kerkyra não era o paraíso que ela sempre imaginara; porque o lugar também tinha um passado sombrio e trágico.

— Foi assim que a sua avó as encontrou, minha mãe e a irmãzinha, deitadas no chão, acariciando e embalando o corpo do pai enquanto minha avó gritava pelas ruas, procurando pelo filho.

— Yia-yia as encontrou? Yia-yia estava lá? — *Como podia ser isso?* Era impossível imaginar que sua avó tivesse testemunhado uma cena tão terrível. Não fazia sentido para Daphne que Yia-yia estivesse lá. Ela raramente saía de Erikousa. Foi como se Yianni percebesse que ela começara a duvidar dele. Antes que ela pudesse pôr em dúvida a veracidade da história, ele continuou.

— Sua avó tinha vindo de Erikousa e ainda não soubera das prisões. Estava apenas indo até o bairro judeu para pagar uma dívida. Ela devia dinheiro ao meu avô. Já fazia muitos meses que Evangelia não conseguia pagar sua conta. Ela entrou na loja com uma cesta de ovos e uma garrafa de azeite, na esperança de que elas fossem aceitas como pagamento. Só que ela entrou no inferno que minha família estava vivendo. Thea Evangelia se ajoelhou e afastou as crianças do cadáver do meu pai.

Era como se Daphne pudesse ver o sangue, cheirá-lo. Ela parou de respirar e prestou atenção, e teve a impressão de poder ouvir seus soluços ainda ecoando pela ilha.

— Mas David, o que aconteceu com David?

— Eles o levaram embora... mas a sua *yia-yia* tentou... Ela tentou... — A voz dele tremeu ao repetir as palavras.

— Ela vestiu minha avó igual a ela, colocando seu próprio lenço preto em Dora e a envolvendo no suéter preto que tirou de suas costas. Elas se refugiaram na igreja de São Esperidião, a sua *yia-yia* rezava para o santo enquanto minha avó e as filhas choravam abraçadas no chão. A sua *yia-yia* disse a elas para ficarem ali e rezarem com ela. Disse a elas que Agios Spyridion iria protegê-las. E ele realmente as protegeu. Elas ficaram mais de um dia escondidas na igreja, ouvindo os tiros e o caos do lado de fora. Mas nenhum alemão entrou na igreja, nem um único alemão. Finalmente, quando os gritos e os tiros cessaram, sua *yia-yia* disse a Dora que ficasse na igreja, que não se mexesse nem falasse com ninguém. Evangelia saiu e correu até o Frourio. Ela planejava falar com a polícia e dizer que tinha havido um erro, dizer que David era filho dela, um grego, não um judeu. Mas era tarde demais. O Frourio já tinha sido esvaziado, e os *Juden*, como os soldados os chamavam, cuspindo de nojo ao dizer a palavra, tinham sido levados embora.

"Naquela noite, protegidas pela escuridão, sua *yia-yia* levou Dora, minha mãe e a pequena Rachel para Erikousa. A princípio, minha avó se recusou a ir, ela se recusou a partir enquanto não achasse o filho. Jurou que preferia morrer a perder a esperança de encontrar seu filhinho. Mas sua avó deixou muito claro que não havia esperança de achar David. Seu garotinho, seu David, tinha sido levado embora junto com todos os seus amigos, toda a sua família – era tarde demais para salvá-lo. Era tarde demais para salvar qualquer um deles."

Yianni levou a mão ao rosto e puxou os pelos da barba. Ele se virou para ela.

– Daphne, você é mãe. Imagine ter que dizer a outra mãe para abandonar a esperança de encontrar seu filho. Imagine a sua Evie, a linda criança que você carregou no ventre, que pariu, amamentou, acalentou. Imagine ir embora e considerá-la morta. Sabendo que, enquanto você vive, respira e caminha nesta terra, você deixou o seu bebê nas mãos de animais selvagens, sem piedade, que irão fazê-lo sofrer, que irão matá-lo. Imagine a sua linda Evie jogada fora como um monte de lixo. E agora você pode começar a imaginar o inferno da minha avó.

Daphne imaginou a sua linda garotinha, a sua Evie – e expulsou imediatamente a imagem da filha da cabeça. Ela não podia suportar a ideia... Era demais pensar... mesmo com décadas de intervalo. Ela só conseguiu sacudir a cabeça.

– E imagine a sua avó, Daphne, tendo que dizer a outra mãe para esquecer o filho, para esquecer o próprio filho para tentar salvar as outras filhas.

– Não consigo. – Ela murmurou baixinho.

Yianni levantou a cabeça e olhou para Daphne.

– Mas a sua *yia-yia* fez isso e salvou a vida delas. Ela salvou a linhagem da minha família, o nosso legado. Naquela manhã, quando a sua *yia-yia* as tirou da alfaiataria, Dora correu de volta para dentro. Ela sabia que não podia levar nada com ela, que Evangelia tinha razão, que elas precisavam ir embora imediatamente, antes que os soldados voltassem. Mas Dora pegou uma única coisa, aquilo que serviria de prova de que sua família existira. Era o menorá da família, o que seu próprio pai tinha feito com madeira de oliveira e dado a ela no dia do seu casamento. Sabendo que elas seriam mortas se alguém as visse carregando o menorá pelas ruas, a sua *yia-yia* o enrolou em seu avental e o escondeu nas dobras da própria saia.

"Evangelia trocou os ovos e o azeite pela passagem de volta para Erikousa. Era tudo o que tinha, mas deu para um morador da ilha ficar calado e levá-las de volta no seu *kaiki*. Ela arriscou tudo para ajudar a minha família. Os nazistas sabiam que judeus haviam fugido, que estavam sendo escondidos por famílias gregas ao redor de Corfu, nas aldeias e nas ilhas menores. Eles lançaram um decreto dizendo que qualquer cristão que fosse descoberto escondendo ou ajudando um judeu seria morto. Que eles, e suas famílias, seriam fuzilados por desobedecer a uma ordem e ajudar os *Juden*. Mas, apesar disso, apesar do risco, das ameaças e do conhecimento de que poderia ser morta, Evangelia as escondeu e protegeu. Ela as salvou. – Ele fez uma pausa. – Ela nos salvou."

Daphne fitou Yianni. Ela se sentia dilacerada – sem saber se o chamava de mentiroso por ousar inventar uma história tão terrível, ou se o abraçava e agradecia por ele ter-lhe finalmente revelado a verdade.

– Como? – foi só o que ela conseguiu dizer.

– Elas viveram assim até a guerra terminar. As duas viúvas e suas filhas, sobrevivendo do pouco que tinham, morando na casa de Evangelia. Dora ensinou costura a Evangelia, a fazer lindas roupas com alguns retalhos de tecido, e Evangelia ensinou a Dora e às meninas os hábitos e costumes das mulheres da ilha para que elas pudessem se misturar... e continuar vivas. Elas passavam as noites conversando, trocando histórias, tradições e a cultura de seus povos. Aprenderam que, apesar do que sempre ouviram, que gregos e judeus eram mais parecidos do que diferentes. Evangelia disse a todo mundo da ilha que minha avó era uma prima que tinha vindo ficar com ela, mas todo mundo sabia a verdade. Todo mundo em Eikousa sabia quem ela era – *o que* ela era. Todos sabiam que minha avó estava escondida, que ela e sua avó, e talvez eles mesmos, seriam mortos se os nazistas as encontrassem. Mas ninguém as delatou. Ninguém na ilha revelou o segredo. Apesar do risco que estavam correndo, que suas famílias e a ilha toda estavam correndo, ninguém contou aos nazistas. Nenhum adulto, nenhuma criança, Daphne, ninguém. A princípio, eles mantiveram distância e simplesmente deixaram as viúvas viverem em paz. Mas Dora disse que, com o tempo, os habitantes da ilha as adotaram. Eles as ajudaram, protegeram, e, junto com Evangelia, fizeram com que elas se sentissem parte de sua ilha, de sua família.

Daphne torceu o tecido branco da saia entre os dedos.

– Mas como? Como elas conseguiram se esconder dos soldados?

Yianni parou por um momento e sorriu.

– A sua *yia-yia* é uma mulher corajosa e especial, Daphne. Sempre que a minha avó falava nela, era num tom de voz abafado, com respeito e reverência.

– A minha *yia-yia*... – Daphne imaginou sua frágil *yia-yia*, que parecia tão pequenina dentro de suas roupas pretas. A mesma Yia-yia que não falava inglês, que nunca tivera uma educação formal e que nunca entrara num avião ou mesmo saído da Grécia. – Como ela podia saber o que fazer?

– Quando eu fazia essa pergunta, a minha avó dizia simplesmente que ela sabia. Que ela sentia. Ela sabia quando os soldados estavam para chegar. E sabia quando eles estavam para ir embora. Ela vestia Dora e as meninas com roupas de camponesa e as mandava sair com um saco de pão e azeitonas e água, e o menorá da minha avó ficava sempre enrolado num avental e escondido nas dobras do vestido. Elas se escondiam nas cavernas no alto da montanha, do lado selvagem e desabitado da ilha, até os soldados irem embora de novo. Ela sempre sabia quando eles viriam e sempre sabia quando iriam embora. Ela era a única que sabia. De algum modo, ela podia ouvi-los chegando. A princípio, era apenas Evangelia quem fazia a viagem perigosa para levar comida e água quando elas estavam escondidas. Mas então, um por um, os habitantes da ilha começaram a ir. Eles levavam comida e víveres e até faziam bonecas com pedaços de pano e palha de milho para as meninas. – Ele sorriu ao dizer isso, ao imaginar as meninas brincando tão inocentemente em circunstâncias tão perigosas. Mas então o sorriso desapareceu, quando se lembrou do que aconteceu depois.

– Os alemães nunca ocuparam Erikousa, mas eles visitavam a ilha, geralmente uma vez por mês, e ficavam apenas alguns dias, sempre procurando judeus fugitivos. Aqueles dias sempre pareciam intermináveis e os alemães eram brutais, batendo até em criancinhas que não ousavam cumprimentá-los com os braços erguidos ou cujos *Heil Hitlers* não eram altos o suficiente. Mas Dora, Evangelia e os moradores da ilha tinham estabelecido certa rotina, se é que pode haver rotina em tempos de guerra. Todo mundo sabia onde Dora e as crianças estavam escondidas, e por mais difícil que fosse para elas ali na encosta da montanha, elas nunca passaram fome. Alguém sempre ia levar o que elas precisavam... roupa, comida, companhia e conversa para encher as horas de solidão e medo. Mas uma vez os alemães ficaram mais tempo do que o normal. Eram os últimos dias do verão, e uma tempestade terrível e demorada não permitiu que partissem. Choveu por vários dias, e o mar ficou muito agitado. Nenhum pescador tinha coragem de sair com seu barco, nem os alemães; mesmo com seus barcos grandes e modernos, eles ficaram impotentes diante do mar revolto. Dora disse que elas esperaram e rezaram pelo que pareceu uma eternidade para receber a mensagem de que podiam voltar para casa, mas a mensagem não vinha. Ela não chegava jamais. – Ele sacudiu a cabeça, arriando os ombros sob o peso do medo e do desespero de Dora.

– A chuva e a umidade foram demais para o corpo frágil de Rachel. Ela começou a tossir e a piorar a cada dia. Mesmo o remédio precioso que Evangelia e os outros moradores da ilha arriscaram a vida para levar não deu conta da infecção, da tosse que sacudia o corpinho castigado. O mar finalmente acalmou, e os alemães partiram para Kerkyra, mas foi tarde demais. A tosse de Rachel piorava, e depois a febre se instalou. Foi demais. A pobrezinha não conseguiu mais resistir. Ela morreu, ali na cama da sua *yia-yia*, enquanto Dora e Evangelia velavam por ela, segurando sua mãozinha e colocando compressas molhadas na testa quente. Foi demais para Dora. Quanto uma mulher consegue suportar? Foi demais. Ela passou semanas muda, catatônica de tanta dor. Evangelia tinha ouvido as histórias de Dora e sabia o que tinha que fazer. Ela lavou o corpinho de Rachel e rasgou os lençóis da própria cama, usando-os para fazer a mortalha para o funeral da menina. Como Rachel era judia, o padre não permitiu que fosse enterrada no cemitério cristão. Mas Evangelia cavou com as próprias mãos uma cova do lado de fora do portão do cemitério. Eles enterraram Rachel ali, perto da entrada. O padre acompanhou Dora, a sua *yia-yia* e os outros moradores da ilha, e, embora não soubesse o Kaddish, as orações judaicas para os mortos, ele rezou do fundo do coração e pediu a Deus que aceitasse aquela criança inocente em Seus braços.

Daphne ficou em silêncio. Ela abriu a boca para falar, mas não conseguiu. Não havia o que dizer. Mas Yianni ainda não terminara. Ele ainda tinha mais a dizer.

— Eu ouvi muitas histórias da guerra na universidade. Nós conhecemos a coragem do arcebispo de Atenas, Damaskinos, que disse aos seus clérigos para esconder os judeus em suas próprias casas e expediu certidões falsas de batismo, salvando milhares de vidas. Quando os nazistas o ameaçaram com o pelotão de fuzilamento por suas ações, o arcebispo respondeu corajosamente: "Segundo as tradições da Igreja Ortodoxa Grega, nosso prelado é enforcado, não fuzilado. Por favor, respeitem nossas tradições." – Yianni tornou a fechar os olhos. Ele ficou ali sentado em silêncio, saboreando as palavras do arcebispo.

— Eu também fiquei sabendo do bispo Chrysostomos e do prefeito Loukas Karrer de Zakynthos. Quando os alemães ordenaram que apresentassem uma lista com os nomes dos judeus que moravam na ilha, eles entregaram uma lista com dois nomes apenas: os deles. Por causa desses homens, nenhum judeu morreu em Zakynthos, nenhum.

Ele respirou fundo, abrindo o peito, endireitando as costas.

— Evangelia é tão corajosa quanto esses homens, Daphne, merece ser igualmente reconhecida e honrada. Você perguntou por que eu me sinto tão próximo à sua avó. É por isso. Eu devo tudo a ela, tudo o que tenho, tudo o que sou. Durante toda a minha vida, eu prometi que voltaria a Erikousa e procuraria Evangelia, para agradecer a ela. Para segurar sua mão, beijar seu rosto e olhar dentro dos olhos da mulher que arriscou a própria vida para salvar a minha família. Isso foi só o que Dora me pediu, e eu prometi que faria isso por ela. Quando eu era mais jovem, não tinha tempo, estava sempre muito ocupado, correndo para lá e para cá. Passei a vida inteira estudando, a cabeça enfiada nos livros, querendo desesperadamente absorver todo tipo de conhecimento e informação. Mas, no fim, isso não significou nada. Eu tinha a cabeça cheia de informações, mas me sentia vazio. Foi quando compreendi que estava na hora de realizar o desejo da minha avó, de conhecer a mulher que salvou a vida dela, que salvou a vida da minha mãe também. Foi quando vim procurar a sua *yia-yia*.

— Por que ninguém nunca me contou nada disso?

— Ela havia planejado contar quando você fosse mãe. Sentia que só então você seria capaz de entender perfeitamente o que aconteceu. Mas aí você também foi atingida pela tragédia, outra jovem viúva com uma filha para criar. Ela não quis sobrecarregá-la com fantasmas do passado quando você já tinha os seus próprios fantasmas.

Era inegável a verdade que havia em suas palavras. Seus olhos estavam fechados enquanto ela o ouvia falar, mas Daphne podia sentir o olhar dele sobre ela. O que ela viu ao abrir os olhos a surpreendeu mais uma vez. Aquela intensidade e aquele desafio que estavam sempre estampados no rosto de Yianni tinham desaparecido. Os olhos dele não a fitavam de modo desafiador, como se estivessem competindo, como se houvesse um enigma a ser desvendado.

O corpo de Yianni não tinha mais a postura agressiva de algumas horas antes. Seus ombros estavam encurvados e ele estava apoiado na amurada do barco. Aquela viagem, aquela história o deixaram exausto. Ele olhou na direção do cais; estava mais próximo do que ele imaginara – como se a praia tivesse chegado sorrateiramente e a viagem estivesse chegando muito cedo ao fim. Yianni deu um salto e, sem dizer mais uma palavra, começou a se preparar para atracar.

Não, não vá. Nós não terminamos. Ela o queria ali com ela, mas não conseguiu dizer isso. *Volte. Volte e se sente aqui comigo, conte-me mais.* Mas ele não ouviu sua súplica silenciosa.

– Chegamos. – Ele pulou para o cais, amarrando o *kaiki* com a agilidade de um homem que podia dar nós complexos com os olhos fechados.

– Espere! – Ela exclamou. – Não vá! – Daphne gritou e se levantou de um salto. Ela estendeu o braço para ele. Ele a içou para cima e a ajudou a subir no cais sem hesitação. Daphne tornou a levantar os olhos, sabendo o que precisava fazer. *Só mais uma vez, só para ter certeza.*

Seus olhos se encontraram. Foi a confirmação de que ela precisava.

Não havia como negar a dor nos olhos negros que a fitaram de volta. Era um olhar que ela conhecia bem.

Era como olhar num espelho.

Vinte

Daphne correu para os braços de Stephen assim que ele surgiu no meio da multidão de turistas bronzeados de sol no Aeroporto de Corfu. Assim que pôs os olhos nele, com suas calças de corte perfeito e camisa polo listrada, Daphne antecipou uma sensação de alívio. Stephen sempre tivera um efeito calmante sobre ela; era a coisa que mais chamava a sua atenção em relação ao noivo. Quando Stephen estava por perto, parecia que tudo daria certo – que todo problema teria uma solução, que cada detalhe seria providenciado.

Lá, no meio do terminal quente e empoeirado, enquanto ele a cumprimentava com um "Olá, beleza", a tomou nos braços e se inclinou para beijá-la nos lábios. Mas nem mesmo a presença de Stephen, suas mãos fortes, a sensação dos dedos acariciando seus cabelos, o timbre calmante de sua voz, foram capazes de aplacar a dor que a história de Yianni causara. Desta vez, nem Stephen podia reparar o que acontecera. Nem Stephen podia diminuir o impacto das palavras de Yianni, nem o impacto dos seus olhos. Quando se encostou no corpo de Stephen, Daphne sentiu como se o seu próprio não tivesse força, como se a viagem no Mar Jônico naquela manhã a tivesse esgotado, deixando-a seca e vazia como as cascas de ouriço-do-mar que ela e Yianni tinham deixado boiando no mar.

Mas Daphne sabia que aquela não era hora nem lugar para contar a Stephen o que acontecera, o que ficara sabendo. No processo de convencê-lo a transferir o casamento para lá, Daphne tinha pintado uma visão paradisíaca da ilha, um lugar lindo onde só havia amor e alegria. Durante toda a sua vida, ela acreditara que isso era verdade. Só mais cedo, naquele dia, a bordo de um simples *kaiki*, é que um pescador barbudo havia destruído a sua fantasia.

— Benzinho, você está bem? O que aconteceu? — Stephen perguntou.

— Nada. Eu só estou muito feliz em ver você. Acho que estou só... — Ela fez uma pausa, escolhendo as palavras com cuidado. — Acho que estou só emocionada.

E estava mesmo. Por mais que tivesse amado ter Evie e Yia-yia só para ela durante tantos dias, ela também ansiava para começar sua nova vida. Mas alguma coisa mudara para Daphne naquela manhã no terminal. Quando avistou Stephen, em vez de sentir alívio, ela foi tomada por outra coisa, por algo que nunca havia esperado. Quando Daphne viu Stephen descendo do avião, ela não parou para pensar na sorte que tinha por estar ao lado de um homem que sabia todas as respostas. Em vez disso, Daphne percebeu que ela própria não tinha nenhuma resposta.

Sim, ela alcançara sucesso, agora tinha dinheiro, possuía até os mais altos prêmios; mas devia tudo à ajuda de Stephen. Nunca teria conseguido sem ele. Todos esses anos, Daphne se achara muito avançada, muito independente, moderna e superior às raízes que a prendiam às estradas de terra, galinheiros e costumes arcaicos da sua terra natal. Mas naquele momento ela percebeu que, apesar da sua educação, de toda a sua criação americana, sua visão cosmopolita e seu sucesso financeiro, ela não era a vanguarda da família. Ela não era aquela cujos feitos e cuja vida deveriam ser reverenciados e festejados. Depois de ouvir a história de Yianni, não havia nenhuma dúvida na mente de Daphne de que aquela honra pertencia a Yia-yia.

Era Yia-yia e não Daphne que mostrara o que era ser uma mulher; corajosa, forte, invencível e divina. Ao dar a mão a Stephen e caminhar com ele na direção da saída do aeroporto, Daphne não sentia nada disso. Ela se sentia uma covarde.

— Volto logo. — Stephen beijou o rosto de Daphne e entrou no banheiro para tomar um banho.

Daphne rolou na cama. Ela apertou o lençol branco contra o peito e ouviu os canos velhos do hotel rangerem e gemerem quando Stephen ligou a água no banheiro de mármore branco. Apesar das quatro estrelas, o Corfu Palace Hotel ainda mantinha algumas das peculiaridades e características da vida em Corfu.

Mesmo quando menina, Daphne já gostava do velho hotel majestoso. Sempre que ela e Yia-yia iam de Erikousa para Kerkyra, fosse para fazer compras ou para uma das visitas de Yia-yia ao médico, elas passeavam de braços dados pelas calçadas de Garitsa Bay, contemplando o hotel elegante. Yia-yia sempre admirava os jardins exuberantes – as palmeiras, os lírios e o interminável arco-íris de roseiras. Daphne adorava o terreno bem cuidado do hotel, mas era fascinada pela sua entrada suntuosa.

Mais que tudo, ela amava a entrada de carros larga e que formava um semicírculo, com um exército de bandeiras de vários países enfileiradas que montavam guarda enquanto o capitão porteiro recebia cada hóspede. Daphne adorava ficar parada do outro lado da rua com Yia-yia, vendo as bandeiras tremulando ao vento. Para Yia-yia, esta visão era algo para se apreciar de longe. Para Daphne, no entanto, este hotel era mais do que algo para se admirar; era algo para se desejar.

Depois de todos aqueles anos em que tinha olhado para o hotel do parque do outro lado da rua, esta era a primeira vez que Daphne se hospedava no Corfu Palace. Era a primeira vez que podia justificar o fato de estar pagando centenas de dólares por um quarto quando o apartamento de Popi ficava a poucos quarteirões de distância. Pensara em ficar no hotel quando chegou de Nova York com Evie, mas, embora Evie certamente fosse amar a piscina infantil, rasa e portanto segura, do hotel, Daphne sabia que Popi e Evie iriam estabelecer mais facilmente uma relação no apartamento, sem distrações externas.

Mas agora, no primeiro dia de Stephen em Kerkyra, Daphne sabia que era o momento perfeito para realizar seu sonho da vida inteira de chegar à entrada ladeada de bandeiras e ser recebida pelo capitão-porteiro. Ela queria que as primeiras impressões de Stephen da Grécia fossem positivas e calorosas. E se ele ficasse hospedado ali, elas com certeza seriam. Confiante de ter tomado a decisão correta, Daphne tornou a rolar na cama e se levantou, seus dedos afundando no grosso tapete branco da suíte do hotel.

Nós vamos deixar para mais tarde a realidade de moscas, galinhas e cocô de burro. Daphne riu, pensando no choque cultural que aguardava Stephen em Erikousa. *Por ora, vamos deixá-lo pensar que a realidade é feita de banheiros de mármore e serviço de quarto.*

Enquanto Stephen tomava banho, Daphne se enrolou no lençol e abriu a porta do terraço. O lençol levantou com o vento que vinha das praias de Garitsa Bay lá embaixo. Daphne foi até a grade de metal do terraço e se debruçou, apertando o lençol contra o peito com uma das mãos, a outra segurando na grade. Debruçou-se para contemplar cada detalhe da vista maravilhosa, olhando para baixo, para o restaurante do hotel e para a área da piscina. A piscina de água salgada era ladeada de colunas gregas e plantas exuberantes, como se os hóspedes tivessem sido transportados do saguão moderno para uma caverna secreta da antiguidade. Daphne sorriu ao pensar que era assim que ela se sentia ali, cercada pela opulência do Corfu Palace, a poucos quilômetros, mas, na verdade, a mundos de distância da vida de sua família em Erikousa.

Ela olhou para o outro lado da baía. A superfície espelhada da água estava pontilhada de grandes iates bem como de humildes barcos de pesca que conhecia tão bem da sua infância. Havia algo de encantador na luminosidade daquela hora. Daphne adorava quando o luz ofuscante do meio-dia começava a empalidecer, permitindo que o olho nu visse cores e detalhes que a luz do dia costumava obscurecer com sua intensidade. Ela prestou atenção em todos os detalhes; nos azuis pálidos e descascados dos barcos de pesca, na madeira de dois tons das amuradas dos iates, no tom de ferrugem dos hibiscos que bordejavam os caminhos de pedestres, e, é claro, nos últimos raios de sol, roxos e dourados, deslizando na superfície do mar.

Respirou fundo ao vê-lo, ondas de tristeza atingindo-a, imitando a maré batendo na praia lá embaixo. Lá estava ele. Logo depois da área da piscina, à esquerda da baía, projetando-se para fora da água e servindo de sentinela sobre uma ilha feita pelo homem, estava o velho forte. Daphne estremeceu ao pensar no que tinha acontecido lá, no que Yianni lhe contara. Ela ainda não conseguia entender como um lugar construído para proteger o povo de Kerkyra podia ter sido usado para tamanha maldade. Não podia imaginar as pessoas, homens, mulheres e crianças, arrastadas para lá, arrancadas da rotina tranquila de suas vidas, apavoradas e incertas do seu destino. Suas próprias vidas e as vidas dos seus filhos à mercê de estrangeiros com armas presas na cintura. Ela imaginou Yia-yia, uma mulher mais jovem na época, caminhando pelas ruas da cidade até o forte, decidida a salvar o filho de outra mulher. Tudo isso parecia mais fantástico e surreal do que qualquer mito ou fábula que Daphne tivesse ouvido. Mas, segundo Yianni, tudo aquilo era verdade, perturbadora e assustadoramente verdadeiro.

Daphne estava tão distraída que não notou que o barulho do cano tinha cessado, nem que Stephen tinha aberto a porta do terraço atrás dela. Só quando ele encostou o peito nu e ainda úmido nas suas costas foi que ela acordou do seu devaneio.

– Você está com frio? – ele perguntou. – Está um calor danado e você está toda arrepiada. – Ele passou as mãos pelos ombros dela.

– Não, eu estou bem. – Daphne virou-se para olhar para ele. – Eu estou bem – ela repetiu, tentando convencer mais a si mesma do que a Stephen.

– Este hotel não é lindo? – Ela fez um gesto com o braço ao redor dela. – Essa cama e esses lençóis são tão confortáveis. Eu podia passar dias dormindo. – Ela curvou os ombros, segurando o lençol com as duas mãos e enterrando o rosto no algodão branco e macio.

– Sim, mas não tão lindo quanto você. – Ele se inclinou e beijou-lhe a testa. – Vamos. Eu estou faminto e louco para ver esta ilha que você vive elogiando. – Ele tornou a beijá-la e se virou para entrar.

Daphne o viu abrir a mala e tirar um par de calças cáqui impecavelmente passadas e uma camisa polo. Enquanto ele se vestia, Daphne tornou a contemplar o mar. Estava começando a escurecer; uma luminosidade cinzenta e roxa tinha tomado conta da baía. Os iates que balançavam suavemente na água tinham acendido suas luzes, lançando um brilho lúgubre na baía. Ela olhou para o parque e viu crianças andando de patinete enquanto casais os seguiam de mãos dadas. Daphne fechou os olhos e tornou a respirar fundo. O ar fresco estava agora misturado com o cheiro de carneiro assando numa cova lá embaixo, temperado com alho, alecrim e limão.

O estômago dela roncou. Achando que Stephen já devia estar pronto, ela se virou para entrar e se vestir também. Mas então ela as viu e resolveu ficar observando mais um pouco.

Lá embaixo, andando de braços dados ao longo da baía, estava uma adolescente de minissaia e uma mulher mais velha vestida de preto. Os olhos de Daphne as acompanharam enquanto andavam ao longo da baía. Elas iam conversando e sorrindo uma para a outra, a mulher mais velha apoiada no braço da mocinha. Daphne se debruçou um pouco na amurada, tentando ouvir o que diziam, mas o terraço era muito alto, ela não conseguiu ouvir nada. Mas então Daphne compreendeu que não tinha importância. Ela não precisava ouvir a conversa entre uma *yia-yia* e uma mocinha que caminhavam ao anoitecer, cercadas de um lado pelo mar e do outro pelo canto da sereia de um hotel majestoso. Ela não precisava ouvir o que diziam nem imaginar sobre o que estariam falando; Daphne se lembrava muito bem.

Vinte e um

Já passava das nove quando eles finalmente saíram do hotel, de banho tomado, vestidos e loucos para comer alguma coisa. Enquanto caminhavam de mãos dadas pela baía, na direção da cidade, Daphne resolveu não bancar o guia de turismo. Originalmente tivera esta intenção e, assim, chamaria atenção para todos os detalhes que faziam de Kerkyra um lugar especial. Mas estava uma noite tão perfeita que Daphne achou melhor deixar a ilha falar por si mesma. Ela manteve-se calada quando eles passaram pelo belo caramanchão no parque onde a Filarmônica de Corfu dava um concerto gratuito para a multidão, sua música fornecendo uma trilha sonora perfeita para aquele passeio. De braços dados, eles continuaram andando até o final do parque onde o gramado bem tratado se encontrava com os velhos arcos venezianos da praça Spianada. Lá, eles pararam e observaram os ciganos que ladeavam a praça anunciando tudo o que tinham para oferecer: balões, brinquedos, um passeio de dez minutos num carro motorizado, milho cozido e até spanakopita.

Daphne parou na frente de um velho cigano que atraíra sua atenção. Era difícil saber a idade dele, talvez cinquenta anos, talvez noventa e cinco. Sua pele era morena, brilhante e grossa, parecendo couro, o rosto coberto de rugas. Quando fazia uma venda, seu sorriso amplo revelava uma dentadura cheia de falhas. Apesar do calor, ele usava um velho paletó e um lenço amarrado no pescoço.

Eles o viram preparar o milho. Ele levantava cada espiga com uma pinça, examinando-a para ver se estava caramelizada e marrom, mas não queimada. Quando julgava que o milho estava perfeitamente assado, colocava-o em outra panela e o cobria com uma generosa camada de sal marinho.

— Vamos comprar milho. — Daphne puxou Stephen para mais perto do cigano.

— Você está brincando? — Ele se soltou. — Daphne, ele não tem dentes. Você viu as unhas dele? Estão pretas. Não tem como...

Mas Daphne não esperou para ouvir o resto dos seus protestos. Largou seu braço e se aproximou do vendedor de milho com um sorriso no rosto.

— Dois, por favor — ela disse em grego, pegando a carteira na bolsa.

O cigano ouviu o pedido de Daphne com um sorriso satisfeito, a saliva formando uma espuma nos cantos da boca.

— Para a senhora, bela dama, dois euros. Um preço especial. — Ele embrulhou as espigas em papel pardo e as entregou a Daphne.

— *Efharisto* — ela disse, entregando uma nota de vinte euros ao homem e indo embora antes que ele pudesse pegar o troco.

O velho cigano viu Daphne virar de costas e ir embora, então olhou para a nota em sua mão, arregalando os olhos de surpresa. Amassando o dinheiro na mão, ele olhou em volta para se certificar de que ninguém estava vendo, depois o enfiou no bolso do paletó antes de voltar a cuidar do milho.

— Tome — ela disse, estendendo um milho para Stephen. — Confie em mim. É delicioso. — Ela enfiou os dentes nos grãos doces e suculentos. Apesar de ter sido assado sobre carvão em brasa, o milho não estava seco. Quando Daphne o tornou a morder, sentiu na boca o suco adocicado de cada grão, temperado pela quantidade certa de sal marinho.

Ainda segurando o milho nas mãos, Stephen fitou Daphne.

— Isto dito por uma mulher que se recusa a comer um cachorro-quente de uma carrocinha de Manhattan... Uma carrocinha *licenciada e controlada.* — Ele sacudiu o milho na direção de Daphne.

— É, mas aquelas salsichas mergulhadas numa água suja são nojentas. Quer dizer, quem sabe quanto tempo ficam naquela água rançosa até que algum turista babaca compre um cachorro-quente? — Ela riu.

— Está bem, se você insiste. Quando em Roma... — Ele mordeu o milho, sorrindo ao sentir o sabor dos grãos macios.

— Posso lembrar a você que isto aqui é a Grécia? — Ela tornou a dar o braço a ele para continuarem passeando.

Eles pararam mais uma vez para comprar algo para comer, de novo algo não convencional, simples e delicioso. Ninos Fast Food sempre tinha sido um dos lugares favoritos de Daphne e Popi. Os sanduíches gordurosos souvlaki, recheados de molho *tzatziki*, cebolas, tomates, cubos de carne de porco e até batatas fritas, eram sempre procurados pelas primas quando estavam juntas na cidade. Até Yia-yia, que raramente comia fora, insistia para que elas levassem para casa um souvlaki do Ninos sempre que ia a Kerkyra.

– Isto aqui é muito bom – Stephen disse, dando outra dentada no seu souvlaki, com *tzatziki* escorrendo pelo queixo. Daphne limpou o molho do rosto dele antes de usar o mesmo guardanapo para limpar o próprio rosto.
– Você devia servir isto no Koukla. Falando sério – ele disse com a boca cheia de souvlaki.

– Não, no Koukla não. – Ela sacudiu a cabeça. – Mas uma coisa parecida ia fazer sucesso perto da NYU. Havia aquele lugar que vendia falafel quando eu era estudante, mas era um buraco sujo. Pense no que se poderia fazer com fast food grega moderna. Você sabe, pegar clássicos como este, o milho assado e a spanakopita, e enfeitá-los com um invólucro bonitinho para aqueles estudantes da cidade. – Ela parou de falar e olhou para a fachada do Ninos, com sua placa simples de madeira e uma fila de turistas e moradores locais que dava voltas na calçada. – Algo do tipo *Ninos Nova York*.

– Isso poderia dar certo – Stephen concordou, enfiando os dentes no sanduíche, o segundo que comia. Sim, com a ajuda de Stephen, o Koukla se tornara um grande sucesso, mas foi também o começo de uma jornada de trabalho de dezoito horas longe de Evie. Daphne estava bem consciente de que o sucesso, como tudo o mais, tinha seu preço.

– Vamos – ela disse, puxando o braço dele, louca para mudar de assunto. – Tem uma coisa que eu quero mostrar a você.

Enquanto Stephen terminava seu souvlaki, Daphne o levou por um estreito labirinto de becos que formavam o centro histórico comercial da cidade. Finalmente, depois de dobrar em mais um beco, eles deram numa ampla praça.

– O que é isto? – Stephen perguntou, limpando o resto do souvlaki do rosto.

– Que bom, ainda está aberta. – Daphne suspirou quando viu as portas duplas abertas. – Eu não sabia ao certo a que horas fechava.

– Quando o que fechava?

– É Agios Spyridion, São Espiridião. Vamos. – Ela se dirigiu na frente para a entrada da velha igreja.

O familiar cheiro de fumaça e incenso acolheu Daphne assim que ela se aproximou das portas de madeira. Tudo estava exatamente como lembrava; o amplo salão pontilhado de viúvas vestidas de preto e homens de cabelos brancos usando paletós mal-ajambrados, ajoelhados diante do altar enfeitado de ícones. Ela segurou a mão de Stephen e olhou em volta, recordando a história que Yianni lhe contara. Ela imaginou Yia-yia, Dora e as meninas escondidas ali enquanto os esquadrões da morte sedentos de sangue espreitavam do lado de fora. Tentou imaginar a cena e foi novamente invadida pela tristeza. Mais uma vez, Daphne expulsou a imagem da mente. Agora não. Era demais para ela processar. Precisava tirar Dora e as meninas da cabeça, mesmo que fosse apenas por aquela noite.

Ela olhou para a gamela cheia de velas na entrada da igreja, vendo mães vigiando os filhos cujas mãozinhas trêmulas acendiam velas e as colocavam nas gamelas forradas de areia. Dentro da igreja, um brilho prateado enchia o ambiente. Daphne olhou em volta enquanto outras mães erguiam crianças pequenas demais para alcançar os ícones. Viu-as cochichar nos ouvidos dos filhos, instruindo-os a beijar o santo, enquanto plantavam as primeiras sementes de tradição e fé nas crianças, e ficou com muitas saudades de Evie. Ela só a deixara com Yia-yia por uma noite, mas agora, vendo outras mães com seus filhos, desejou que Evie estivesse ali com ela.

Pensara em levar Evie à igreja, ensiná-la a respeito do santo amado dos gregos, mas não teve tempo. *Depois do casamento*, prometeu, acendendo uma vela e colocando-a junto das outras. Ela juntou os três dedos da mão direita, fez o sinal da cruz três vezes, como Yia-yia lhe ensinara quando era pequena, e segurou o cabelo para trás, enquanto se inclinava para beijar a imagem emoldurada em prata de São Espiridião. Mas, ao contrário dos outros fiéis, Daphne teve o cuidado de depositar seu beijo longe das marcas de lábios deixadas por eles.

Stephen ficou parado na porta por um momento, apreciando aquela cena exótica e misteriosa. Ela era a antítese da capela toda branca da religião episcopal que sua família frequentava.

– É uma bela igreja – ele cochichou no ouvido dela.

– Eu sei. – Ela balançou a cabeça. – Mas isto não é nada. – Ela se virou e sorriu para ele. – Venha comigo. – Segurou a mão dele e o conduziu pela igreja. À direita do altar havia uma segunda porta coberta de imagens enfeitadas. Stephen tentou ver melhor, mas dezenas de pessoas entravam e saíam por aquela porta, e ele não conseguia ver o que havia lá dentro, o que todo mundo queria tanto ver.

– É o santo – Daphne sussurrou, apontando para a porta aberta.

Stephen esticou o pescoço para enxergar, mas ainda não sabia direito o que havia para ver.

– É o santo – Daphne repetiu. – São Espiridião, o nosso padroeiro.

– É um túmulo ou algo assim?

– Não, ele está lá dentro. O corpo dele está lá.

Ele se afastou um pouco.

– Ele é o protetor da ilha, nosso padroeiro. É muito especial para o povo de Corfu. O corpo dele tem séculos de idade, mas ainda está intacto. Ele protege a ilha e nos protege, realiza milagres para nós.

– Para nós? – Ele se virou e olhou para Daphne. – Ora, Daphne, você não acredita realmente nisso, acredita?

Daphne ficou surpresa. Ela nunca tinha parado para pensar em suas crenças. Em casa, nunca ia à igreja nem discutia religião, então não era de estranhar que Stephen ficasse surpreso com a ligação que ela demonstrava ter com o santo. Mas a fé em Agios Spyridion era algo que uma pessoa de Kerkyra jamais questionava. Não havia razão para isso. Estava entranhada em cada criança cuja origem estivesse relacionada de algum modo com a ilha. Era como se o próprio santo abençoasse cada nascimento e caminhasse ao lado da criança, protegendo-a e velando por ela durante toda a sua vida. E agora, mais do que nunca, especialmente depois de ouvir a história de Yianni, não havia dúvida de que Daphne realmente acreditava.

– Sim. – Daphne olhou bem nos olhos de Stephen. – Sim, eu acredito.

– Deixe disso, Daphne. – Ele inclinou a cabeça de lado e olhou para ela. – De verdade?

– De verdade. Eu sempre acreditei e nunca vou deixar de acreditar.

A salinha que abrigava o corpo do santo começou a esvaziar antes que ela pudesse dizer alguma outra coisa. Vários homens e mulheres saíram em fila, alguns segurando as mãos de crianças pequenas, enquanto uns poucos turistas curiosos vinham atrás, confusos com o que tinham presenciado.

– Venha – Daphne disse, dando o braço a Stephen. – A cerimônia terminou. Vamos entrar.

Ele pareceu inseguro, recuando quando Daphne o puxou na direção da porta.

– Venha. – Ela deu um último puxão nele.

A salinha tinha esvaziado. Duas senhoras idosas e um padre conversavam perto do caixão de prata onde ficavam os restos mortais do santo. Daphne sorriu, sabendo a sorte que tinham em encontrar o caixão aberto; só era aberto pelos padres em ocasiões especiais. Daphne inclinou a cabeça para o padre barbudo, que fez o mesmo. Segurando a mão de Stephen, ela o conduziu pela pequena sala, com lustres de prata e quadros da vida do santo. Ela parou primeiro na extremidade do caixão e apontou para os chinelos de veludo vermelho que calçavam os pés de Agios Spyridion.

– Aqueles são os chinelos dele. – Daphne se inclinou para perto de Stephen ao falar, para não perturbar os outros fiéis que começavam a encher a sala. – Todo ano os padres calçam um novo par de chinelos nele – ela cochichou. – E no final do ano, eles abrem o caixão e constatam que os chinelos estão gastos.

Stephen apertou a mão dela. Daphne sabia que ele estava tendo dificuldade para acreditar naquilo, mas ela estava decidida a continuar contando a história.

– Eles estão gastos porque toda noite o santo se levanta e anda pelas ruas de Kerkyra, protegendo a ilha e seu povo. – Ela foi até a outra extremidade do caixão. – Veja aqui.

Na luz fraca, era difícil enxergar os detalhes, mas lá estava o rosto de Agios Spyridion. O rosto estava mumificado, cinzento, escuro e seco. Seus olhos estavam fundos, as faces encovadas, uma abertura reta onde deveria estar a boca. Aqueles sem fé teriam se encolhido ao ver aquilo. Mas, para Daphne e para aqueles que acreditavam, a visão do seu protetor era confortadora.

Daphne fez uma prece rápida e silenciosa, enquanto Stephen continuava a olhar de perto para dentro do caixão. Quando terminou de agradecer ao *agios* pela sua sorte e pela saúde de sua filha e de Yia-yia, Daphne também agradeceu ao *agios* por ele ter dado refúgio a Yia-ya, a Dora e às crianças.

Eu sei que seus milagres são muitos, ela rezou. *Obrigada por sempre encontrar uma maneira de ajudar e proteger a nossa família. Por favor, Agios Spyridion,* implorou, *por favor, caminhe ao meu lado e me guie. Segure minha mão e me ajude a tomar as decisões corretas em minha vida. Por favor, ajude-me a encontrar forças, a mesma força que o senhor deu a Yia-yia. Por favor, guie-me como a guiou e me ajude a conduzir Evie a uma vida feliz e realizada.*

Quando acabou de rezar, Daphne fez o sinal da cruz mais três vezes. Ajoelhou-se e beijou o caixão antes de tomar a mão de Stephen e levá-lo na direção da porta.

– Ora. Isso foi demais. – Ele passou os dedos pelos cabelos. – Então ele se levanta e caminha durante a noite. – Ele levantou uma sobrancelha para Daphne. – De chinelos.

Sua tentativa de fazer graça não passou despercebida para Daphne, mas, sem achar a mínima graça, ela resolveu simplesmente ignorar o que ele disse.

– Vamos, ainda não terminamos. – Ela o levou para a parte principal da igreja e pegou um lápis e um pedaço de papel de dentro de uma cesta que estava sobre um dos bancos.

– O que você está fazendo? – ele perguntou.

– É uma tradição escrever num pedaço de papel os nomes daqueles que você quer que o santo proteja. – Daphne fez sua lista: Evie, Yia-yia, Popi, Nitsa e Stephen. Ela beijou o papel, dobrou-o ao meio e o colocou em outra cesta, que estava ficando cheia rapidamente com os bilhetes dos fiéis.

Daphne se virou. Ela sorriu para o noivo e levou a mão dele aos lábios para beijá-la. Sabia que ele não compreendia aquilo, que achava que aquela história de milagres e de adorar um corpo mumificado era algo arcaico e macabro. Ele era um homem racional, que acreditava em fatos, não em fé cega. Daphne tinha consciência de que existiam diferenças profundas entre eles; havia um mundo de distância entre suas culturas e suas histórias. Mas, em última instância, isso não tinha importância. Ela desistira havia muito tempo da ideia de um companheiro perfeito que a entendesse e a adorasse sob todos os aspectos. Daphne enterrara esse sonho junto com o corpo de Alex.

– Vamos embora. – Ela tornou a puxar a mão dele. – Tem um belo bar no último andar do Hotel Cavalieri que eu quero mostrar para você.

– Agora sim. Vamos sair daqui. Estou precisando de um drinque. – Ele passou o braço pelos ombros de Daphne e a conduziu para a porta.

– Eu também. – Ela se virou mais uma vez antes de sair da igreja. Quando olhou na direção do túmulo do santo, ela parou.

– O que foi? – Stephen perguntou.

Parado na entrada da sala do túmulo estava Yianni. Daphne sentiu um vazio no estômago. Ela tentou engolir, mas parecia que havia borboletas em sua garganta, suas asas bloqueando a passagem do ar. Ficou parada ao lado de Stephen e viu Yianni inclinar a cabeça diante da imagem. Daphne notou que, ao contrário dos outros fiéis, ele não fez o sinal da cruz. *É claro que não, ele é judeu.* Mas ele se inclinou na direção da base da imagem e beijou os pés do santo que tinha ajudado a salvar sua mãe e sua avó tantos anos antes. Ele entrou na pequena sala onde o *agios* dormia.

– O que foi? – Stephen perguntou.

– Nada. – Ela sorriu para o noivo. – É só um cara que eu conheço.

Eles saíram de braços dados da igreja para o ar frio da noite. Ela olhou uma última vez para a igreja.

– É só um velho amigo de Erikousa.

Vinte e dois

NOVA YORK
2001

— Nunca. – Mama deu um soco na mesa de jantar. – Você nunca mais o verá – disse ela por entre os dentes trincados.
— Mas, Mama, ele não é o que você pensa – Daphne gritou. Ela estendeu os braços para a mãe, implorando. – Por favor, ele não é o que você pensa. – A voz dela tremia, bem como suas mãos.
Mama ficou em pé. Ela olhou para Daphne. Seus olhos se apertaram e pareceram ficar muito mais escuros quando Daphne levantou o rosto para ela.
Mama mordeu com força o nó do dedo indicador da mão direita. Daphne só tinha visto a mãe fazer isso uma vez antes, quando ela ousara dar o número do seu telefone para o garoto doce, pálido e de mãos suadas que ela conheceu na aula de dança no sétimo ano. Quando ele ligou na manhã seguinte e simplesmente pediu para falar com Daphne, Baba desligou na cara dele, batendo o telefone com tanta força e tão alto que Daphne saiu correndo do quarto para ver o que tinha acontecido. Baba saiu furioso para o restaurante sem olhar para ela. Daphne conhecia muito bem a profundidade e as ramificações do mau gênio de Baba. Já fazia vinte anos que ele não falava com os próprios irmãos por causa de uma discussão sobre a herança do pequeno terreno dos pais dele na ilha vizinha de Othoni. Ela imaginou quanto tempo ele ia ficar sem falar com ela. Quando a porta bateu atrás dele, Mama mordeu o nó do dedo antes de dar um tapa na cara de Daphne.
— *Poutana* – ela disse antes de mandar Daphne para o quarto.
Essa foi a primeira e última aula de dança a que Daphne assistiu na vida.

Mas isso foi antes. Ela não era mais uma garota de treze anos medrosa e obediente. Respeitosa, sim – mas não medrosa. Isto era importante demais. Tinha a ver com Alex.

– Baba, por favor. – Ele estava de costas para ela. Ela se levantou, pondo a mão no ombro dele, querendo que ele se virasse e visse a sinceridade em seus olhos. – Você precisa confiar em mim. Alex é um homem bom.

Baba levantou o queixo e engoliu com força.

– Eu só quero que você o conheça. Você vai ver quando conhecê-lo.

Ele se afastou da filha como tinha feito aquela manhã depois da aula de dança, de novo – sem olhar para ela. Ela deixou o braço cair enquanto ouvia o clique do rádio e as notícias em grego sendo anunciadas aos berros na outra sala.

Mama se levantou do seu lugar na cabeceira da mesa. Ela deu três passos na direção da cozinha, depois parou e se virou para olhar para Daphne, torcendo as mãos. Seu coque preto, normalmente tão bem preso no alto da cabeça, tinha se desmanchado. Os grampos não davam conta da agitação e da gesticulação de uma mãe grega cuja filha ousa desafiar os pais e sua linhagem.

– Você não vai fazer isso com o seu pai. Você não vai fazer isso comigo. Nós não viemos para este país para passar dezesseis horas por dia em pé, limpando, cozinhando, servindo, nos escravizando, trabalhando como animais até ficarmos tão cansados que nem o sono descansa nossos corpos exaustos. Nós não fizemos isso, Daphne, para você ser a puta de algum garoto americano que conheceu na escola.

As palavras dela doeram mais do que a bofetada de antes. Daphne endireitou o corpo e encarou a mãe sem piscar e sem recuar.

– Eu não sou a puta dele. – Ela falou devagar e com clareza. – Eu o amo e ele me ama. E nós vamos ficar juntos.

Mamãe não disse uma palavra. Ela saiu furiosa da sala e foi para a cozinha. Daphne ouviu a porta da geladeira bater. Ela estremeceu quando o cutelo de mamãe bateu com força na tábua, com mais força e mais alto do que seria necessário.

Fim da discussão.

Início da missão hercúlea de Daphne e Alex.

* * *

Sentada no banco da igreja entre os pais, Daphne recitou o pai-nosso, primeiro em grego e depois em inglês, junto com o resto da congregação.

– *Pater emon, O em tis Ouranis, Agiastiste to onoma sou...*
– Pai nosso, que estais no céu, santificado seja o Vosso nome...

Ela sabia que ele estava lá. Não precisava vê-lo. Podia senti-lo ali perto. Sabendo que era falta de respeito olhar para trás na igreja, ela ficou olhando para a frente, sem se virar para confirmar se ele estava mesmo lá.

Lembre-se de Orfeu e Eurídice, disse a si mesma, sabendo que Orfeu esteve muito perto de salvar sua amada Eurídice. A jovem noiva tinha pisado numa serpente venenosa e morrido, levada embora para se tornar uma sombra no mundo dos mortos. Orfeu ficou desesperado e tocou seu alaúde com tanta tristeza que a rainha Perséfone e até o próprio rei Hades ficaram com pena dos amantes infelizes e prometeram reuni-los. Eles permitiram que Eurídice seguisse Orfeu para fora do mundo dos mortos com uma condição: que Orfeu não olhasse para trás para ver se ela estava lá. Mas, cheio de medo e de dúvida, Orfeu se virou para olhar. Eurídice desapareceu diante dos seus olhos.

Daphne não ia cometer o mesmo erro.

– Não nos deixeis cair em tentação... – Ela continuou recitando a oração um pouco mais alto do que normalmente.

Quando chegou a hora da comunhão, ela foi com os pais até o altar. Padre Anastasios molhou a colher comunitária no cálice de vinho e pão e depois colocou-a em sua boca. Ela se virou para voltar para o seu lugar e finalmente o avistou, sentado mais atrás, sozinho no meio de um mar de famílias e *yia-yias*.

Os olhos dela brilharam ao vê-lo. Ele sorriu, mantendo a cabeça solenemente abaixada, junto com o resto dos fiéis.

Mama olhou para Daphne e depois acompanhou o olhar dela até onde estava Alex. Não foi preciso apresentá-lo.

– O que ele está fazendo aqui? Ele não é grego – ela sussurrou furiosa, segurou o cotovelo de Daphne com excesso de força e a levou de volta para o banco. Baba vinha atrás, pensativo, sem perceber o drama que se desenrolava diante dele.

Daphne se inclinou e baixou o genuflexório de veludo vermelho. Ajoelhou-se, fez o sinal da cruz, juntou as mãos e fez uma prece silenciosa antes de se virar para a mãe.

– Ele me ama. – Ela sorriu. Esta era a única explicação necessária.

Mamãe se ajoelhou e começou a rezar.

Isso continuou durante meses. Todo domingo ele se sentava no fundo da igreja, solitário e respeitoso, nunca se aproximando de Daphne ou da família dela. Apenas sorria para Daphne e, quando ela ousava olhar e registrar a presença dele, para Mamãe também.

Ele estava lá no dia 11 de agosto, a litania de São Espiridião. Com o canto do olho, Mama o viu acender a vela no vidro vermelho e colocá-lo no altar aos pés da imagem do santo.

Ele estava lá de novo no dia 15 de agosto, na festa da Dormição, na celebração da ascensão ao céu da Sagrada Virgem Maria. Mama tinha voltado do toalete quando o viu acendendo uma vela e fazendo o sinal da cruz, não com três dedos como na tradição ortodoxa grega, mas um "sinal da cruz de outras Igrejas" como Mama dizia, usando a mão inteira.

Ele estava lá na véspera do Natal, carregando um monte de presentes para o orfanato de São Basílio. Sorriu ao se aproximar da mesa da Sociedade das Damas Philoptochos onde Mama era voluntária na entrega de brinquedos.

– Feliz Natal, meu rapaz – uma das damas o cumprimentou quando ele entregou os presentes. Mama se ocupou em desamarrar e tornar a amarrar uma fita verde numa caixinha.

– *Kala Hristougena, kyries* – ele respondeu. – Feliz Natal, senhoras. – O sotaque era forte, mas o vocabulário perfeito.

– Bravos, meu rapaz. – As senhoras bateram palmas e o trataram com atenção.

Mama não disse nada.

Ele estava lá no domingo de Ramos. Alex se inclinou para beijar a mão de padre Anastasio, e o reverendo lhe entregou uma cruz feita de folha de palmeira no final da cerimônia. Mama viu o padre dar as boas-vindas a Alex e convidá-lo para ficar para a hora do café. – Todos são bem-vindos na casa do Senhor – o padre disse, dando um tapa nas costas de Alex.

Mama e Baba viram quando Daphne se aproximou de Alex no salão. Eles ficaram tomando café, conversando e sorrindo um para o outro. Eles não tiveram coragem de se beijar ou se tocar, sabendo que isso seria audacioso e imprudente. Baba bufou ao vê-los, dando um passo à frente para acabar com aquela pouca vergonha. Mas Mama pôs a mão em seu braço e o impediu.

– Não – ela disse. – Todos são bem-vindos à casa do Senhor.

Ele estava lá todas as noites da Semana Santa, participando de cada parte das cerimônias. Fez fila diante do altar na Quarta-feira Santa e levantou a cabeça para padre Anastasios untar seu rosto com óleo sagrado, primeiro a testa, depois o queixo e as faces, bem como suas palmas e mãos. Na Sexta-feira Santa, juntou-se à procissão enquanto o *epitaphios* coberto de flores representando o túmulo de Jesus era carregado pela igreja e a congregação caminhava solenemente atrás. Daphne caminhou a princípio com os pais, mas aos poucos ela se aproximou de Alex e ficou ao lado dele. Mama e Baba olharam e sacudiram a cabeça quando a filha se afastou deles. Mas nenhum dos dois tentou impedi-la.

Na cerimônia de Páscoa para celebrar a ressurreição de Cristo, Alex já estava sentado quando Daphne e seus pais entraram na igreja pouco antes da meia-noite. Eles tinham se atrasado, a lanchonete estava mais movimentada do que de costume, impossibilitando-os de chegar a tempo de garantir lugares na igreja sempre lotada para a cerimônia de Páscoa. Eles ficaram no fundo, logo atrás de Alex, que sabia que não devia olhar para trás para confirmar se estavam lá. A igreja lotada estava silenciosa e os fiéis seguravam velas apagadas e esperavam um final alegre para a semana de luto e reflexão.

Pouco antes da meia-noite, todas as luzes foram apagadas. Padre Anastasios saiu de trás do altar na igreja escura segurando uma única vela acesa. Virou-se então para os coroinhas e acendeu cada uma de suas velas. Os meninos se dirigiram para a congregação, e, um por um, vela por vela, fila por fila, a luz da ressurreição de Cristo se espalhou pela igreja. A jovem mãe sentada na frente de Alex virou-se e acendeu a vela dele. Então, Alex se virou para dividir a chama e deu de cara com Daphne e a mãe dela. Ele sorriu ao acender a vela de Daphne. Mama olhou para ele e hesitou por um instante. Mas finalmente ela se inclinou e permitiu que a luz de Alex entrasse em sua vida. Naquele momento, a igreja começou a cantar o jubiloso hino da ressurreição de Cristo.

Christos Anesti ek nekron. Thanato Thanaton patisas, Kai tis em tis mnimasi, Zoi, Harisamenos.

Daphne ergueu o rosto para a luz e cantou cada palavra como se viessem do seu coração e não da boca.

Com uma das mãos, ela segurou sua vela, com a outra procurou a mão da mãe. Desta vez, Mama não hesitou. Ela entrelaçou os dedos com os de Daphne enquanto cantavam.

"Cristo ressuscitou dos mortos, triunfando sobre a morte e concedendo uma nova vida àqueles que jazem em seus túmulos."

E, naquele momento, Daphne soube que realmente recebera a graça de uma nova vida.

Vinte e três

Evie correu pelo cais assim que viu Daphne desembarcando do Grande Al. Ela deu um grito agudo e voou para os braços da mãe.

– Mamãe, eu me diverti tanto – Evie gritou, prendendo as pernas na cintura da mãe e passando os braços pelo pescoço dela.

– Você sentiu uma pontinha de saudades minhas? – Daphne beijou o pescoço da garotinha. Evie cheirava a protetor solar e a enorme rosa vermelha que trazia enfiada atrás da orelha direita.

– Senti, mas, mamãe, você não vai acreditar. Yia-yia me ensinou a fazer pita, a minha própria massa de pita. Eu usei uma vassoura velha e tudo, igual à que você tem lá em casa. Foi muito legal. Mamãe, eu adorei. Por que você nunca cozinhou comigo em casa, mamãe? Por quê? Promete que vai cozinhar comigo, promete, mamãe?

– Meu bem, é claro que eu vou cozinhar com você. – Daphne riu.

– E sabe o que mais? – a garotinha continuou. – Thea Popi me contou uma história. Havia um cara, o rei Midas, que era muito ganancioso, mamãe. Tudo o que ele tocava se transformava em ouro, mas tudo mesmo.

– Isso parece ótimo. – Stephen riu.

– É, até ele tocar na filhinha dele. – Daphne acariciou o cabelo de Evie e beijou seu rostinho rosado.

– E aí ela se transformou em ouro também – Evie gritou, batendo palmas.

– É uma história incrível, meu bem. Uma das minhas favoritas. Mas você não está se esquecendo de alguma coisa? Você não vai dizer olá para o Stephen? Ele veio até aqui para ver você. – Daphne tirou os braços de Evie do pescoço e pôs a garotinha no chão.

– Olá. – Evie mexeu no olho de vidro que estava pendurado em seu pescoço.

– Olá para você também. Para você, srta. Evie – ele disse, abraçando-a, depois tirou do bolso um pirulito cor de arco-íris e o deu para ela.

– Obrigada – Evie disse aceitando o doce, desembrulhando-o e enfiando-o na boca antes de sair correndo com um dos cachorros vira-latas que moravam no porto.

Popi, que estava ali perto assistindo a tudo, se aproximou.

– Seja bem-vinda de volta, prima. – Ela abraçou Daphne e a beijou dos dois lados.

– Popi, este é o Stephen.

– Ah, finalmente nos conhecemos – Popi gritou, abraçando Stephen. Ele ficou imóvel por um momento, os braços estendidos ao longo do corpo, sem saber como agir diante daquela demonstração de afeto de uma estranha. – Seja bem-vindo, Stephen – Popi gritou, dando um último apertão em Stephen antes de soltá-lo do seu abraço de jiboia.

Daphne riu. Tinha de admitir que era muito engraçado. De um lado estava Popi, redonda, com o rosto vermelho e cheia de energia e afeto, balançando os quadris e os braços como se estivesse executando uma espécie de dança da fertilidade. E do outro estava Stephen, elegante, contido, imaculadamente vestido e extremamente educado, sem um fio de cabelo ou um gesto fora do lugar.

– Onde está Yia-yia? – Daphne perguntou, olhando em volta.

– Ela ficou em casa, esperando por nós. Ah, primo Stephen, prepare-se para uma grande surpresa. – Popi estalou a língua e deu o braço a Stephen.

Daphne mordeu o lábio para não rir. Lá estava Stephen, normalmente tão dono da situação, parecendo estar com medo de que Popi fosse comê-lo de café da manhã.

– E qual é a surpresa? – Daphne perguntou.

– Ah, primo Stephen. – Popi deu um tapinha no braço dele. – Para você, Yia-yia se superou. Para você, *stifado*.

– Stif o quê?

– *Stifado* – Popi repetiu.

– É um ensopado – Daphne disse. – Um ensopado grosso, delicioso.

— Então por que você nunca fez isso para mim, se é tão delicioso? — Stephen perguntou brincando.

— Eu sei, eu andei me poupando — Daphne admitiu. — É um prato extremamente trabalhoso, na verdade. É um ensopado de carne cozida com tomates, vinagre e cebolas pequenas. Você leva horas para descascar essas cebolas.

A boca e os olhos de Daphne ficaram cheios d'água só de pensar na última vez que tinha feito *stifado*. Tinha sido para o aniversário de Alex. Ela estava grávida de sete meses, na época, e quando terminou de descascar as pequenas cebolas, estava com câimbra nas mãos e dor nas costas. O resultado foi delicioso, mas Daphne ficou dois dias de cama para se recuperar do preparo do ensopado. Mas ela não se importou. Valeu a pena ver a satisfação no rosto de Alex quando ele atacou o prato e limpou até a última gota de molho. Aquela foi a primeira e última vez que Daphne fez *stifado*.

— Popi, como é que Yia-yia está conseguindo fazer *stifado* com aquela artrite?

— Ela está acordada desde as quatro horas da manhã. É lento, mas ela está decidida a fazer. — Popi saiu do porto, ainda de braço dado com Stephen. — Primo Stephen, você é um homem de sorte. — Popi olhou para o novo primo e bateu os cílios fartos.

— Eu sei disso. — Ele olhou para Daphne com um largo sorriso. — Acredite, eu sei a sorte que tenho. — Ele largou a mala, enfiou a mão no bolso de trás para tirar o lenço que sempre carregava com ele e enxugou o suor que tinha brotado na testa.

Com Evie e o cachorro magro andando na frente, eles saíram do porto na direção do hotel de Nitsa, onde Stephen se hospedaria.

Era uma manhã típica da ilha, a brisa suave batendo em suas costas, o calçamento rachado das ruas sob seus pés, uma infusão de maresia, madressilva e alecrim em suas narinas. E para onde quer que olhassem, um enxame de *yia-yias* esperando para beijar, abraçar e beliscar o americano recém-chegado. Se Stephen não sabia o que fazer com as demonstrações de afeto de Popi, imagine com o que estava por vir.

Que droga, Daphne pensou, reprimindo o riso. Eu me esqueci de avisar a ele.

Quando a primeira viúva vestida de preto se aproximou, Stephen não fazia ideia de que ele era, de fato, o seu alvo. Thea Paraskevi rodeou sua presa por alguns instantes, abanando as mãos no ar e guinchando seus parabéns. Mas infelizmente, em vez de votos de felicidades, Stephen só entendeu que uma velha enrugada, com a cabeça coberta com um lenço preto, estava gritando com ele enquanto lhe dava beijos molhados.

Daphne ficou olhando de fora enquanto, um por um, cada *thea, theo, ksadelfos e ksadelfi* com quem eles cruzavam na rua fazia questão de dar as boas-vindas ao *Amerikanos* imaculado que tinha chegado para se casar com sua Daphne. Com olhos suplicantes, Stephen enviou uma série de sinais de SOS para Daphne, mas ela não podia fazer nada para interromper aquela avalanche de boas-vindas. Apenas sacudiu os ombros e cochichou: "Desculpe, eu sei", enquanto o noivo tirava o lenço do bolso sem parar para enxugar os beijos molhados do rosto.

Finalmente, eles chegaram ao Hotel Nitsa. Quando Stephen achou que estava livre, a salvo do bando entusiasmado de ilhéus, eles entraram no saguão de mármore, onde Nitsa estava esperando para atacar.

– *Ahoo!* – A voz rouca de Nitsa ecoou no chão de mármore. – Aí está você. Venha cá. Venha para a Thea Nitsa. Deixe-me olhar para você e lhe dar as boas-vindas.

As taças de vinho sobre o bar tilintaram a cada passo dela. Stephen largou a mala ali mesmo no saguão. Ele dava a impressão de querer sair correndo e se esconder ao ver Nitsa correndo para ele com seu avental branco, rede no cabelo e, é claro, um cigarro aceso na mão direita. Ela tinha a metade da altura dele, era três vezes mais gorda do que ele e estava decidida a dar ao banqueiro americano uma acolhida à altura de Erikousa.

– Olhe só para ele – Nitsa gritou enquanto segurava o rosto dele com as duas mãos, o cheiro de cigarro e alho em seus dedos provocando ânsias de vômito em Stephen. – Olhe só para ele. Ele se parece com o presidente Kennedy. Ele é Kennedy, pode acreditar. Daphne, o seu homem se parece com o presidente Kennedy. – Nitsa juntou três dedos gordos e fez o sinal da cruz. – Que Deus o tenha.

– Obrigado – Stephen gaguejou e sorriu para Nitsa, sem saber ao certo qual era a resposta apropriada numa situação como aquela. Ele mal tinha acabado de falar, quando Nitsa tornou a apertar o rosto dele entre as mãos.

– Seja bem-vindo ao Hotel Nitsa – ela disse, girando e erguendo os braços para o céu. – Eu – ela proclamou, batendo no peito – sou Nitsa.

– Prazer em conhecê-la – ele respondeu.

– Você agora é da família, e eu vou fazer com que sinta-se em casa. *Ella*. Você deve estar cansado. Vou levá-lo ao seu quarto. É o melhor que temos para oferecer.

– Eu vou esperar aqui com Evie – Popi gritou, segurando a mão de Evie e dirigindo-se para o bar, onde um novo grupo de turistas australianos estava se instalando com canecas de Mythos. – Não se apresse. Eu tomo conta dela.

Daphne e Stephen seguiram Thea Nitsa por um longo corredor branco e viraram à direita na última porta. Nitsa girou a maçaneta e eles entraram em um quarto claro, sem muitos móveis, mas imaculadamente limpo. A cama, não muito larga, tomava quase todo o espaço do quarto compacto. Lençóis passados e engomados espiavam por baixo dos buracos da delicada colcha de crochê que cobria a cama. Daphne sabia que aquelas pequenas rosetas eram complicadas de fazer, e que Nitsa reservava aquela colcha para os hóspedes mais especiais. Além da cama, não havia muita coisa no quarto, apenas uma pequena cômoda de madeira escura enfeitada com um vaso onde havia duas lindas rosas vermelhas. Uma porta dava na pequena varanda com vista para o mar.

– Aqui está. – Nitsa ficou na porta, já que não havia espaço para ela no quarto. Ela tirou um cigarro do bolso do avental e o acendeu, soprando fumaça para dentro do pequeno quarto. – Pode não ser elegante como outros hotéis onde você tenha se hospedado. Mas é o que temos de melhor em Erikousa, e espero que goste e sinta-se feliz aqui.

– Sim, está perfeito, não é, Stephen? – Daphne disse da beirada da cama, onde ele passava a mão nas delicadas pétalas de rosas da colcha. – Não é? – Ela se levantou da cama e abriu a porta da varanda numa tentativa de tirar a fumaça de cigarro do quarto. Não havia nada que Stephen odiasse mais do que cheiro de cigarro.

– Sim. Está ótimo. Obrigado, Nitsa. – Ele estava examinando o banheiro e enfiou a cabeça para fora para responder. – Uma coisa, até que horas fica aberto o business center?

— O business center? — Nitsa riu. — Ora, *eu* sou o business center. Estou aqui o tempo todo. Estou sempre aberta para os meus hóspedes. — Ela tornou a bater no peito com a mão esquerda, sem se dar conta da cinza do cigarro que tinha caído na sua camiseta preta. — Qualquer coisa que precisar, é só dizer para Nitsa — e Nitsa providencia para você.

— Então não tem um business center? — Ele lançou um olhar para Daphne.

— Não. Não tem business center. — Daphne girou o anel de noivado no dedo.

— Tudo bem. Vou deixar vocês dois sozinhos para se instalarem. Mais uma vez, seja bem-vindo. — Nitsa se virou, começando a fechar a porta. — Qualquer coisa que precisar, é só falar com Nitsa, está bem?

— Obrigado. — Ele a despachou com um movimento de cabeça.

Por mais decepcionado que estivesse com o quarto, Daphne sabia que Stephen jamais o demonstraria para Nitsa, ele era bem-educado demais para isso. Uma coisa era certa a respeito do noivo de Daphne: era um cavalheiro. Ele esperou na porta até que as vibrações sísmicas dos passos de Nitsa diminuíssem. Só quando ouviu a voz de trovão de Nitsa vindo do bar — Olá, meus novos amigos, gostariam de outra Mythos? — foi que ele se sentiu seguro para falar.

— Bem, não é exatamente o Four Seasons, né? — As molas rangeram quando ele se sentou.

— Eu sei que não é igual ao que você está acostumado. É simples, mas é limpo. E você não vai mesmo passar muito tempo no quarto — ela disse. — Lembre-se do que eu disse. Elegância simples, de ilha. É isso que temos aqui.

— Bem, você acertou na parte da simplicidade.

Ele se levantou da cama e abriu a mala. Depois de fumaça de cigarro, o que Stephen mais detestava era roupa amarrotada. Ele abriu a porta do armário. — Ei, onde estão suas coisas?

— Na casa de Yia-yia. Onde mais estariam?

— Aqui, comigo, seu noivo. — Ele fez uma pausa. — Lembra-se de mim? — Ele apontou para si mesmo.

— Eu já expliquei isso para você, Stephen. Nós ainda não estamos casados, lembra? — Ela levantou o anel e o sacudiu na direção dele.

— Então você não estava brincando. — Ele foi para trás dela e a abraçou. — Tem certeza de que não podemos ficar juntos, aqui — ele mostrou o quarto com um gesto — ou em outro lugar qualquer?

— Não, eu não estou brincando. — Ela se virou para olhar para ele, sacudindo a cabeça e balançando o dedo, ralhando com ele de brincadeira. — Este lugar é muito tradicional, lembra o que eu disse? Eu não posso ficar aqui enquanto não estivermos casados, querido. Não posso. Todo mundo vai falar. Eu sei que parece bobagem, mas aqui é assim. E você sabe, quando em Roma...

— Posso lembrar a você que aqui é a Grécia? — Ele a segurou e a jogou na cama, ficando por cima dela e beijando-a na boca. — Tem certeza de que não há *nada* que eu possa fazer para convencer você?

— Não torne as coisas ainda mais difíceis para mim. — Ela apertou os olhos e sacudiu a cabeça. — Aqui é tudo muito tradicional. Eu sei que é difícil entender. Mas, quando estou aqui, eu respeito as tradições.

Daphne tinha explicado tudo isso a Stephen em casa, contando a ele que a modernidade ainda não tinha modificado os costumes de Erikousa, embora Corfu, que ficava apenas a 11 quilômetros de distância, fosse, em comparação, contemporânea e cosmopolita. Mas Erikousa sempre vivera numa cápsula de tempo só dela. Certas tradições, preconceitos e costumes nunca mudavam. Para aqueles que amavam Erikousa, esse era o charme da ilha – a previsibilidade e a nostalgia. Mas, para os forasteiros, a cultura da ilha era difícil, se não impossível, de entender.

— Seria muito importante para mim que você respeitasse essas tradições enquanto estivéssemos aqui.

— Eu sei, Daphne. E vou fazer isso. Se isso a deixa feliz, você sabe que sim. — Ele tornou a beijá-la e se levantou. Foi até o armário, mas parou e tornou a olhar para ela. — Mas isso parece estranho quando penso que passei tanto tempo ouvindo você dizer como foi difícil conviver com essas tradições quando era criança. Você não acha irônico voltar a essas mesmas tradições agora que é adulta, quando pode tomar suas próprias decisões? – O tom da sua voz não era zangado; ele parecia realmente confuso com aquela contradição.

– Eu sei. Acho que nunca pensei nisso desta forma. – Ela sorriu para o noivo. – Mas aqui não se trata de ir para a escola grega em vez de ser bandeirante, Stephen. Isto é diferente. E pouca coisa faz sentido neste lugar. Acho que talvez eu esteja precisando disso agora. Estou cansada de tomar decisões o tempo todo. Talvez seja bom deixar a tradição falar mais alto e tomar as decisões por mim, pelo menos por algum tempo. – Ela alisou a saia e sacudiu os ombros.

Ele balançou a cabeça e alisou os vincos do seu blazer azul-marinho.

– Na Grécia...

Vinte e quatro

— Yia-yia. — Daphne abriu o portão e ficou surpresa por não ver Yia-yia sentada ao lado do fogo.

A porta da casa abriu e Yia-yia surgiu no umbral.

— *Koukla mou*, você voltou. Senti sua falta.

— Yia-yia, *ella*, venha conhecer o Stephen. Faz tanto tempo que eu estou esperando que você o conheça.

— *Ah, ne. O amerikanos. Pou einai.* Onde está ele? — A velha pegou na mão de Daphne e caminhou na direção de Stephen. Ela estava sem sapatos, o contorno dos seus calos claramente visível por baixo do tecido fino de suas meias.

Quando caminharam juntas para o pátio onde Stephen estava, Daphne notou que Yia-yia se apoiou nela mais do que habitualmente. Yia-yia era uma mulher esguia, sem a gordura tradicional das outras viúvas que passavam seus dias num ciclo glutão de cozinhar e comer. Embora fosse impossível ela ter ganhado peso nas últimas vinte e quatro horas, Daphne tinha certeza de que Yia-yia nunca havia pesado tanto no seu braço.

Quando se aproximaram, Stephen sorriu educadamente e estendeu a mão.

— *Te einai afto?* O que é isso? — Ela olhou de Stephen para Daphne. — Daphne *mou*, por favor diga ao seu noivo que isto não é um encontro de negócios. Aqui é nossa casa.

— Stephen, querido. — Daphne estendeu a mão livre e tocou no ombro dele com as pontas dos dedos. — As pessoas aqui se abraçam e se beijam quando se cumprimentam, não trocam apertos de mão. Isso é para encontros de negócios. — Ela olhou em volta e viu Yia-yia, Popi e até Evie olhando para eles. — Nós somos família.

Sem dizer nada, Stephen balançou a cabeça e deu um passo à frente. Ele deu um abraço na velha senhora. Yia-yia o beijou nas duas faces. Quando ela afastou a cabeça, Stephen sorriu para ela, seus dentes brancos e perfeitos brilhando ao sol. Yia-yia apertou os olhos e fitou os dele.

Daphne mordeu o lábio e viu Yia-yia olhar bem no fundo dos olhos de Stephen. Ela olhou para além de seus cílios, do azul de suas íris, das poças negras de suas pupilas, e aparentemente contemplou sua própria alma. Até as árvores ficaram imóveis para que seus murmúrios não distraíssem Yia-yia.

– *Ah, kala*. Está bem. – Parecia que ela já vira o que precisava ver.

Enquanto Daphne olhava, ela não pôde deixar de pensar no que estaria passando pela mente da velha senhora. Daphne conhecia Yia-yia suficientemente bem para saber que tinha estado à procura de alguma coisa ao olhar para Stephen daquele jeito. Não havia coincidências quando se tratava de Yia-yia. Tudo nela, cada palavra, cada olhar, cada *briki* ou café – tinha um sentido profundo.

– Popi, Evie. – Daphne disse, ainda amparando Yia-yia. – Por que vocês não mostram o jardim para Stephen e o apresentam ao Jack? Nós vamos preparar o almoço. – Ela se virou para Stephen e sorriu. – Só mais alguns minutos, e vai ser bom passar um tempo com Evie, você sabe que ela sempre precisa de algum tempo para vencer a timidez.

– Claro. – Ele olhou em volta à procura de Evie, que tinha visto outra aranha tecendo sua teia entre os galhos do limoeiro. – Vamos, Evie – ele chamou. – Onde está aquele famoso burro de quem vocês tanto falam?

– Olha – ela disse, apontando para a aranha. – É Arachne.

– Ah, uma aranha. Bem, nós temos dessas aranhas em Nova York. Vamos. O que não temos são burros e galinhas, e, pelo que eu soube, vocês têm um bocado deles por aqui.

– Não, ela não é só uma aranha. – Evie finalmente tirou os olhos da aranha e olhou para Stephen. – É Arachne. Ela é uma menina que era orgulhosa demais. Thea Popi me contou. Atena a castigou e a transformou em aranha. – Ela o encarou, com os braços cruzados no peito. – É isso que acontece quando você pensa que é melhor do que todo mundo.

– Bem, pequena Evie. Você aprendeu um bocado de coisas desde que chegou aqui. – Enquanto ele falava, uma coisa pequena e preta voou sobre suas cabeças e caiu na teia da aranha. – Olhe só para isso. Está vendo, ela foi esperta o suficiente para pegar um amiguinho.. – Stephen aproximou o rosto da teia.

Stephen e Evie viram a mosca lutar para se soltar dos fios grudentos, seu corpo preto se contorcendo e as asas batendo, até ela perder as forças. A aranha não se mexeu. Ficou pousada do outro lado da teia, como se estivesse esperando a hora do jantar.

– Sabe o que vai acontecer em seguida, Evie? Aquela mosca vai virar jantar. As aranhas sugam o sangue dos insetos que são apanhados em suas teias. Isso é bem legal, não acha? Na minha opinião, esses bichinhos de oito pernas são bem espertos. Eles têm motivo para serem orgulhosos, não importa o que pensa Atena.

– Nem sempre. – Evie se virou para Stephen, seus olhos de gato brilhando. – Thea Popi diz que às vezes Arachne ainda é orgulhosa demais para o seu próprio bem. E Yianni me disse que qualquer pessoa que seja muito orgulhosa deve tomar cuidado.

– Bem, eu diria que esse parece ser um bom conselho. Mas não se esqueça, garotinha, o orgulho pode ser uma coisa boa; ele pode levar você a fazer mais coisas, a ser melhor, a ser *o* melhor. E não há nada de errado em ser o melhor, olhe só para a sua mãe. – Mas Evie não estava mais prestando atenção. Ela se virou e desceu a escada pulando, na direção do galinheiro, antes mesmo que as palavras saíssem da boca de Stephen.

Quando Evie saiu correndo, Popi se aproximou de Stephen como mosca do mel. Ela apertou os bíceps dele com seus dedos grossos.

– Venha, eu vou mostrar tudo para você. Daphne me contou como você é esperto nos negócios, o quanto ela aprendeu com você. Tem uma coisa que eu também queria de você. Afinal de contas, nós vamos ser primos, e numa família uns ajudam os outros, não é? Eu tenho uma ideia, e não há ninguém nestas ilhas que possa me ajudar. Se eu quisesse aprender a limpar peixe ou fazer queijo, não haveria problema, eu teria toda a ajuda do mundo. Mas negócios – Popi passou os dedos da mão direita ao longo do pescoço e do queixo, o equivalente grego a alguém mostrando o dedo médio levantado nos Estados Unidos. – Negócios, *tipota...skata.* Merda.

– Bem, você é um azougue, como a sua prima. – Stephen sacudiu a cabeça e sorriu para ela.

– Nós somos iguais, Daphne e eu. Mas ela foi a sortuda, foi criada na América. Aqui nós não temos tanta sorte. Nós não temos muitas oportunidades, muitas escolhas. Eu trabalho no café há muitos anos, e sei que posso fazer mais do que isso. Tenho observado e aprendido. Eu sei que sou capaz. Anseio por bem mais para mim do que trabalhar para os *malakas* que entornam suas bebidas, fumam seus cigarros, vão para cama com as turistas e se acham grandes homens de negócios. Eu tenho ideias, Stephen. Quero ser como a minha prima. Quero ser igual a Daphne. – Ela olhou para Daphne, seus olhos cheios de anseio e de amor.

– Então vamos ouvir essas ideias – ele disse.

Daphne viu Popi conversando com Stephen. Ela tentou ouvir o que eles diziam, mas não conseguiu. Eles desapareceram no galinheiro antes que Daphne pudesse ouvir alguma coisa. E talvez, Daphne pensou, fosse melhor assim.

Daphne se virou para Yia-yia e segurou sua mão cheia de manchas de velhice com mais força, tomando cuidado para não apertar muito, sabendo o quanto as juntas de Yia-yia deviam estar doloridas. Yia-yia foi a primeira a falar.

– Então esse é o seu americano.

– Dentro de uma semana ele vai ser o *nosso* americano.

– Meu não, de jeito nenhum. – Yia-yia sacudiu a cabeça.

– Por quê? O que aconteceu? Tem alguma coisa errada?

– Sim. Tem uma coisa muito errada, Daphne. Ele é magro demais, igual a você. Esse homem tem tanto dinheiro e, no entanto, ele não pode comprar comida. Às vezes não entendo os americanos. *Tsk tsk tsk*. Venha, vamos checar o ensopado. Não queremos que grude. – E com isso pareceu concluída a análise que Yia-yia fizera de Stephen.

Daphne queria desesperadamente saber o que Yia-yia tinha visto quando olhou no fundo dos olhos de Stephen, mas também havia muito mais coisas que Daphne queria falar com Yia-yia, queria perguntar-lhe. Por que ela insistira em fazer *stifado* quando sabia que seu corpo frágil iria levar dias para se recuperar do esforço? Por que, depois de tantos anos compartilhando histórias e segredos, ela não contara a Daphne a história de Dora e o que tinha acontecido durante a guerra? Daphne sabia que podia perguntar qualquer coisa à avó, e ela lhe diria a verdade. Mas, quanto mais ela pensava no que a verdade poderia revelar, mais ansiosa ficava. Elas caminharam juntas de uma ponta à outra do pátio, Daphne pensando sem parar nas perguntas que queria fazer, como iria formulá-las e quais seriam as respostas.

– Veja, *koukla*. – O diálogo interno de Daphne foi interrompido por Yia-yia apontando para o limoeiro. – Veja, Daphne. É como eu lhe disse. Como eu disse para Evie.

Yia-yia apontou para a teia de aranha, a mesma que Evie tinha visto antes. Numa das pontas da teia, havia um buraco por onde a mosca tinha fugido.

– Está vendo, Daphne *mou*? – Yia-yia disse. – A húbris é uma coisa perigosa. Você se distrai por um momento e seu bem precioso pode escapar até mesmo da mais linda das teias.

Vinte e cinco

—Deixa que eu faço isso para você. – Daphne se debruçou sobre o fogo e tirou o pesado caldeirão prateado da grelha de metal.

– *Entaksi*, está bem, *koukla mou*. Tome cuidado para não romper o selo. – Ainda de meias, Yia-yia sentou-se em sua cadeira de madeira.

– Eu sei, eu sei. – Os músculos de Daphne se retesaram com o peso da panela. Ela girou a panela várias vezes. Teve o cuidado de manter a tampa presa e não romper a fita colante que Yia-yia tinha colocado em volta da tampa para conter os vapores. Embora sem fazer um *stifado* há anos, Daphne sabia que o segredo de um ensopado grosso e saboroso era selar os vapores para que o fervente assegurasse um molho picante.

– Pronto. – Ela pôs o caldeirão de volta na grelha.

– Quer um café? – Yia-yia perguntou, levantando as mãos para ajeitar as mechas de cabelo grisalhas que tinham escapado de suas tranças.

Daphne se inclinou e prendeu as mechas de cabelo atrás da orelha de Yia-yia.

– Se quiser, eu lavo e tranço o seu cabelo esta noite. – Ela sorriu para a avó, sabendo que as juntas endurecidas de Yia-yia dificultavam cada vez mais o trançado em sua longa cabeleira.

– Obrigada, *koukla mou*. – Yia-yia assentiu com a cabeça. – Você está com fome?

– Estou, mas posso esperar pelo *stifado*. – Daphne puxou a cadeira para mais perto de Yia-yia e se sentou. Os gritos de alegria de Evie podiam ser ouvidos no jardim.

– O que foi, Daphne *mou*? Qual é o problema? – Yia-yia podia ler o rosto de Daphne como se fossem os grãos no fundo de uma xícara de café.

– Yianni me contou tudo.

— Ah, *kala*, está bem. — Ela fechou os olhos. — Eu achei que ele poderia contar.

— Por que, Yia-yia? Por que você nunca me contou? Por que você me escondeu isso? Eu sempre achei que nós contávamos tudo uma para a outra. Que não havia segredos entre nós.

Os olhos de Yia-yia estavam pesados e vermelhos.

— Isto não era um segredo, Daphne *mou*. Isto era a nossa história. Você tem a sua. — Yia-yia falou bem baixinho, numa voz quase inaudível. — Daphne *mou. Koukla*. É horrível o momento em que uma pessoa compreende que existe maldade no mundo. Que o demônio caminha sobre a terra. Eu soube disso no momento em que olhei dentro dos olhos aterrorizados de Dora e vi o que aqueles homens fizeram com ela, o que eles roubaram dela. Aqueles animais acharam que tinham o direito de extinguir um povo com a mesma facilidade com que se apaga o fogo à noite, com que se apaga uma vela. Eles já tinham roubado muitas vidas, destruído muitas famílias. Eu não podia permitir que fizessem isso de novo. E por quê? Porque o povo de Dora chamava o Deus dele por outro nome? Deus não nos julga pelo nome que damos a ele. Não é assim que somos julgados.

Daphne pegou a mão de Yia-yia e viu a primeira lágrima rolar pelo seu rosto encovado, deixando uma trilha molhada para as outras que se seguiram. Mas Yia-yia não soltou a mão de Daphne para enxugar o rosto; ela a segurou com mais força.

— Às vezes não é só sangue o que esses monstros querem. Eles querem um pedaço de nossas almas, mas isso também é perigoso, às vezes ainda mais perigoso. Mesmo isso é demais para se dar. — Ela finalmente ergueu o dedo indicador, retorcido pela artrite, e enxugou as lágrimas. — Se eu não tivesse ajudado Dora naquele dia, eles teriam roubado a minha alma. Eu não podia permitir isso.

Yia-yia continuou, sua voz ainda trêmula, mas ganhando força agora, tornando-se mais clara, mais forte e apaixonada.

— Às vezes, ao enfrentar aqueles monstros, você encontra a sua força, você encontra o seu objetivo. — Ela olhou na direção do horizonte. — Eu nunca soube que tinha nenhum dos dois. Eu não devia ter nenhum dos dois, mas tinha. Eu os encontrei no bairro judeu, naquele dia terrível, Daphne.

Ela puxou Daphne para si e, como tinha feito antes com Stephen, Yia-yia olhou para as profundezas dos olhos negros da neta, olhos que eram muito vibrantes e puros, mas tão confusos e questionadores quanto os dela tinham sido um dia.

– Às vezes, enfrentar o demônio nos torna mais fortes, Daphne. Você nunca vai saber o quanto você é forte, quem realmente é e do que é capaz enquanto não fizer isso.

– Então é por isso que você e Yianni são tão chegados. Ele é muito grato a você... Por ter salvado a família dele.

– Não, eu não os salvei. – A convicção na voz de Yia-yia surpreendeu Daphne. – Eles é que me salvaram.

Havia tanta coisa que ela não sabia a respeito da avó, tanta coisa que nunca pensara em perguntar. Todos aqueles anos em que se sentara naquele mesmo lugar, ouvindo Yia-yia contar histórias de Hades, Medusa e das fúrias implacáveis, Daphne pensara que Yia-yia estava repetindo velhos mitos para entretê-la, para passar o tempo. Mas agora compreendia que aquelas histórias tinham outro significado. Como os grandes heróis daquelas histórias, Yia-yia estivera cara a cara com o mal.

– Como foi que eles a salvaram?

Yia-yia soltou as mãos de Daphne e se recostou na cadeira.

– Como foi que eles me salvaram? Como foi que eles me salvaram? – Ela ficou repetindo.

Daphne pôde detectar um meio-tom melodioso em sua voz. Por um momento pareceu que Yia-yia ia responder cantando um lamento. Mas Daphne não se importou. Ela só queria respostas. Daphne chegou mais para perto, juntando as mãos, esperando ouvir as palavras que iriam desvendar aquele grande mistério. Ela estava ansiosa para ouvir mais sobre aquela história desde o instante em que Yianni fizera aquela primeira descrição do vibrante bairro judeu. Agora ela precisava ouvir a versão de Yia-yia, para também poder entender melhor os segredos da ilha, o segredo que sua avó havia guardado por tantos anos – e, ela esperava, entender melhor de que modo suas vidas e estas lendas estavam tão inexplicavelmente entrelaçadas.

Mas, enquanto Daphne esperava Yia-yia revelar o mistério, as vozes que vinham lá de baixo ficaram mais altas. Ela podia ouvir as risadas de Evie mais claramente e algumas das palavras que Popi estava dizendo; palavras como *oportunidade*, *investimento* e *risco*. Palavras que Daphne ficou chocada ao ver que faziam parte do vocabulário de Popi.

— Como foi que eles a salvaram? — Daphne tornou a perguntar, desesperada para ouvir a resposta antes que os outros chegassem. Mas já era tarde. O ruído das sapatilhas de balé de Evie ficou mais forte quando ela subiu os últimos degraus, atravessou o pátio correndo e se sentou no colo de Yia-yia.

— Tome cuidado, Evie — Daphne disse, frustrada com o fato de a conversa ter sido interrompida tão subitamente. Agora não havia como saber o que Yia-yia estava prestes a dizer; ela teria que esperar até mais tarde, quando ambas estivessem sozinhas — só então Daphne poderia tocar de novo no assunto.

Não havia muitos segredos nesta ilha, nem muitos cochichos. Tudo era compartilhado e gritado a plenos pulmões; notícias, receitas, previsões do tempo e fofocas. Por mais primitivo que este método de comunicação pudesse parecer, era assim a realidade da vida ali; as pessoas precisavam umas das outras. Elas precisavam saber da vida umas das outras, não só por falta de outra distração, mas para sobreviver. Mas esta conversa era diferente. Evie era muito pequena, Popi, muito frívola, e esta cultura e seus costumes ainda eram uma grande novidade para Stephen. Não, esta ia ser uma conversa para o final da noite, quando o fogo estivesse quase apagado, e apenas entre Daphne e Yia-yia.

— Eu posso? Eu posso? Eu posso? — Evie perguntou sem parar, enquanto se balançava nos joelhos de Yia-yia, os mesmos joelhos que Daphne tinha notado mais cedo que estavam mais inchados do que de costume.

— Evie, pare com isso. — Daphne estendeu a mão para fazer a menina sossegar. — Você vai machucar Yia-yia. Você pode o quê?

— Está tudo bem, Daphne *mou*. Esta criança não me machuca. Ela é o meu melhor remédio. — Yia-yia passou os dedos pelos cabelos de Evie.

— Então eu posso montar no Jack? — Evie pediu.

— Mais tarde, meu bem. Prometo. Stephen acabou de chegar; não é delicado deixá-lo sozinho. Ele quer passar um tempo com você, sentiu saudades suas.

— Se ele sentiu tantas saudades minhas, por que está brincando com Thea Popi e não comigo?

Embora Evie tenha falado em inglês, Yia-yia balançou a cabeça, concordando. Ela não precisava falar a língua para entender o que estava acontecendo. A velha senhora era fluente em ler os rostos das pessoas que amava.

– Stephen, não deixe a Popi monopolizar você, todo mundo quer te conhecer melhor – Daphne gritou.

– Não, está tudo bem. Sua prima tem ideias ótimas.

– Sim, sim. Desculpe. Eu não queria tomar tanto do seu tempo. Afinal de contas, estamos celebrando um casamento. Daphne, eu sinto muito mesmo, você é a noiva, e esse tempo é seu. O meu tempo virá também, eu sei que sim. E agora que somos uma família, eu vou ter muito tempo para falar de negócios depois do casamento. Qual é mesmo a palavra – Popi foi buscar a palavra nos recessos de sua mente – "fusão." – Ela bateu palmas para celebrar sua vitória verbal. – Sim, é uma fusão familiar, e grandes coisas resultarão disso para todos nós. *Ella*. – Popi levantou os braços e tornou a bater palmas, desta vez acima da cabeça. – Venham, vamos comer.

Daphne viu Popi rebolar na direção da mesa. Ela podia jurar que havia um azeite a mais lubrificando seus quadris enquanto andava.

– Obrigada por aturá-la. Ela às vezes é um pouco inconveniente, mas é uma boa pessoa. – Daphne puxou Stephen para perto dela.

– Eu não a estou aturando. Ela é incrível, na verdade. – Stephen observou Popi tomar seu lugar à mesa. – Ela tem boas ideias. Realmente boas. – Ele riu como se estivesse espantado pelo fato de aquele lugar ser capaz de produzir mais do que galinhas, moscas e bosta de burro. – Ela é uma garota inteligente, Daphne, como você. – Ele acariciou a mão dela. – Este vai ser um casamento e tanto... Como disse sua prima, vai ser uma boa fusão.

– Vamos, está na hora de comer. Chega de falar de negócios por hoje. – Daphne bateu palmas e espantou todo mundo na direção da mesa. – Uma das melhores coisas deste ensopado é o cheiro dele quando você abre a tampa do caldeirão pela primeira vez. É inacreditável. Venha, você vai adorar. – Ela sorriu para Stephen e o levou até o lugar dele.

– Estou falando sério, Daphne. – Ele aproximou bem o rosto do dela e pôs as mãos em seus ombros. – Quando eu terminar, nós vamos ser a coisa mais espetacular que Nova York já viu. Que a Grécia já viu. Eu tenho grandes planos para nós.

Durante gerações, até onde as pessoas podiam se lembrar, os casamentos na ilha eram celebrados para a união feliz e vital de duas famílias. Em nenhum outro lugar a expressão *força numérica* era mais verdadeira do que aqui, onde famílias unidas pelo matrimônio dividiam suas colheitas, sua criação e tudo o que era essencial para sua sobrevivência. Daphne se lembrava de ter participado de muitas destas comemorações com Popi e Yia-yia. Houve o verão quando Daphne tinha nove anos... Ela jamais esqueceria o prazer de dançar pelas estradas de terra com um bando colorido de mulheres; trouxas de roupas, cobertores e toalhas se equilibravam em suas cabeças enquanto elas tomavam parte no *rouha*, um belo ritual em que as mulheres da ilha carregavam os pertences da noiva para a casa do seu novo marido. Houve a vergonha que ela sentiu aos doze anos, o quilo de arroz que carregava esperando que a noiva e o noivo saíssem da igreja escorregou de suas mãos e caiu nas costas de Thea Anna, que estava usando seu único "vestido bom" para a ocasião e que derramou arroz de sua cinta na pista de dança pelo resto da noite. Mas as imagens de casamentos na ilha que estavam mais marcadas na memória de Daphne eram as histórias que Yia-yia lhe contara quando ela era menina e lençóis brancos manchados de sangue eram pendurados numa oliveira, balançando ao vento, na manhã seguinte de um casamento.

Não haveria mulheres dançando e equilibrando os pertences de Daphne na cabeça, nem quilo de arroz para jogar, já que ela insistira em pétalas de rosas em vez de arroz, e com certeza não haveria um lençol manchado para confirmar sua virgindade. Nenhum dote, nenhum animal, nenhum pedaço de terra iria trocar de mãos. O seu não seria um típico casamento de Erikousa. Ele ia ser moderno e elegante – *Amerikano*. Mas, depois de ver Popi usar sua mágica em Stephen e ouvir a voz animada do noivo ao falar do potencial para novos negócios à frente, Daphne não pôde deixar de sentir que de certa forma ela era bem mais tradicional do que jamais poderia imaginar, que também era uma medida do seu dote.

Quando o ensopado ficou finalmente pronto, Yia-yia insistiu para que comessem na mesa que ficava sob a grande oliveira. Mas essa seria a única concessão de Yia-yia à formalidade americana. O pão redondo foi colocado no meio da mesa, para os pedaços serem partidos com a mão, como era o costume. Não haveria nenhuma porcelana delicada nem travessa para servir; o velho caldeirão foi colocado na mesa enquanto Daphne ficava em pé para fazer as honras da casa.

— Está pronto, você pode tirar a fita colante — Yia-yia anunciou, fazendo sinal para Daphne arrancar a fita prateada que prendia a tampa do caldeirão.

— Por que você está fazendo isso? — Stephen se inclinou para a frente para ver melhor. Ele tinha passado muitas horas na cozinha do Koukla com Daphne, mas nunca a vira preparar um prato usando fita isolante.

— É para manter o sabor — Popi respondeu. — Nós aqui conhecemos vários truques, truques maravilhosos. — Ela se levantou, quase derrubando a cadeira com a força dos seus quadris. Inclinou-se para a frente, a bunda empinada, debruçou o corpo todo sobre a mesa, agarrou o pão redondo e o enfiou na cara de Stephen. — Cheire só aqui — ela ordenou.

Stephen obedeceu. — É maravilhoso.

— É sim. — Popi balançou a cabeça vigorosamente. — Nós levamos a hospitalidade muito a sério aqui, primo Stephen. Não há nada que não façamos pelos nossos hóspedes.

— Isto é delicioso. Absolutamente delicioso. — Ele pegou um pedaço de pão e mergulhou no molho grosso. — E eu adoro estas cebolas pequenas. — Enfiou o garfo no ensopado e espetou uma cebola bem redondinha. — Deliciosa. — Stephen devorou o ensopado e enxugou a boca com o guardanapo de papel enquanto Daphne tornava a encher o prato dele. — Daphne, falando sério. Você tem que colocar isto no seu cardápio no Koukla. Quer dizer, assim que voltar a trabalhar.

— Apenas coma, aprecie... Está bem? — Daphne tornou a encher o prato dele.

— Está bem. Mas temos muito o que conversar depois que estas pequenas férias terminarem.

Yia-yia observou Stephen cheirar o ensopado que lhe dera tanto trabalho para ser preparado desde antes de o sol nascer. Ela se inclinou e cochichou no ouvido de Daphne.

— O seu namorado tem bom gosto. Mas você avisou a ele a respeito dessas cebolas de que tanto gosta?

Daphne riu e sacudiu a cabeça.

— Ah, *kala*. Ele vai ter uma bela lembrança do seu primeiro dia em Erikousa — Yia-yia murmurou.

Bastou isso. Numa tentativa de conter o riso, ela comprimiu os lábios, mordendo tanto o lábio inferior quanto o superior. Ela abaixou a cabeça, deixando o cabelo cair na frente do rosto. O véu de cachos pretos obscurecendo suas feições talvez escondesse o fato de que estava rindo, mas foi o modo como seu corpo começou a sacudir que a denunciou.

– Qual é a graça? – Stephen espetou outra cebola e a arrancou do garfo com os dentes.

– Não é nada. – Daphne tentou se recompor, mas bastou olhar para Yia-yia e começou a rir de novo.

– De verdade, qual é a graça? – Ele tornou a perguntar.

– São as cebolas – Popi disse enquanto tornava a encher seu copo de cerveja.

– O que as cebolas têm de tão engraçado?

– Elas... como é mesmo que se diz... – Popi bateu com o garfo no copo enquanto procurava a palavra certa. – Elas, você sabe... produzem ar.

– O quê? – Stephen tomou outro gole de cerveja.

– Elas produzem ar. – Popi sacudiu os braços como se fosse encontrar a palavra certa no vento.

– Elas provocam gases. – Daphne tomou um gole grande da sua Mythos, sem saber ao certo como Stephen iria reagir ao rumo que a conversa estava tomando. Apesar de Stephen ter um fino senso de humor, aquilo tudo era novidade para ele. Entre os gregos, podia-se falar de tudo; nada era considerado nojento demais, inadequado ou mesmo picante para se conversar à mesa de jantar. Havia um humor primitivo, básico nas funções corporais, e os gregos sempre davam mais valor a uma boa piada do que à etiqueta.

– Peidos! – Popi berrou, batendo com a garrafa vazia de Mythos na mesa. – A palavra é essa. Peidos.

Daphne tornou a esconder o rosto com os cabelos.

Popi pôs a mão no ombro de Stephen e se inclinou para ele.

– Primo, agradeça por estar aqui fora conosco e não numa de suas reuniões importantes. *Stifado* é muito bom. – Ela estalou os lábios. – Mas não é bom para os negócios.

E do jeito como Stephen se espremeu na cadeira e enxugou a testa com o lenço, parecia que ele também não servia como tópico de conversa à mesa do jantar.

Vinte e seis

Depois que todo mundo já havia se entupido de *stifado*, Daphne insistiu para que Yia-yia ficasse sentada e deixasse que ela tirasse a mesa sozinha. Daphne sabia o trabalho que aquele almoço tinha dado e não queria que Yia-yia se cansasse mais ainda. Ela tirou os pratos um por um, jogando os restos de comida numa vasilha grande para dar para Nitsa alimentar os porcos naquela noite. Daphne notou que tinha sobrado muito pouco em cada prato; o *stifado* estava bom demais para alguém deixar para trás algum pedaço. Ela teve pena dos porcos, cuja lavagem noturna ia ser mais leve do que habitualmente. Ao tirar o prato de Stephen, ela riu, notando que ele havia raspado o prato exceto pelas pequenas cebolas, que tinham sido deixadas de lado.

– Daphne *mou*, eu vou ficar aqui sentada e descansar um pouco. *Epharisto*. – Yia-yia ficou sentada com as mãos descansando no colo e observou sua família acrescida de um novo membro tentando se conhecer melhor. Mas, como qualquer boa anfitriã grega, ela sempre tinha comida suficiente para alimentar a cidade inteira. E, como qualquer boa cidade grega, os cidadãos queriam mais era aparecer e desfrutar da hospitalidade.

Nitsa foi a primeira a chegar, seus passos pesados anunciando sua chegada antes mesmo que o portão rangesse. Depois de Nitsa veio o padre Nikolaus e a família inteira, bem como meia dúzia de *theas e theos* que queriam comer o delicioso *stifado* de Yia-yia e conhecer o rico americano que ia se casar com Daphne.

– Stephen. Como foi o seu primeiro dia na nossa linda ilha? – Stephen se preparou quando Nitsa se aproximou. Com um cigarro na mão, Nitsa envolveu Stephen nos braços e o abraçou com força, apertando o rosto dele contra o peito.

— Foi ótimo — ele conseguiu dizer, apesar dos seios volumosos de Nitsa estarem agora bloqueando todas as suas entradas de ar.

— Dá licença, Thea Nitsa. — Daphne puxou Stephen antes que a falta de oxigênio pudesse lhe fazer mal. — Eu preciso que você me empreste o meu noivo. Ele ainda não conheceu padre Nikolaus e Presbytera.

— Obrigado — ele sussurrou, com o rosto vermelho, quando ela o levou embora.

— De nada. — Daphne riu. Ela o levou de volta para a mesa onde Yia-yia ainda estava sentada, agora cercada por padre Nikolaus, a esposa e o filhinho deles.

— Padre. — Daphne beijou a mão do padre. — Padre, este é o meu noivo. Este é Stephen.

— *Yia sou* — Stephen disse. O padre estendeu a mão. Em vez de beijar a mão do padre, como era o costume, Stephen sacudiu a mão dele como se estivessem fechando um negócio. Se o padre ficou ofendido, não demonstrou. Ele simplesmente sorriu. Levantou a mão direita e fez o sinal da cruz no ar entre Daphne e Stephen. — Que Deus os abençoe — era tudo o que ele sabia dizer em inglês.

— Igualmente — Stephen respondeu.

— Stephen, esta é Presbytera. Ela teve a gentileza de se oferecer para fazer nossas grinaldas com flores locais. Isso não é maravilhoso? É uma verdadeira bênção.

— *Yia sou,* Stephen. — Presbytera se levantou com o bebê enganchado no quadril e beijou Stephen dos dois lados do rosto. — Daphne, diga ao seu noivo que estamos felizes e honrados em recebê-lo em nossa ilha e na casa de Deus. Eu rezo para que Agios Spyridion o proteja e que Deus conceda muitos filhos a vocês, e muitos anos de saúde e felicidade.

Daphne traduziu os desejos de Presbytera para Stephen, que sorriu educadamente em resposta.

Enquanto o sol da tarde dava lugar a um belo pôr do sol, o grupo ia diminuindo aos poucos. Tinha sido uma longa tarde cheia de comida e risos e um bocado de traduções, já que Daphne teve que passar a tarde toda traduzindo votos de felicidades.

— Parabéns.

— Seja bem-vindo à família.
— Seja bem-vindo à Grécia.
— Que Deus o abençoe.
— Por que você é tão magro?
— É por isso que você é rico, porque não gasta dinheiro com comida?
— Você é mesmo muito rico?
— Meu filho quer ir para a América. Você pode arranjar um emprego para ele lá?

Depois que as gentilezas e a comida finalmente se esgotaram, Daphne ficou sozinha na extremidade do pátio, vendo o sol se esconder atrás do Mar Jônico, desfrutando do silêncio e da magia daquela luz dourada. Ela olhou em volta e apreciou o momento. Lá estava Yia-yia, fazendo café perto do fogo. Evie brincava calmamente num canto do pátio com seu pintinho favorito, um gatinho enroscado no colo. E, juntos debaixo da oliveira, estavam Popi e Stephen, mais uma vez conversando animadamente.

Quando o último raio de sol desapareceu no horizonte, Daphne se virou para voltar para junto de Yia-yia e tomar um café com ela, mas o rangido do portão a fez olhar naquela direção.

— *Yia sou*, Thea Evangelia.

Era Yianni. Ele levava uma rede marrom pendurada no ombro e tinha um balde grande na mão.

— Thea Evangelia... — Ele pôs a rede e o balde nos pés de Yia-yia e se inclinou para beijar a velha senhora dos dois lados do rosto. — Thea *mou*, esta noite o mar me deu muitos presentes. Ele foi muito generoso quando eu levantei minhas redes. Eu pensei, com sua família crescendo a cada dia... — Ele olhou em volta e viu que todo mundo — Daphne, Popi e até Stephen — tinha parado o que estava fazendo para olhar para ele. — Pensei que você gostaria de compartilhar da generosidade dele.

— Ah, Yianni *mou*. Você é sempre tão bom para mim, tão gentil. — Yia-yia serviu-lhe uma xícara de café antes mesmo que ele pedisse.

Daphne sentiu um aperto no peito e um nó na garganta. Depois que haviam passado aquele tempo juntos no *kaiki*, quando ele contou a história de como suas *yia-yias* tinham sobrevivido juntas à guerra, ela pôde ver um outro lado desse homem que antes a desagradara tanto. Daphne não via mais Yianni como sendo um perigo. Ele não era mais uma ameaça. Quando eles se conheceram, só de pensar em Yianni, Daphne já ficava furiosa. Mas, depois que ele se abriu para ela, que a levou em seu *kaiki*, que contou suas histórias e dividiu com ela os ouriços-do-mar, Daphne percebeu que sua percepção tinha mudado. Que não havia nada a temer em relação àquele homem misterioso. E, como as fúrias sedentas de sangue que tinham executado sua vingança e, no fim, se tornado benevolentes na história de Orestes, Daphne sentiu também uma mudança na história deles.

– *Yia sou,* Yianni. – Deu a impressão de que a chegada de um homem solteiro foi o bastante para arrancar Popi de perto de Stephen. – Yianni, este é o Stephen. Este é o meu primo, o noivo de Daphne. O *Amerikanos* – Popi anunciou.

– Seja bem-vindo a Erikousa. Espero que você venha a amar esta ilha tanto quanto nós a amamos. – Yianni falou diretamente para Stephen, num inglês perfeito.

– Você fala inglês? – Stephen examinou Yianni dos pés à cabeça. Com sua pele bronzeada e seu short desfiado, ele tinha a aparência de um homem que passava a vida no mar, não numa sala de aula aprendendo a falar inglês.

– Sim, eu falo inglês. – Yianni tomou seu café. – Estudei na Universidade de Atenas antes de me formar em Columbia.

– Eu não sabia disso. Você nunca disse que morou em Nova York. – Daphne se aproximou. Ela achou que tinha aprendido tanto sobre ele na viagem para Kerkyra. Agora, mais uma vez, sentiu que não sabia nada.

– Sim. Os clássicos. Eu ia ser um grande professor, você sabe. – Ele riu, mas foi uma risada nervosa, a risada de um homem tentando convencer-se tanto quanto aos outros. Desta vez, Daphne não teve problemas para entender Yianni. Ela viu a saudade nos olhos dele, ouviu a desilusão em sua voz. Tudo neste homem era tão diferente e, no entanto, tão familiar.

– Meu plano era voltar para Atenas e abrir as mentes da geração mais jovem para as lições dos nossos antepassados. – Yianni riu daquela pretensão toda, do quanto aquilo soava ambicioso e vão. – Mas as coisas não aconteceram como eu tinha planejado. Estudei em Columbia, mas saí depois de um ano. – Ele olhou de Daphne para Stephen. – A vida numa universidade de elite não era para mim. Prefiro a simplicidade daqui. Eu era como um peixe fora d'água. Um péssimo trocadilho, eu sei. – Ele tornou a rir. – Mas era isso mesmo.

– Quando você esteve lá? Quando você esteve em Nova York? Você poderia ter me procurado, Yia-yia poderia ter lhe dado o meu telefone. – Daphne surpreendeu-se com a sinceridade de suas palavras.

– Isso foi há muitos anos, Daphne. Foi antes de eu conhecer a sua *yia-yia*, antes de eu vir para esta ilha. Parece que foi em outra vida.

– Que pena. Nós poderíamos ter nos conhecido em outra vida, como você diz. – Foi a vez de Daphne rir, pensando no quanto teria sido bom ter tido algum elo com Erikousa em Nova York. Daphne sempre se sentiu vivendo em dois mundos, tinha a sua vida grega e a sua vida americana. Ela sempre desejou que houvesse uma forma de fazer uma ponte entre as duas. Mas, depois que Mamãe e Baba morreram, não havia ninguém com quem pudesse dividir a sua porção grega; era como se uma parte de sua identidade tivesse morrido junto com os seus pais.

– Sim, é uma pena. Eu poderia ter dado outra chance a Nova York se tivéssemos nos conhecido naquela época. Talvez eu tivesse ficado mais tempo, tivesse motivos para tentar mais. As coisas poderiam ter sido diferentes – Yianni respondeu, sem tirar os olhos de Daphne.

– Bem, a ilha é linda. Mas é incrível, você não acha?, que numa época como esta as coisas consigam permanecer tão antiquadas – Stephen contemplou o pátio, o portão, a rua de terra em frente à casa –, tão inalteradas.

– Este lugar é diferente de qualquer outro, e seu povo também. – Yianni puxou a barba. – Mas não se deixe enganar por sua aparente simplicidade, meu novo amigo americano. Existem muitas camadas nas pessoas desta ilha, e muitas coisas inacreditáveis aqui além do mar e da beleza natural.

Yianni tirou a mão do ombro de Yia-yia e se inclinou para a frente para segurar Evie, que corria pelo pátio atrás do pintinho. Ele pegou a garota e a jogou para cima, o riso dela dançando no meio das copas das árvores e ecoando pela ilha como uma terna melodia carregada pelo vento. Yianni deu um beijo carinhoso na cabeça de Evie antes de tornar a colocá-la no chão. A garotinha ficou um instante ali parada, olhando para Yianni, as bochechas vermelhas de tanto rir, os olhos brilhando, travessos. Ela estendeu a mão e fez cócegas na barriga de Yianni com seus dedinhos e foi recompensada com uma gargalhada. Evie deu a língua para ele e saiu correndo, suas risadas correndo atrás dela como fitas balançando ao vento.

Talvez aquela fosse uma das coisas mágicas a que Yianni estava se referindo, Daphne pensou enquanto via Evie correr. Daphne nunca tinha visto a filha tão à vontade com um homem antes. Tendo crescido sem pai, ela não estava acostumada à companhia de homens; de fato, ela ainda estava se acostumando com Stephen.

– Bem, eu acho que sou apenas um nova-iorquino como a minha noiva, certo, Daphne? – Stephen a puxou para si e a beijou nos lábios. Foi um gesto pouco comum para um homem que raramente fazia demonstrações de qualquer natureza em público. Isto não passou despercebido para Daphne.

– Bem, então, meus parabéns para o casal. Parece que vocês foram feitos um para o outro. – Ele pôs o boné na cabeça, puxando a aba de forma que seus olhos escuros ficassem sombreados, quase escondidos. – Então, como eu disse, nós podemos ser pessoas simples, mas somos generosos. O pouco que temos, dividimos. – Yianni levantou o balde do chão e esvaziou seu conteúdo no pátio. – Eu sei que a noiva gosta de ouriço-do-mar. Considerem isto um presente de casamento. – Cerca de duas dúzias de ouriços pretos e marrons se espalharam pelo pátio, rolando em todas as direções.

– *Kali nichta* – prazer em conhecê-lo, Stephen. Espero que goste de sua estadia aqui conosco. – Yianni se despediu de Yia-yia com um beijo e tocou no chapéu, cumprimentando Daphne e Popi. Ele abriu o portão e já estava descendo a escada quando os últimos ouriços-do-mar pararam de rolar pelo chão.

Como um dos ouriços parou perto do seu pé, Daphne se inclinou para pegá-lo. Talvez fosse a cerveja, talvez ela estivesse apenas cansada. Mas, qualquer que fosse o motivo, Daphne foi um pouco descuidada ao pegar a bola preta cheia de espinhos no chão. Ela apertou o ouriço com um pouco mais de força do que deveria. E se encolheu quando o espinho penetrou em sua pele, e uma gota de sangue surgiu. Daphne levou o dedo à boca e chupou até o sangue desaparecer, o gosto de cobre se espalhando pela língua enquanto ela viu o portão bater.

Vinte e sete

Daphne e Yia-yia se sentaram e bateram palmas no ritmo do bouzouki que berrava do gravador na cozinha.

— *Opa*, Evie. — Daphne sorriu feliz ao ver a menina dançar no ritmo da música.

— Bravo, *koukla mou*. Bravo, Evie — Yia-yia disse enquanto Evie rodava, sua camisola cor-de-rosa se enchendo de ar como se fosse um balão.

— Ela gosta de uma boa festa, igual a sua Thea Popi. — Daphne riu. Não era nenhum segredo que, mesmo na exuberante família delas, Popi se destacasse como sendo a mais animada de todas.

E de fato aquela noite não foi diferente. Mesmo depois de um dia cheio de comemorações, comida, bebida e fofocas, com todos que tinham vindo dar as boas-vindas a Stephen a Erikousa, Popi ainda não estava disposta a parar. Ela sugeriu acompanhar Stephen de volta ao hotel para Daphne poder acabar de lavar a louça e colocar Evie na cama. A princípio, Daphne resistiu. Afinal de contas, Stephen era seu noivo, e ela sabia que ele já estava aborrecido por ela não ficar com ele no hotel, por ter preferido seguir o rígido código de moral da ilha. Mas Stephen não pareceu se importar. Ele tinha começado a entrar no espírito da ilha, primeiro com diversas garrafas de Mythos, depois com as doses de ouzo que Popi insistiu que eram outra tradição da ilha que eles tinham que cumprir. No fim, bastou Popi prometer que ela ia revelar os segredos mais profundos e vergonhosos da infância de Daphne quando eles chegassem ao bar do hotel. Então Stephen beijou Evie, Yia-yia e Daphne, deu o braço a Popi e os dois saíram caminhando no escuro na direção do hotel.

— Isto é muito bom. — Yia-yia pôs a mão no joelho de Daphne enquanto elas continuavam a ver Evie dançar. — Eu adoro ter você aqui, ter vocês duas aqui. Mesmo que seja só por pouco tempo.

Evie foi dançando até Yia-yia e deu um abraço na bisavó. Ela se demorou um pouco, o suficiente para Yia-yia sentir o calor do rostinho da menina contra o dela. Mas então, quando a música seguinte começou, Evie correu para dar seu último recital da noite. Desta vez na ponta dos pés, as mãos erguidas acima da cabeça, ela dançou entre a mãe e a bisavó enquanto a música cobria a noite como um macio xale de cashmere.

Quando sua dança terminou, Evie deu outro abraço em Yia-yia. Desta vez, Yia-yia a segurou por mais tempo, acariciando o cabelo de Evie enquanto cantava baixinho para ela.

> *Eu amo você demais...*
> *Não tenho presentes para lhe dar*
> *Não tenho ouro nem joias nem riquezas*
> *Mas mesmo assim dou-lhe tudo o que possuo*
> *E isso, minha doce menina, é todo o meu amor*
> *Eu lhe prometo que*
> *Você sempre terá o meu amor*

Quando a canção terminou, Evie beijou a ponta do nariz de Yia-yia e foi brincar com seu gatinho.

– *Koukla mou* – Yia-yia sorriu para Daphne –, lembre-se sempre de mim quando ouvir essa canção. – Yia-yia levou as mãos ao peito e encostou os dedos sobre o coração. – Sua mãe e eu costumávamos cantá-la para você enquanto a olhávamos dormir no seu berço, bem aqui, onde você está sentada agora. Ficávamos horas aqui, Daphne, só vendo você respirar, só agradecendo aos céus pela sua perfeição e rezando ao *agios* para que ele a protegesse.

Os ciprestes e as oliveiras em volta delas vibravam numa brisa sutil. Quando seu sussurro suave encheu o ar, Yia-yia tornou a falar.

– Daphne *mou*, eu sempre cantarei para você. Mesmo quando você não puder me ouvir, mesmo na sua nova vida a tantos quilômetros de mim, eu sei que estarei sempre ao seu lado, cantando essas palavras, fazendo você lembrar o quanto é amada.

– Eu sei disso, Yia-yia. Eu sempre soube disso. – E era verdade. Numa vida cheia de perdas, Yia-yia tinha sido a única coisa constante na vida de

Daphne. A sua rocha. Yia-yia sempre fora a única pessoa que Daphne sabia que a amava incondicional e completamente.

Com seu casamento tão próximo, esta devia ser uma época de felicidade para Daphne. Mas, apesar de estar contando os dias que faltavam para que ela e Stephen se tornassem marido e mulher, a agitação crescente vinha acompanhada de algo que Daphne não havia previsto: uma sensação de melancolia. À medida que o casamento se aproximava, Daphne ia se dando conta de que em breve estaria deixando a ilha para começar uma vida nova – uma vida de luxo, de segurança financeira, e aparentemente tudo o mais por que ela havia lutado e rezado durante aqueles anos longos e solitários depois da morte de Alex. Mas, durante todo aquele período de agitação, de planejamento do futuro, Daphne não conseguia tirar uma ideia da cabeça. O começo de uma vida nova significava o fim de outra.

Vinte e oito

— Mamãe, posso perguntar uma coisa para você? – Evie subiu de gatinhas na cama, puxou o lençol e deitou a cabeça no travesseiro. Ela não se cobriu, apenas ficou ali deitada, reta e imóvel, suas perninhas bronzeadas expostas ao ar da noite.

Daphne se inclinou e puxou o lençol até o peito de Evie.

– Sim, querida, você pode me perguntar o que quiser.

– Eu posso levar meu pintinho de volta para Nova York, mamãe?

– Não, meu bem. No nosso prédio não são permitidos pintinhos.

Evie franziu o nariz.

– Bem, então podemos ficar aqui? Eu não quero me separar dele. O nome dele é Raio de Sol, porque ele é amarelo como o sol.

– Eu sinto muito, meu bem; nós vamos ter que voltar para casa, e Raio de Sol terá que ficar aqui.

– Mamãe, posso perguntar outra coisa?

– É claro, querida. – Daphne afofou o travesseiro sob a cabeça de Evie.

– Por que você não me contou sobre Jack e Yia-yia e Erikousa? Por que nunca me disse que aqui era muito mais divertido? – Evie mexeu com os braços e pernas na cama como se o lençol de algodão branco fosse neve e ela estivesse fazendo um anjo de neve.

– Mas, meu bem, eu contei para você. – Daphne afastou um cacho de cabelo do rosto de Evie. – Eu contei, lembra? Eu contei tudo sobre Yia-yia e por que estávamos vindo para cá, para que ela pudesse estar no casamento. Lembra, querida? – Ela se sentou na beira da cama, ao lado de Evie, bem onde estariam as asas do anjo.

Evie se sentou na cama.

— Mas você não me contou como era divertido aqui, como as pessoas são legais. Mesmo quando eu não entendo o que elas estão dizendo, elas ainda são muito divertidas.

— Sim, meu bem. Elas são muito divertidas.

— Eu queria que pudéssemos vir sempre para cá.

— Eu sei, meu bem, eu também. Estou muito feliz por termos vindo. E nós viremos de novo. — Ela se inclinou e deu um beijo em Evie. — Boa noite, Evie.

— Mamãe.

— Sim, Evie.

— Tem mais uma coisa que eu queria perguntar.

— Sim, meu bem. O que é?

— Você se divertia muito aqui quando era pequena, não é?

Daphne pensou nos momentos mais felizes da sua infância. Evie tinha razão, todos eles tinham sido ali.

— Sim, Evie, os momentos mais divertidos da minha infância foram passados aqui.

— Mas então eu não entendo, mamãe. Você está sempre dizendo que eu devo dividir meus brinquedos, como fazem as boas meninas. Por que você não dividiu este lugar comigo? — Evie bocejou, olhando para a mãe, aguardando uma resposta, sem se dar conta da magnitude de suas palavras. — Eu queria muito que você tivesse dividido isto comigo.

Sem saber o que dizer, Daphne mordeu o lábio com força, chegando a ferir a carne. A dor foi aguda, mas não se comparou à dor que as palavras de Evie tinham causado.

— Boa-noite, mamãe, eu estou muito cansada. — Evie se virou de lado e adormeceu na mesma hora.

Quando Daphne se levantou para sair do quarto, ela olhou para trás, para a criança adormecida. Sim, Evie tinha razão. Parecia que Yia-yia não era a única pessoa da família que tinha segredos; Daphne também tinha guardado alguns.

— FOI RÁPIDO. — Yia-yia entregou a Daphne um copo de vinho feito em casa quando ela se sentou.

— Ela estava exausta. Foi um dia longo e movimentado. — Daphne levou o copo aos lábios. O vinho estava perfeito, ligeiramente doce e gelado. Enquanto tomava os primeiros goles, Daphne resolveu não incomodar Yia-yia com as observações de Evie. Ela sabia que Yia-yia ia ficar contente em saber o quanto Evie gostava dali, mas o resto da conversa era para mãe e filha resolverem entre si. Yia-yia e Daphne já tinham muito o que resolver entre elas.

— Você também deve estar cansada — Yia-yia disse. — E quanto ao seu noivo? Acha que Popi ainda o está mantendo prisioneiro no bar?

— Não, ela já deve tê-lo trocado por algum turista alemão.

— Ou italiano. — Yia-yia sorriu, seu dente prateado brilhando na luz do fogo.

— Esta é a minha hora preferida do dia. — Daphne encostou o copo no rosto, para se refrescar do calor da noite. — Sempre foi, você sabe. Mesmo quando eu era uma garotinha, a coisa que eu mais gostava era ter você só para mim à noite. Só nós duas e o fogo e a brisa e as suas histórias.

— Você está enganada, Daphne *mou*. Nunca somos só nós duas, meu amor. Nunca foi. — Ela apertou mais o xale em volta do corpo. Embora o ar da noite estivesse quente e faltasse a brisa habitual, Yia-yia estava com frio. Ela chegou mais para perto do fogo.

— Como assim? — Não havia mais ninguém ali, só Evie encolhida em sua cama e Daphne e Yia-yia sentadas lado a lado junto ao fogo. — Não tem mais ninguém aqui. — Daphne olhou em volta para se certificar.

Yia-yia sorriu como se ela pudesse ver os convidados invisíveis a que se referia.

— Gerações de nossa família, Daphne *mou*. Elas estão todas aqui. Aqui é a casa delas, e elas nunca partiram, assim como eu jamais partirei. Elas ainda estão aqui, todas as mulheres que vieram antes de nós, que nos guiam. Nós não somos as primeiras a saber o que é sofrer, a ter nossos homens levados pelo tenebroso Hades. Nós não somos as primeiras a perguntar como iremos achar forças para cuidar dos filhos que ficaram para trás. Mas elas sabem, Daphne *mou*. Elas sabem o que é amar um homem, amar um filho, amar alguém. E estão aqui para nos guiar quando não tivermos forças para fazer isso sozinhas.

Daphne tomou o vinho e tornou a olhar em volta para o pátio vazio, tentando em vão imaginar as mulheres que Yia-yia tinha descrito tão vividamente. Mas não adiantou. Pelo menos por hoje não fazia mal. Porque esta noite Daphne tinha outra história em mente.

– Conte-me o que aconteceu, Yia-yia. – Ela puxou a cadeira mais para perto. – Yia-yia, conte-me a história, a história de você e Dora.

Yia-yia fechou os olhos e ergueu o rosto na direção da brisa que vinha do mar, como que buscando suas lembranças no ar da noite.

– Sabe, não era para eu estar em Kerkyra naquele dia – Yia-yia começou, as mãos pousadas no colo. – Eu raramente ia ao continente naquela época. Por que eu iria? Eu não tinha dinheiro para comprar nada, nem marido para quem fazer compras. O seu *papou* já estava desaparecido havia vários meses, e a minha intuição dizia que estava morto.

"Eu tinha um bebê, a sua mãe, que Deus a tenha." Yia-yia fez uma pausa, fazendo o sinal da cruz, e continuou a história: "A comida era escassa na época – nós mal tínhamos o suficiente para sobreviver. Eu estava com medo de que pudéssemos passar fome. Havia uma guerra acontecendo à nossa volta, Daphne, e, por mais que os ilhéus cuidassem uns dos outros, ajudassem uns aos outros, nosso amigos e familiares mal tinham com que alimentar os próprios filhos – eu não podia pedir a eles que nos alimentassem também. Para fazer a viagem a Kerkyra, eu deixei sua mãe com minha *thea* e troquei ovos pela viagem de *kaiki*, já que não tinha dinheiro para pagar. O seu *papou* deixou muitas dívidas quando o perdemos, e eu sabia que devia dinheiro ao alfaiate em Corfu. Ele tinha me dito que aquele alfaiate era um homem bom e generoso, que tinha feito uma camisa nova para *papou* usar na Páscoa e dissera a ele que pagasse quando pudesse. Eu sabia que precisava procurá-lo, que precisava agradecer àquele homem por sua gentileza e tentar saldar a dívida do único jeito que podia, com ovos e azeite. Na véspera da viagem à noite, o *agios* me apareceu em sonhos. Ele chamou por mim, Daphne. Ele falou comigo. Já fazia muito tempo que eu não rezava ao lado do *agios*, então eu fui. Fui direto do cais do porto para a igreja, me ajoelhei ao lado dele naquela manhã e rezei para ele nos proteger, para me ajudar a encontrar um meio de sobreviver sem dinheiro e sem marido. E então, acendi uma vela e saí da igreja, atravessando a velha cidade até o bairro judeu e a loja do alfaiate, acreditando que minhas preces seriam ouvidas."

Yia-yia tornou a interromper a história. Sua respiração estava rápida e superficial. Enquanto falava, era como se cada palavra sugasse a energia do seu corpo frágil. Mas isso não a impediu. Ela respirou fundo e esperou, como se a brisa da sua amada ilha pudesse dar-lhe um novo ânimo. Ela recomeçou, com a voz mais forte desta vez.

– Eu sabia que havia alguma coisa errada. As ruas estavam vazias. Não havia ninguém por ali, estava tudo silencioso. Enquanto andava na direção da porta do alfaiate, eu ouvi um gemido desesperado. Parecia um animal ferido, mas não era. Olhei para dentro e vi que era uma mulher, Dora, a avó de Yianni. Parei na porta para ver o que tinha acontecido, o que tinha causado aquele grito de agonia. Eu a vi com o vestido e o cabelo cobertos com o sangue do marido, gritando pelo filho desaparecido.

Yia-yia sacudiu a cabeça, o corpo tremendo ao relembrar o que viu e ouviu naquele dia terrível.

– Rezo para você nunca ouvir o som de uma mulher que perdeu um filho, Daphne. É um som terrível, agoniante... Eu olhei para baixo e vi as meninas ajoelhadas no chão, abraçando o corpo sem vida do seu *baba* e implorando a ele para acordar. Foi como entrar no inferno, Daphne *mou*. Eu olhei nos olhos de Dora e juro para você que a vi sendo consumida pelas chamas do inferno. E naquele momento tudo mudou.

"Eu sabia o que tinha acontecido por toda a Grécia. Eu tinha ouvido as histórias. Não havia televisão, eu não podia ler jornal, mas mesmo assim sabia o que aqueles animais tinham feito em todos os lugares da Grécia. E eu não podia deixar que outra família fosse destruída, assassinada. Eu não ia permitir isso."

Daphne sentiu um aperto no estômago. Ela agarrou a beirada da cadeira.

– Naquele dia, enquanto eu estava parada naquela porta, no bairro judeu, o vento soprou mais forte, fazendo papéis e folhas voarem pelos becos vazios. Eu tirei os olhos da avó e da mãe de Yianni por um momento e vi os papéis e as folhas rodando em volta dos meus pés. Quando eu desviei os olhos, tentada a sair dali e esquecer o que tinha visto, foi quando escutei.

Foi um som fraco no início, um murmúrio muito baixinho, como as asas de uma borboleta em meus ouvidos. Mas eu escutei, Daphne *mou*. Eu escutei. A princípio, neguei ter ouvido alguma coisa. Como era possível? Mas o vento tornou a soprar forte, e a voz ficou mais forte. Era uma voz de mulher, suave e linda. Eu a ouvi chorando, ouvi seus murmúrios entrecortados pelos soluços. E eu soube que a minha *yia-yia* tinha razão. Os murmúrios dos ciprestes existem.

Yia-yia fechou os olhos de novo e ficou calada. As palavras que jorraram dela aparentemente a deixaram sem energia. Daphne prendeu a respiração e esperou, mas Yia-yia continuou calada. Então, quando Daphne se inclinou para a frente para tocar sua avó, para se certificar de que ela ainda estava acordada, Yia-yia abriu os olhos e continuou a contar sua história.

– Daphne *mou*. Eu prestei atenção e entendi o que tinha que fazer. Qual era o meu papel. Que eu não tinha sido trazida a este mundo para ser outra viúva esquecida, um fardo para a sociedade, alguém de quem as pessoas sentiam pena e davam restos de comida e roupas velhas. Era um som fraco, o som mais fraco que eu já tinha ouvido, mas ele gritou, Daphne. Ele gritou para eu fazer alguma coisa. Ele gritou para eu ajudar essa mulher, para tirá-la de lá antes que os soldados voltassem. Era só um murmúrio quase inaudível, mas ele gritou que aquela era uma boa mulher, uma mulher gentil e piedosa. Uma mulher que merecia ser honrada e respeitada e não tratada como um cão sem dono. Eu sei que muitas mulheres boas, muitos homens bons e seus filhos não puderam ser salvos naquele dia, Daphne. Eu não pude ajudá-los, não sei se alguém teria podido ajudá-los. Aqueles monstros mataram todos eles. E por quê? Eu ainda não entendo. – Yia-yia sacudiu a cabeça e olhou para dentro do fogo.

– Mas essa mulher, Daphne, *essa* mãe, esposa, filha. Ela foi colocada em minhas mãos naquele dia. Nas *minhas* mãos, Daphne. Nestas duas mãos. Nas mãos de uma pobre viúva que nunca segurou em suas mãos nada de valor. Naquele dia eu segurei em minhas mãos o destino de Dora, e não podia deixar que ela escapulisse entre meus dedos. – Yia-yia juntou as mãos em concha, com as palmas para cima, na direção do céu, como que para evitar que as lembranças daquele dia escapulissem por entre seus dedos, mesmo tanto tempo depois.

Ela olhou para Daphne.

— A voz me disse para salvar Dora e suas filhas. E foi o que eu fiz. Eu as levei para Agios Spyridion naquele dia. Eu sabia que ele iria protegê-las como protege e ama a todos nós. E ele fez isso, Daphne. Nós nos escondemos na igreja. Os alemães procuraram de porta em porta, sabendo que havia mais judeus escondidos. Mas, mesmo procurando por mais vítimas, nenhum nazista entrou na igreja de Agis Spyridion. Nenhum. Eu sabia que elas estariam seguras lá, que o *agios* iria nos proteger. Eu sabia disso, mesmo sem os murmúrios em meus ouvidos. Quando eu vi que não havia esperança de encontrar o pequeno David, eu as trouxe para cá, Dora, Ester, e a pobre e doce Rachel. Eu as trouxe aqui para a nossa casa e dividi com elas o pouco que tínhamos. Como você sabe, nós éramos muito pobres, e eu só tinha outro vestido, o meu vestido de ir à igreja. Eu o dei para Dora vestir, para ela se parecer com uma de nós, grega cristã, e não judia. Nós fizemos o mesmo com as meninas, vestindo-as com os trajes camponeses da nossa ilha. Enquanto Dora vestia Ester com um vestido de igreja que eu estava guardando para a sua mãe, a doce criança se virou e perguntou: "Já é Purim, mamãe?" As lágrimas de Dora rolavam sem parar enquanto ela respondia: "É sim, meu bem", e vestia as filhas para esconder sua fé.

A velha senhora tornou a olhar para o fogo, como se pudesse ver a mãe assustada e as crianças confusas nas chamas em movimento.

— A morte de Rachel nos desesperou. Mas, após algum tempo, Dora voltou a falar e a comer. Ela era uma sombra do que tinha sido — mas conseguiu continuar tocando a vida. Dora tinha perdido tanta coisa, mas o que lhe restava de força ela dedicou à única filha que havia sobrevivido, Ester. Sua mãe e Ester brincavam juntas e se amavam como irmãs. E Dora... — Ela suspirou e olhou para o céu, sabendo que a amiga ainda estava ali com ela de alguma forma.

— Dora e eu ficamos amigas e confiávamos uma na outra. Passamos muitas noites conversando, contando histórias e dividindo segredos do nosso povo e de nós mesmas. Elas iam à igreja conosco e, embora não acreditassem em Cristo como sendo o nosso salvador, respeitavam nossas tradições e comemoravam conosco nossos dias santos. Elas ficavam lado a lado conosco, e nós dizíamos nossas preces, elas também rezavam silenciosamente, sabendo que Deus iria ouvir todas as nossas vozes, juntas, mais fortes. Elas respeitavam e honravam nossas tradições da mesma forma com que nós respeitávamos e honrávamos as delas. Eu aprendi a guardar o Sabbath com Dora. Toda sexta-feira nós nos preparávamos, cozinhando e limpando a casa juntas para que não houvesse fogos acesos nem trabalho a fazer na casa. Eu a via acender as velas do Sabbath na sexta-feira à noite, e nós jejuávamos e rezávamos juntas em seus Dias Sagrados. Eu aprendi a apreciar aquelas noites calmas que passávamos juntas, Daphne. E ela também. Nós nos tornamos uma família e, em pouco tempo, não sentíamos nenhuma diferença – grego, judeu... nós éramos uma família com muitas e ricas tradições. No dia 15 de agosto, de fato, quando a ilha inteira celebrava a assunção ao céu da Nossa Abençoada Virgem Maria, a pequena Ester deu a mão à sua mãe e as meninas saíram em procissão junto com todas as crianças. Um dos meninos debochou disso, murmurando baixinho que ela, uma judia, não podia estar andando ao lado das crianças de Cristo. Padre Petro ouviu o menino e deu um tapa na cabeça dele antes que o pai dele pudesse fazer o mesmo. – Yia-yia bateu palmas e riu ao se lembrar disso.

– Daphne *mou*. – Ela apontou para o céu. – Daphne, foi o próprio padre Petro quem deu o tom para os outros seguirem. Eu nunca vou esquecer, Daphne. Ele não deixou que nós enterrássemos a querida Rachel no nosso cemitério, dizendo que as leis da igreja não permitiam, que tinha certeza de que o próprio rabino de Dora não teria permitido. No início, eu fiquei muito zangada com ele. Argumentei com ele, perguntei como Deus poderia não querer que esta pobre criança descansasse em paz, será que ela já não tinha sofrido o bastante? Mas aos poucos eu entendi. O padre estava de mãos atadas por causa das regras da Igreja. Ele me viu naquele dia, de quatro no chão, preparando a terra para receber o corpinho de Rachel. Padre Petro veio e me ajudou a preparar o túmulo de Rachel com as próprias mãos. Ele rezou sobre seu pequeno corpo, as mais lindas preces, pedindo a Deus para receber aquela criança em seu reino e conduzi-la ao paraíso.

"E cada vez que eu ouvia o aviso – cada vez que os ciprestes murmuravam, dizendo para mim que os alemães estavam chegando –, eu mandava Dora e Ester subirem para o lado íngreme e escuro da ilha para se esconderem. Cada vez que fazíamos isso, padre Petro tirava uma cruz do altar da igreja e a colocava sobre o túmulo de Rachel para que os soldados não a encontrassem e perturbassem seu descanso eterno. Os alemães vieram muitas vezes, procurando por judeus, farejando como cães famintos. Muitas vezes eles passaram pelo túmulo daquela pobre criança e nunca souberam que o que estavam procurando estava bem ali sob seus pés. Eles nunca souberam que havia uma criança judia enterrada ali, seu túmulo escondido bem à vista.

"Nós vivemos com medo durante seis meses, até que os soldados britânicos chegaram e libertaram Kerkyra. Mas, mesmo então, Dora ficou comigo na ilha, onde se sentia mais segura. Vários meses se passaram, e finalmente chegou uma carta de Atenas, da irmã dela, dizendo que ela também tinha sobrevivido e que Dora tinha um lar, uma família para quem voltar."

Daphne não pôde mais ficar calada.

– Mas Yia-yia, como? Como você soube de tudo isso? Como soube o que fazer, como protegê-los, onde escondê-los? Como?

Yia-yia encostou os dedos nos lábios como que para acalmar as dúvidas de Daphne.

– Eu já disse, Daphne *mou*. Eu já disse, mas embora você escute as palavras, você prefere não entender. Foram os sussuros dos ciprestes. Foram as vozes ancestrais no vento, as vozes dos deuses, nossos antepassados, minha própria *yia-yia*, um belo coro de vozes, todas juntas em uma só voz. Uma voz me guiando, guiando a todos nós.

Yia-yia segurou a mão de Daphne.

– Eu sei que é difícil para você entender, acreditar. Eu também tive pouca fé um dia. Fui criada pela minha mãe e pela minha avó, bem aqui nesta casa. Um dia, quando eu estava indo brincar com os pintinhos, encontrei minha *yia-yia* de joelhos, chorando sob o cipreste. Eu não tinha mais de cinco anos, a idade de Evie. "Yia-yia", eu disse, me aproximando dela e colocando minhas mãozinhas em seu ombro. "Yia-yia, o que aconteceu?" Ainda de joelhos, a minha *yia-yia* se virou para mim: "Está decidido. Você foi escolhida." Ela chorou e me abraçou. "O que está decidido?", perguntei. E foi então que minha *yia-yia* se virou para mim e me revelou o meu destino. Ela me disse naquela ocasião que um dia eu iria ouvir a ilha falando comigo. Que muitas pessoas iriam tentar ouvir os murmúrios dos ciprestes, mas que só eu iria entendê-los. Naquele momento, na porta da casa onde a mãe de Yianni chorava, eu finalmente os ouvi. E foi quando entendi por que a minha *yia-yia* estava chorando. O meu destino era ao mesmo tempo uma bênção e uma maldição.

– O seu destino? – Daphne não podia acreditar no que estava ouvindo.

– O meu destino foi decidido antes de eu nascer, Daphne. Eu estava destinada a compreender os sussurros. Recebi este dom que outros iriam cobiçar, assim como Midas cobiçou o seu ouro. E a princípio eu não entendi por quê, eu não entendi por que tinha sido escolhida. Mas então eu trouxe a família destroçada de Yianni para casa. Dora era uma mulher muito reservada. Nós vivemos semanas em silêncio. Eu dividia com ela o pouco que tinha, e finalmente, aos poucos, ela começou a se abrir comigo; a contar histórias de sua família, de sua cultura, de sua religião, e a me ensinar o que aprendera trabalhando com o marido na alfaiataria. Ela me ensinou a remendar uma blusa, a fazer saias com os sacos de farinha e arroz. Como fazer algo bonito e valioso com trapos e retalhos. Nós remendamos roupas velhas e costuramos novas, e trocávamos nossa costura por comida e mantimentos. Sua mãe e eu teríamos morrido de fome sem Dora, sem a orientação dela. Quando eu salvei Dora, ela me salvou em troca. Eu não me dei conta disso, a princípio; só entendi isso muito mais tarde. Às vezes, Daphne *mou*, quando não sabemos que caminho tomar, quando nos sentimos perdidas e desamparadas, só precisamos parar e ouvir. Às vezes nossa salvação está bem ali na nossa frente, esperando para ser ouvida. Os sussurros dos ciprestes estão sempre ali, esperando para serem ouvidos.

Daphne ficou quieta, imóvel. Ela ouvira as histórias de Yia-yia de mitos e lendas, ali sentada naquele mesmo lugar, ano após ano, e de vez em quando desejava que fossem verdadeiras. Quando era criança, imaginara como seria participar do banquete com Hades ao lado de Perséfone, ou se ela, como Psiquê, teria tido força de vontade suficiente para resistir à tentação de dar uma olhada no seu amante adormecido. Mas isso foi há muito tempo. As próprias palavras que ela um dia sonhara em ouvir agora deixavam seu cabelo arrepiado. Como era possível isso? Como Yia-yia podia ouvir vozes falando para ela de dentro do túmulo, no vento? Como isso era possível? Era uma maluquice. Era impossível.

Ela fez o que havia prometido; ouviu sem interromper, com a mente e o coração abertos. Mas, agora que Yia-yia tinha terminado a história, havia mais uma pergunta que Daphne precisava fazer, uma última coisa que precisava saber.

– Eles ainda falam com você, Yia-yia?

A velha senhora não hesitou.

– Sim. Eu ainda sou abençoada.

Uma brisa suave atravessou o pátio, por entre as árvores majestosas que as cercavam. Daphne prendeu a respiração e tentou ouvir. Nada. Apenas o som das folhas dançando ao vento. O silêncio confirmou o que ela sempre soubera. Os sussurros dos ciprestes não existiam.

– O que eles estão dizendo para você?

Yia-yia não respondeu.

– O que eles estão dizendo para você? – Daphne repetiu.

O vento parou. A velha senhora soltou a mão de Daphne e olhou bem no fundo dos olhos dela. Finalmente, ela falou:

– Eles estão dizendo que este homem não é para você. Não se case com ele, Daphne. Você não pode se casar com ele.

Vinte e nove

CONNECTICUT E BROOKLYN
2008

Os pais de Alex insistiram para que o funeral fosse realizado na igreja episcopal onde ele tinha sido batizado. O casal sempre se ressentira do fato de o filho ter concordado em se casar na Igreja Ortodoxa Grega, com sua língua estrangeira e suas estranhas tradições. Mas Daphne tinha sido firme, insistindo que os primeiros passos deles como marido e mulher iriam ser ao redor do altar da igreja da sua infância, onde Alex tinha esperado pacientemente por ela durante tantas semanas. Mas, por mais apaixonada que ela tivesse se mostrado a respeito de cada decisão quando Alex estava vivo, tinha ficado indiferente depois de sua morte.

– Ele está morto. Eu não me importo – foi o mantra que ela repetiu quando o encarregado do serviço funerário perguntou se queria que ele fosse enterrado com o terno azul ou com o listrado, quando a polícia informou que o motorista do caminhão estava realmente bêbado quando bateu no carro de Alex e quando a mãe de Alex perguntou se podia se despedir do filho na igreja onde o tinha visto crescer. – Ele está morto. Eu não me importo – era tudo o que ela conseguia dizer.

Mas, no dia do enterro de Alex, o que tinha começado como uma apatia causada pela dor evoluiu para uma gratidão exausta. Daphne se sentou imóvel e assistiu à missa fúnebre acontecer diante de si. Foi uma cerimônia pequena, simples, civilizada, sem gritos, sem canções lamentosas, sem mulheres ameaçando se atirar dentro do caixão, como as mulheres de véus pretos costumam fazer nos funerais gregos. O padre era jovem e louro e usava um simples colarinho branco – tão diferente das vestes enfeitadas dos padres a que Daphne estava acostumada. O padre, de fato, era novo na paróquia e nunca tinha visto Alex. Daphne olhou em volta enquanto ele rezava a missa com sua voz monótona e impessoal. Ela pensou no quanto aquilo tudo parecia asséptico, desprovido de emoção... e ficou grata por isso.

Depois do enterro e do almoço no clube, Daphne entrou no carro preto para a corrida de volta para casa no Brooklyn e para a realidade da vida sem o marido. Evie, que nunca havia gostado de longas corridas de carro, berrou desde a hora em que eles entraram na avenida.

– Quer que eu pare, madame? – O motorista olhou pelo espelho retrovisor. – Está tudo bem?

– Está tudo bem – ela murmurou.

Quando o choro de Evie se transformou em gritos, ele tornou a perguntar – Madame, quer que eu pare?

Ainda olhando pela janela, Daphne enfiou uma mamadeira na boca de Evie.

Ele está morto, e eu não me importo.

Assim que entrou em casa, Daphne colocou a cadeirinha do bebê no chão. Ela desabotoou seu vestido preto e o deixou escorregar dos ombros até o chão. Carregou Evie para o berço, grata pelo fato de o bebê ter finalmente dormido. Fazer Evie dormir à noite se tornara uma batalha diária, e Daphne não tinha estômago nem forças para isso naquele momento. Ela pôs Evie no berço, tirou o medalhão contra mau-olhado da cadeirinha e tornou a amarrá-lo no acolchoado do berço. Daphne se serviu de uma taça grande de vinho e subiu na cama. Estendeu a mão para o telefone.

Ela respondeu ao primeiro toque.

– *Ne...* – As lágrimas tornaram a vir ao som da voz dela.

– Yia-yia... – Ela mal conseguiu falar.

– *Koukla mou, koukla.* Ah, Daphne *mou*. Que dia triste. É um dia muito, muito triste.

– Está acabado, Yia-yia. Ele se foi. Está tudo acabado. – Ela soluçou. – Eu não consigo acreditar que ele morreu.

– *Koukla*, eu sinto tanto. Ele era um bom rapaz, um ótimo rapaz. – O som da voz de Yia-yia acalmou Daphne. Em pouco tempo, depois de esvaziar o copo, Daphne se enroscou numa posição fetal, com o telefone preso ao ouvido.

– Você vai ficar bem, *koukla mou*. Você é uma moça forte. E vai ser uma boa mãe para esse bebê, eu sei que vai.

– Eu estou tentando, Yia-yia. Mas é tão injusto, e eu estou tão cansada. Eu estou tão cansada, Yia-yia, tenho a sensação de que não vou ter forças para cuidar dela. Como eu vou poder cuidar dela quando mal posso cuidar de mim mesma? – Ela disse chorando. – Eu só quero me enroscar na cama e morrer.

– Eu sei, *koukla*. Eu sei que é isso que você está sentindo agora. – Yia-yia conhecia bem este sentimento.

– Yia-yia, você faz uma coisa por mim? – Daphne perguntou enquanto enxugava as lágrimas com a ponta do lençol.

– *Ne, koukla mou*. Qualquer coisa.

– Me conta uma história. – Daphne mal pôde pronunciar as palavras. Ela estendeu o braço para o lado da cama onde Alex havia dormido e acariciou o travesseiro com os dedos, como costumava acariciar o cabelo dele. Ela pôs a mão aberta na fronha, onde a cabeça dele estaria repousando se ele estivesse deitado ao lado dela.

– Ah, *kala. Ne, koukla mou*. Eu vou contar uma história para você. – Daphne fechou os olhos quando Yia-yia começou a falar.

– Eu sei que o seu coração está partido hoje, Daphne *mou*, totalmente despedaçado. Mas houve um dia uma linda moça, igualzinha a você, que achou que o mundo iria acabar quando ela perdeu seu amor. Mas o mundo não acabou. A vida continuou, Daphne *mou*, e eu sei que a sua vida também vai continuar. O nome dela era Ariadne, ela era filha do rei Minos de Creta. – Yia-yia podia ouvir os soluços abafados de Daphne do outro lado da linha.

– Quando o herói Teseu foi para Creta para matar o Minotauro, ele sabia que não podia fazer isso sozinho. Como a maioria dos homens, ele precisava da ajuda de uma mulher para executar sua missão. E como o Minotauro era irmão de Ariadne, o astuto príncipe sabia que ela guardaria o segredo para que Teseu pudesse chegar perto o bastante para matá-lo. Sabendo disso, Teseu sussurrou promessas no ouvido de Ariadne: promessas de amor, romance e felicidade eterna ao seu lado. Acreditando nas promessas de Teseu, Ariadne traiu o irmão e toda a família. Ela mostrou a Teseu como ele poderia matar o Minotauro. Depois que a missão foi cumprida, o casal fugiu. Eles navegaram para longe de Creta, da família e dos amigos que Ariadne tinha traído por amor. Depois de um dia no mar, eles atracaram no porto da ilha de Naxos.

"Por que não estamos indo para Atenas para eu conhecer seu pai, o rei?", Ariadne perguntou.

"Nós só vamos passar a noite aqui e partiremos de manhã." Teseu assegurou à amante. Ariadne dormiu sob as estrelas aquela noite, sonhando com Teseu e com os filhos que eles teriam juntos. Na manhã seguinte, Ariadne acordou para começar sua nova vida. Mas ela olhou em volta e percebeu que Teseu e o navio tinham partido. Tinha sido abandonada. Ariadne vagou pela ilha, inconsolável em sua dor. Ela perdera tudo: seu amor, sua família, sua pátria. Sentiu que não merecia viver e rezou para a rainha Perséfone chamá-la para o seu reino tenebroso. Um dia, enquanto ela dormia na floresta, suja e desleixada, parecendo um animal selvagem, as três Graças a encontraram. Elas tiveram pena da moça e notaram a bela estrutura do seu rosto, que estava coberto de terra, seu vestido antes luxuoso, agora rasgado e sujo. Elas souberam que aquela era Ariadne, a princesa que fora abandonada por Teseu. As Graças se juntaram em volta dela e sussurraram em seu ouvido enquanto ela dormia – *Não se preocupe, jovem Ariadne. Nós sabemos que o seu coração foi partido, que você perdeu a sua fé e a sua vontade de viver, mas não desanime. Você tem um propósito na vida e em breve vai saber qual é. Não perca a coragem, jovem donzela, porque os deuses prometeram protegê-la. Tenha fé e acredite, e tudo o que você desejou irá se realizar... pois o seu coração, embora partido, é puro e imaculado.* Na manhã seguinte, Ariadne acordou e se lembrou de ter sonhado com a visita das Graças – ou teria sido mesmo um sonho? Ela olhou para o céu e viu uma carruagem de ouro coberta de videiras exuberantes, cheias de uvas enormes, roxas e doces. A carruagem deslizou até a terra e pousou perto de onde Ariadne estava deitada. Dirigindo a carruagem, estava Dionísio, o rei do vinho e da folia. *Venha comigo,* ele disse. *Nós vamos ter uma vida abençoada juntos, uma vida mais alegre e mais gratificante do que você jamais poderia ter imaginado.* Dionísio estendeu a mão para Ariadne, e ela a tomou. Ela subiu ao lado dele, e eles foram embora na carruagem, de volta ao Monte Olimpo, onde se casaram e ela virou uma deusa. Ariadne finalmente viveu a vida que estava destinada a viver; não como princesa de Creta, não como esposa de Teseu, mas como uma divindade cujos dias eram mais alegres e felizes do que ela jamais tinha imaginado.

Yia-yia terminou sua história e esperou que Daphne dissesse alguma coisa. Mas não vieram palavras do outro lado da linha, só a respiração calma da sua neta infeliz, que adormecera com o telefone no ouvido.

– Boa-noite, minha *koukla* – Yia-yia murmurou ao telefone. – Durma bem, meu amor, minha bela deusa.

Trinta

Ela nunca tinha tido medo do escuro, mas, nesta noite em especial, Daphne ficou grata pela luz pálida da lua cheia. Ela caminhou ao longo da praia, segurando a saia, com os pés mergulhados no suave Mar Jônico. A luz da lua brilhava sobre a água, cintilando como se fosse uma mancha de óleo.

Ah, que se dane. Num movimento ágil, ela tirou o vestido pela cabeça e o jogou na areia. Ela entrou no mar até a cintura. Com os braços levantados, ela mergulhou de cabeça como tinha feito tantas vezes antes naquele mesmo lugar. Mas havia algo de diferente naquele banho de mar noturno. Ela tinha passado a noite em claro, caminhando pelos mesmos caminhos da ilha que percorria ano após ano, desde que aprendera a andar. Daphne soube que seria impossível dormir no instante em que Yia-yia anunciou que ela não podia se casar com Stephen e que os murmúrios dos ciprestes haviam insistido que ela precisava evitar o casamento.

Ela abriu os olhos debaixo d'água como sempre, mas não havia nada para ver desta vez. Ela sabia que os peixes e as outras criaturas marinhas estavam ali, como sempre estiveram, mas desta vez estavam escondidas na escuridão. *Elas estão bem na minha frente, mas eu não consigo vê-las. Como tantas outras coisas a respeito deste lugar, a respeito da minha vida.*

Ela voltou à tona já sem fôlego, jogando água por cima de sua cabeça. O ar da noite estava fresco e parado. Ela bateu com os pés e as mãos para se virar e olhar para o mar aberto, cujo barulho ritmado das marolas parecia estar em sintonia com sua respiração. Ela mal conseguia enxergar as duas pedras de cada lado da enseada, mas sabia que elas estavam lá, no meio da escuridão. Agora, mais do que nunca, ela precisava delas para protegê-la.

Daphne se virou de costas e deixou a corrente levá-la, entregando-se ao ritmo da maré. Ela contemplou o céu negro, desejando que a maré a levasse para bem longe. Ela gostaria de poder flutuar assim para sempre, como uma ninfa do mar, sem preocupações e segura na água, longe da inevitabilidade do que a aguardava em terra.

Como aquilo tinha acontecido? Por que ela não tinha percebido? O que ela ia fazer?

Não havia nada que Daphne gostasse mais do que se entregar ao mundo que Yia-yia tinha cultivado e criado para ela. Ela não podia imaginar uma forma mais vibrante e eficaz de ensinar valiosas lições de vida para uma criança a respeito de húbris, ganância, ciúme e vingança. Mas agora Daphne estava enfrentando um dilema muito real. Para Yia-yia e Daphne, a linha entre mito e realidade sempre fora tênue e indistinta. Mas parecia que agora, desta vez, a linha não fora apenas atravessada, ela fora apagada – destruída. Uma coisa era curtir a possibilidade de tudo aquilo, mas agora, como adulta, com contas para pagar, uma filha para criar e um futuro à frente, Daphne sabia que não podia se deixar levar pela imaginação.

A inevitabilidade de tomar esta decisão tinha pesado sobre ela como uma nuvem de tempestade desde o dia em que Mamãe e Baba foram assassinados. Ela agora era a adulta, a pessoa responsável, a *Amerikanida*. E apesar de Yia-yia sempre repetir que jamais deixaria a sua casa ou a sua ilha, Daphne sempre soube que ia chegar o dia em que a velha senhora não poderia mais morar ali sozinha. Daphne pensava com horror nesse dia, assim como havia tido horror a todos os funerais que fora obrigada a providenciar. Na noite anterior, Daphne tinha percebido que a hora tinha finalmente chegado. A fantasia tinha se sobreposto à realidade, e a razão tinha sido sacrificada neste processo. Mais uma vez, cabia a Daphne tomar as providências.

Ao pensar no que tinha que fazer, ela sentiu as lágrimas escorrendo pelo rosto. A corrente a carregou cada vez mais para fora, mas Daphne não se importou. Ela queria desaparecer, como as lágrimas que caíam dos seus olhos e desapareciam no mar. E agora, sabendo o que ia ser obrigada a fazer, ela soube que este lugar nunca mais ia ser o mesmo. Sua amada ilha não ia mais ser um refúgio. Deste dia em diante, este lugar iria ser mais um lembrete de tantos corações partidos, de tantos sonhos de imigrante não realizados.

Eu posso fazer isso. É para o bem dela. Daphne virou de barriga para baixo e começou a nadar em direção à praia. *Braçadas bem longas. Bem longas.* Seus braços cortavam o mar a cada impulso dos pés. Ela só precisava ser forte, forte o bastante por todas.

Ela tem que vir comigo. Ela tem que sair deste lugar. Não há outro jeito. Daphne tinha decidido. Estava na hora. Ela ia insistir com Yia-yia para deixar Erikousa e ir morar com ela, Evie e Stephen em Nova York.

Os papéis tinham se invertido. Antes, Yia-yia é que tinha protegido Daphne dos monstros que atormentavam sua imaginação e invadiam os seus sonhos. Agora era a vez de Daphne salvar Yia-yia dos monstros e deuses vingativos que tinham saído dos livros de história e entrado em suas vidas.

Quando chegou finalmente à praia e se vestiu, o vestido de Daphne grudou no seu corpo como um lenço de papel molhado. Por mais desconfortável que estivesse se sentindo, gelada no ar da madrugada, ela não se arrependeu nem um pouco do seu mergulho noturno. Boiando no mar no escuro, Daphne tinha finalmente encarado o inevitável. Era avassalador e devastador, mas pelo menos agora tinha um plano. Talvez fosse influência do pragmatismo de Stephen, mas ultimamente Daphne sempre se sentia melhor com um plano.

Segurando a lanterna na mão direita e girando o anel de brilhante com o polegar da mão esquerda, ela caminhou pelas estradinhas de terra na direção da cidade. Enquanto se dirigia para o porto, Daphne imaginou que horas seriam. *Meu Deus, ainda devemos estar no meio da noite, nem os pescadores acordaram ainda.* Ela mapeou um plano para a manhã. *Eu vou assistir ao nascer do sol no porto, depois vou para o hotel acordar Stephen.*

Ela caminhou ao longo do cais, vendo os *kaikis* balançando na água, seus mastros brancos refletindo o luar e apontando para o céu escuro como uma fileira de dedos apontando para os céus. O dedo médio, Daphne pensou, com a sensação de que ela também gostaria de mostrar o dedo médio para os céus pelo destino que tinha mais uma vez castigado a sua família. Além dos mastros balançando, o porto estava quieto e silencioso, exceto pelo ruído das ondas batendo nos cascos dos barcos. Daphne ficou parada no meio do cais, contemplando aquilo tudo, totalmente absorta pela tranquilidade do momento.

– Ou você acordou muito cedo ou está acordada até muito tarde. Qual dos dois?

A voz surgiu do nada, e embora ela tivesse levado um susto, não ficou surpresa ao ver quem tinha quebrado o feitiço da madrugada.

– Yianni. – Ela forçou a vista para enxergá-lo no escuro. – Já está na hora de você lançar suas redes?

– Acho que tenho a minha resposta. Você passou a noite em claro, não foi?

– Sim.

– Bem, deve ter sido uma festa e tanto. – Ele riu e entrou na cabine.

As luzes da pequena cabine se acenderam.

– Onde está o seu noivo? Não me diga que ele não conseguiu acompanhar você e já foi para a cama?

– Ele está no Nitsa, dormindo.

– Não é um bom presságio para a noite de núpcias. – Ele riu, mas logo tapou a boca com as mãos, horrorizado. – Você sabe que eu só estou brincando, não sabe?

Ela sacudiu a cabeça e sorriu para ele. Sim, ela sabia que desta vez ele só estava brincando.

– Posso perguntar uma coisa para você? – Ela se aproximou do *kaiki*.

– É claro, o que quiser.

– Como você tem achado Yia-yia ultimamente? Quer dizer, de verdade, o que você tem achado dela? Você acha que está mudada?

– Mudada? É claro que sim, ela nunca esteve tão feliz quanto agora que você e Evie estão aqui. É como se ela fosse jovem de novo.

Uma nova onda de culpa tomou conta de Daphne. Esta era uma boa notícia naquele momento, enquanto estivessem juntas, mas o que aconteceria quando ela e Evie fossem embora?

– Acho que o que eu quero saber...

Yianni estendeu a mão para ela. Ela a aceitou sem hesitação. Ele segurou o pulso dela com seus dedos ásperos e a guiou para dentro do barco.

Com o queixo levantado, cara a cara com ele agora no convés do *kaiki*, ela completou a pergunta.

– Acho que o quero saber é se você está vendo algum problema em Yia-yia. Eu estou preocupada com ela, achando que talvez ela esteja...

– Esteja o quê?

– Perdendo a razão, Yianni.

Eles ficaram em silêncio enquanto Yianni processava o que Daphne dizia. Ele finalmente abriu a boca para falar, mas, quando falou, não disse o que Daphne esperava ouvir.

– Rápido, venha comigo para a cabine. Agora. – Ele segurou o braço dela e a puxou na direção dele. Daphne perdeu o equilíbrio. Ela caiu praticamente por cima do homem e se arrependeu de ter confiado nele. Ele passou o braço pela cintura dela e a puxou para ele. – Venha comigo *agora*.

– A urgência na voz dele a fez entrar em pânico.

O que há de errado comigo? O que eu estava pensando? Ela sentiu as lágrimas subirem, furiosa consigo mesma por ter sido tão ingênua, por achar que podia confiar nele.

– O que você está fazendo? Me solta.

– Eu estou dizendo – ele chegou mais perto dela, o hálito dele quente em seu rosto – pela última vez, Daphne, venha para a cabine comigo.

– Não. Não – ela disse furiosa. – Eu não vou a lugar nenhum com você.
– Ela puxou o braço e foi na direção do cais. Ele a deixou ir.

– Tudo bem, então vá. Mas, quando os outros pescadores a virem saindo do meu barco no meio da noite, o que acha que eles vão dizer? O que você acha que as esposas deles vão dizer quando eles levarem essa fofoca para casa junto com o peixe esta manhã? Não existe nada melhor do que um escândalo para animar o verão, e você, Daphne, com a sua teimosia, está prestes a dar de bandeja o maior escândalo em muitos anos.

Ela ficou imóvel, com um pé no *kaiki* e outro no cais. Ela podia ouvir vozes vindo do outro lado do porto e viu que ele estava dizendo a verdade. Não havia nada que as esposas entediadas e santarronas dos pescadores gostassem mais do que dissecar a virtude de uma mulher. E a reputação de uma *Amerikanida* de passagem era sempre um assunto apreciado. Agora, com tanta coisa em jogo, a última coisa que Daphne queria era ser alvo das fofocas de Erikousa. Olhando bem à frente no escuro, Daphne estendeu a mão para trás. Os dedos ásperos e conhecidos a seguraram e a puxaram de volta com um movimento ágil.

— Desculpe, acho que eu pensei...

— Sim. — Ele fez sinal para ela sentar no banco acolchoado. — Sim, por favor, me diga, Daphne. Me diga exatamente o que você pensou. — Foi mais uma ordem do que uma pergunta.

Ela pensou em Nitsa e na história que ela contara sobre Yianni e Sofia caindo nos braços um do outro, bêbados, naquela noite no hotel. Desde que Nitsa contara aquela história, uma imagem de Yianni e Sofia num abraço apaixonado ficara gravada na mente de Daphne.

— Eu só achei que... — ela gaguejou, sem saber como explicar. — Está bem, eu achei que você estava dando em cima de mim. Tentando se aproveitar de mim.

— Me aproveitar de você? Da noiva de outro homem?

— Sim. — A palavra deixou um gosto amargo em sua boca.

— Isso é fantástico, Daphne, simplesmente fantástico. — Ele estava uma fera, com os punhos cerrados de raiva.

— Bem, e não teria sido a primeira vez. — Num esforço para sair do buraco em que tinha se metido, Daphne bem que sabia que estava aumentando ainda mais o buraco.

— Do que é que você está falando? — Yianni perguntou, arregalando os olhos. Ela não soube ao certo se ele estava confuso ou zangado, ou talvez as duas coisas.

— Eu sei da Sofia, sei o que aconteceu depois que vocês ficaram bêbados no hotel. Então eu achei que você estava tentando a mesma coisa comigo. — Ela tentou alisar o tecido ainda molhado do vestido, mas o esforço foi inútil, bem como sua explicação.

Yianni olhou zangado para ela.

— Achei que você estivesse acima dessas coisas, *Amerikanida*. Você acredita nessas histórias?

— Na verdade, eu não sei mais em que histórias acreditar. Mas, sim, eu ouvi dizer que foi verdade.

— Sofia é muito só, e sua solidão a faz beber demais às vezes. Eu já a ajudei a voltar para casa muitas noites, cheguei a colocá-la na cama quando ela estava embriagada demais para ficar em pé. E meus esforços foram recompensados muitas vezes. Sofia sempre me agradeceu muito por levá-la para casa.

Daphne se afastou dele. Yia-yia estava enganada a respeito de Yianni, assim como estava enganada a respeito de Stephen, enganada a respeito das vozes de mulheres dançando na brisa. Ela só queria fugir daquela cabine, fugir daquela teia de mentiras e ir para o mais longe possível de Yianni.

Ele viu Daphne se aproximar da escada e finalmente saiu da frente para ela passar, mas não sem antes terminar o que estava dizendo.

— Ela me agradece com refeições, Daphne. Não chega perto da comida que você e Yia-yia preparam, mas é a única coisa que ela me oferece e a única coisa que aceito dela. Comida. Não sexo. Eu sei que a sua outra história é muito mais interessante, mas esta é a verdadeira.

No fundo do coração, ela sabia que ele estava dizendo a verdade. Daphne cobriu o rosto com as mãos.

— Desculpe. — Envergonhada e afogueada, apesar do vestido molhado que a deixava com frio, ela olhou para ele. Estava sentindo de novo aquela aflição no estômago. — Eu sinto muito.

— Eu sei. — A expressão dele não era mais de ironia. Tinha sido substituída por um sorriso travesso. — Mas não dê ouvidos a essas harpias. Você não é assim.

As vozes no cais agora estavam bem próximas. Yianni fechou a cortina da cabine. Ele encheu o *briki* de água e o colocou sobre a chapa quente.

— Agora me explica o que você estava dizendo a respeito de Thea Evangelia. — Do lado de fora, o dia estava finalmente nascendo.

Daphne afundou no assento, feliz por ele tê-la aparentemente perdoado.

— Eu estava perguntando se você tinha notado alguma coisa nela. Se acha que a saúde dela está piorando de algum modo.

— Na verdade, eu acho que ela parece mais forte, como se tivesse guardado a energia dela para você e Evie. Como se tivesse renascido na presença de vocês.

– Mas e quanto à cabeça dela? Yianni, eu sinto que ela está perdendo o contato com a realidade. – Por mais que ela quisesse se abrir com Yianni e confiar nele, não conseguiu contar a ele o que Yia-yia tinha dito sobre Stephen e o casamento. Ela acreditava que ele amava Yia-yia e que desejava o bem dela. Ela ainda não sabia direito o que ele achava dela, Daphne.

– Toma aqui, você está tremendo. – Ele jogou um cobertor para ela e depois serviu duas xícaras de café e se sentou à mesa com ela. – O que a faz pensar que a sua *yia-yia* não está bem?

– Ela está dizendo coisas muito estranhas, Yianni. Eu sei que ela sempre acreditou que a ilha falava com ela, que ela podia ouvir murmúrios no vento. Mas agora é diferente. Você sabe, uma coisa é ler a borra no fundo de uma xícara de café e dizer a uma pessoa que ela vai ter sorte ou que vai pegar muitos peixes, mas outra coisa é dar ouvidos a estas lendas como se elas fossem fatos. Ela acredita realmente que a ilha está falando com ela. Que está dizendo a ela o que fazer. – Ela olhou para dentro da xícara. *Me dizendo o que fazer.*

Ele largou a xícara e se inclinou para ela.

– Como você sabe que não está?

Daphne engasgou, o café quente queimando sua garganta.

– Você está de brincadeira, certo?

– Não estou, não. – O rosto dele era sério. – Daphne, quando cheguei aqui nesta ilha, eu só estava querendo cumprir o último desejo da minha avó. Ela sempre me contou histórias sobre Evangelia. Sempre desejou ver a velha amiga uma última vez, sentar-se ao lado dela e ouvir uma última história ao pé do fogo. Ela me pediu para levá-la de volta a Erikousa, e eu sempre disse que a levaria, prometi que um dia, um dia eu a levaria para junto de Evangelia. Mas eu estava muito ocupado. Minha cabeça enfiada nos livros, tão consumido pelo passado que nunca parei para pensar no presente ou mesmo no futuro.

O quadro agora estava ficando mais claro. Ela finalmente compreendia. Por isso é que ele tinha ficado tão zangado com ela por ter ficado longe tanto tempo. Ele sabia. Ele sabia por que tinha partido o coração de Dora. Ele tinha cometido o mesmo erro. Como ela, ele tinha ficado longe tempo demais.

— Quando me avisaram que ela estava morrendo, eu finalmente larguei meus estudos, mas era tarde demais. Ela morreu antes que o meu avião pousasse, antes que eu pudesse dizer o quanto a amava. Ela morreu antes que eu pudesse agradecer a ela por tudo o que tinha feito e levá-la de volta para ver Evangelia uma última vez. Eu tinha desapontado a única pessoa que nunca tinha me pedido nada, que nunca tinha feito nada além de me amar. Ela lutou muito pela sobrevivência da família. Dora sofreu muito e, no meu egoísmo, eu não tinha feito a única coisa que ela me pediu na vida.
— Ele virou a cabeça, mas não adiantou. As lágrimas em seu rosto brilharam na primeira luz da manhã.

Aquela manhã no *kaiki*, Daphne reconheceu que aquele era um homem marcado pela dor. Mas agora, ao vê-lo falar de Dora, ela compreendeu que ele também era consumido pela culpa.

— Eu soube então que, embora Dora não pudesse mais se sentar ao pé do fogo com Evangelia, eu podia e faria. Eu faria isso por Dora. No dia em que cheguei, encontrei Evangelia e me sentei perto dela. Depois que tomamos café, ela virou minha xícara de cabeça para baixo e olhou para dentro. "Sua busca termina aqui", ela disse. A princípio, achei que não passava de uma velha encantadora se divertindo com um jovem visitante. Mas então eu voltei para a faculdade, voltei para Atenas para terminar a minha tese. Eu já tinha deixado Columbia nessa altura e voltado para a Grécia. Eu parecia um louco, obcecado com a minha pesquisa, às turras com o chefe do meu departamento e correndo o risco de ser expulso da escola pelo que eles chamavam de minha tentativa fútil de reescrever a história. Mas eu não me importava, estava convencido de que poderia provar a minha teoria.

— Que teoria? — Daphne ficou confusa de novo, imaginando que diabo a tese dele poderia ter com Yia-yia.

— Eu era apenas mais um aluno ansioso de pós-graduação — ele passou os dedos pelo cabelo —, excitado com a beleza e a história da Antiguidade. Fiquei fascinado e consumido pela imagem da pitonisa, e como essa mulher era capaz de controlar um homem e levá-lo para a guerra ou o sacrifício. Mas, no decorrer da minha pesquisa, comecei a acreditar que havia mais a aprender sobre o oráculo, mais do que tinha sido escrito pelos historiadores.

— O que isso tem a ver com Yia-yia? — Daphne estava confusa, sua paciência se esgotando junto com os últimos vestígios da noite.

— Há anos que existe um boato entre os classicistas de que havia um oráculo esquecido dos tempos da Antiguidade. Que havia um oráculo tão puro, tão estimado, que sua existência era mantida em segredo para ele não ser corrompido como aconteceu com a pitonisa. A existência desse misterioso oráculo foi muito debatida e considerada, mas nunca provada.

"Tantos anos, tanta pesquisa, mas as mentes mais brilhantes do mundo clássico não conseguiram nada além de boatos — boatos muito parecidos com as fofocas da sua ilha. Isso foi motivo de vexame — para as universidades, para os estudiosos e principalmente para os professores teimosos que afirmam saber tudo o que existe sobre a Antiguidade, mas que são muito mais versados em sua própria húbris do que na que aparece nos textos clássicos. Mas eu não consegui esquecer. Sempre tive uma ideia fantasiosa de que esse lugar e essas mulheres existiam realmente. Anos atrás, houve um historiador que afirmou que a resposta estava em algum lugar da *Odisseia* de Homero, mas isso nunca foi provado, e Ulisses fez muitas paradas na sua viagem de volta para junto de Penélope."

Ao ouvi-lo mencionar Ulisses, Daphne pensou em seus diversos passeios a Pontikonisi, em como ela o imaginava andando pelos mesmos caminhos que ela tanto gostava de explorar todo verão.

— Mas, sentado ali com sua *yia-yia*, ela começou a me contar as histórias de como ela e minha família sobreviveram, que ela ouviu uma voz dizendo a ela para salvar minha avó e minha mãe e levá-las para um lugar seguro. Ela me contou que sempre soube que estava na hora de elas irem para as montanhas e se esconderem lá quando os soldados vinham revistar as casas à procura de dissidentes. E então ela leu a minha xícara... Foi só algumas semanas depois, quando eu estava revendo os velhos manuscritos, revendo todos os textos de Homero, que eu me dei conta. *Sua busca termina aqui,* ela tinha dito. E, finalmente, eu soube que ela estava certa.

— Ora, para com isso, Yianni. — Daphne se levantou, sem se dar conta ou sem dar importância ao tamanho da cabine. O barulho surdo da cabeça dela batendo numa viga de madeira ecoou no pequeno espaço. — Merda! — ela exclamou. — Merda!, *merda!*. — Ela esfregou a cabeça com a mão. Não havia sangue, só uma dor forte seguida de um latejamento que parecia o som das ondas batendo no casco do barco.

— Sente-se — ele mandou. Desta vez ela obedeceu. — Eu sei que parece loucura.

— É loucura.

— Por quê, Daphne? Por que isso é tão louco para você? Por que não abre a sua mente para a possibilidade de haver alguma verdade nisso?

— Você realmente passou tempo demais no sol. — Ela se levantou para sair, mas ele também se levantou, seu corpo bloqueando a passagem estreita entre o banco e a parede. — Eu tenho que ir.

— Deixe-me perguntar-lhe uma coisa. — Ele levantou a mão, com a palma virada para o rosto dela. — Só me responda isto. Você acredita em Deus, não acredita?

— Sim.

— Você é cristã. Você acredita em Jesus, não acredita?

— Bem, sim... eu...

— E no *agios*, você acredita no *agios*, não acredita?

— É claro que sim.

— Eu sei que você acredita. Eu a vi rezando ao lado dele naquela noite em Kerkyra, enquanto o seu namorado olhava em volta, tentando imaginar o que estava acontecendo.

Eu vi você também.

— Então você tem fé. Você não precisa ver uma coisa para acreditar nela. Você a sente. — Ele levantou a mão dela e a colocou sobre o coração dele. — Você sente as coisas aqui. — Ela podia sentir o coração dele batendo através da camisa.

— Confie nela, Daphne. Eu estou pedindo para você ter fé nela. — Ela sentiu o próprio coração batendo furiosamente no peito e imaginou se ele também estaria ouvindo. — Tenha fé em nós dois.

Era como se não tivesse sobrado nenhum oxigênio na cabine. Ela precisava sair, subir para o convés, fugir e respirar... agora. *Isto é loucura. Eu tenho que sair daqui.* Ela passou por ele, de lado, roçando os quadris nele ao passar. *É o vestido molhado — eu preciso vestir roupas secas,* ela tentou convencer-se quando sentiu uma descarga elétrica no corpo como um arrepio.

Ele disse para ela enquanto ela subia para o convés:

– Você alguma vez parou para pensar, Daphne, que não é Thea Evangelia quem está perdendo a razão... e você, sim, é que não quer abrir sua cabeça?

Ela não parou, nem respondeu. Só quando estava segura no convés foi que se virou e olhou para ele no pé da escada estreita olhando para ela com os olhos negros e tempestuosos.

– Você está cometendo um erro, Daphne.

Não tão grande quanto o que estarei cometendo se ficar aqui mais um pouco. Ela examinou o porto para se certificar de que não havia ninguém por perto. Quando viu que todos os pescadores já tinham partido, Daphne pulou para o cais e correu até o hotel.

Trinta e um

Daphne não parou de correr até chegar ao Hotel Nitsa. Ela ficou um instante parada, uma das mãos na placa e outra no quadril, inclinada para a frente, tentando recuperar o fôlego e a compostura. *Que Deus me ajude, o que está acontecendo?* Ficou mais um pouco parada do lado de fora do hotel, grata por ser ainda bem cedo e não haver ninguém lá fora. *Isto não pode estar acontecendo. Eu vou me casar. Estou finalmente pondo a minha vida em ordem. Estou perdendo o pé na realidade, junto com Yia-yia.*

Ela nunca esperara reagir daquele jeito ao toque dele. Ela não viu aquilo chegando e tinha ficado assustada, apavorada na verdade. Quando ele estendeu a mão e segurou a dela, um arrepio inesperado percorreu o seu corpo. Mesmo aqui, em terreno sólido, longe dele e do seu *kaiki*, ela ainda sentia as pernas bambas. Encostou a testa na placa e tentou em vão controlar a respiração.

– Veja só quem está aqui. Tão cedo acordada, Daphne *mou*. – Nitsa surgiu na porta. – Você não consegue ficar longe do seu homem, não é?

– Ainda é cedo, ele deve estar cansado da viagem. Não quero acordá-lo. – Daphne tentou se recompor alisando o vestido, mas não adiantou.

Nitsa olhou Daphne de cima a baixo. Ela pôs o regador no chão e tirou um cigarro do bolso do avental. – Ele já está acordado, no segundo café e trabalhando no computador dele no pátio. Então... – Ela tragou, levantou a cabeça para o céu e soltou um fio de fumaça. – Então... o que é isso? – Ela inclinou a cabeça para trás e fez círculos com o cigarro na direção de Daphne.

– O que é o quê?

– Você, Daphne. Qual é o problema? Você está com um olhar desvairado.

– Eu estou bem – mentiu. – Vou entrar e procurar Stephen. – Ela deu um abraço em Nitsa ao passar por ela nos degraus. Daphne sabia que ainda não estava normal – mas em breve estaria, tinha que estar, não havia escolha. O que tinha acontecido com Yianni era simplesmente uma consequência da conversa difícil que ela tivera com Yia-yia na noite anterior; a triste realidade da idade avançada de Yia-yia a estava finalmente afetando, e o quanto Daphne tinha ficado fragilizada ao perceber isto. Não havia outra explicação. Era tudo um mal-entendido. De fato, era como se eles três – Yia-yia, Yianni e Daphne – estivessem emaranhados numa santíssima trindade de sinais confusos e enganos.

– O seu vestido está molhado. – Nitsa jogou o cigarro no chão e o apagou com o pé. – E seu rosto está vermelho. – Ela olhou por cima do ombro, para onde Daphne estava com uma das mãos na maçaneta da porta, pronta para entrar no hotel. – Eu teria uma boa explicação pronta antes de abrir essa porta.

– Nitsa, na verdade, não há...

– Daphne *mou*, eu não vou perguntar e você não precisa me dizer. – Ela se virou para Daphne. – Tudo o que sei é que a sua Yia-yia tem o dom dela e eu tenho o meu. Eu estou vendo no seu rosto. Você parece exausta, como se não dormisse há dias, e estivesse carregando o mundo nos ombros. Mas existe outra coisa também. Você está com um brilho nos olhos, Daphne. Eu me lembro desse brilho de quando você era muito jovem, mas há muito tempo que não o vejo em seu rosto. Tenho procurado por ele desde que você chegou, mas não o tinha visto ainda. Ele tinha desaparecido... puf, num piscar de olhos. – Nitsa sacudiu o cigaro, uma nuvem de fumaça subindo na direção do céu como o incenso do cetro do padre Nikolaus. – Eu só sei que alguma coisa trouxe esse brilho de volta, Daphne. A luz no seu rosto está aqui de novo... E isso aconteceu enquanto Stephen estava dormindo no meu hotel.

– Ah, Nitsa, você adora um drama e uma fofoca, não é? – Daphne riu, tentando não dar importância ao comentário de Nitsa.

– Gosto, sim – ela admitiu com uma risada. – Mas eu também gosto de você e da sua *yia-yia* como se fossem minha própria família, Daphne. E por isso eu vou repetir. Pense no que vai dizer quando abrir essa porta. Pense cuidadosamente para não estragar tudo, certo?

– Não se preocupe. Eu estou bem. – Ela jogou um beijo para Nitsa e entrou no hotel.

Ela ouviu a voz dele antes de vê-lo.

– Não, pequenas lojas de comidas artesanais. Não existe nada assim fora das ilhas, eu sei do que estou falando. – A voz dele ecoou no chão de mármore do saguão. Ele estava sentado a uma mesa de canto com uma xícara de café, o laptop, o iPhone e Popi.

– Popi, o que você está fazendo aqui? – Daphne se dirigiu para onde o noivo e a prima estavam sentados. Stephen virou a cabeça na direção dela, o telefone ainda no ouvido, e a beijou. Ela deu um abraço em Popi. Os braços macios da prima pareceram quentes contra a pele fria de Daphne. Daphne puxou uma cadeira e se sentou no meio dos dois. Stephen estava tão imerso na conversa telefônica que não notou o olhar inquisidor e a sobrancelha levantada de Popi para Daphne.

– O que você está fazendo aqui? – Daphne repetiu, grata pelo motivo que havia levado a prima até lá.

– Stephen pediu para eu me encontrar com ele aqui. Ele gostou das minhas ideias ontem à noite e quer me ajudar. – A sala não era grande o bastante para conter a excitação de Popi. – O que aconteceu com você? – Ela se inclinou e cochichou para Daphne.

Daphne ignorou a pergunta, fazendo um gesto vago com a mão no ar.

– Então, qual é o grande plano? – Daphne perguntou.

– Frapê – Popi anunciou.

– Frapê?

– Tudo bem, está combinado. Ótimo. Nós veremos você em Nova York. – Stephen desligou o celular e se virou para Popi. – O seu passaporte está em dia?

– Acho que sim... Não tenho certeza. Por quê? – A voz dela estava tremendo, bem como cada covinha e dobra do seu corpo.

– Você vai voltar para Nova York conosco. Eu consegui financiamento, e nós vamos fazer isso.

Popi deu um pulo praticamente no colo de Stephen.

– Eu vou para Nova York. Eu vou para Nova York. – O prédio sacudiu. Daphne pôs as mãos sobre as xícaras para o café não derramar nos aparelhos eletrônicos de Stephen. – Eu vou ser empresária, como você, Daphne *mou*. Igualzinha a você. Nós vamos abrir pequenas lojas de frapê com doces gregos, lojinhas pequenas e encantadoras: Frapê Popi.

– Sério? – Daphne olhou para Stephen.

– Sério. Não pode dar errado. Não com o meu plano de negócios. – Ele se virou para Popi. – Você, minha futura prima, vai ficar muito rica. Faça exatamente o que eu disser, e tudo dará certo.

– Você ouviu isto, Daphne *mou*? – Popi agarrou a prima. – Muito, muito rica... muito, muito rica – ela cantarolou, enquanto apertava Daphne contra si.

Aí está ele, o homem com quem vou me casar. Daphne viu Stephen voltar para o seu laptop enquanto Popi se agarrava a ela. *Este é um homem que faz os sonhos se tornarem realidade, que toma conta de mim e faz as coisas acontecerem... e este é o homem que me ama. Yia-yia só está confusa. Como ela pode achar que eu não devo me casar com ele? Isso não faz sentido.*

– Popi, venha cá. Veja só isto. Eles já mandaram o dinheiro para a nossa conta. Está feito. Você devia ficar orgulhosa, Popi. Eu vi algo especial em Daphne, e agora vejo em você. Isto, prima Popi, é o começo de grandes coisas para você. – Ele pegou a mão de Daphne. – Para todos nós.

Daphne não precisou olhar para a prima para saber que ela estava pulando de alegria outra vez; ela podia ouvir o barulho de suas *sayonares* batendo no chão de mármore e sentir a casa tremer. Em vez disso, ela olhou para Stephen, que tinha um amplo sorriso no rosto.

– Estou dizendo para você, Popi, eu sei reconhecer um bom plano de negócios, e este não pode falhar. Este com certeza vai nos deixar ricos. Escute o que eu estou dizendo, nós três trabalhando juntos vai ser algo mágico. Não pode dar errado.

Olhando para o noivo, Daphne tornou a pensar em Yia-yia e no que ela havia dito quando elas estavam juntas, olhando para o buraco deixado pela mosca que fugira da teia de aranha. *Está vendo, Daphne mou,* Yia-yia havia alertado. *A húbris é uma coisa perigosa. Você se distrai por um momento e seu bem precioso pode escapar até da mais linda das armadilhas.* Ela podia ser velha e estar perdendo o contato com a realidade, mas, mesmo assim, Daphne não conseguia tirar as palavras proféticas de Yia-yia da cabeça.

Trinta e dois

— Mamãe, onde você estava? – Evie correu para Daphne assim que ouviu o barulho do portão.
— Oi, meu bem. – Ela pegou Evie no colo. – Eu tive que ir até o hotel. – Ela tornou a colocar Evie no chão e lhe deu a mão. – E não quis acordar você.

Elas foram de mãos dadas até a cozinha interna, onde Yia-yia estava na bancada, misturando água quente com fermento. Ela estava usando um avental branco por cima do vestido preto. O lenço dela estava dobrado nas costas de uma cadeira da cozinha, e suas tranças grisalhas caíam até a cintura.

— *Koukla mou*. Senti sua falta. Sente-se e tome um pouco de *kafes*. Eu estou fazendo *loukoumades* para Evie, você devia comer também.

Daphne puxou uma cadeira e se sentou. Evie já estava correndo lá fora, divertindo-se como sempre com os bichos e insetos que davam vida ao pátio e colocavam um sorriso no rostinho da menina.

— Eu estive com Popi no hotel.
— Popi, de manhã tão cedo? Aquela menina normalmente põe os galos para dormir.
— Ela estava com Stephen. – Yia-yia não reagiu ao ouvir o nome dele. Daphne continuou conversando, sentindo-se desconfortável com o silêncio. – Ele a está ajudando a abrir um negócio. Gostou das ideias dela e quer ajudá-la.
— Bom para ela. Ela é uma boa moça. Merece isso. – Daphne notou que Yia-yia elogiou Popi, mas não mencionou Stephen.
— Em Nova York, Yia-yia. Ela vai para Nova York.

– Ah, Nova York – foi só o que Yia-yia respondeu. – Você não dormiu, não é? – Ela perguntou, mudando de assunto, enquanto despejava o fermento dissolvido na farinha junto com passas, mais água quente e uma pitada de noz moscada. Depois de tudo misturado, ela cobriu com um pano de prato limpo e pôs no forno para crescer.

– Não. Eu não dormi – Daphne respondeu, enquanto Yia-yia se sentava ao lado dela à mesa. Ela sabia que não podia mentir para Yia-yia; nunca tinha mentido para ela e não ia começar agora. – Não, eu não dormi. Como poderia?

– Você devia ir se deitar.

– Eu não quero me deitar. Quero falar com você. – Ela estendeu a mão por cima da mesa e a colocou sobre a de Yia-yia. – Eu não entendo por que você disse aquilo ontem à noite; por que não quer que eu seja feliz, Yia-yia.

– Eu quero que você seja feliz, *koukla mou*. – Ela sacudiu a cabeça, as pálpebras pesadas pela gravidade da acusação da neta. – Ninguém quer mais do que eu que você seja feliz, ninguém. – Yia-yia estendeu a mão para o lenço e o amarrou debaixo do queixo.

Outra tradição de viúva, Daphne pensou quando Yia-yia ajeitou o triângulo preto sobre a cabeça. *Cobrir o cabelo, usar preto, cantar e se lamentar do seu sofrimento e nunca mais se casar.*

– As coisas são diferentes agora, Yia-yia.

– As coisas nunca são tão diferentes assim, Daphne. Os jovens sempre acham que as coisas são diferentes para eles. Mas não são. É tudo a mesma coisa. Geração após geração, é tudo a mesma coisa.

– Mas, Yia-yia, isto vai ser um novo começo para nós. Para mim, para Evie... para você. – Ela não conseguiu encarar Yia-yia ao dizer isso. Ela sabia que em breve ia ser obrigada a dizer a Yia-yia que tinha tomado uma decisão; que, para seu próprio bem, Yia-yia teria que deixar Erikousa e ir com eles para Nova York. Em breve ela ia ser obrigada a contar a ela, mas ainda não. Havia muito a esclarecer antes de lidar com aquele drama.

– Sim, mas como você pode ter certeza de que este é o começo certo? Você tem certeza de que este é o seu novo começo, o seu caminho certo, Daphne *mou*? – Yia-yia acariciou o cabelo de Daphne.

— Como você pode ter tanta certeza de que não é? — Ela endireitou o corpo, com medo de que talvez Yia-yia soubesse o que sentiu quando seu corpo roçou no de Yianni.

— Qual é o sentido de viver o sonho americano, Daphne *mou*, se você passa pela vida como uma sonâmbula?

Daphne ficou calada.

Yia-yia fez uma pausa, colocando as mãos abertas sobre a mesa, apoiando-se sobre elas.

— Eu sei o que esse homem ofereceu a você e sei que é tentador. Mas você e ele são muito diferentes. Nós somos diferentes dessas pessoas.

Nós somos diferentes dessas pessoas. Elas não são como nós. Mantenha a sua cultura e a sua tradição intactas. Não polua seu legado, não contamine sua linhagem. Estas eram palavras que Daphne tinha ouvido muitas vezes quando era criança, sentada na bancada da cozinha, vendo Mamãe fazer *loukoumades* ou se balançando nos joelhos de Baba enquanto ele lia o jornal grego. Mas isso foi há tanto tempo — ela nunca imaginou que o mesmo coro voltaria a atormentá-la quando fosse adulta, uma mulher adulta tomando suas próprias decisões a respeito de sua vida, de seu futuro... do futuro da sua filha.

— Yia-yia, eu não sou você. — Ela despejou as palavras, soando mais áspera do que pretendia. — Eu não quero ficar sozinha, ano após ano. Não me condene a uma vida de solidão porque Alex morreu. Eu não tenho culpa de Alex ter morrido. Eu já fui castigada o suficiente; não quero mais ser castigada.

— É isso que você acha? Que a tradição importa mais para mim do que a sua felicidade? Que eu não quero que você se case porque você é viúva? — Os olhos de Yia-yia ficaram mais pesados, vermelhos e tristes.

— E não é isso? — Daphne murmurou.

— Não, *koukla*, não é. Ninguém deseja ver você mais feliz do que eu, *koukla mou*. Ninguém. Será que você ficou tanto tempo longe que se esqueceu disso?

Daphne sacudiu a cabeça sem dizer nada. No fundo do coração, sabia que aquilo era verdade. Nunca havia duvidado antes da devoção de Yia-yia, e odiou-se por ter duvidado disso agora.

Sem dizer mais nada, Yia-yia se levantou e foi até o fogão. Parecia cansada, arrastando os pés pelo chão e se apoiando na bancada o tempo todo. Ela abriu o forno e tirou a forma de vidro lá de dentro. Levantou a ponta do pano de prato e espiou para dentro da forma, o cheiro acre do fermento e da massa se espalhando pela cozinha.

Daphne continuou sentada, os braços cruzados sobre a mesa, o queixo pousado sobre eles, observando a avó. Após alguns momentos, a velha senhora jogou um pedacinho de massa no óleo quente. As bolhas que subiram à superfície disseram a ela que estava pronto. Daphne se levantou e foi para onde Yia-yia se preparava para fritar os *loukoumades*. Raramente se permitia comer coisas extravagantes como massa frita. Mas, mesmo exausta, mental e fisicamente, ela não podia deixar passar a oportunidade de observar a agilidade com que as mãos de Yia-yia faziam perfeitas almofadinhas de massa. Quando era criança, despreocupada e feliz na cozinha de Yia-yia, tudo o que Daphne desejava na vida começava e terminava naquelas mãos.

Daphne se sentou na bancada. De lá, podia olhar diretamente para a forma e viu Yia-yia mergulhar a mão esquerda na massa fina. Yia-yia manteve a mão levantada, abrindo-a e fechando-a devagar, com a quantidade perfeita de massa saindo do alto do seu punho, perto do polegar. Quando a massa saiu de sua mão, Yia-yia a deixou cair na outra mão e a pegou com uma colher antes de jogá-la na panela de óleo fervente. A bolinha de massa rolou no óleo acompanhada de outra e mais outra enquanto a panela se enchia de bolinhas perfeitas que fritavam uma ao lado da outra. Quando estavam cozidas, Yia-yia as retirou com a escumadeira e as colocou numa vasilha grande forrada com um pano de prato para absorver o excesso de gordura.

Yia-yia trabalhou em silêncio até que a última rosquinha foi retirada do óleo quente, depois jogou açúcar sobre todas elas, sabendo que Daphne preferia este método simples à tradicional calda de mel. Ela furou uma bolinha quente com um palito e a entregou para Daphne antes de limpar as mãos no avental e pousá-las nos joelhos da neta.

– Daphne *mou*. Eu sei que você está tentando entender tudo isto. A última coisa que eu quero é deixá-la infeliz. E não vou fazer isso. Sei que você acha que a idade prejudicou o meu raciocínio, eu posso ver isso em seus olhos. Mas eu não vou julgar você, Daphne *mou*. Quero que seja feliz. Tudo o que eu sempre quis foi que você fosse feliz.

– Mas Yia-yia...

– Não, está tudo bem. Você vai encontrar o seu caminho, assim como eu encontrei o meu.

– Mas e quanto ao que você disse ontem à noite sobre os murmúrios dos ciprestes, sobre o que eles disseram para você? Sobre mim e Stephen?

– Eles estão silenciosos agora, Daphne *mou*. Eles estão cansados, assim como eu. Talvez estejam descansando e dizendo para eu fazer o mesmo.

– Eu quero que você se sinta feliz por mim. – Daphne sentiu as lágrimas chegando. – Quero a sua bênção.

– *Koukla mou*. Eu sou uma mulher simples que ama você. Eu lhe darei tudo que posso, o sangue das minhas veias. Mas não tenho o poder de dar bênçãos. Não sou eu que decido isso.

Daphne saltou da bancada e abraçou a avó. Não era justo; a única coisa que Daphne precisava de Yia-yia naquele momento era o que Yia-yia não podia dar a ela.

Trinta e três

Com a ajuda de Stephen, Daphne estendeu a colcha listrada de vermelho e branco na areia. Ela a colocou longe o suficiente da beira do mar para que a maré não estragasse o piquenique que tinha preparado em casa.

– Venha, Evie, o almoço está pronto. – Daphne gritou para Evie, que tinha ido para a praia montando Jack.

– Qual é o cardápio? – Stephen levantou o papel alumínio que cobria a vasilha de *loukoumades* e enfiou um na boca. – Delicioso.

– Achei que você ia gostar. – Ela sorriu para ele. Era bom estar ali, conversando, desfrutando a companhia um do outro e a relativa tranquilidade antes do casamento. Desde sua chegada, Stephen estivera mergulhado no projeto das cafeterias de Popi. Era bom estar ali sentada ao lado dele, sem um iPhone ou um computador competindo com ela pela atenção dele. O incidente bobo com Yianni parecia ter acontecido séculos antes, embora só tivessem se passado algumas horas desde que ela fugira do barco e dele. Devia ser a falta de sono. "Eu estava delirante e cansada", ela pensou ao levantar a tampa de uma vasilha de almôndegas.

– Evie, meu bem, venha, por favor – Daphne gritou, acenando para Evie, que parecia estar levando um tempão para descer de Jack e ir para o piquenique. – As *keftedes* estão esfriando.

– O projeto está andando – Stephen disse, enfiando uma *kefte* na boca. – Todo mundo quer participar disso. Eu estou lhe dizendo, é como uma das suas receitas perfeitas – ele levantou uma *kefte* no ar, girando-a entre os dedos, examinando-a –, é, como toda Nova York sabe, que quando se mistura meu tino comercial com uma incrivelmente talentosa...

– E ainda por cima linda – Daphne disse.

– Sim, é claro. Ainda por cima, linda mulher grega, o sucesso é garantido. – Ele atirou a *kefte* na boca e estendeu a mão para pegar outra.

– Ei, deixe um pouco para Evie. – Com a mão, ela protegeu os olhos do sol e tornou a gritar pela menina, que ainda estava brincando com Jack. – Evie... Evie, venha, meu bem. Está na hora de comer.

Evie finalmente foi até lá e se aninhou no tecido aveludado do vestido vermelho da mãe. Ela estendeu a mão para os *loukoumades* e conseguiu enfiar três de uma vez na boca antes que Daphne pudesse redirecionar seus dedos para a vasilha de *keftedes*. A menina enfiou um punhado na boca.

– Já posso ir? – ela perguntou, mastigando as almôndegas.

– Tem certeza que já comeu bastante? – Daphne brincou com os cachos da filha.

Evie fez sinal que sim com a cabeça e olhou para ela com um ar suplicante.

– Coma um pedaço de spanakopita, você precisa comer legumes. – Daphne deu a Evie um pedaço de torta de espinafre e ela a enfiou na boca.

– Posso ir agora? – Evie tornou a perguntar.

Daphne deu um beijo na testa da menina.

– É claro, meu bem. – Evie saiu correndo.

– Ei, lembre-se do que dizem, espere meia hora antes de entrar na água – Stephen gritou para Evie, rindo. Se a menina ouviu, não se deu ao trabalho de olhar para trás.

– Quem dera. – Daphne riu, limpando o canto da boca. – Não se preocupe. Ela não vai entrar na água. Ela ainda não deixa a água passar dos joelhos.

– Está falando sério? – Stephen se virou para ver Evie montando de volta em Jack.

– Antes não estivesse. Ela não entra mesmo. Eu já tentei várias vezes, mas, por algum motivo, ela fica apavorada. – Daphne se serviu de uma porção de salada de tomate.

– Nós vamos conseguir com que ela entre. Você vai ver, quando voltarmos para casa, ela vai estar nadando como um peixe. Eu aposto que, se nós dois entrarmos com ela, vai se sentir mais segura. Em pouco tempo ela vai estar nadando.

– Espero que sim.

– Eu sei que sim. E se não estiver, bem, nós não saímos daqui enquanto ela não nadar. – Stephen sorriu para Daphne, sacudindo o garfo como se fosse um cetro.

– Ela é uma criança. – Daphne riu. – Não um projeto com prazo de execução.

– Eu sei. Mas é um desafio, Daphne. – Ele espetou a salada com o garfo. – E você sabe o quanto eu gosto de um desafio. – Ele arrancou o tomate do garfo com os dentes da frente.

– Sim, sim, eu sei. – Ela concordou com a cabeça, pensando em quando eles tinham se conhecido. Isto tinha sido a primeira coisa a atraí-la em Stephen, o fato de que ele não aceitava não como resposta; nem nos negócios nem na vida. Daphne tinha adorado a tenacidade dele. Tenacidade fazia as coisas acontecerem. Mas ela estava começando a perceber que havia uma hora e um lugar para esse tipo de teimosia, e ali não era a hora nem o lugar. Ela sabia que a sua garotinha reagia a sussurros, a toques suaves e a sugestões delicadas e atenciosas, não a ordens e prazos.

– Stephen, eu estive pensando. – Ela largou o prato e se virou para ele, finalmente pronunciando as palavras que sempre receara dizer em voz alta. – Acho que Yia-yia está ficando velha demais para morar aqui sozinha. Eu estou preocupada. Acho que não é mais seguro para ela ficar aqui sozinha.

– Sim, eu entendo. – Ele concordou com a cabeça. – Fico espantado que ela tenha conseguido ficar aqui tanto tempo. Por mais bonito que seja, este lugar não é fácil de manobrar. Acho que você tem razão, meu bem. É uma boa ideia ela ir para um lugar mais fácil, mais seguro.

Daphne sentiu uma onda de alívio. *Ele também notou. Ele sabe que temos que levá-la para casa conosco.* Ela sorriu. Tudo ia dar certo.

– Estou tão feliz por você dizer isso. – Ela o abraçou. Até agora, Yia-yia sempre tivera razão, mas, a respeito de Stephen, Daphne estava convencida de que Yia-yia não poderia estar mais errada.

– É claro, meu bem. – Aquela voz grave a acalmara mais uma vez, até que ele tornou a abrir a boca: – Então onde fica a clínica de repouso mais próxima? Em Corfu? – Ele estendeu a mão e espetou outra almôndega com um palito.

— Clínica de repouso? Por que iríamos precisar de uma clínica de repouso?

— Eu tenho certeza de que deve haver uma em Corfu. Ou talvez devêssemos checar Atenas. Aposto que eles têm instalações melhores em Atenas, mas devem ser mais caras. Você é quem sabe. Quando voltarmos para o hotel, vamos fazer uma pesquisa, fazer uns cálculos e resolver, está bem? — Ele pegou uma cerveja gelada e tomou um longo gole. — Você não precisa se preocupar, Daphne. Eu prometo, vamos dar um jeito de tomar conta dela. Vamos encontrar o lugar melhor para ela.

O rosto dela estava rubro; quente e ardendo, assim como todo o seu corpo. Ele estava falando, mas ela não podia, não queria, compreender o que estava dizendo.

— Clínica de repouso? Por que iríamos precisar de uma clínica de repouso? Eu não vou colocar Yia-yia numa clínica de repouso.

— Por que não? Isso faz todo o sentido. — Lá estava o pragmatismo dele de novo.

— Para mim, não faz. De jeito nenhum.

— Daphne, seja realista. Não vai ser fácil encontrar uma enfermeira que venha passar os invernos aqui nesta ilha. — Ele esvaziou a garrafa de cerveja e pôs a garrafa vazia na colcha atrás dele. — Eu só não sei se isso é realista ou razoável. Principalmente porque, à medida que for ficando mais velha, ela vai precisar de mais cuidados, de acesso mais fácil a médicos e a um hospital. Quando meu avô ficou velho demais para cuidar de si mesmo, nós o colocamos numa clínica de repouso. Foi a melhor coisa para ele.

— Isso foi ele, Stephen. Esta é Yia-yia. A *minha* Yia-yia. Eu não quero que ela more numa clínica de repouso. — Ela chegou mais perto dele. — Eu quero que ela vá morar conosco. — Pronto, estava dito.

Ele sacudiu a cabeça, deixando escapar um riso nervoso.

— Para com isso, Daphne. — Ele olhou para ela. — Você deve estar de brincadeira comigo. Você está falando sério?

Ela olhou para ele, sem fala.

— Daphne. — Ele se levantou quando percebeu que ela não estava brincando. — Daphne, vamos falar sério. Como você acha que podemos levar sua *yia-yia*, por mais maravilhosa que ela seja, para morar conosco em Manhattan? Como isso pode dar certo?

– Vai dar certo.

– Honestamente, meu bem. Eu não vejo como, realmente não vejo como poderíamos fazer isso funcionar, sob diversos aspectos. Eu faria tudo por você, você sabe disso. Mas preciso que pense bem nisso, usando a razão e a lógica, não apenas a emoção.

Não era possível conversar sobre Yia-yia sem que a emoção falasse mais alto. Cada lembrança, cada momento, tudo a respeito de Yia-yia estava preso às emoções de Daphne. Não havia como separar uma coisa da outra. Era impossível.

– Vai funcionar. Tem que funcionar. Não há outra escolha. – Ela contemplou o mar. – Ela vai morar conosco.

Eles foram para extremidades opostas da praia, Daphne para junto da água e Stephen para o alto da praia, onde a areia se encontra com a vegetação. Nenhum dos dois falou. Só os gritos de Evie podiam ser ouvidos além da suave marola do mar.

Por fim, Stephen não conseguiu suportar mais o silêncio.

– Explique como, exatamente, Daphne. Como? – Ele foi para perto dela. – Milhões de pessoas internam seus pais e avós em clínicas de repouso todos os anos. Eu não entendo qual é o problema. – Ele parou antes da linha da água para que o mar não tocasse na bainha de suas calças. – Nós vamos garantir o melhor tratamento para ela, eu prometo. Ela vai ter tudo de que precisar.

– Nós somos tudo de que ela precisa.

A água estava agora no meio das canelas de Daphne, a bainha do seu vestido vermelho torcida em suas mãos. Ela não se virou para olhar para ele; ficou olhando para o mar.

– Nós não fazemos isso aqui, Stephen. As pessoas não mandam os parentes embora. Nós mesmos tomamos conta deles, assim como eles tomaram conta de nós quando éramos pequenos. – Ela soltou o vestido e o viu pousar na superfície da água, rodeando-a como uma poça de sangue. – Todo círculo se fecha, Stephen. Você não entende? Eu não posso mandar Yia-yia embora, simplesmente não posso. – Ela se virou e caminhou na direção dele, na areia seca.

– Mas você está esquecendo uma coisa. – Ele estendeu as mãos e as colocou sobre os ombros dela, segurando-a bem em frente a ele. – Nós não moramos aqui, nós moramos em Nova York. País diferente, regras diferentes... *nossas* regras, Daphne. Suas e minhas.

– Não quando se trata disto.

– Então, de repente, você se tornou uma garota grega, presa às tradições? Quando foi que isso aconteceu? Você me disse milhões de vezes como se sentia envergonhada quando era pequena. O quanto este lugar é atrasado, com seus casamentos arranjados e assembleias de viúvas. – Ele sacudiu as mãos no ar. Depois baixou-as, com os punhos cerrados. – Então me explica como é que isso vai funcionar, Daphne, quando eu receber clientes em casa, quando dermos jantares no nosso fantástico apartamento. Eu já estou vendo... Claro, venha apreciar um jantar feito pela minha esposa que é uma chef quatro estrelas. Coma a melhor comida, beba o melhor vinho, desfrute de nossa conversa inteligente, mas não dê atenção à *yia-yia* usando babushka, toda de preto e arrastando os pés no assoalho com seus chinelos de plástico. O que ela vai fazer, Daphne? Aparecer no final e ler a borra no fundo das nossas xícaras de café, dizer se eles devem fechar o negócio ou não? Ora, isso é uma coisa que nenhum outro banqueiro de Nova York tem, sua feiticeira particular. Isso vai ser ótimo para os negócios, Daphne. Ótimo. – Ele estava andando em círculos agora, o rosto tão vermelho quanto o dela.

Ela só tinha visto Stephen agressivo e furioso duas vezes na vida. As duas vezes quando um negócio importante dera errado. Nas duas vezes, ele perdera milhões de dólares de rendimentos futuros. Talvez, Daphne pensou, esta fosse a terceira vez.

– Esta é a nossa família, Stephen. Não é negócio, é família.

Ele se aproximou dela.

– Desculpe, meu bem. Desculpe. Eu sei o quanto isto é importante para você, o quanto ela é importante para você. Mas eu só não vejo como. Isso não combina com as nossas vidas. – Ele tornou a sacudir as mãos e arriou os ombros, como se o simples fato de dissecar e analisar o problema fosse o suficiente para fazê-lo desaparecer. – Não combina, Daphne.

Ela ficou olhando para ele e finalmente baixou a cabeça. Doía demais fitar seus olhos sem emoção.

Então nós não combinamos.

O vento começou a soprar mais forte, agitando o ar de uma tarde quente e parada. Daphne correu para a colcha de piquenique, tentando evitar que as coisas voassem com o vento. Com lágrimas saltando dos olhos, ela viu o vento levantar um guardanapo branco de papel – que se ergueu, girou e saltou no ar, tão linda e graciosamente quanto uma noiva grega dançando no dia do seu casamento.

Trinta e quatro

Naquela noite, depois que Stephen voltou furioso para o hotel, Daphne encontrou consolo numa noite calma com Yia-yia e Evie. Ela precisava do carinho de Yia-yia para acalmar a incerteza do que o futuro lhe reservava.

Daphne estendeu as palmas das mãos para o fogo. Ainda estavam em meados de agosto, mas o outono já se anunciava no ar. Ela envolveu o corpo numa manta de crochê e abraçou a si mesma para se esquentar, sentindo o anúncio do frio no vento. A maioria das pessoas não percebia, mas Daphne treinara a si mesma para sentir o cheiro da mudança no ar. Mesmo quando era pequena, ela sempre percebia os primeiros sinais de que uma estação estava terminando e outra logo iria começar. Ao contrário da maioria das pessoas, Daphne não sentia prazer na visão de folhas amarelas e marrons coroando uma floresta de árvores. A visão de um suéter de lã ou o mais leve vestígio de frio no vento era o suficiente para deixá-la melancólica. Para Daphne, esses eram sinais de que o verão estava acabando e ela em breve teria que voltar para a sua vida em Nova York; uma vida escondida no último banco da lanchonete dos pais em vez da liberdade de Erikousa. Agora, quando ela tornou a sentir a leve mudança no ar, a velha melancolia a invadiu. Mas desta vez ela sabia que havia mais em jogo do que em qualquer outra mudança de estação que já vivera.

– Olhe para a nossa *koukla*. – Yia-yia apontou para Evie, que segurava um galho de árvore, dançando e girando pelo pátio. Yia-yia estendeu para Daphne uma xícara de chá de camomila. As florezinhas amarelas e brancas cresciam por toda a ilha, e colhê-las era um ritual anual para avó e neta, assim como a colheita de orégano. O doce aroma do chá que emanava da xícara fumegante sempre tivera um efeito calmante sobre Daphne, e esta noite não foi diferente.

— Ela parece uma pequena ninfa da floresta dançando na caverna. — Yia-yia sorriu, enquanto se apoiava na parede de pedra da lareira e se sentava numa cadeira. Daphne estendeu a mão para ajudar, mas Yia-yia recusou e se ajeitou na cadeira.

— Ela está feliz — Daphne respondeu, ao mesmo tempo que segurava a caneca com as mãos e via Evie saltar pelo pátio enquanto o gatinho batia com a pata na bainha do vestido dela.

— E você? — Yia-yia perguntou. — Você está feliz, Daphne *mou*?

Daphne se virou e olhou para a avó. Ela fitou os olhos vermelhos de Yia-yia, observou as rugas que marcavam seu rosto e as manchas marrons que pontilhavam sua pele morena, marcas do tempo e das lições aprendidas. Este era o rosto da pessoa que ela mais amava no mundo e em quem mais confiava. Sempre fora assim.

— Eu não tenho mais tanta certeza. — Ela se sentiu mais leve só em dizer essas palavras. — Como você soube? — Ela perguntou, a voz suave, os olhos implorando uma resposta. — Como você soube que Stephen não era a pessoa certa para mim?

— Eu soube, Daphne, mesmo antes de conhecê-lo. — Ela suspirou, um suspiro triste que veio de suas entranhas. — Vocês não estão destinados um ao outro. Não era para ser.

— Como isso é possível? Como você soube antes mesmo de conhecê-lo?

— Eu avisei a você, *koukla*, mas você preferiu não escutar. Você preferiu não acreditar.

Daphne encostou a caneca no peito. Ela sentiu o coração bater mais depressa.

— Eu estou pronta para ouvir, Yia-yia. — Cheia de novas dúvidas, Daphne tinha se resignado a buscar respostas.

— Eu sabia que este dia ia chegar, *koukla*. Eu só não sabia ao certo quando seria. Esperava que fosse logo, que fosse antes de você tornar a me deixar.

Daphne pôs a caneca no chão e se inclinou, segurando as mãos de Yia-yia.

— Eu não vou deixar você. — Ela riu para disfarçar o sorriso que lhe subiu à garganta. — Eu não sei exatamente o que isto significa, mas eu não vou deixar você, Yia-yia. Nunca mais.

Ela sabia que era verdade. Ela nunca mais poderia deixar Yia-yia, mesmo que isso significasse perder Stephen.

Yia-yia fechou os olhos e começou a falar:

— Eu disse a você que, quando eu era pequena, mais ou menos da idade de Evie, a minha *yia-yia* se sentou do meu lado e me falou sobre o meu destino. Ela me contou que eu ia ouvir a ilha falando comigo, que eu um dia ia conhecer os segredos dela. Eu não entendi o que ela quis dizer até o dia em que vi Dora no bairro judeu e, então, eu ouvi e entendi. Mas mesmo então, Daphne, mesmo então, eu não entendi por quê. Por que eu tinha sido escolhida? O que isso queria dizer, e por que eu era a pessoa? Eu não tinha feito nada de especial. Eu não era uma pessoa extraordinária sob nenhum aspecto. Eu não era diferente de qualquer outra das garotas da ilha que tinham sido criadas para ser esposas e mães. Mas então, uma noite, pouco depois de ter trazido Dora para cá, eu adormeci com sua mãe nos braços enquanto ela mamava. Acordei de repente, achando que tinha ouvido sua mãe chorar querendo mais leite, mas lá estava ela, adormecida em meus braços. Eu fitei a escuridão e pensei ter visto alguém no canto do quarto, mas não tive certeza. E então eu a vi. — O rosto de Yia-yia se suavizou ao falar daquela noite. Seus olhos adquiriram uma expressão distante, de saudade, como se ela ainda pudesse ver a imagem daquela pessoa tantos anos depois.

— Era a minha *yia-yia*, a minha amada *yia-yia* que me amava tanto, assim como eu amo você. — As lágrimas começaram a escorrer pelo rosto de Yia-yia como rios preguiçosos que, com o tempo, foram escavando as próprias rugas por onde corriam. — Quando ela caminhou na minha direção, tive vontade de dar um pulo, abraçá-la e beijá-la, de tantas saudades que sentia dela. Mas ela pôs um dedo nos lábios e estendeu o braço para mim.
— O bebê — ela disse. — Fique aí, Evangelia, e não acorde o bebê precioso. — Eu fiquei ali deitada, com sua mãe nos braços, vendo minha avó caminhar até o pé da cama. Mas eu não senti nem um pouco de medo. — Yia-yia sacudiu a cabeça e seu lenço caiu, expondo suas tranças.

– Aquela era a minha *yia-yia*. Tinha vindo até mim, e eu só senti amor e gratidão. "A ilha falou com você, Evangelia", ela disse. "Você é abençoada. Você é uma mulher boa, com uma alma pura. Os espíritos sabem que podem confiar em você, minha neta, assim como confiaram em mim e em minha avó antes de mim. Anos atrás, nós fomos escolhidas porque nossos corações são puros, não são manchados pelo egoísmo e pela escuridão como tantos outros. Mas esta honra traz um grande fardo, minha *koukla*. Assim como nos tempos antigos, os oráculos abençoados que podiam ouvir os sussurros dos deuses eram virgens ou viúvas. Nós não somos virgens, mas somos todas viúvas. Somos abençoadas, mas também amaldiçoadas. É fácil um coração partido se tornar sombrio, amargo e cheio de raiva. Mas não o seu, o seu permaneceu claro e puro mesmo depois de ter sido despedaçado. E por isso é que você foi escolhida. O mundo não é mais como no tempo em que este dom foi concedido às nossas antepassadas, minha filha. Mas, mesmo assim, nós precisamos ainda de orientação divina, às vezes, para nos ajudar a ver o que está bem diante dos nossos olhos, para decidir que caminho escolher, para nos ajudar a ouvir o que está sendo sussurrado na brisa.

Daphne tremia enquanto Yia-yia falava. Era isso o que Yia-yia tinha dito? Que esta era a maldição da família, a sua história? Então esse era o seu destino também – ser uma viúva, viver sua vida sozinha, cheia de sonhos não realizados, enquanto ajudava os outros a realizar os deles? Ela pensou que tinha uma decisão a tomar, uma decisão que iria determinar seu caminho pelo resto da vida; mas, pelo que Yia-yia estava dizendo, parecia que esta decisão já tinha sido tomada por ela.

– E então, Daphne *mou* – Yia-yia continuou, tirando os olhos do pôr do sol e olhando para Daphne –, então a minha *yia-yia* desapareceu. Essa foi a última vez que eu a vi, embora tenha ouvido sua voz milhares de vezes em minha mente e até mesmo na brisa. – Yia-yia levantou a mão trêmula para dar um gole no chá. A xícara tremeu em seus dedos, o líquido derramou no tecido preto do vestido de Yia-yia.

– Então, Daphne, eu sabia que este rapaz não era para você. Eu ouvi os sussurros. Eu os ouvi me dizendo que, se você se comprometesse com ele, estaria destinada a uma vida de infelicidade, mais um coração partido. Este homem não vê quem você realmente é, não compreende o seu valor. Ele pensa que conhece você, mas só conhece o que vê na superfície, tem medo de olhar mais fundo. Você merece alguém que olhe mais fundo, Daphne, que a ame pelo que você foi e pelo que você é, não só pelo que você se tornou. Um homem que não seja capaz de olhar no fundo do seu coração irá partir seu coração. Isto irá acontecer aos poucos, ao longo do tempo. Mas ele irá partir seu coração. E o seu coração já foi partido uma vez.

Daphne contemplou o céu escuro. Uma estrela explodiu no céu. Perséfone, Ariadne... Evangelia, Daphne. Mulheres diferentes, épocas diferentes. Mas suas histórias, tão parecidas. Suas histórias, muito mais do que mitos.

Daphne prometeu a Yia-yia que ia ouvir e ouviu. Daphne ficou acordada quase toda a noite, ouvindo as histórias da ilha e como ela aprendera tanto na vida simplesmente parando e prestando atenção. Por fim, Daphne entendeu que não havia nada de antiquado ou de bitolado nas crenças de Yia-yia e na maneira como vivia sua vida. Yia-yia explicou que ela realmente rezava para que Daphne um dia encontrasse um homem para amar e dividir sua vida. Que, embora os sussurros dos ciprestes fossem verdade, a tradição das viúvas não voltarem a se casar devia-se simplesmente ao fato de não haver homens suficientes na ilha. Não havia nenhum estigma, simplesmente não havia homens. Mas, se ela tornasse a se casar, Yia-yia fez Daphne prometer que seria por amor – não por segurança, por dinheiro ou até mesmo por prazer físico –, por amor verdadeiro, como o amor que ela havia conhecido com Alex.

Quando elas finalmente foram para a cama, já de madrugada, Daphne beijou o rosto enrugado da avó e agradeceu-lhe.

– Não me agradeça, Daphne *mou*. Eu não fiz nada a não ser amar você. E isso, minha *koukla*, é tudo o que eu tenho para dar e tudo o que sempre importou para mim no mundo; que você saiba o quanto é amada.

Quando pôs a cabeça no travesseiro aquela noite, Daphne soube que estava numa encruzilhada em sua vida e que precisava de mais tempo. Ela precisava de mais tempo com Yia-yia, mais tempo para dedicar a Evie e mais tempo para pensar como Stephen se encaixava em sua vida, se é que ele se encaixava nela de algum modo. Decidiu ir até o hotel na manhã seguinte e dizer a ele que tinha compreendido que era muito cedo, que ela não estava pronta para assumir um compromisso tão sério de novo. Ele era um produto do seu ambiente, assim como ela era um produto do dela. E nada, nem uma nova conta bancária ou mesmo um novo nariz, poderia mudar quem ela era.

Não pode ter passado muito tempo depois de ela ter adormecido; ainda estava escuro no pequeno quarto, e, do lado de fora da janela, Daphne mal podia distinguir o primeiro clarão do dia sob o manto da noite que ainda cobria a ilha. A princípio, ela achou que fossem as molas da cama rangendo sob seu corpo. Mas ela ficou imóvel e tornou a ouvir. Daphne se sentou na cama, tentando enxergar no escuro. Lá, do outro lado do quarto, estava Yia-yia. Suas tranças estavam desfeitas, seu cabelo caía até a cintura, seus pés se arrastavam sob a bainha da camisola branca.

– Yia-yia, você ainda está acordada? – Daphne perguntou.

– Eu queria dizer boa-noite mais uma vez, minha Daphne. – Yia-yia parou no pé da cama. – Eu preciso ter certeza de que você sabe o quanto eu amo você e a nossa linda Evie. Nunca duvidei de você nem por um momento, Daphne, nem mesmo quando você mesma duvidou. Eu nunca duvidei. Eu a amo de todo o meu coração, minha *koukla*. Você vai ser feliz de novo, quando estiver pronta para finalmente seguir seu coração, apenas feche os olhos e escute. Uma linda vida aguarda você, e aqueles que a amam estarão sempre ao seu lado. Quando você precisar de força ou de orientação, prometa que vai fechar os olhos e ouvir.

– Sim, Yia-yia, eu prometo. – Não havia mais dúvida no coração de Daphne. Suas dúvidas tinham desaparecido, exorcizadas de sua vida como a possibilidade de viver o sonho de outra pessoa, de realizar o destino de outra pessoa e não o seu.

– Boa-noite, minha *koukla*. – Yia-yia se virou e saiu do quarto arrastando os pés. Daphne se virou de lado e dormiu instantaneamente. Ela dormiu tranquila e profundamente naquela noite, confiante de que tomaria a decisão certa e de que nunca mais perderia de vista aquilo que mais valorizava na vida: sua família e sua história – assim como seu futuro.

***

DAPHNE A ENCONTROU NA MANHÃ SEGUINTE, seu corpo sem vida deitado na cama de solteiro onde ela havia dormido toda noite desde que o marido desapareceu no mar. Ela caiu de joelhos diante do cadáver da avó e se inclinou para beijar o rosto encovado de Yia-yia, as lágrimas escorrendo pelo seu rosto e caindo na pele cinzenta de Yia-yia. Daphne puxou o lençol até o peito de Yia-yia e cobriu os restos mortais ainda quentes da mulher que havia ensinado tanto a Daphne sobre a vida e sobre o amor. Acariciando o algodão macio que lhe cobria o braço, ela levou a mão de Yia-yia aos lábios e beijou a pele fina de seus dedos nodosos, rezando para que houvesse algum jeito de soprar vida dentro das veias salientes em suas mãos. Ela sabia que teria que deixá-la e ir explicar a Evie o que acontecera, alertar padre Nikolaus, realizar todos os preparativos necessários e dar a notícia aos amigos e à família – mas não conseguiu se levantar. Ela precisava de mais alguns instantes sozinha com sua amada Yia-yia antes de enfrentar a fria realidade do que viria em seguida.

Finalmente, Daphne se levantou, inclinando-se e beijando o alto da cabeça de Yia-yia. Passou o dedo pelos lábios de Yia-yia e prendeu uma mecha de cabelo grisalho atrás de sua orelha, como fizera tantas vezes antes. Seus dedos desceram pelo cabelo grisalho de Yia-yia, ainda preso em tranças.

– Conte-me uma história, Yia-yia, uma última história. – Ela mal conseguia articular as palavras. A visão de Daphne ficou borrada, enquanto as lágrimas escorriam pelo seu rosto, molhando a camisola branca de Yia-yia. Mas não houve história desta vez. Yia-yia permaneceu em silêncio.

Daphne se virou para sair do quarto. Ela parou, lembrando-se da imagem de Yia-yia no pé da sua cama, da última promessa que tinha feito à avó. Daphne levantou a cabeça e fechou os olhos, encostando as mãos no batente da porta. Ali, na porta, mal conseguindo se manter em pé, ela cumpriu a última promessa que fizera à Yia-yia. Daphne finalmente parou para ouvir.

Não era mais alto do que um murmúrio baixinho, como o som das asas de um beija-flor batendo no ar. Ela ficou ali parada, com medo de se mexer, com medo de respirar, engolindo os soluços para conseguir ouvir.

E finalmente ouviu.

Enquanto as lágrimas continuavam a escorrer pelo seu rosto, Daphne abriu um sorriso. Ela ficou surpresa ao ver que, no meio de tanto desespero, de tanta tristeza, também podia haver beleza e alegria. Apertou as mãos contra o peito, soluçando e rindo ao mesmo tempo. O que ouviu não foi a voz de barítono de um Deus grande e poderoso, e também não foi o murmúrio etéreo de alguma divindade sem nome e sem rosto. A voz que falou com Daphne no vento foi uma voz conhecida. Foi a voz de Yia-yia; suave, consoladora e amorosa – cantando suavemente para Daphne, como já tinha feito tantas vezes, tantos anos atrás.

Eu amo você como a mais ninguém...
Não tenho presentes para lhe dar
Não tenho ouro nem joias nem riquezas
Mas dou para você tudo o que tenho
E isso, minha doce criança, é todo o meu amor
Prometo-lhe isto,
Você sempre terá o meu amor.

Trinta e cinco

Usando o traje preto de luto, Nitsa, Popi e Daphne trabalharam juntas a manhã inteira preparando Yia-yia para o funeral. Não havia agente funerário que se pudesse chamar para fazer isso. Aqui, tanto na morte quanto na vida, as famílias tomavam conta dos seus. Daphne procurou no armário e achou o melhor vestido preto de Yia-yia, o que ela planejara usar no casamento. Ela lavou o vestido no tanque do quintal e o pendurou no varal, para que secasse ao vento da ilha que tanto significara para a velha senhora.

As três mulheres trabalharam e choraram juntas. Elas riram, relembrando os momentos maravilhosos que tinham passado juntas, e choraram, pensando que Yia-yia não as estaria mais esperando ao pé do fogo. Juntas, elas banharam o corpo sem vida de Yia-yia, mas Daphne insistiu em trançar-lhe o cabelo pela última vez. Elas colocaram Yia-yia em um simples caixão de madeira, com as mãos pousadas sobre o peito. Em suas mãos, elas colocaram uma única rosa vermelha colhida no seu jardim, junto com uma imagem do seu amado Agios Spyridon.

– Para que você possa sempre me contar suas histórias – Daphne murmurou no ouvido de Yia-yia enquanto colocava um galhinho de cipreste sob o corpo da avó.

Daphne tinha pensado em fazer o velório na igreja, mas em vez disso resolveu honrar a tradição da ilha do velório em casa. Ela quis que Yia-yia passasse seus últimos momentos na casa simples e modesta que dera a todas elas riquezas incomensuráveis. A princípio, Evie ficou assustada ao ver Yia-yia deitada, imóvel e silenciosa, no meio da sala. A menina não conseguia entender por que sua *yia-yia* estava deitada num caixote marrom e não se levantava para ver os pintinhos que tinham acabado de nascer, embora Evie implorasse a ela que fosse.

— Ela se foi, meu bem — Daphne tentou explicar, parada ao lado do caixão, acariciando o cabelo de Evie. — Ela está no céu com o seu papai e sua outra *yia-yia* e Papou. Eles estão cuidando de você, meu bem.

— Mas por que ela não se levanta, mamãe? Fala para a Yia-yia se levantar — Evie disse chorando e batendo com os pés. Ao ver sua filha chorando, Daphne tornou a cair em prantos.

Stephen ficou parado na porta, como se a morte fosse contagiosa. Ele nunca tinha visto nada parecido na vida e não sabia bem como processar aquilo. Em seu país, havia pessoas para lidar com aquele tipo de coisa. Para Stephen, a morte, como a limpeza da banheira ou o cálculo do imposto de renda, era algo para ser terceirizado.

— Você não acha que devíamos removê-la para a igreja? — Ele perguntou quando entrou na casa. Ele não esperou pela resposta de Daphne. — Eu realmente acho que devíamos removê-la para a igreja.

Parecia que a ilha inteira estava enfileirada na porta da casa para prestar sua homenagem a Yia-yia. Um por um, eles entravam na sala, se ajoelhavam ao lado de Yia-yia e falavam com ela, cantavam para ela; acariciavam seu rosto, beijavam suas mãos e demonstravam a mesma reverência, o mesmo carinho, o mesmo afeto na morte que tinham demonstrado para com ela na vida. Durante um dia e uma noite, a ilha inteira deixou suas casas para fazer companhia a Yia-yia, que estava deixando a dela.

Sofia foi uma das primeiras a chegar. Ela trouxe uma bandeja de *koulourakia* feita em casa, simples biscoitos em forma de tranças.

— Eu achei que você poderia servi-los junto com o café. — Ela sorriu para Daphne e pôs a bandeja sobre a mesa. — A sua *yia-yia* sempre foi muito boa para mim, Daphne. Eu sei que não nos conhecemos muito bem, mas quero que você saiba o quanto ela foi importante para mim. Eu passei muitas tardes aqui, tomando café. Thea Evangelia me consolava e me dizia para ser forte, para não perder a fé, para não ligar para as fofocas a meu respeito. A amizade dela significou muito para mim. Ela me disse para ter fé quando eu havia perdido a minha. Ela me disse que, apesar das fofocas, Petro não tinha me esquecido. Que ele ainda me amava e que ia mandar me buscar. E tinha razão. — Sofia apertou a mão de Daphne. — Ele mandou me buscar, Daphne. Ele juntou dinheiro e agora eu vou finalmente me juntar a ele em Nova York. Nós vamos ter uma vida nova juntos, Daphne. Exatamente como Thea Evangelia me disse.

– Ela estava sempre certa. – Daphne levou aos lábios um dos *koulourakia*. Ficou surpresa ao perceber que estava com muita fome, que tinha passado o dia inteiro sem comer. – Estou tão feliz por você, Sofia. De verdade. Yianni também fala muito bem de você.

– Ele é um homem bom, Daphne. Eu tenho sorte em tê-lo como amigo.

Eu também, Daphne pensou. Eu também.

– Com licença – ela disse, virando-se para trás. Ela ouviu o portão ranger e ficou surpresa ao ver Ari ali parado, segurando um buquê de flores do campo.

– Ari? – Daphne pronunciou o nome dele num tom interrogativo. Ela sabia que todos da ilha viriam se despedir, mas por algum motivo não tinha imaginado que Ari fosse aparecer.

– Você parece surpresa em me ver. – Ele estendeu as flores para Daphne. – Tome, são para você. Bem, para você e Thea Evangelia.

– Obrigada.

– Eu só queria me despedir dela. Ela me ajudou, Daphne. Embora eu saiba que ela falou sério aquela vez quando disse que usaria o seu facão. – Daphne e Ari riram ao se lembrar de Yia-yia perseguindo Ari e ameaçando castrá-lo. – Embora não me devesse nada, ela me ajudou, Daphne. Eu nunca contei a ninguém, mas ela soube de algum modo que eu ia perder minha casa, que não tinha mais nenhum dinheiro; que tinha perdido tudo no jogo e na bebida. Eu fui até o banco para entregar minhas chaves, e por algum milagre eles me disseram que minha dívida tinha sido paga. Alguns dias depois, a sua *yia-yia* e eu passamos um pelo outro na rua que vai dar no porto. Ela estendeu a bengala e bloqueou meu caminho.

"Você assusta as meninas", ela disse. "Deixe-as em paz. Nossas meninas já têm muito com que se preocupar sem ter você espreitando nas sombras. Foi dada a você uma segunda chance, um recomeço na sua casa. Agora você precisa retribuir. Está na hora de dar às nossas meninas a dádiva da paz.

"Então, sem dizer mais nada, ela recolheu a bengala do meu caminho e foi embora. E eu fiz uma promessa naquele dia. Eu nunca mais incomodei nenhuma garota. Eu tomo conta dos meus olhos e das minhas mãos. Eu sei que foi Thea Evangelia quem pagou a minha dívida. Eu fiz uma promessa para ela e jamais irei quebrá-la."

Daphne pôs as mãos na cintura.

– Deixa disso, Ari. Conte as suas histórias para outra pessoa. Eu vi você, lembra? Eu estava no Grande Al naquele dia, no dia em que você assediou aquela moça loura. O namorado dela teria matado você se tivéssemos deixado. Não tente me dizer que você mudou. Eu vi com meus próprios olhos.

– Eu prometi a ela que nunca mais incomodaria outra garota da *ilha*, Daphne – ele insistiu. – Aquela garota era alemã.

Enquanto falava com Ari, Daphne ouviu um choro alto vindo de dentro da casa. Ela deixou Ari ali parado e correu para dentro, onde encontrou Nitsa com seu corpanzil em cima do caixão, cobrindo o cadáver de Yia-yia.

– Daphne *mou*, Daphne, minha filha. – Nitsa soluçava e batia no peito com o punho, sua combinação preta presa entre as pernas, expondo as meias que iam até os joelhos, os joelhos gordos caindo sobre o elástico apertado.

– É um dia negro este em que você deixou a terra, Evangelia. Um dia negro. Um último abraço, um último abraço, minha amiga. – Daphne não sabia se ria ou chorava enquanto Nitsa se debruçava sobre o caixão, a saia subindo entre as pernas.

Daphne olhou para Stephen, que ainda estava parado na porta, olhando com uma mistura de espanto e nojo. Sem dúvida, Daphne pensou, ele nunca viu nada parecido nos funerais a que comparece em casa. Mas, por mais confuso que Stephen parecesse estar pelas demonstrações de tristeza, Daphne se sentiu confortada por elas. Durante muitos anos, ela odiara as expressões dramáticas de dor. Mas agora era diferente. Desta vez, Daphne também estava tomada pela tristeza. Ela também teria sido capaz de bater no peito, de puxar o cabelo, de arranhar o rosto, de se jogar sobre o caixão, se isso fosse trazer Yia-yia de volta. Daphne finalmente entendeu que, para aquelas pessoas, o luto não era uma competição. Não havia prêmio para a pessoa que demonstrasse mais sofrimento, para quem chorasse mais alto ou batesse com mais força no peito. O que havia era emoção, puro amor e emoção, e aquilo era tudo o que elas tinham para oferecer. Elas não tinham dinheiro para fazer doações a obras de caridade em nome de Yia-yia; nenhum monumento ia ser construído em homenagem àquela mulher simples, nenhum obituário de página inteira ia ser comprado para todo mundo ler sobre suas virtudes. Aquela era a única maneira que as pessoas tinham de honrá-la; com suas emoções, suas vozes e sua dor. E Daphne compreendeu que estas coisas eram muito mais preciosas e significativas do que todo o resto.

– Daphne *mou*. Daphne, eu sinto tanto. O que vamos fazer sem ela? – Popi caiu nos braços de Daphne. – Olhe para você. Você devia estar usando branco, o branco do seu vestido de noiva, e não usando um vestido preto de luto.

– Está tudo bem, Popi. Não se preocupe comigo. – Ela pretendia dizer mais, contar a Popi que não haveria casamento, mas o toque de uma mão em seu ombro a fez virar antes de poder continuar o que estava dizendo.

– Yianni. – Suas pernas tremeram um pouco. Talvez outra pessoa não tivesse notado, mas ele notou. Ele pôs o braço em volta da cintura dela para ampará-la.

– Eu sinto muito, Daphne. – Ele parecia cansado, como se não tivesse dormido também.

– Eu sei. – Ela olhou para ele, para seu cabelo desgrenhado, sua barba grisalha. Sentiu-se confortada pelo toque da sua mão, como se soubesse que aquelas mãos podiam sustentá-la, podiam mantê-la segura. – Eu sei que você gostava muito dela. Ela também gostava muito de você. Você era muito especial para ela. – Ela não fez nenhum esforço para se afastar.

– Eu me sinto abençoado por tê-la conhecido, Daphne. Ela mudou minha vida. Deu sentido a ela. – Ele fechou os olhos por um momento. Quando tornou a abri-los, Daphne viu o quanto estavam vermelhos, reparou nas olheiras negras sob eles. Ela não pôde deixar de notar também que ele ainda estava com a mão em sua cintura. Stephen notou também, e pela primeira vez ele entrou na sala onde estava o corpo de Yia-yia.

– Daphne. – Stephen finalmente saiu da porta e se aproximou. – Você está bem, querida?

Na mesma hora, Yianni tirou o braço da cintura de Daphne.

– Com licença – ele disse, indo na direção do caixão. Na mesma hora, o consolo desapareceu.

Daphne viu Yianni se ajoelhar ao lado do corpo de Yia-yia. Ele fechou os olhos como se estivesse rezando. Quando terminou, ele se inclinou, tocou na mão de Yia-yia e murmurou algo no ouvido dela.

— E então? — Stephen estava falando com ela, mas ela estava tão atenta ao que Yianni fazia que não ouviu o que ele estava dizendo.

— Então o quê?

— Eu disse para você vir passar a noite comigo no hotel. Não tem mais ninguém para julgar você, Daphne. — Ele pôs a mão em volta da cintura dela como Yianni tinha feito. — Venha ficar comigo. — Ele a puxou para perto dele.

— Meu bem, desculpe — ela respondeu. — Eu quero ficar aqui. Preciso ficar aqui. — Ela se afastou ligeiramente dele. — Quero que você entenda. Quero que você entenda o quanto isto é importante para mim.

— Eu sei. Mas achei que eu também fosse importante — ele disse, tirando a mão da cintura dela e voltando para seu lugar junto à porta.

Daphne não foi atrás dele. Ela ficou olhando para Yianni, que pôs a mão sobre a de Yia-yia, sorrindo para sua querida amiga. Ele se inclinou e a beijou pela última vez. Finalmente, ele se afastou do caixão. E inclinou a cabeça para colocar o gorro, com uma lágrima escorrendo pelo rosto.

Passadas mais algumas horas, a casa aos poucos se esvaziou. Enquanto percorria o pátio, Daphne ficou espantada ao ver como tudo estava limpo e arrumado. Cada uma das mulheres tinha ajudado; lavando pratos e varrendo o pátio para que Daphne pudesse ficar focada em sua dor e não tivesse que prestar atenção em tarefas corriqueiras como lavar louça e limpar a casa. As mulheres da ilha eram assim. Claro, elas podiam falar de você por trás, mas, quando se tratava de casamentos, mortes e nascimentos, elas iam até o fim do mundo para ajudar umas às outras, sabendo que um dia suas amigas e vizinhas fariam o mesmo por elas num momento de necessidade.

Daphne foi até o muro do jardim, onde Evie e Popi estavam sentadas olhando fotografias antigas.

— Está vendo, Evie — Popi disse, entregando uma foto amarelada para Evie. — Essa é sua mãe quando era bebê, junto com a mãe dela e com Yia-yia. Três mulheres bonitas e especiais.

Evie e Daphne se inclinaram para ver melhor. Era uma foto de Daphne no berço, com Yia-yia e Mama, sorrisos orgulhosos no rosto, inclinadas sobre o bebê adormecido. A foto foi tirada exatamente onde elas estavam sentadas agora. Era exatamente como Yia-yia a descrevera.

– Posso ficar com ela, mamãe? – Evie tirou a foto da mão de Popi e a sacudiu para a mãe. – Posso ficar com ela e colocar no meu quarto? Eu quero olhar todo dia para ela para me lembrar de Yia-yia. Está bem?

– Claro que sim. – Daphne pegou Evie no colo, enganchando a garotinha nos quadris. – Acho uma ótima ideia. Uma ideia perfeita. Assim nós vamos poder nos lembrar tanto de Yia-yia quanto da minha mãe. Elas eram mulheres especiais, sabe, assim como você vai ser quando crescer. – Daphne abraçou Evie.

– Como você, mamãe. – Evie abraçou o pescoço da mãe. A foto balançou com o vento que soprou no pátio.

– Agora, meu bem – Daphne disse, colocando a menina no chão. – Junte suas coisas; você vai passar a noite na casa da Thea Popi para eu poder preparar tudo para amanhã, está bem?

– Está bem, mamãe. – Evie foi pegar a maleta dentro de casa.

– Prima, Stephen vai ficar aqui com você? – Popi perguntou, fazendo um sinal na direção de Stephen, que estava de novo falando ao telefone do outro lado do pátio.

– Não, ele vai voltar para o hotel. Eu quero ficar sozinha. Preciso ficar sozinha com Yia-yia uma última vez.

– É claro, Daphne. – Popi abraçou a prima, com as lágrimas escorrendo de novo. – Eu entendo. – Popi soltou Daphne quando Evie apareceu carregando sua maleta.

– Pronta, querida? – Daphne perguntou, dando um beijo de boa-noite na filha.

Popi e a menina atravessaram o pátio de mãos dadas. Quando chegaram ao portão, Evie estendeu a mão para abri-lo – mas de repente tornou a soltá-lo. O portão se fechou e Evie correu pelo pátio e caiu nos braços da mãe.

– Evie, meu bem. – Daphne prendeu uma mecha de cabelo atrás da orelha da menina. – O que foi?

– Obrigada, mamãe. – Evie abraçou Daphne com força. – Obrigada por dividir Yia-yia e a ilha dela comigo, mesmo que por pouco tempo.

Trinta e seis

Daphne puxou uma cadeira e a colocou ao lado do caixão. A sala estava iluminada com a suave luz dourada de uma dúzia de velas espalhadas pelo ambiente. Quando Daphne fitou o rosto de Yia-yia, ela notou como a luz das velas lançava um brilho tépido na pele da avó. Ela parecia viva, saudável, adormecida. Daphne rezou para que a luminosidade da pele de Yia-yia fosse mais do que uma mera ilusão de ótica. Mas ela sabia que, quando as chamas das velas fossem apagadas, também desapareceria a ilusão de que o sangue corria quente em suas veias, de que sua amada Yia-yia estava apenas descansando.

Ela ficou um longo tempo ali sentada, sem tirar os olhos da avó, relembrando momentos inesquecíveis do tempo que passaram juntas, cada lembrança mais preciosa que a outra. O tempo pareceu sumir na névoa da luz das velas, das reminiscências e das lágrimas. Ela não sabia quanto tempo tinha ficado ali sentada, mas tinha acabado de se levantar da cadeira para pegar mais um lenço de papel quando pensou ter ouvido um barulho. Ela parou, se sentou sem fazer ruído e esperou. Segundos depois tornou a ouvi-lo. Era uma batida de leve na porta, como se alguém quisesse bater, mas não quisesse ser intrometido. Daphne foi até a porta. Ela não precisou abri-la para saber quem estava do outro lado.

Ela sorriu, abriu a porta e lá estava ele ali parado. – Yianni.

– Eu não queria me intrometer. – Ele tirou o gorro de pescador. – Imaginei que você ficaria com ela. E queria ter certeza de que você estava bem, de que não precisava de nada – ele explicou, ainda parado do lado de fora. – Mas estou vendo que está bem, então eu já vou – ele gaguejou, dando um passo para trás.

Ela agarrou o braço dele antes que ele pudesse ir.

– Não. Fique. Aqui. – Ela soltou o braço dele e saiu da frente para ele passar. – Entre.

– Eu não quero incomodar você, Daphne.

– Você não está me incomodando. Ela iria querer você aqui. Por favor, entre. – Ela fez sinal para ele entrar e fechou a porta.

Eles ficaram em silêncio, cada um deles absorto em seus pensamentos e lembranças favoritas de Yia-yia. A primeira a quebrar o silêncio foi Daphne.

– Eu não sabia o que pensar de você a princípio, Yianni. Quer dizer, ali estava você, um doido perigoso com um *kaiki*. – Ela se virou para ele e riu. – Mas então eu vi você com Yia-yia e vi mais uma coisa. Eu vi o quanto você era importante para ela. Eu vi o quanto ela o amava. – Daphne mordeu o lábio para não chorar. – Eu nunca disse isto antes. Obrigada. Obrigada por cuidar tão bem dela, quando eu não pude. Enquanto eu não cuidei.

Ele tirou a mão direita do bolso do paletó e segurou a borda do caixão com tanta força que Daphne viu seus dedos ficarem vermelhos e depois brancos.

– Eu a amava como se ela fosse minha avó, sabe? Desapontei a minha família, Daphne. Eu era egoísta demais, estava preso demais aos meus próprios sonhos para perceber que minha avó também tinha os dela. – Ele fez um sinal com a cabeça na direção do caixão e então se virou para Daphne. – Ela se preocupava com você, Daphne. Ela me disse muitas vezes que tinha medo que você tivesse se perdido na sua dor. Que perder o seu marido e os seus pais tinha sido um peso grande demais para uma jovem como você. Ela entendeu por que você não pôde voltar, embora eu não entendesse. Ela entendeu o quanto você se tornou prisioneira da sua perda, como isso foi debilitante para você. Mas ela sabia que você voltaria. Apesar de estar muito doente, Daphne, ela sabia que precisava esperar a sua volta.

– Ela esperou por mim?

– Ela me disse uma vez, Daphne. Uma noite, quando estava tão frágil e doente que eu a carreguei nos braços até o *kaiki* e a levei ao médico em Kerkyra no meio da noite, ela me contou que os anjos estavam chamando por ela, mas que se recusava a ir. Disse a eles que não estava pronta. Disse que não partiria enquanto você não voltasse para a ilha. Ela não deixaria esta terra antes de tornar a vê-la, não importava quanto tempo você levasse para voltar.

— O que você está dizendo?

— Estou dizendo que ela sabia que estava morrendo. Mas se recusava a ir antes de passar um último verão com você. Os médicos não esperavam que ela sobrevivesse àquela noite, muito menos que voltasse para casa. Mas ela voltou. E esperou por você.

Daphne ficou de pé. E foi até o caixão de Yia-yia. Segurando na madeira, ela se inclinou para tocar nas mãos da avó.

— Você esperou por mim. — Ela acariciou o rosto frio da velha senhora. — Desculpe, Yia-yia. Desculpe eu ter demorado tanto.

Yianni passou os dedos pela barba, sem saber o que fazer ou o que dizer. Parecia perdido e fora do seu ambiente, como um peixe que tivesse escapado da sua própria rede e estivesse estrebuchando no convés do *kaiki*. Daphne quis deixá-lo à vontade, consolá-lo, como ele tinha feito com ela.

— Yianni, eu tenho que lhe dizer uma coisa. — Ela fechou os olhos e respirou fundo. — Eu escutei.

Ela se virou para olhar para ele, mas ele já tinha ido embora. Yianni tinha saído silenciosamente e sumido na escuridão da noite.

Trinta e sete

Na manhã seguinte, a ilha toda tornou a se reunir, desta vez para dar adeus a Yia-yia. A igrejinha estava lotada. Não havia bancos nem ar-condicionado na velha igreja ortodoxa grega. Mas Daphne não se importou de ficar de pé no calor opressivo, ao lado dos amigos e da família que tinham amado tanto Yia-yia. Aquilo pareceu uma honra para ela.

Daphne ficou na parte da frente da igreja, segurando a mão de Evie, com Stephen ao lado dela. Ela viu padre Nikolaus sacudir o queimador de incenso para frente e para trás por cima do caixão aberto de Yia-yia, enchendo a velha igreja com aquele cheiro familiar. Usando sua veste preta, deixando uma trilha de fumaça ao balançar o incensório no ar, ele cantou o cântico fúnebre tradicional com tanta paixão e intensidade que ela soube que ele estava sentindo a prece em sua alma e não apenas lendo as palavras. "*Eonia oi mnoi oi-mnee mnee.* Que sua lembrança seja eterna. Lembrança eterna. Eternamente em nossas memórias." Daphne sentiu as lágrimas escorrerem quando abriu a boca para cantar também. Ela pronunciou cada uma das palavras com sinceridade. Embora se sentisse fraca, com as pernas trêmulas, sua voz estava firme e forte.

Ela olhou em volta e observou a igreja toda, aquele mar de vestidos pretos roídos de traças, de paletós mal-ajambrados, todos juntos, cantando, chorando e jurando jamais esquecer Yia-yia. Ela olhou para Stephen. Ele estava com uma expressão estoica, com os olhos secos, no meio daquele cortejo de lágrimas; nem um fio de cabelo ou um pingo de emoção fora do lugar. Naquele momento, com a igreja carregada de tristeza e incenso, Daphne olhou para Stephen e percebeu que, da mesma forma que o seu noivo, ela também não sentia nada. Ela olhou bem nos olhos do homem que prometera desposar, passar o resto da vida junto, compartilhar a educação de Evie – e não sentiu nada. Daphne compreendeu que, naquele dia, ela estaria enterrando outra coisa além da avó.

Yia-yia foi enterrada no cemitério ao lado da igreja. Como era de hábito, cada participante ia até o caixão que estava sendo baixado na terra e jogava uma flor sobre ele para se despedir. A última visão que Daphne teve de Yia-yia foi do seu caixão de madeira coberto por um manto de cravos vermelhos, jogados por aqueles que mais a amavam.

Terminada a cerimônia, as pessoas foram saindo em fila do cemitério e se dirigindo para o hotel para o almoço tradicional. Mas Daphne ficou para trás.

– Leve Evie. – Ela fez sinal para Popi ir na frente. – Eu me encontro com vocês no hotel.

Sozinha ao lado da sepultura aberta de Yia-yia, Daphne viu Popi se aproximar de Evie, que estava sozinha do lado de fora do portão do cemitério, contemplando o mar ao longe. Evie tinha passado a manhã toda quieta e calada, não parando nem para acariciar o gatinho que a seguira pela estrada de terra que ia da casa até a igreja. Popi se inclinou e deu a mão à menina. Ela se inclinou mais um pouco e cochichou alguma coisa no ouvido de Evie. Evie sorriu pela primeira vez naquele dia e Popi beijou a ponta do seu nariz. Depois, Popi a levantou no colo e a abraçou. Evie passou os braços pelo pescoço da tia e descansou a cabeça no ombro de Popi. Popi carregou-a no colo até o hotel, as pernas bronzeadas de Evie cruzadas em volta da sua cintura grossa.

Daphne ficou sozinha, olhando para o caixão de Yia-yia, com um cravo vermelho na mão. Queria ficar mais um pouco sozinha com a avó, mas isto não era um adeus. Ela sabia que não precisava dizer adeus. Levantou a mão para atirar a última flor, mas, quando já ia soltá-la, ela parou.

Ainda segurando o cravo, ela foi até o outro lado do portão do cemitério. Demorou alguns instantes até encontrá-lo. Então caiu de joelhos e, com as mãos, varreu as folhas que tinham caído da oliveira sobre a lápide simples de pedra. Finalmente, ela recitou uma última prece antes de colocar a flor no túmulo de Rachel.

Trinta e oito

Embora não tivesse comido nada desde o *koulouraki* de Sofia, na véspera, Daphne estava sem fome quando Nitsa colocou o tradicional prato de luto, peixe frito com alecrim e molho de vinagre, na frente dela.

– Coma, Daphne *mou*. Você precisa manter as forças. Evie precisa de você, você não pode ficar doente.

– Obrigada, Thea. – A preocupação de Nitsa teve um efeito medicinal em Daphne. Na mesma hora, ela se sentiu mais forte, mais firme, como costumava se sentir apenas por estar na presença de Yia-yia.

– Daphne *mou*. Quem poderia imaginar? – Nitsa tirou um cigarro do bolso do avental, usando-o para fazer um gesto ao redor. – Quem poderia imaginar que, em vez de um casamento, nós estaríamos oferecendo um banquete de funeral? Nada de dança nem de alegria. Só a tristeza da vida, por saber que minha amiga Evangelia não está mais entre nós. – Os olhos de Nitsa percorreram a sala. – Onde está Stephen? O peixe dele vai esfriar.

– Ele foi até o quarto dar um telefonema.

– Ainda trabalhando? Mesmo num dia como hoje? – Nitsa deu uma tragada no cigarro, soltando a fumaça por cima da cabeça de Daphne. – Ah, Daphne *mou*. Será que o seu noivo nunca para de trabalhar? Será que alguma vez ele para a fim de desfrutar do que construiu? Do que realizou?

Ela sacudiu a cabeça, espetando o peixe com o garfo.

– Ah, *kala*, eu entendo. – Nitsa se levantou, mas não sem antes dizer a Daphne: – Eu conheci sua *yia-yia* durante muitos anos, Daphne *mou*. Você descende de uma longa linhagem de mulheres fortes, incríveis. Nunca se esqueça disso.

– Pode acreditar, Nitsa. Eu sei muito bem disso. – Daphne olhou para Nitsa. Eu sei disso muito bem mesmo.

— Então está bem, fique sentada aqui, e eu vou acabar de servir a refeição. — Quando Nitsa se virou para sair, ela tropeçou, seu joelho cedendo sob o peso do corpo.

— Nitsa! — Daphne gritou, dando um salto para segurá-la antes que ela caísse no chão. — Você está bem?

— Droga! Meu joelho tem me incomodado. Agora não. — Nitsa deu um tapa no joelho com o pano de prato, como se o gesto fosse mandar embora a dor.

— Fique aqui sentada. Eu ajudo a servir. — Daphne se levantou na mesma hora.

— Não, não, não. — Nitsa tentou ficar em pé, mas caiu sentada de volta na cadeira. — *Gamoto, poutana...* — A torrente de palavrões em grego saindo de sua boca chamou a atenção de muito convidados, inclusive Yianni.

— Nitsa *mou*, o que aconteceu? — Yianni perguntou. — O que poderia ter feito a poderosa Nitsa cair? — Ele se ajoelhou ao lado dela e estendeu-lhe a mão.

— Nada, não é nada. — Ela aceitou a mão de Yianni e tornou a tentar ficar de pé. Ele pôs o braço sob o dela para ajudá-la, mas não adiantou. Assim que Nitsa colocou pressão sobre o joelho, ela tornou a cair de volta na cadeira, se contorcendo de dor. Os xingamentos continuaram. — *Gamoto, malaka, poutana...*

Nessa altura, o pátio inteiro tinha vindo ver o ocorrido, inclusive padre Nikolaus, que, apesar de ser conhecido por sua simpatia e senso de humor, não gostou do palavreado de Nitsa.

— *Ella*, Nitsa. Um linguajar desses no dia de hoje? — o padre a repreendeu.

— Padre, o senhor sabe que minha amiga Evangelia está olhando para nós neste momento, rindo porque eu não consigo levantar minha bunda gorda desta cadeira. — Nitsa deu uma tragada no cigarro, soprando a fumaça na direção do céu. — Ei, Evangelia, olhe para mim. Eu estou gorda demais para os meus velhos joelhos. Evangelia, serve aí uns *kafes* que talvez eu me junte a você mais cedo do que você pensa.

Todo mundo caiu na gargalhada. Daphne olhou em volta e guardou aquela visão em sua memória; as roupas puídas, a pele curtida, as mãos calosas, os sinais de que aquelas eram pessoas simples que viviam vidas simples. Mas, ao vê-las ali reunidas, apoiando umas às outras, ajudando umas às outras a suportar a dor com um abraço ou uma brincadeira, Daphne percebeu o quanto elas eram importantes umas para as outras, como elas se ajudavam. Daphne finalmente entendeu o que Yia-yia tinha querido demonstrar em todos aqueles anos. Apesar da pobreza, do isolamento e da falta de bens materiais, aquele era realmente o lugar mais rico do mundo.

– Nitsa, fique sentada aqui. Eu vou terminar o que você estava fazendo. Você precisa se cuidar senão vai se juntar a Yia-yia. – Daphne falou brincando, mas havia um tom de seriedade por trás do que dizia que até a teimosa Nitsa percebeu muito bem.

– Ah, *entaksi*. Está bem. Se você insiste – ela finalmente concordou.

Quando Daphne se levantou para ir para a cozinha, alguém segurou seu pulso.

– Eu vou ajudar. Afinal de contas, é o meu peixe; vai ficar mal para mim se ele não for bem preparado. – Yianni falou diretamente para Nitsa, mas continuou a segurar a mão de Daphne. – *Ella*, vamos.

Eles foram para a cozinha em silêncio. Deixando para trás o barulho de conversa da sala, eles entraram na cozinha pelas portas duplas de vai-vém. Lá dentro, ele se virou para olhar para ela e finalmente soltou seu pulso. Ela olhou para baixo, ainda sentindo a sensação da mão dele em seu braço.

– Está sendo um dia difícil para você, não é? – ele perguntou.

– Sim. – Ela olhou para ele. – Está sendo horrível, mas não só para mim. Para todo mundo. – Ela parou e mordeu o lábio. – E para você também.

Houve um silêncio em que nenhum dos dois sabia o que dizer ou fazer em seguida. Ele abriu o forno, onde Nitsa colocara a travessa de peixe frito. Ele a retirou e colocou em cima do fogão, preparando-se para começar a partir o peixe que tinha apanhado na véspera.

– Eu consegui, sabe? – ela disse.

Ele se virou para ela, inclinando a cabeça de lado como se não tivesse ouvido ou entendido direito o que Daphne tinha falado.

– Eu consegui – ela repetiu. – Tentei contar para você ontem à noite, mas você já tinha ido embora. Você foi embora.

Ele se encolheu como se tivesse sido apanhado mentindo ou roubando, em vez de meramente saindo pela porta e indo embora.

– Eu finalmente parei para escutar, como Yia-yia tinha me dito.

Ele respirou fundo e deu três passos na direção dela.

– E...

– E ouvi. – Ela estava tremendo, sem saber se era do calor, se era pelo fato de estar com fome, ou porque, mais uma vez, ele estava tão perto dela que ela podia sentir a eletricidade emanando do seu corpo sem que ele precisasse tocar nela. – Eu ouvi Yia-yia, Yianni. Ela falou comigo. Eu a ouvi nos murmúrios dos ciprestes. Eu mal consegui escutar no início, mas era verdade. Era ela. Eu sei que era.

Ele a viu chorar e não disse nada. Não respondeu. Não tentou consolá-la nem enxugar suas lágrimas. Nada. Ele ficou olhando para ela, como se seus pés estivessem cimentados no chão a poucos centímetros de onde ela pronunciara as palavras que tinha esperado tanto tempo para ouvir. Mas agora parecia que nem mesmo aquelas palavras eram suficientes para aproximá-lo.

– No seu *kaiki*, naquela manhã, você me pediu para confiar em Yia-yia... E eu confiei. Finalmente confiei. – Foi ela quem se aproximou dele. – Você também me pediu para confiar em você. – Ela encostou o peito no dele, sentindo seu hálito quente no rosto. – Eu estou pronta para isso. Quero acreditar de novo. – Ele ainda não tinha se mexido, mas ela não esperou por ele desta vez. Abraçando-o, ela encostou a cabeça em seu peito. Desta vez, foi o coração dele que ela ouviu bater acelerado em seu ouvido.

Ele levantou os braços e os colocou sobre os ombros dela. Eles ficaram ali parados assim por uns três segundos e, então, ele segurou o queixo de Daphne com a mão direita. Ela ficou surpresa com a delicadeza do seu toque. Eles agora podiam ver claramente o rosto um do outro, a mão esquerda dele ainda envolvendo seu ombro, os braços dela cingindo-lhe o peito.

– Daphne, eu não... Mas você vai se casar... – O peito dele se encheu de ar quando ele começou a falar, mas, antes que ele pudesse terminar, as portas duplas de abriram.

– Aqui estão vocês. Olha, eu... – Era Stephen. Ele entrou subitamente na cozinha, mas parou ao ver a noiva abraçada com Yianni. – Daphne?

Ela não soube o que responder – e não se importou muito com isso. Foi Yianni quem falou primeiro.

– Eu só estava me despedindo da sua noiva. – Ele tirou o braço do ombro dela e deu dois passos para trás.

Daphne sentiu o sangue gelar, uma onda de medo varreu o seu corpo. *Se despedindo* – como assim? E ela não era noiva de Stephen. Bem, pelo menos não por muito tempo; ela só não encontrara ainda o modo certo de dizer isso a ele.

Yianni não olhou para Daphne, mas falou diretamente para Stephen desta vez.

– Eu contei meus planos para Thea Evangelia antes de a enterrarmos, então agora acho que está na hora de contar para as outras pessoas.

– Você vai partir? – Stephen perguntou, abrindo um sorriso.

– Sim. Agora que Thea Evangelia não está mais aqui, não há nada que me prenda a esta ilha. Eu fiquei por causa dela. Sem ela, eu não tenho mais o que fazer aqui. – Ele finalmente virou a cabeça e olhou para Daphne, que estava apoiada na bancada da cozinha. – Nada.

Mas eu ainda estou aqui, eu não fui embora. Eu ainda estou aqui. Ela gritou as palavras dentro de sua cabeça. Mas, quando abriu a boca para falar, ela só conseguiu perguntar:

– Mas para onde você vai?

– Talvez eu volte para Atenas. Não sei. Talvez para Oxford. Vou guardar minhas redes e voltar ao meu trabalho. Eu já fugi de tudo por muito tempo, agora está na hora de eu ir ao encontro de alguma coisa de novo. Está na hora de reacender a minha paixão. Eu vi tanta coisa aqui, aprendi tanto. Mas não há mais nada para mim aqui. Imagino que vocês dois tenham sonhos a realizar. Suponho que irão transferir o casamento para Nova York.

Stephen estava ao lado de Daphne. Ele estendeu o braço para a cintura dela, mas ela se afastou dele. Ele lançou um olhar gelado para ela, seus lábios finos apertados.

– Bem, acho que está na hora de dizer adeus. – Yianni se virou e estendeu a mão para Stephen. – Boa sorte para você. Você é um homem sortudo.

– Eu sei. – Stephen apertou a mão de Yianni com toda a força.

– Adeus, Daphne. – Yianni se inclinou e beijou Daphne dos dois lados do rosto. Ela não se importou que a barba dele a espetasse como centenas de espinho de um ouriço-do-mar. A dor era prova de que ele ainda estava ali.

– Adeus, Yianni. – Ela segurou o braço dele e fitou seu rosto, querendo decorar cada detalhe. Ela enfiou as unhas em sua camisa até que ele se afastou dela.

Trinta e nove

Daphne aceitou o oferecimento de Popi de passar a noite com Evie para que Stephen e Daphne pudessem ficar sozinhos. Todo mundo imaginava que o casal estivesse precisando de um período de calma, a sós, depois do vendaval dos últimos dias. Todos imaginavam que o casamento fosse ser adiado pelo menos pelos quarenta dias de luto oficial. Ninguém sabia ainda que Daphne tinha a intenção de cancelá-lo.

— Aqui, Daphne *mou, ella etho* — Nitsa chamou Daphne do sofá no saguão onde estava convalescendo desde que machucara o joelho um pouco mais cedo. Ainda não eram onze horas. Todos os convidados tinham ido embora, com as barrigas cheias da comida de Nitsa e de vinho, e com suas mentes cheias das histórias favoritas de Yia-yia, que cada um tinha contado e brindado.

— Venha, Daphne. Venha sentar-se um pouco aqui perto de mim. — Nitsa bateu no pequeno espaço ao lado dela no sofá, o único espaço que não estava ocupado por seu corpanzil. — Você precisa saber de uma coisa, Daphne *mou*, a sua *yia-yia* sabia que não tinha mais muito tempo nesta terra. Ela sabia que eu faria qualquer coisa por ela, mas só me pediu uma única coisa. Uma coisa que eu prometi fazer quando ela partisse.

Daphne ficou alerta.

— O que foi? O que foi que você prometeu?

— Eu prometi que diria a você para continuar vivendo. Nós duas vimos a diferença em você desde que chegou. Quando veio para cá, era como se se sua luz tivesse se apagado. Mas então nós vimos a mudança. Após alguns dias aqui, você estava de novo cheia de vida, de cor e luz. Eu sei que você acha que nós não entendemos essas coisas. Como poderíamos entender de cor, nós, velhas viúvas vestidas de preto? Como poderíamos entender de vida quando nunca saímos desta pequena ilha? Mas nós entendemos de tudo isso, Daphne. Nós sabemos o quanto tudo isso é precioso. Cada momento é um presente, Daphne *mou*. Cada momento, cada respiração, até mesmo cada lágrima é um presente. Sem nossas lágrimas, como iríamos apreciar o riso? Mulheres como sua *yia-yia* e eu, nós derramamos muitas lágrimas, Daphne. E toda essa tristeza, todo esse sofrimento, todas as cicatrizes e as dificuldades só nos ajudam a tornar o nosso tempo aqui, cercadas pelas pessoas que amamos, muito mais doce. A sua *yia-yia* e eu perdemos os homens que amávamos, mas ainda tínhamos amor em nossas vidas, Daphne. Nós ainda fomos felizes. E agora é sua vez de ser feliz. O que quer que isso signifique para você.

Nitsa parou e deu uma tragada no cigarro. Ela que nunca tinha dificuldade em encontrar a palavra certa para dizer, soltou a fumaça antes de conseguir completar seu pensamento.

— Vá atrás da sua felicidade, Daphne. Isto é algo que você tem que fazer sozinha. Isto é algo que você precisa encontrar no casamento. A sua felicidade. Sua *yia-yia* e eu aprendemos essa lição, e agora você também precisa aprender. Você deve isso a si mesma... e à minha amiga.

Nitsa olhou para cima e sacudiu seus dedos curtos e grossos na direção do teto, como se estivesse dizendo alô para Evangelia. Ainda sorrindo, ela se inclinou e puxou Daphne para o seu volumoso peito.

— Daphne *mou*, às vezes as pessoas mais solitárias são as que nunca têm um momento de solidão, e as mais realizadas são aquelas que ficam sozinhas, mas que podem dizer que foram amadas. Que, pelo menos uma vez na vida, elas souberam o que é ser realmente amada.

Essa era a única coisa que Daphne sabia com certeza naquele momento. Ela sabia, sem sombra de dúvida, que era amada. Ela abraçou Nitsa com toda a força.

— Obrigada, Nitsa, obrigada. — Ela deu um beijo de boa-noite em Nitsa e foi para o quarto onde Stephen estava esperando.

Daphne entrou sem ser notada e o viu sentado na cama, digitando no computador. Ela não tinha ideia do que ia dizer ou de como ia dizer. Sabia apenas que queria terminar com ele. Finalmente, ele levantou os olhos.

– Daphne. Há quanto tempo você está parada aí? – Ele foi até ela. – Meu bem, eu sei o quanto tudo isso é difícil para você. Eu sei o quanto você a amava. O estresse foi demais para você... e agora, agora...

Ele deu mais um passo na direção dela, mas ela não se mexeu.

– Nós só precisamos ir para casa e tudo vai voltar ao normal. Você vai ver só, quando chegarmos em casa. Tudo isso vai ser apenas uma lembrança distante. Vamos para Santorini como tínhamos planejado. Vamos embora, só nós dois. Vamos seguir em frente, vamos nos casar em Nova York, e tudo vai ser como planejamos. Nós só precisamos chegar em casa.

Mas minha casa é aqui.

A voz dele tinha perdido seu efeito anestésico. Aquela voz grave e rouca não conseguiu amenizar a lembrança do impasse na praia. Não fez nada para suavizar a frustração de ter sua fé questionada e a realidade de saber que ele jamais iria entender a profundidade de sua ligação com Yia-yia, esta ilha ou o seu povo. E, sem isso, ela sabia que ele jamais poderia entendê-la de verdade ou amá-la como ela realmente era.

Ele deu mais dois passos em direção a ela, com um ar suplicante.

– Eu quero que você esqueça isto. Vamos esquecer tudo isto. Vamos deixar para trás o passado e focar no futuro.

– Stephen, não existe futuro sem o meu passado.

– O que você está dizendo?

– Estou dizendo que eu sou o meu passado.

Quando as palavras saíram de sua boca, a brisa do mar entrou pela janela aberta. Como que ganhando vida, as cortinas brancas se encheram de ar, subindo e descendo. Daphne contemplou as cortinas de renda executando seu *sirtaki* lado a lado, pulando, dançando, rodando ao mesmo tempo, tão bonitas e graciosas quanto tinha sido a dança de Popi e Daphne lá embaixo no pátio.

Ela se sentiu mais forte, sabendo que a brisa lhe dera um presente também. Ela sorriu ao falar, sentindo no rosto o beijo do vento confirmando o que ela já sabia que era verdade.

– Eu sou o meu passado.

Ele se sentou na cama e enterrou o rosto nas mãos.

Ela viu o noivo ali sentado, confuso, desanimado e derrotado. Não queria magoá-lo. Mas também não queria passar o resto da vida com ele.

A intenção dela tinha sido boa; tinha entrado neste relacionamento com a melhor das intenções. Ela sabia que ele era um homem bom, mas agora compreendia que não era o homem para ela. Ele não tinha culpa por não compreendê-la. Como Daphne, ele não podia apagar quem ele era nem como tinha sido criado. É de conhecimento universal que nunca se deve pedir a uma mulher para escolher entre seu filho e seu amante. Daphne sabia agora que ela jamais poderia ser obrigada a escolher entre seu passado e seu futuro.

Ela apreciara a conversa, a companhia dele e a ideia de não ficar mais sozinha. Mas Daphne não queria apenas um companheiro, um sócio ou alguém para tomar conta dela. Ela queria um marido – um amigo, um amante. Ela queria um homem que estivesse disposto a abrir seu coração e acreditar, como ela um dia, tanto tempo atrás, tinha acreditado, que o amor pode desafiar as leis dos homens e que os anjos podem ser invocados pela força de um beijo.

– Eu não estou apaixonada por você. Sinto muito, Stephen, mas não estou apaixonada por você.

Ela tirou o anel do dedo e o colocou sobre a cômoda, depois se virou e saiu do quarto.

Quarenta

A voz dela veio do outro lado do saguão escuro, como que das sombras.
– Então está acabado?
– Nitsa?
– Sim, Daphne *mou*. Eu ainda estou aqui.
Daphne olhou na direção da voz. Ela só conseguiu ver a ponta vermelha do cigarro. E tateou pela parede procurando o interruptor. Quando as luzes se acenderam, Nitsa estava exatamente onde Daphne a deixara, deitada no sofá no meio do saguão.
– O que você ainda está fazendo aqui embaixo?
– Eu estava esperando por você.
Daphne foi até onde estava Nitsa e mais uma vez se sentou na pontinha do sofá.
– Por mim? Por quê?
– Porque prometi à sua *yia-yia* que ia cuidar de você. E eu sabia, quando você foi para aquele quarto, que ia voltar de lá sozinha.
Daphne ficou calada por um instante. Havia milhões de coisas que ela poderia dizer, milhões de coisas que poderia perguntar, mas só uma coisa importava naquele momento.
– Como você sabia?
– Eu tive minhas suspeitas quando o conheci, Daphne, assim como Thea Evangelia teve também. Ele jamais poderá ser a pessoa que você precisa que seja. E você é muito mais do que ele quer que você seja.
– Mais do que ele quer que eu seja. – Daphne riu, repetindo as palavras dela.
– Mas então eu vi você esta noite, no jantar. O seu coração estava pesado com a perda da sua *yia-yia,* e não havia nada que se pudesse fazer ou

dizer para aliviar esse peso, Daphne. Mas então, esta noite, eu vi o seu rosto. Observei você e vi de novo um brilho, uma vida em você, assim como tinha visto naquela manhã em que chegou molhada e ofegante no hotel. Alguma coisa ou alguém conseguiu transformar você completamente, Daphne.

– Yianni. – O nome dele saiu de sua boca sem que ela pudesse evitar. Ela sabia que a resposta era Yianni.

Nitsa sorriu e ficou calada por um momento, deixando Daphne digerir o que estava acontecendo, o que estava dizendo; o que estava finalmente admitindo.

– Eu vi você, Daphne. Eu vi o que o toque de um homem pode fazer, como pode mudar alguém. Não havia engano possível, mesmo para estes meus olhos cansados. Rezei para que você conseguisse enxergar isso sozinha e que não se obrigasse a viver uma vida inteira sendo tocada pelo homem errado.

Daphne levou um susto. Ela nunca esperou ouvir essas palavras da boca de Nitsa. Como era possível que Yia-yia e Nitsa, as duas mulheres que Daphne jamais imaginou que tivessem tido muita paixão em suas vidas, fossem as que melhor conseguiam entendê-la?

– Daphne *mou*, preste atenção a esta velha. Pouca coisa na vida realmente importa. Olhe em volta. Pense no que precisa na sua vida: está tudo aqui ao alcance dos seus dedos. Você tem procurado alguma coisa, um motivo para sorrir, e isso sempre esteve bem na sua frente.

– O que você está dizendo?

– *Ella*, Daphne, uma *Amerikanida* culta como você, como pode ser tão burra, hein? – Nitsa tornou a olhar para cima. – Evangelia, o que aconteceu com nossa menina? Livros demais, você não acha? – Ela pôs as mãos no colo e falou diretamente para Daphne desta vez, muito seriamente: – Está na hora de você parar de pensar na sua vida e começar a vivê-la. Não pense: só viva. Faça o que o seu coração mandar.

Daphne sabia que isso só a levaria para um lugar, para junto do homem cujo toque a fez sentir-se viva de novo, do homem com quem podia passar horas conversando e nunca ficar sem assunto. Do homem que, pela primeira vez em muito tempo, tinha pedido a ela para acreditar que a magia podia existir.

Era como se Nitsa pudesse ler sua mente e, nessa altura, Daphne pensou que ela provavelmente pudesse mesmo fazê-lo.

– Vá atrás dele, Daphne. Encontre-o e fale com ele. Encontre-o antes que seja tarde demais.

Ela olhou para Nitsa e soube que, mais uma vez, a sua amiga estava certa. Yianni tinha dito que ia deixar a ilha, que, com a morte de Yia-yia, não havia mais nada que o prendesse ali. Daphne tinha que lhe mostrar que ele estava enganado, que ela estava ali e que ele tinha que ficar mais um pouco, por ela, por eles dois.

– Nitsa – Daphne começou a falar, mas a velha mulher a interrompeu.

– Não diga nada, Daphne. Vá logo. – Nitsa deu um empurrão nas costas de Daphne, enxotando-a do sofá e em direção à sua nova vida.

– Obrigada, Nitsa. Obrigada.

Daphne correu o caminho inteiro até chegar ao porto. Estava muito escuro lá fora. Ela correu pelo passadiço de concreto, o luar brilhando na superfície do mar, fornecendo um pouco de luz para guiá-la. Examinou cada um dos barcos ancorados no porto e avistou o de Yianni na extremidade do cais. Daphne pulou para dentro do barco e abriu a porta que dava na cabine. Lançou-se pela escada, tentando não pensar no que iria dizer para ele. *Chega de pensar, é hora de viver.*

Ele olhou para ela.

– Daphne, o que você está fazendo aqui?

Ela não respondeu. Aquela não era hora para conversas. E mergulhou nos braços dele.

Ele segurou o rosto dela, como fizera na cozinha.

– E quanto a Stephen? – Ele perguntou.

– Ele foi embora. Esqueça Stephen. – Ela procurou os lábios dele, sentindo seu hálito quente.

Ele a beijou com paixão. Sua barba arranhou o rosto dela como se fosse espinhos de um ouriço-do-mar. Mas ela gostou da sensação.

Eles fizeram amor pelo barco todo a noite inteira. Não houve nada de seguro ou de calmo na forma de fazerem amor, como tinha havido com Stephen. O sexo foi cru e primitivo – e ela estava esfomeada. Daphne tinha esquecido como era se entregar ao prazer, ser consumida pelo desejo. Tinha esquecido o que era ser guiada pelas emoções e não pelo dever e pelo pragmatismo. E a sensação era maravilhosa.

Daphne acordou quando o primeiro galo cantou. Estava de bruços na cama, as costas expostas ao ar da manhã. Uma leve brisa beijou sua pele. Ela não se mexeu nem abriu os olhos, sem querer acordá-lo. Não precisava dizer nada naquele momento. Só queria ficar ali deitada, quieta, desfrutando daquela paz. Ela levantou ligeiramente o queixo e prestou atenção, imaginando se ela estaria lá.

Foi um murmúrio muito baixo e distante, mas ela conseguiu ouvir. Não havia como se enganar em relação à voz e à história.

Ele trará o amor e a alegria de volta à sua vida. E vocês andarão lado a lado pelo resto dos seus dias.

Quarenta e um

BROOKLYN
UM ANO DEPOIS

Ela sabia que deveria estar dormindo. Eram quatro da manhã, e o despertador estava programado para tocar às seis. Mas ela não ligou. Apesar de muito cansada, ficou deitada na cama, vendo-o dormir. Adorava o modo com que o peito dele subia e descia a cada respiração, o brilho de seda do seu cabelo negro, e o modo com que seus cílios tremiam quando ele sonhava. Mas do que ela mais gostava era de estender a mão e sentir o coração dele batendo sob seus dedos.

Ela chegou mais para perto dele. O cheiro da sua baba doce no travesseiro. Sentiu o perfume dele, com o coração quase explodindo de tanto amor. Precisava tocar nele.

Daphne estendeu os braços e o pegou no colo.

– Venha cá, meu amor – murmurou. Era incrível como ele crescia depressa. Fazia só três meses que tinha nascido, mas já parecia muito maior e mais pesado.

Ela o cobriu com a manta de crochê que Nitsa tinha mandado de presente e o carregou para a sala, parando apenas para dar uma espiada em Evie, que dormia tranquilamente em sua cama, e em Popi, roncando alto na dela. Daphne sabia que Popi em breve iria acordar; era a vez de ela se preparar para o movimento da hora do almoço no Koukla enquanto Daphne levava Evie para a escola.

– Nós somos iguaizinhas a Yia-yia e Dora, não somos? – Toda noite as primas olhavam uma para a outra e riam de como a história estava se repetindo. Elas nunca imaginaram que iriam morar juntas numa velha casa no Brooklyn, trabalhando e criando os filhos juntas. Mas Daphne sabia que Popi seria a sócia perfeita, bem como uma segunda mãe para Evie e Johnny. Para Popi, mudar-se para Nova York tinha sido o recomeço com que sempre sonhara. Mas, acima de tudo, as primas sabiam que iriam amar uma à outra, tomar conta uma da outra e das crianças, como ninguém mais poderia fazer.

Ela se sentou na poltrona ao lado da janela. Apertando Johnny contra o peito, beijou a testa dele e contemplou o jardim. Os ciprestes balançavam suavemente no ar frio do outono. Ela fechou os olhos, esperando pela canção de Yia-yia.

> *Eu amo você demais...*
> *Não tenho presentes para lhe dar*
> *Não tenho ouro nem joias nem riquezas*
> *Mas mesmo assim dou-lhe tudo o que possuo*
> *E isso, minha doce menina, é todo o meu amor*
> *Eu lhe prometo que*
> *Você sempre terá o meu amor.*

Ela nunca imaginou, quando mandou plantar os ciprestes no jardim, que eles iriam cantar para ela ali no Brooklyn. Queria apenas o consolo de vê-los dançar ao vento no jardim da sua nova casa. Mas então ela ouviu o canto suave de Yia-yia e soube que tudo ia dar certo. Yia-yia continuava a olhar por ela, mesmo ali.

Ela olhou para o rostinho do pequeno Johnny, dormindo em seus braços. Era a cara do pai, bonito e moreno. Ela levantou seus dedinhos macios – e imaginou se um dia, como os dele, eles ficariam grossos e cheios de calos por causa do seu amor pelo mar.

– Talvez um dia você o conheça – ela murmurou para o filho. E imaginou se também tornaria a vê-lo. Ela recordou, como sempre fazia, o tempo que eles passaram juntos em Erikousa. Depois daquela primeira noite no barco, eles passaram todos os momentos juntos, dias que se estenderam por várias semanas. Eles nadaram, pescaram e exploraram a ilha com Evie, que finalmente aprendeu a nadar, pulando do barco de Yianni no mar, nos braços da mãe que esperava em baixo. Toda noite eles comiam peixe fresco apanhado nas redes de Yianni e ficavam conversando até tarde depois que Evie já tinha adormecido e o fogo se transformado em cinzas que flutuavam entre eles no vento. A casa de Yia-yia mais uma vez ganhou vida com o som da risada deles, dos seus murmúrios de amantes se misturando aos sussurros dos ciprestes balançando ao vento. Pela primeira vez em muito tempo, Daphne sentiu que, quando falava, era escutada, e quando era tocada se sentia viva.

E então aconteceu.

Quando o verão deu lugar ao outono, surgiu uma diferença no ar bem como nos olhos de Yianni. Assim como ela treinara a si mesma para perceber as sutilezas na mudança das estações, sentiu a mudança nele, ou talvez, desta vez, fosse uma mudança nela, não sabia ao certo. Notou como a luz iluminava o rosto dele quando ela entrava na sala e como ele ficava mais ereto quando ela estava perto. Ela podia sentir os olhos dele sobre ela, seguindo-a, toda vez que ela saía de perto dele. E então Daphne entendeu por que tudo aquilo lhe parecia tão familiar. Era o modo como Alex tinha olhado para ela. Era o modo como ela própria tinha olhado para Alex.

Yianni começou a falar no futuro, de nós e de família. Ele perguntou o que ela achava de Londres e de Atenas, e disse que até se mudaria para Nova York de novo, por ela, por eles. Ele usou a palavra *eternamente* e a palavra *amor*.

A princípio, ela aceitou, gostou do que estava acontecendo, do que ele estava propondo. Mas então começou a perceber que as coisas estavam caminhando depressa demais. Havia muita coisa que ela amava em Yianni. Era como se ele a tivesse despertado de um longo sono e aberto seus olhos para novas possibilidades, dando-lhe mais clareza. Mas, com esta nova clareza, ela entendeu que a paixão é diferente do amor. Para ter certeza deste amor, ela precisava de mais tempo.

Daphne tentou dizer isso a ele uma vez, quando eles estavam na cama ouvindo o som distante da maré enchendo.

– Nós deveríamos pensar seriamente em Londres – ele disse. – Você se encaixaria muito bem no cenário culinário, a escola de Evie seria inglesa, e talvez eu desse uma chance a Oxford.

– Eu ainda não estou preparada para pensar nisso. – Ela se virou para olhar para ele; mas, antes que pudesse dizer mais alguma coisa, ele encostou as pontas dos dedos em seus lábios.

– Shhhh. Daphne, eu irei com você aonde você quiser. – E então ele a beijou, e ela não disse mais nada.

Popi vivia repetindo que Daphne tinha muita sorte, que era maravilhoso que todos os seus sonhos estivessem se tornando realidade. Daphne vivia repetindo isso para si mesma, mas o nó em seu estômago contava outra história. E então, finalmente, a xícara fez o mesmo.

Aconteceu uma tarde, quando Yianni estava ajoelhado sob o limoeiro, consertando suas redes, e Evie sentada ali perto, usando os restos da corda dele para brincar com o gatinho. Popi e Daphne estavam sentadas perto do muro do jardim, tomando café, como faziam sempre. Só que desta vez foi diferente. Desta vez, quando elas viraram a xícara, rindo antecipadamente da lama que Daphne achou que ia ver, o que ela viu foi algo inesperado. A imagem nos grãos era clara e límpida, como o céu acima delas naquela linda tarde de meados de setembro.

– O que você está vendo? – Popi perguntou, chegando mais perto.

– Eu vejo duas figuras – Daphne respondeu, virando a xícara para um lado e para o outro. – Eu não sei se são homens ou mulheres, mas vejo claramente duas pessoas. A primeira está voando, subindo na direção do céu com asas enormes. Mas a que está no chão não tem asas; parece que está com os dois braços erguidos para o céu, pendurada na que está voando.

Popi se inclinou para ver melhor.

– O que será que isso quer dizer? – ela perguntou, enquanto as duas contemplavam a imagem.

Daphne se encostou no assento. Ela olhou para o céu azul e depois para Popi.

– Acho que quer dizer que, às vezes, quando você ama muito alguém, tem pavor de perder essa pessoa. De ficar sozinha.

Mas Yianni, que tudo escutava do outro lado do pátio, percebeu que Daphne estava enganada. Ele conseguia traduzir o sentido da xícara sem precisar olhar para ela. A imagem que Daphne descreveu foi muito clara para Yianni, assim como os sussurros dos ciprestes eram claros para Daphne e para Yia-yia. Esta não era a imagem de alguém sendo puxado para baixo, mas de alguém sendo libertado.

Na manhã seguinte, quando Daphne acordou e se cobriu com o cobertor por causa do frio da manhã, ela se virou na cama e viu que Yianni tinha ido embora. Mais uma vez, ele tinha se esgueirado pela porta e desaparecido na noite. Naquele momento, Daphne compreendeu que Yianni percebera sua hesitação e sua crescente incerteza. Naquela manhã, quando se cobriu com o cobertor, Daphne percebeu o que Yianni tinha feito, o que ele tinha sacrificado para poupá-la da dor de ir embora primeiro.

Ele a amava o bastante para libertá-la.

Ela ficou grata naquela hora, como estava grata agora. Grata por eles terem passado um lindo verão juntos e pelo presente que ele lhe dera: um filho. Ela tentara achá-lo, primeiro quando voltou para Nova York e soube que estava grávida, e de novo quando Johnny nasceu. Ela sabia que um dia ia tentar de novo, que ele merecia saber que tinha um filho e que talvez, juntos, tivessem até uma segunda chance. Mas Daphne não sabia ao certo quando seria esse dia. Ela ainda tinha muito a compreender e digerir. Por ora, era suficiente saber que Evangelia e Dora estavam unidas de novo, desta vez eternamente, pelo doce bebê que dormia em seus braços.

Ela beijou a cabeça de Johnny e sentiu seu perfume de bebê.

— Deixe-me contar-lhe uma história, homenzinho — ela murmurou. — Muito tempo atrás havia uma ninfa do bosque que se chamava Daphne. Ela morava na floresta com suas amigas e elas passavam seus dias trepando em árvores, cantando, nadando nos riachos e brincando. Ela adorava sua vida no meio das árvores e dos animais e as outras ninfas, suas amigas. Todo dia ela rezava para seu pai, o rei do rio, e pedia a ele que a protegesse e guardasse. Bem, um dia o deus Apolo estava caminhando pela floresta, e ele avistou Daphne brincando com as amigas. Ele se apaixonou imediatamente pela jovem ninfa e jurou que iria se casar com ela. Mas Daphne tinha outras ideias. Ela não queria ser esposa de um deus, ficar presa no Monte Olimpo com todos os outros deuses e deusas. Ela queria ficar ali, onde era mais feliz, no bosque com suas amigas, aquelas que a compreendiam e amavam. Mas o deus Apolo não aceitou receber um não como resposta. Ele correu atrás da pobre Daphne. Ele perseguiu a jovem ninfa aterrorizada pela floresta, pelos rios e montanhas. Finalmente, quando estava tão exausta que não conseguia mais correr, Daphne tornou a rezar para o seu pai, o deus do rio. E pediu que ele a salvasse de um destino que não servia para ela, de uma vida que não servia para ela. De repente, a jovem ninfa parou de correr. Quando Apolo a alcançou e estendeu a mão para agarrá-la, os pés dela criaram raízes profundas no chão; suas pernas ficaram escuras e grossas, como casca de árvore. Daphne estendeu os braços para o céu. Galhos e folhas saíram dos seus dedos. Apolo a segurou com força, mas o deus não conseguiu o que queria. Daphne não era mais uma ninfa jovem e bela. Seu pai a transformara numa árvore. Daquele momento em diante, Daphne ficou enraizada no lugar que amava, cercada por aqueles que mais a amavam.

Daphne apertou Johnny contra o peito e beijou seu rostinho cor-de-rosa. Ela olhou pela janela e viu os ciprestes dançando na brisa, suas folhas balançando no silêncio da madrugada.

AGRADECIMENTOS

Sou profundamente grata a todo o pessoal da HarperCollins; especialmente a Jonathan Burnham, Brenda Segel, Carolyn Bodkin, Hannah Wood, Heather Drucker e Miranda Ottewell.

Não há palavras e páginas suficientes para eu agradecer à minha editora, Claire Wachtel. Seu insight e sua orientação segura transformaram este livro e a mim sob muitos e maravilhosos aspectos.

À minha sócia grega no crime, a Deusa da Publicidade Tina Andreadis. Trabalhar com você foi a cereja no alto do bolo... ou seria melhor dizer baklava?

Aos meus agentes, Jan Miller e Nena Madonia. Foi realmente Um Fio Invisível que nos uniu. Tenho muita sorte por ter vocês dois do meu lado. Nena, você é uma amiga de fé e uma das pessoas mais bonitas que eu conheço, por dentro e por fora.

Nosso fio invisível não estaria completo sem Laura Schroff. Veja, os efeitos em cascata de um único ato de bondade. Obrigada por compartilhar o seu fio e a sua amizade.

Sou grata ao dr. Spyros Orfanos, por preencher as lacunas. Também a Isaac Dostis, cujo documentário, *Farewell My Island*, permitiu que eu ouvisse as histórias dos judeus sobreviventes de Corfu de suas próprias bocas. E a Marcia Haddad Ikonomopoulos, do Museu e Sinagoga Kehila Kedosha Janina, por seu apoio e seu compromisso incansável de contar as histórias dos judeus gregos do Holocausto.

Eu sou abençoada com o mais incrível círculo de amigas e almas gêmeas. Bonnie Bernstein, minha confidente e cúmplice com quem eu nunca me canso de conversar. Joanne Rendell, que me manteve escrevendo, página após página. Karen Kelly, Kathy Giaconia, e o LPW Dinner Club; as Woods, Wettons e Brycelands – Kelsey também. E, é claro, Adrianna

Nionakis e Olga Makrias, que me ensinaram, desde a mais tenra infância, que você não precisa ter muitos amigos na vida, só os amigos certos.

Agradeço também à minha família *Extra*, os melhores produtores e talentos no *biz*. Um obrigada especial a Lisa Gregorisch, Theresa Coffino, Jeremy Spiegel, Mario Lopez, Maria Menounos, A. J. Calloway, Hilaria Baldwin, Jerry Penacoli, Marilyn Ortiz, Nicki Fertile... e, é claro, Marie Hickey, a melhor chefe, amiga e leitora que uma pessoa pode ter.

Tudo o que sei a respeito de fé, família, força e bondade aprendi com a minha própria família, especialmente meus pais, Kiki e Tasso, e meu irmão, Emanuel... aka Noli. Minhas *yia-yias* e *papous* estabeleceram padrões muito altos. Até hoje, minha *yia-yia* Lamprini me diz que só o que tem para me dar nesta vida é sua bênção... E eu nunca desejei nem precisei de mais nada.

Como Daphne, passei verões mágicos na Grécia, cercada por um bando glorioso de tias, tios e primos. Este livro é sobre vocês e para vocês, para cada um desses loucos maravilhosos que são vocês. Um agradecimento especial a Effie Orfanos, minha Frousha, por responder a perguntas intermináveis e por todas as velas que você acendeu por mim a Agios Spyridon. Mais uma vez, ele escutou nossas preces.

A Christiana e Nico, todo dia vocês me inspiram e me deixam muito orgulhosa. Mamãe ama vocês muito mais do que vocês imaginam. E, é claro, a Dave. Não haveria um Alex sem você. Não haveria livro sem você... Não haveria nada sem você.

Embora este livro seja uma obra de ficção, ele é inspirado pela terra natal do meu pai, o verdadeiro paraíso na terra que é a ilha de Erikousa. Durante a Segunda Guerra Mundial, os ilhéus se juntaram para esconder um judeu e suas filhas dos nazistas. Todo o mundo trabalhou junto para salvar a família, ninguém revelou o segredo de Savas e suas filhas, mesmo quando os nazistas fizeram uma busca de casa em casa. Os ilhéus dividiram o pouco que tinham e arriscaram suas vidas sem hesitação porque eram pessoas boas, e aquela era a coisa certa a fazer. Não houve prêmios nem honrarias para o povo de Erikousa após a guerra, a família judia sobreviveu e a vida na ilha simplesmente continuou. Eu espero que, de uma forma bem modesta, este livro possa finalmente ajudar outras pessoas a reconhecer a beleza e a coragem do povo de Erikousa. É uma história que me sinto honrada em contar, e uma família de ilhéus a que tenho orgulho de pertencer.

Impressão e acabamento
Intergraf Ind. gráfica Eireli.